Texto de acordo com as normas do novo acordo ortográfico da língua portuguesa (Decreto Legislativo Nº54 de 1995).

Editora – Catia Mourão
Capa – Joice Dias
Diagramação – Catia Mourão
Revisão – Halice FRS

CIP-BRASIL. CATALOGAÇÃO NA PUBLICAÇÃO
SINDICATO NACIONAL DOS EDITORES DE LIVROS, RJ

C951c

Cristina, Mônica
A casa da colina / Mônica Cristina. - 1. ed. - Rio de Janeiro : Ler, 2022.
324 p. ; 23 cm.

ISBN 978-65-86154-75-7

1. Romance brasileiro. I. Título.

22-80637 CDD: 869.3
CDU: 82-31(81)

Meri Gleice Rodrigues de Souza - Bibliotecária - CRB-7/6439
19/10/2022 24/10/2022

Foi feito o depósito legal.
Direitos de edição:

Ler Editorial

A CASA DA *Colina*

MÔNICA CRISTINA

1ª edição
Rio de Janeiro – Brasil

Sumário

005 DEDICATÓRIA
006 NOTA DA AUTORA
007 CAPÍTULO 1
016 CAPÍTULO 2
023 CAPÍTULO 3
032 CAPÍTULO 4
040 CAPÍTULO 5
048 CAPÍTULO 6
057 CAPÍTULO 7
066 CAPÍTULO 8
075 CAPÍTULO 9
084 CAPÍTULO 10
092 CAPÍTULO 11
100 CAPÍTULO 12
110 CAPÍTULO 13
118 CAPÍTULO 14
127 CAPÍTULO 15
135 CAPÍTULO 16
144 CAPÍTULO 17
152 CAPÍTULO 18
160 CAPÍTULO 19
168 CAPÍTULO 20
176 CAPÍTULO 21
185 CAPÍTULO 22
194 CAPÍTULO 23
203 CAPÍTULO 24
213 CAPÍTULO 25
221 CAPÍTULO 26
230 CAPÍTULO 27
238 CAPÍTULO 28
246 CAPÍTULO 29
255 CAPÍTULO 30
263 CAPÍTULO 31
273 CAPÍTULO 32
280 CAPÍTULO 33
289 CAPÍTULO 34
297 CAPÍTULO 35
305 CAPÍTULO 36
314 EPÍLOGO
323 AGRADECIMENTOS

Para minhas leitoras, como um presente pelo amor e respeito às minhas personagens.

Nota da autora

AO LONGO DOS ANOS, enquanto ia construindo minha carreira e publicando meus trabalhos, fui me cercando de incríveis leitoras, sempre muito presentes e opinativas, narrando suas histórias, fantasias e paixões, enviando mensagens especiais sobre suas impressões das personagens e os caminhos que elas esperavam que a trama seguisse. Em homenagem a elas, e num tom divertido, esse livro brinca com o universo da Autora Mônica Cristina e suas leitoras. Com uma protagonista que lê meus livros e repete falas que tantas vezes ouvi das minhas leitoras e que aqui, são representadas pela protagonista ganhando assim, de algum modo, sua própria história de amor, usando um dos clichês mais antigos e especiais: o velho e bom conto de fadas inspirado na Bela e a Fera. Marianne é então, um pouquinho de cada uma de vocês vivendo aquela fantasia que, mesmo secretamente, todas nós já sonhamos.

Capítulo 1

Marianne

As crianças fazem uma fila com um braço de distância um do outro antes mesmo que eu precise pedir. Mesmo sendo o último dia de aula, os pequenos ainda mantêm o mesmo comportamento educado e generoso de sempre.

Minha pequena sala de dez alunos do jardim de infância é minha paixão, despedir-me deles pela última vez sempre me emociona. São seis anos que alfabetizo os pequenos, seis anos que choro a cada turma que me despeço.

Cada um deles traz um presentinho diferente nas mãos, de cartinhas a sabonetes perfumados. Os pequenos, ano após ano, se despedem assim. Eu me ajoelho para receber os presentes e o abraço carinhoso de cada um deles. Esse carinho é o meu combustível, quando escolhi alfabetizar crianças, foi muito mais por conta desse carinho que tanto me faz falta para além dos portões da escola.

Uma longa vida os espera e a cada abraço desejo que sejam fortes e vençam as dificuldades que, eu sei, vão surgir ao longo dos anos. São lindas e delicadas vidas se construindo e sei que fico na memória deles. Talvez, daqui a alguns anos, eles não se lembrem do meu rosto ou do meu nome, mas vão sentir um calor no coração quando se lembrarem do primeiro ano escolar.

Eu sempre costumo me sentir responsável por toda a vida escolar deles, sinto que tudo depende do modo como eu os apresento a relação com a escola e, por me sentir assim, me dedico sempre em dobro para que eles levem dessa primeira experiência, apenas incentivos, calor e afeto.

Brenda e Lilian são as últimas da fila, assim como Julianne e eu, elas são gêmeas, diferente de mim e minha irmã, as duas são parecidas não apenas fisicamente, mas têm o mesmo comportamento.

Eu sou oposta a Julianne, minha mãe costumava dizer que não poderia haver outras duas pessoas tão iguais e ao mesmo tempo completamente diferentes.

Fisicamente é quase impossível nos diferenciar, cada traço, idênticas dos pés ao último fio de cabelo, mas apenas isso. Nós nos comportamos de modo diferente em tudo, pensamos diferente, acreditamos em coisas diferentes para o futuro. Opostas e iguais.

— Escolhemos igual, professora — Brenda avisa.

— Então a mamãe comprou um rosa e um azul — Lilian completa.

Elas esticam os presentes para mim, felizes. Aceito o carinho e abraço as duas ao mesmo tempo.

— Vou sentir muita saudade — digo a elas, afastando-me. — Obrigada, sejam ótimas meninas!

Com lindos sorrisos, as duas correm em direção à mãe, que as espera no final do corredor. Fico de pé, acenando para as meninas e acabou, mais um ano vencido. Tudo deu certo, eles seguem a vida deles e eu espero a próxima turma para depois das férias.

Volto para dentro da sala, corro os olhos pela pequena bagunça deixada; brinquedos espalhados, o quadro com palavra soltas da nossa brincadeira. Recolho tudo, arrumo a sala, retiro tudo que guardei ao longo do ano letivo do meu armário e tranco deixando a chave pendurada. Depois de pegar a bolsa e sentir as lágrimas voltarem aos meus olhos, apago a luz e deixo a sala.

Os outros professores já estão reunidos na nossa sala e eu sou a única a estar emocionada, só o que vejo nos meus colegas de trabalho é alívio e ansiedade pelas férias.

— Não acredito que está prestes a chorar. Diga que é de felicidade — Nathan me provoca.

— Vou sentir falta deles.

— Eu não — ele diz, tomando um gole de café. — Não acredito que estou de férias. O que vai fazer agora?

— Ainda não me decidi.

É mentira, eu sei exatamente o que vou fazer, vou mergulhar em minha mais nova coleção de romances, devorar livros enquanto tomo muitas xícaras de chá e talvez, apenas talvez, se sobrar tempo, eu assista alguma série.

— Vamos passar uns dias na praia, está convidada. Linda convidou os irmãos.

Nathan é casado com a professora de Inglês do sexto ano e somos razoavelmente próximos, mas não o bastante para abandonar meus livros e passar alguns dias na praia com os dois irmãos dela decididos a me convencer a dar o telefone de Julianne.

— Agradeço, mas acho que deixo para uma próxima ocasião.

— Eu imaginei. — Ele deixa a xícara sobre a bandeja. — Bem, vejo vocês no outono. Um ótimo verão a todos! — Nathan recebe alguns acenos, depois coloca a bolsa no ombro e deixa a sala, Linda deve estar na sala da diretora, com toda certeza eu serei a próxima.

A diretora Hellen Jordan adora se despedir de um por um, é também quando ela conversa sobre o contrato do ano seguinte e, quando a secretária aparece na sala dos professores e me olha, eu sei que é minha vez.

— Estou indo — digo pegando minhas coisas.

Apenas Tony está na sala, com a expressão irritadiça de um professor de Matemática que sabe que ainda vai ter que trabalhar mais uns dias para salvar um ou outro aluno enforcado com as notas.

Ele nem ergue os olhos e eu apenas deixo a sala sem despedidas. Jordan me espera com um sorriso acolhedor, há quinze anos ela está na direção da escola e é amada pelos professores, pais e alunos. Dizem que o diretor anterior era um tirano e a substituição fez todos muito felizes.

— Sente-se, Marianne — ela me convida e me sento deixando minhas coisas na cadeira ao lado. — Já esvaziou seu armário?

— Sim, vou tirar uns dias para preparar um novo material para o próximo ano.

— Sempre a mais dedicada — ela diz me olhando, orgulhosa. — Ano após ano você me surpreende de modo positivo, os alunos a amam e os pais respeitam muito a sua sensatez, não é um trabalho fácil esse seu.

— Amo o que faço!

— Eu sei, mas aposto que seria muito melhor se não tivesse de educar também os pais. Eles chegam tão ansiosos, teimosos, protetores. Você é muito paciente.

— Em geral só fica perigoso quando preparamos a festa de Natal, porque se um aluno diz uma frase maior do que a do coleguinha, os pais se revoltam. As crianças não se importam, mas os pais querem que os pequenos se comportem como estrelas.

— Ah! Como eu sei disso, mas desde que chegou, eu não tenho tido problemas e reclamações, já se vão seis anos.

— Que bom! — digo torcendo os dedos sobre o colo sem saber direito o que devo fazer com as mãos.

— Bem, você sabe que tem sua vaga garantida para o próximo ano, espero que tenha boas férias e procure se divertir, Marianne.

— Obrigada! Espero que a senhora também tenha ótimas férias.

— Ainda tenho alguns dias antes de poder realmente tirar férias. A escola vai ficar aberta mais quinze dias, se quiser usar as dependências para organizar o próximo ano, fique à vontade.

— Obrigada! — digo a ela ficando de pé.

Ela deixa a mesa e me acompanha até a saída, aceno deixando a sala e caminho para o portão. Sou a única professora a caminhar para casa. Em dias comuns, alguns alunos vão me acompanhando por parte do caminho, no último dia de aula, já se foram todos. São algumas quadras de casa e gosto de caminhar.

Quando Julianne teve a ideia de dividirmos um carro, eu a considerei muito boa. Ela sempre me convence que suas ideias são boas, no fim, ajudei a pagar metade das prestações e toda vez que penso em usar o carro ela tem algum compromisso urgente e não pode ir de ônibus. Acabo cedendo, sempre estou cedendo a Julianne. Não sei bem como acontece, ela é irritante de tão insistente e não sou boa em lutar, só pode ser isso. Às vezes, ela mesma me acusa de não lutar nunca.

Gosto muito mais de ser feliz e evitar problemas, do que de entrar em longos e infrutíferos debates.

Julianne e eu dividimos o apartamento há seis anos. Quando mamãe morreu, dividimos tudo que restou, vendemos a casa em que crescemos e nos mudamos para esse apartamento. Investi o pouco dinheiro em metade de um carro que nunca uso, alguns móveis para decorar meu quarto, cursos de línguas, ocupei minha mente para não sucumbir à perda tão repentina da nossa mãe. Um aneurisma fatal que jamais tinha dado qualquer sinal de existir.

O apartamento está silencioso e vazio, novidade! Julianne não está nunca em casa, investiu seu dinheiro em uma longa viagem pelo mundo, passou seis meses fora, enquanto enfrentei a solidão e a perda. Cada um reage de um jeito, ela preferiu viajar e eu, estudar.

Levo minhas coisas direto para meu quarto, deixo sobre a cama e escuto quase ao mesmo tempo a porta da sala se abrir. Sorrio pensando ser Julianne chegando, a verdade é que gosto de sua agitação, do modo como reclama de tudo.

Minha irmã trabalha como modelo, nunca fez mais do que uns catálogos de moda, mas ela se sente uma *supermodel*. Aos vinte e oito anos, não acredito que algum dia vá despontar, as garotas começam cada dia mais cedo.

Meu estômago resmunga, passa das 5h da tarde. Tiro os sapatos, gosto de sentir o assoalho frio ao encontro dos meus pés quentes, prendo os cabelos estranhando o silêncio de Juli.

Passo por seu quarto apenas para cumprimentá-la, mas ela está frenética enfiando coisas na mala sobre a cama.

— Está em casa? — ela pergunta com um sorriso largo no rosto. — Achei que ainda estivesse na escola.

— Férias, começam hoje. O que está fazendo? — pergunto sem resistir.

Ela para um instante para me olhar, minha irmã parece radiante.

— Jacob é o amor da minha vida — ela diz me fazendo corresponder ao seu sorriso.

Avanço entrando no quarto.

— Como Jake ou Thomas?

— Não. — Ela faz uma careta. — Dessa vez eu sei que é ele. Eu o amo! Anne, ele é realmente o único que pode me fazer feliz.

— Que bom, mas ainda não explica a mala. — Ela joga alguns cabides com roupas. — Muito menos a pressa.

— Estamos indo para Nova York, ele aceitou um emprego. É algo muito grande, tem um apartamento para ele e um carro.

— Puxa! — Sorrio começando a entender o que significa tanta agitação.

Ela caminha até sua cômoda, abre a primeira gaveta, não olha muito para o que está atirando na mala, mas Juli tem tantas roupas. Sempre tão lindas.

— Vou com ele, vamos casar em alguns meses.

— Está indo embora? — pergunto, surpresa e sem saber o que sentir.

Caminho até a janela, o dia está lindo. Ela abre a sapateira, dezenas de sapatos organizados.

— Poxa, vou precisar de uma mala só para os sapatos. Posso mandar buscar o resto depois. — Julianne me olha. — Sim, eu estou indo embora.

— Conhece Jacob há pouco mais de dois meses.

— Foi o bastante para entender. Marianne, quando se apaixonar, se algum dia der espaço para alguém entrar, vai entender.

— E todo o resto? Seus trabalhos, o apartamento?

Juli deixa o que está fazendo, puxa-me pela mão para me fazer sentar na ponta da cama com ela.

— Dane-se todo o resto! Posso trabalhar onde estiver, acho até que minha carreira pode mesmo acontecer por lá. O que poderia acontecer aqui em Springfield? Perdida aqui no Illinois é que nada vai acontecer e Jacob me ama, tivemos uma noite reveladora, queremos começar uma família, talvez até ter filhos.

— Filhos? — Julianne odeia crianças. — Juli, você não gosta de crianças.

— Talvez eu goste das minhas. — Minha gargalhada a faz rir comigo. — Estou brincando, mas eu posso, sim, ser mãe. Eu tenho pensado nisso desde que eu o conheci.

— Acho que fico feliz por você.

— Pode pagar as contas sozinha, sabemos disso. — Balanço a cabeça, afirmando. — Também pode deixar tudo e ir para Nova York, tem pirralhos lá para dar aulas.

— Não seria feliz em uma cidade tão grande, você sabe disso.

— Sei, mas do jeito que amo Jacob, não vou abrir mão disso de jeito nenhum. Nada, ninguém, vai me impedir de tentar. Já temos vinte e oito anos, é hora de encontrar um rumo.

— Não vou tentar atrapalhar. Quando... Quando pretende partir?

Meu coração parece se apertar. Com toda a diferença de personalidade, ainda somos família, eu a amo e sei que ela me ama.

— Amanhã, logo depois do jantar, de um jantar entre irmãs, o que acha? Uma despedida, vou ficar muito tempo fora e... — Balanço a cabeça concordando. — Não chora, Marianne March. Você não pode me fazer chorar no dia mais feliz da minha vida.

— Está certo. — Domo minha emoção enquanto nos abraçamos. — Boa sorte, irmã!

Desejo isso de todo coração sem conseguir pensar em como vai ser ficar sem ela. Uma vida de solidão é o que parece me aguardar.

— Obrigada, Anne!

Ela me afasta, toca meus cabelos sorrindo. É o mesmo corte de cabelo, o mesmo corpo, mas tudo nela é mais elegante, o cabelo dela sempre parece estar mais bonito, tem qualquer coisa no jeito que ela os arruma, as roupas sempre caem melhor nela.

— Vou deixar você trabalhar — digo olhando para mala aberta.

Fico de pé e ela vai até o guarda-roupa.

— Espera. — Julianne me entrega um magnífico vestido que ela ganhou quando fotografou para um catálogo, eu o achei perfeito e ela deixou guardado por meses. — É seu. Encontre, por favor, uma ocasião romântica para usá-lo.

— Obrigada! — digo sem discutir ou acrescentar.

Levo o vestido para o quarto, depois de pendurá-lo sabendo que nunca vou usá-lo, e sigo para preparar meu jantar. Juli sempre come diferente, temos o mesmo corpo, mas ela vive achando que está gorda e que isso vai atrapalhar sua carreira e está sempre de dieta.

Finalmente sem ter mais nada pela frente, eu me sento com meu livro. Vamos ver o que a Grécia tem para me oferecer. Uma amiga disse que esses quatro irmãos Stefanos são maravilhosos, espero que sejam, tem algum tempo que não mergulho em um casamento fictício.

As horas correm enquanto devoro o livro adorando a história e com um pouco de raiva do protagonista. Como é que ele não enxerga a doçura dela? Homens!

Quando ergo os olhos para a janela, é noite alta, o quarto de Julianne está silencioso e acho que significa que ela já foi dormir. Quando entro em uma história eu não vejo mais nada.

Fecho o livro e vou tomar banho e comer mais alguma coisa, arrumo-me em minha cama, a capa azul me convida, o casal está se entendendo, ele finalmente descobriu que ela é inocente e que o verdadeiro e único crápula da história é o pai.

Abro o livro, decidida a ler só mais um capítulo. É quase meia-noite, preciso dormir. Um capítulo se transforma em meia dúzia, a madrugada chega e fecho o livro em um esforço para não mudar demais minha rotina.

Às 8h estou fora da cama, depois do banho levo o livro comigo para o café da manhã. Lendo pelo caminho, é claro. O livro voa da minha mão quando encontro um obstáculo do mesmo tamanho e forma que eu.

— Marianne! — Julianne reclama enquanto me ajoelho ao lado do livro, sentindo culpa e raiva. — Já está pendurada em algum livro!

O pobre não pode ter amassado. Amassar um livro é pena de morte.

— Desculpe, estava distraída.

— Tudo bem — Julianne responde e olho para ela, surpresa.

— Estou falando com eles — digo balançando o livro.

Juli revira os olhos, vira-me as costas e entra no quarto. Acho que eu nunca a vi de pé tão cedo. Faço meu café, abro o livro e continuo a ler enquanto como uma torrada e preparo uma xícara de café com leite quente e uma colher de açúcar.

Depois do café, obrigo-me a fechar o livro. Se terminar antes do almoço, no meio da tarde já estou no segundo irmão, quero mesmo é chegar ao quarto irmão. Ele, sim, parece ter algum segredo a me contar.

— Precisa de ajuda? — pergunto a Julianne quando ela está remexendo suas coisas com a mala aberta.

Sobre a cômoda, há uma dúzia de papéis espalhados. Corro os olhos por tudo com pena dessa bagunça.

— Estou procurando uns documentos, eu estava organizando tudo para aquela viagem para Espanha, mas agora que não vou mais...

— Aqui. — digo olhando o contrato sobre a cômoda.

— Não, esse é o contrato.

— Contrato, Julianne? Assinou um contrato, disse que era um emprego temporário, que seria simples, quase umas férias.

— É... Sei lá! Eu estava decidida, tinha tido aquela briga com Jacob, lembra que ficamos dez dias brigados? — Balanço a cabeça concordando, enquanto sem resistir pego o contrato de trabalho para ler. — Assinei e organizei tudo, mas agora que ele está na minha vida de novo...

— Espera! Você leu o que estava assinando?

Fico surpresa com o que encontro As cláusulas são bem detalhadas. A multa para o não cumprimento do contrato está estipulada em trezentos mil dólares. Junto ao contrato, passagem aérea ida e volta, voo marcado para...

— Amanhã?!

— O quê?

— Amanhã, você tem uma passagem para amanhã.

— Eu sei.

— Leu sobre a multa?

Ela perde um pouco a cor, arranca os papéis da minha mão. Corre os olhos pelo texto até encontrar a multa.

— Espanhol filho de uma...

— Ei! Você assinou, não pode culpar o homem!

Ela senta na cama com a expressão de horror, sinto pena de suas reações sempre impulsivas. Toda vez que está encrencada é porque fez algo sem pensar.

— Eu... Eu não posso perder Jacob, ele não suportaria um ano sem mim e eu sem ele, nosso amor ruiria na primeira semana.

— Um amor verdadeiro devia ser capaz de suportar um ano.

— Ah! Pelo amor de Deus, Anne! A vida não é esses seus romances! — ela responde, irritada.

— Acho que esse contrato é bem sério.

Minha irmã começa a chorar e eu não me lembro de quando foi a última vez que ela chorou assim.

— O que eu faço, irmã? — ela indaga quando eu a abraço. Seus soluços me emocionam, afago seus cabelos, sem saber o que dizer. — Jacob é sério, ele precisa ter uma vida limpa para o cargo que vai ocupar, uma noiva enfrentando um processo de quebra de contrato... Eu não tenho, ele não tem, você não tem esse dinheiro.

— Eu sei disso — suspiro. — Sinto muito! Tem uma passagem, quem sabe vai até lá?

— Marianne, é um emprego de um ano, secretária desse... Ruiz, em uma mansão na Espanha, no meio do nada. Acha que vou conseguir convencê-lo a desfazer o contrato?

Eu me afasto dela para ler melhor o documento. Limpar, ler a correspondência, fazer trabalhos comuns de secretária.

— O trabalho parece simples — digo a ela que volta a chorar com mais força. — Assinou contrato com uma empresa americana, isso deve piorar tudo. — Ela se joga sobre a mala, chorando aos soluços incontroláveis. Acho que o melhor é calar minha boca. — Quer um chá?

— Chá? Quero Jacob e a vida que programamos, quero o sonho de viver esse amor.

Ela fica de pé, seca o rosto, olha para mim com um plano em mente. Conheço minha irmã, ninguém a conhece como eu.

— Você vai no meu lugar.

— Nem pensar! — respondo, firme. Já fizemos isso algumas vezes, mas no colégio, porque ela precisava de nota em alguma prova, para brincar com algum amigo, nada como isso. — Está maluca se acha que vou entrar em um avião como se fosse você e ainda...

— Por favor! — ela implora, juntando as mãos como se fosse uma oração. — Salve sua irmã gêmea.

— Juli...

— Anne!

Ela se ajoelha diante de mim, segura minhas mãos. Fico desconfortável, sentada em sua cama, com ela ali no chão e os olhos cheios de súplicas.

— Isso não vai dar certo.

— Por que não? Somos iguais, leve meus documentos, ninguém vai duvidar. Sabe tudo sobre mim, tantas vezes nos confundiram, sempre que a chamam de Julianne você responde.

— Eu sei... — Balanço a cabeça negando. — Tenho minha casa, meu trabalho... Juli, eu tenho uma vida!

— Você só tem livros e... — Ela se cala. — Desculpe! Eu sei que tem uma vida, mas seriam férias incríveis na Espanha, poderia aproveitar as horas livres para passear, poderia conhecer pessoas, lugares e no fim...

— Quando eu voltar em um ano, se tudo der certo, não tenho emprego. Tenho dois meses de férias, só isso.

— Dois meses é tempo o bastante para convencer o homem a rasgar o contrato.

— Acha que ele estipulou uma multa altíssima dessa para quebrar o contrato?

— Então seja insuportável, ele a odeia e a demite.

— Eu não conseguiria ser insuportável. Já você...

— Faça o que eu faria — ela recomenda apertando meus dedos. — Minha felicidade está em suas mãos, Marianne. O que vai fazer com ela?

— Jogo baixo! — digo me soltando dela e ficando de pé.

Olho para o livro, que ficou sobre o móvel onde antes descansava o contrato de trabalho.

Histórias de amor e aventuras começam assim, eu devia ser corajosa uma vez na vida e fazer uma loucura.

— Por favor! Por mim! Pelo amor que você tanto cultua quase como se fosse sua religião! Anne, eu sou uma dessas histórias de amor que você tanto ama, vai impedir que ela aconteça? Vai deixar que se acabe ainda no prólogo?

— Julianne...

Meus olhos encontram os dela, não consigo dizer não. Ela é tudo que tenho, só restamos nós duas. Amo minha irmã, somos metade de uma só coisa, dividimos tudo, incluindo o ventre. Nunca, nem por um segundo, existi sem ela.

— Salve-me, quer que implore?

— Se descobrirem...

— Ninguém nunca vai saber. Por favor, deixe-me tentar ser feliz! Não estou mandando você para o sacrifício, sim, para a Europa!

— Posso ser presa por usar identidade falsa.

— Bobagem, ninguém vai desconfiar. Pode fazer isso por mim?

Balanço a cabeça afirmando sem acreditar que estou dizendo sim a essa loucura. Eu tinha jurado que nunca mais me meteria em uma confusão para salvar Julianne, tinha prometido a mim mesma que não deixaria mais que ela me enrolasse e aqui estou eu, enfiando-me na pior de todas as encrencas para salvá-la.

— Obrigada! Obrigada! Amo você! Amo! — ela declara me apertando em seus braços, enquanto minha cabeça não para de trabalhar e o arrependimento me invade antes mesmo de partir.

Amanhã vou pegar um avião para a Espanha, fingindo ser minha gêmea para trabalhar para um desconhecido e, tentar voltar a tempo do início das aulas.

Claro que essa coisa toda vai dar errado!

Capítulo 2

Javier

Afasto a cortina pesada apenas o bastante para olhar a vista. Pensar que um dia eu já amei e admirei a beleza do vilarejo, fico tentando encontrar razão para voltar a admirar o verde triunfante da vegetação, contrastando com os telhados de barro das construções. Cada uma daquelas pessoas que segue suas vidas me conhece. Todos eles são testemunhas do passado, testemunhas da decadência dos Ruiz. Cada palmo de tudo que cerca a colina, a mansão, as pequenas casas e toda terra ao redor, tudo é meu e só queria fazer desaparecer.

Posso ouvir com clareza a voz de minha avó berrando da varanda enquanto eu corria pela colina com os cães em todas as férias de verão. Mamãe aproveitava esse tempo na colina para cozinhar com minha avó, detestava partir quando acabava e voltava para Barcelona e para a vida de menino preso a um apartamento luxuoso quase sem ver meu pai, apenas esperando pelas férias. Rosália preferia Barcelona, sentávamos lado a lado no carro e depois no avião, ela cinco anos mais velha e cheia de vida, voltava com um sorriso no rosto, desesperada para rever os amigos, eu de rosto fechado desejando desesperadamente ficar com meus avós na casa da colina.

Nossas vidas tomaram rumos diferentes, meus avós morreram um depois do outro e antes dos meus doze anos, a casa da colina estava vazia e triste. Rosália nunca teve muita responsabilidade, eu tinha dezenove quando seu bebê nasceu.

Meu peito se rasga ao me lembrar do sorriso do bebê mais lindo que já existiu, mamãe passava todo tempo livre paparicando a neta. O namoro de Rosália com o pai de Esther é claro que não deu certo e ele se perdeu no mundo e eu, garoto de quase vinte anos, sentia como se fosse responsável por ela.

Na família Ruiz são os homens a tomarem à frente das responsabilidades e do trabalho, mulheres nunca tomaram decisões e quando fiz dezenove anos e meu pai faleceu, antes de poder conhecer a neta, o que restou foi ajudar mamãe a cuidar dos negócios, era ela a cuidar de tudo enquanto eu fazia pose de chefe de família e minha irmã e a filha viviam presas ao peso do julgamento de mamãe, que sempre foi mais dura que meu pai.

Maria Pina era uma mulher forte e me treinou com mãos de ferro, quanto mais se aproximava de mim, mas se afastava da aventureira Rosália e da pequena Esther. Eu fui me deixando levar pela mão pesada de minha mãe, eu não podia ter sido tão duro, tudo teria sido diferente se eu tivesse sido maleável, mas eu não fui.

Viver mergulhado nas lembranças, amarrado às dores agora não mais físicas, essas estão indo embora e eu odeio que meu corpo, ainda que lentamente e cheio de marcas, se recuperou. Eu devia ter terminado igual a elas, é o que quero, é o que mereço. A alma sangra e o que restou foi amargura, frieza e raiva.

Eu me afasto da visão do vale abaixo, volto para a meia-luz do quarto e corro os olhos pelo ambiente pensando que esta casa morreu com vovó. Agora é habitada pelo último Ruiz vivo, um fantasma a perambular por velhas e trágicas lembranças.

A casa é tão silenciosa que o som dos sapatos pelo assoalho parece ecoar por todo imóvel, encontro o dono dos passos no meio do corredor, é o último dia de trabalho do enfermeiro e ele me espera tão constrangido e distante quanto no dia em que chegamos à mansão. São oito meses de convívio e nenhum sinal de amizade.

— Senhor Ruiz. — Ele para diante de mim. Indico o corredor e ele faz meia-volta. — Certo, conversamos na sala.

Eu o sigo pelo interminável corredor de portas e depois pela longa escada até a sala com móveis antigos e grandes janelas.

— Já está de partida? — pergunto, vendo suas malas descansarem ao lado da porta.

— Sim, senhor, a equipe toda já foi — ele diz parecendo preocupado. — O senhor tem certeza?

— Estou ótimo, não há mais nada que possa fazer por mim.

Ele balança a cabeça, concordando.

— A senhora Almeida, Lucio...

— Não preciso de uma governanta e não quero um *chef* de cozinha, já está tudo acertado com uma única pessoa que vai atender todas as minhas necessidades pelo próximo ano e depois...

Depois eu não tenho ideia, limitei-me a decidir minha vida por mais um ano, apenas mais um ano.

— Bem, então espero que fique tudo bem. Deixei a receita e os remédios sobre a cômoda.

— Posso cuidar disso sozinho, agradeço por esses meses aqui e os meses no hospital, por favor... — Indico a porta, ele assente um tanto contrariado por partir.

Espero que saia para poder fechar a porta e finalmente me ver sozinho na casa da colina como nunca estive. Um ano de hospital e oito meses de tratamento em casa e, ainda está fresca em minha memória a dor que senti.

Decido correr os cômodos da casa, não faço isso desde a infância; andar pela mansão e me lembrar. Quando cheguei do hospital passei o primeiro mês na cama, deixando meu quarto para algumas terapias e nada mais, depois, quando as coisas começaram a melhorar fisicamente, faltou-me vontade e sobraram intrusos a circularem pelos espaços, uma equipe de dez pessoas, quase que constantemente, vivendo aqui para me auxiliar.

A primeira sala está como nos tempos de vovó, são os mesmos móveis. A sala íntima, onde fica a lareira, passou por uma reforma há uns oito anos, foi minha mãe que cuidou de mudar tudo. A sala de jantar também mudou muito, a grande mesa de madeira foi substituída por uma moderna, retangular e com uma decoração clássica, mas muito mais atual. O escritório, que foi do meu avô, também está intocável e a porta dupla que leva à biblioteca brilha em madeira maciça e trabalhada.

Estantes de madeira do chão ao teto repletas de livros em todos os idiomas, dos clássicos aos livros mais modernos, um divã e duas poltronas de couro marrom com luminárias e tapetes pesados, duas janelas altas que separam as estantes trazem muita luz ao local. Dizem que foi meu bisavô a começar a coleção interminável. Viciado em primeiras edições e livros raros, ele costumava viajar o mundo em busca de exemplares e depois meu avô o seguiu com o mesmo gosto, papai já não tinha afeição por nada além de dinheiro e a coleção ficou quase esquecida. Não fosse por minha mãe, que viu nisso um investimento, mais nenhum livro teria sido comprado, mas ela gostava de caçar exemplares raros para deixá-los aqui, sem nunca serem abertos, uma estante no canto completa a coleção com livros modernos, os futuros clássicos, ou não.

Talvez eu devesse passar mais tempo entre eles para, quem sabe, sair um pouco dessa minha realidade tão nociva e pesada. Não hoje, decido deixando a sala e seguindo para a cozinha depois de atravessar o corredor com tapetes persas e quadros nas paredes, alguns são obras de arte de pintores importantes, todos espanhóis.

A cozinha está impecavelmente limpa, a despensa cheia como foi pedido para a governanta antes de ser dispensada.

Tomo um copo com água e o líquido desce refrescante fazendo mais uma vez me lembrar da dor. Caminho de volta para a sala, o andar de cima são quartos e mais quartos, varandas abertas para priorizar a paisagem excepcional que a colina oferece.

Minha mãe quis transformar a casa da colina em um hotel de luxo, acho que foi a única vez em que discordamos por completo. Talvez tenha sido naquele momento que realmente assumi as rédeas da família e dos negócios, eu já me sentia seguro para cuidar de tudo sozinho e um ano depois, mamãe acabou falecendo e não tive escolha se não tomar mesmo a frente da família.

Terras, dois hotéis, alguns investimentos e imóveis espalhados pelo mundo. Internacionalizar a empresa foi uma grande virada nos negócios e tenho certeza de que meu pai teria ficado orgulhoso.

Que grande idiota! Tão preocupado em salvar nossa fortuna, multiplicá-la, tão preocupado com golpistas, sem enxergar que nada era maior ou mais importante do que elas. Se eu tivesse simplesmente aceitado aquele "maldito" entre nós, tudo teria ficado bem.

Agora, nada mais importa. Só quero me retirar e silenciar, eu me desfaria de tudo se não fosse me culpar ainda mais, os Ruiz ainda serão donos de tudo enquanto eu viver apenas e tão somente por respeito ao meu pai e todos que vieram antes dele e que dedicaram suas vidas para nos tornar quem somos... Fomos, não somos mais. A desgraça se abateu sobre nós e restei apenas eu, para me arrastar pela vida e carregar no corpo o fracasso de nossa família.

Um carro estaciona diante da mansão, dá para ouvi-lo se aproximar de longe. A pequena estrada que traz até a grande mansão isolada no alto da colina é a única maneira de chegar aqui, ao menos posso ter certeza de quem chega, ninguém é bem-vindo, eu não tenho planos de rever velhos amigos e nem de fazer novos.

Escuto o bater da porta do carro e abro a porta principal, sabendo ser Amâncio a chegar pontual como de costume.

O corpulento e atarracado diretor financeiro entra com sua velha respiração pesada e as gotinhas de suor na testa. Sempre acima do peso e conhecido por ser um glutão irremediável, Amâncio serviu aos Ruiz desde a morte do meu pai, e ele ainda é o mesmo homem.

A pasta esbarra na porta quando ele tenta passar apressado, irrita-me um pouco sua presença, irrita-me um pouco qualquer forma de vida.

Trocamos um aperto de mão rápido e frio, posso notar seus olhos mudarem em uma pitada de repulsa pelas marcas profundas na minha mão direita.

— Pontual como sempre — digo indicando o sofá.

Ele senta e todo desengonçado usa a mesinha de centro para apoiar a pasta e abri-la.

— Sim, eu peguei um jato pequeno. Na verdade, você pagou, para atendê-lo assim com tanta pressa não tive escolha.

— Sem problemas. — Dinheiro já não me importa mais, ele me destruiu e não quero mais monetizar minha existência. — Fez o que pedi?

— Sim. Os hotéis estão à venda, até que tudo se resolva, assumo tudo como pediu. Aqui estão os documentos que precisa assinar, embora ache que cuidar disso pessoalmente...

— Não ganha uma fortuna para achar coisas.

Ele se cala, um tanto surpreso. Ao longo dos anos juntos, deve ser a primeira vez que me vê sendo grosseiro com ele.

— Certo, Javier, tudo que viveu não foi fácil. Vou fingir que não ouvi isso.

— Prefiro que finja que eu não tenho um passado — aviso abrindo a pasta com os documentos que preciso assinar.

— Leia com atenção. Com esse documento posso ser responsável pela venda, mas ainda vou precisar da sua aprovação nos valores finais.

— É só me telefonar ou enviar um e-mail.

— Como quiser — ele responde me deixando ler o documento.

Levo longos dez minutos, no último ano eu demorei a me acostumar a leitura de documentos, minha mente desaprendeu, não me concentrava. Agora, tudo está de volta ao normal.

— Está exatamente como pedi — digo aceitando a caneta que ele me oferece.

Assino o documento e estico a ele, ficando com uma via apenas para arquivar.

— Bem, se tem mesmo certeza, os hotéis serão vendidos, continuo a administrar as terras e os aluguéis das casas. Sobre os investimentos no mercado, já se decidiu?

Ele usa um lenço no bolso do paletó para secar a testa, devolve no bolso enquanto me escuta muito atento.

— Ainda não, depois da venda dos hotéis penso nisso, por enquanto eu posso movimentar isso sozinho, afinal um computador e um telefone resolvem tudo.

— Fico feliz! Deixar tudo, vai acabar...

— Amâncio, eu não quero ouvir sua opinião sobre como vou conduzir as coisas a partir de agora. — Meu tom é o mais duro que posso, eu até posso entender sua amizade de anos e, carinho que teve sempre por todos os Ruiz, mas eu não quero conselhos.

— Certo, Javier, mas eu preciso dizer que estou à sua disposição e adoraria rasgar esses documentos todos e ter você de volta aos negócios, com suas mãos firmes para cuidar de tudo.

— Esqueça — digo, definitivo. — Fez a doação para o hospital, como pedi?

— Sim, estão gratos e encantados. Queriam colocar uma placa de bronze com seu nome e fazer uma cerimônia com sua presença. É claro que eu cancelei tudo e pedi sigilo, avisando que não quer nem mesmo uma ligação do diretor em agradecimento.

— É isso mesmo — aviso a ele, recebendo outro documento para ler e assinar.

— Esse é sobre o escritório, para eu poder gerir sozinho tudo por lá.

Assino depois de mais dez minutos de leitura. Amâncio é um homem de confiança, bom amigo e muito competente, sei que posso deixar em suas mãos tudo que for pesado demais para mim.

— Está tudo em ordem, assino mais esse documento e está tudo resolvido.

Ele assente com a cabeça, sem muito ânimo. Está claro que não concorda com minhas escolhas, mas é como quero que seja e é como vai ser.

— Bem, está tudo certo! — Ele suspira um tanto cansado pelo esforço de se abaixar para mexer na maleta.

— Se puder cuidar do seu coração, não seria nada agradável se tivesse um infarto.

— Eu sei, minha esposa repete isso todos os dias pela manhã, quando saio e ao retornar.

— Sobre a americana, está tudo resolvido?

Ele balança a cabeça afirmando.

— A senhorita March partirá dos Estados Unidos amanhã e vai passar a noite em um dos hotéis de Barcelona. Deixei um motorista pronto para levá-la até o hotel, depois pega o ônibus pela manhã, deve chegar ao vilarejo perto da hora do almoço. Pensei se você poderia descer até lá para apanhá-la.

— Uma caminhada pela colina há de ser boa para a moça. Ela que dê um jeito de chegar aqui.

— Está certo, Javier! Ela é jovem não terá problemas em... subir até aqui — ele diz em meio a uma careta de desgosto como se fosse ele próprio a ter de encarar a subida.

— Ela tem a passagem, as instruções e todo o resto?

— Sim, o escritório de lá cuidou de tudo. Ela tem tudo que precisa e talvez eu vá encontrá-la no hotel e passar as últimas informações se você preferir.

— Prefiro — aviso a ele, que respira pesadamente enquanto me olha sem saber o que dizer.

— Por que alguém vindo de tão longe?

— Gosto que ela não fale nosso idioma e tenha dificuldades de conversar com as pessoas do vilarejo, meu inglês é fluente, e quanto menos conversarmos melhor. Qualquer pessoa neste país saberia... do passado e eu não quero olhares, não quero perguntas, eu não quero pena e muito menos críticas. Quero alguém que cuide de atender você, compre coisas quando for preciso, resolva pequenos problemas e me deixe em paz. Apenas isso.

— Alguém que vai enlouquecer nesta mansão solitária e silenciosa por um longo ano — ele rebate e ignoro o comentário. — Você está mesmo certo disso?

— Absolutamente, por isso o valor da multa tinha que ser tão alto, para que ela não desista e me obrigue a começar a busca de novo.

— Eu jurava que ninguém aceitaria com o valor da multa, tinha certeza de que afastaria qualquer pessoa.

— É um salário fantástico, um emprego simples, ela vai ter a vista, os livros e a televisão. Tenho certeza de que pode dar um jeito de não ficar entediada.

— Não que você se importe, não é mesmo.

— Nem um pouco! — confirmo deixando claro que, por mim, a conversa acaba aqui. — Só quero... as coisas do meu jeito, é isso.

— Um jeito bem estranho. Já pensou na hipótese de você não suportar a moça e ter de demiti-la?

— Eu detesto e ela nem chegou, posso conviver com isso. Não tem nada que ela possa fazer que vá me fazer demiti-la, eu vou estar bem longe o tempo todo, então ela pode ser insuportável se quiser.

Amâncio fica de pé, fecha a pasta e ajeita a roupa. Seu olhar não esconde a preocupação comigo.

— O tratamento... Eu conversei com seus médicos, dá para melhorar ainda mais se aceitar a nova cirurgia, ficaria quase perfeito.

— Não! — digo, decidido. — Só...

Aponto a porta e ele suspira erguendo a pasta.

— Uma última coisa.

— Diga de uma vez.

— Talvez a senhorita March seja alguém agradável, então nesse caso, se você achar que é uma pessoa que pode fazer companhia e ser... uma amiga, entende? Faria bem ter com quem conversar. Odeie-me o quanto quiser, Javier, mas ninguém da sua família estaria feliz com essa sua decisão, não pode viver isolado e solitário. Vai ficar louco.

— Talvez eu já esteja, não tenho planos de odiá-lo por enquanto, mas apenas se sair agora. Já acabamos.

— Está bem. Desejo que melhore! E ligarei quando precisar.

— A senhorita March vai ficar feliz em atendê-lo, tenho certeza. Se acedita que ela vai se sentir sozinha, ligue todos os dias e faça você amizade.

— Minha esposa vai amar isso, com toda certeza. — Ele me estende a mão mais uma vez, aperto sem muito ânimo e o acompanho até a porta. — Até logo, Javier.

— Não tão logo, Amâncio. O plano é...

— Eu sei, eu sei — ele diz apressado em sair agora, finalmente sem paciência.

Fecho a porta sem olhar para trás, subo as escadas em direção ao meu quarto, sento-me na poltrona perto da cômoda e tiro a camisa para começar o infernal tratamento com as pomadas.

O fogo é uma recordação intensa, mas sem dor. Não senti dor, eu apenas estava tentando salvá-las, a dor veio depois. A dor me consumiu por meses em uma cama de hospital, lembrando-me o tempo todo de que eu podia ter evitado tudo aquilo. Ela era infernal, mas mesmo essa dor, ainda não era o bastante para apagar a culpa que jamais me deixou.

Julianne March chega daqui a dois dias. Por um ano, eu espero que ela seja toda minha ligação com o mundo, depois, se tudo ainda estiver aqui dentro. Então, eu não sei. Talvez eu não precise continuar.

Capítulo 3

Marianne

— Só dessa vez, Anne. Eu imploro! — Juli diz enquanto eu ainda estou olhando para seus documentos e a passagem sem acreditar que estamos mesmo fazendo essa tolice, que eu estou mais uma vez cedendo à sua vontade.

— Eu já disse que vou. É só que parece louco demais. Fingir ser você. — Ela toca meus ombros, fazendo-me olhar para ela.

— Escute, não precisa fingir ser eu, não é como fazia alguma prova minha ou tentávamos enganar a mamãe, ele não sabe quem somos, não sabe sobre ter uma irmã gêmea, só vai estar com o nome trocado, o que está mais do que acostumada.

— Mesmo assim é assustador, nem consigo me imaginar entregando os documentos no controle de embarque e, não me entregando só com um único olhar desconfiado.

— Vai dar certo. Ninguém vai fazer perguntas, é Julianne, vão olhar a foto e confirmar, pode responder qualquer coisa sobre mim e ainda será um pouco sobre você, data de nascimento, nome dos pais, local de origem. Não vai mentir sobre nada.

— Nada?

— Ok, o nome, mas só isso. Somos gêmeas univitelinas, idênticas, até o nosso DNA é o mesmo.

— Sei disso. — E como sei! A vida toda eu me senti uma cópia mal feita do original, sempre tão perfeito. — Vou fazer a mala. E o apartamento? Temos de fechar tudo e... o carro?

— Fica tudo fechado à sua espera, mando desligar a energia, deixo o carro guardado. Prometo que venho aqui de vez em quando. Jacob vai ganhar bem, podemos pegar um avião vez por outra e vir passar o fim de semana.

— Então não desliga a energia e cuida das contas da casa. Pode fazer isso, Juli?

— Posso.

— Julianne!

— Já disse que sim — ela insiste, mas é tão avoada, vou ter de telefonar para lembrá-la.

— Vou contar com isso, do fundo do meu coração eu espero que tudo dê certo, que eu consiga voltar a tempo para o início do ano letivo e que você... não faça tolices com sua vida.

— Vou casar e criar filhos com o homem mais incrível e lindo do mundo. Jacob é tão bonito e inteligente.

— Está certo, mas se algo der errado, se ele descobrir, se você me prejudicar e eu perder o emprego?

— O salário será todo seu, é umas quatro vezes o que ganha na escola.

— Um contracheque no seu nome? Nem sei como vou receber isso, se tiver de assinar algum papel...

— Você falsifica, tecnicamente nem será um tipo de fraude já que terá minha autorização e assinamos uma como a outra com perfeição.

— Boletins escolares, recados para a mamãe, nunca fizemos uma assinatura formal em um documento.

Ela vai me empurrando em direção ao meu quarto, eu vou colocando todos os problemas que posso ter, mas nada parece assustá-la, sua determinação está sempre me deixando surpresa. Vinte oito anos juntas e ainda não aprendi que ela é cabeça-dura, coloca uma coisa na cabeça e nada pode demovê-la.

— Eu a ajudo com a mala.

Juli abre meu armário, pega a mala que está lá intacta desde a compra, por insistência dela, que estava sempre dizendo que eu tinha de ter uma dessas e viajar ao menos de vez em quando.

Primeiro o vestido que ganhei dela, esse é o primeiro item que ela enfia na mala.

— Juli, esse não, o que vou fazer com esse vestido de gala?

— Usá-lo em uma ocasião especial. Vai trabalhar para um milionário, ele pode dar alguma festa, pode ter um amigo interessante que a convide para sair.

— Claro que não vai acontecer e esse vestido vai ocupar metade da mala. — Tento tirá-lo, mas ela segura minha mão.

— Nem pensar. — ela insiste e suspiro. — Precisa de alguma aventura, Anne.

— Eu sei o que vai dizer, mas gosto dos meus livros, eles são ótimas companhias e estive em muitos lugares e namorei homens incríveis, vivi muitas aventuras. Agora mesmo estou morando em uma ilha grega.

— Sei. — Ela me lança um olhar preocupado. — Sua mente precisa ser estudada.

— E esse vestido precisa sair da minha mala.

— Ele fica! — ela insiste.

— Juli, não vai caber os livros.

— Deixa os livros! — Agora ela conseguiu me irritar.

— Sem eles eu não vou. Já podia ter acabado de ler e, estamos varando a noite discutindo sobre mala para uma viagem que eu nem queria ir.

— Eu já jurei que depois disso, nunca mais peço nada a você.

— E eu não acreditei. — Juli morde o lábio olhando para mala, pega o vestido e tira me fazendo sorrir, mas então, em uma mudança repentina, devolve-o.

— Você é a garota mais bonita do mundo, está indo para a Espanha, terra de homens quentes e belezas incríveis, o vestido vai.

— Então vai todo mundo — digo colocando os três livros da coleção que ainda faltam ser lidos. Fico com Leon e Lissa para terminar de ler no avião.

— Ótimo! Completa os espaços com roupas e espera, volto em um minuto.

Ela deixa meu quarto correndo. Primeiro passamos algumas horas discutindo o plano, depois eu pensei em recusar e depois aceitei e recusei até que me vi sendo arrastada para o quarto e aqui estamos nós fazendo mala, enquanto ela já desmarcou a própria viagem para Nova York. Vamos juntas para o aeroporto. Julianne vai entrar em um avião rumo a Nova York para viver uma história de amor e eu vou para Espanha, fingir ser ela. Apenas Juli consegue viver duas vidas ao mesmo tempo.

— Sapatos! — ela diz balançando um par de sandálias de tiras finas e salto alto. — O vestido merece, não dá para usar com esses seus sapatos horrendos.

— Confortáveis. Sou professora e passo meus dias correndo atrás de bebês, tênis e sandálias baixas são tudo que preciso.

Ela não me dá ouvidos, enfia o par de sandálias em um saquinho e ajeita na mala, o vestido, os sapatos e meus livros, é tudo que conseguimos decidir.

— É quente lá?

— Sei lá? — ela me responde entusiasmada enquanto vasculha meus armários e gavetas.

— Não pesquisou? Como você ia fazer?

— Um ano, um salário astronômico. Meu plano era usar minha folga para renovar o guarda-roupa.

— Tão óbvia! — Pego meu celular para pesquisar sobre a província de Lérida na Catalunha. — Vamos ver. Verão quente, inverno fresco.

— Ótimo, agora vamos terminar essa mala.

Não tenho nada demais para levar, apenas minhas roupas do dia a dia. Ela é que precisa fazer escolhas, eu só tenho vestidos básicos, jeans e duas jaquetas quentes.

Esmago tudo que cabe depois do vestido gigante e dos livros. A bolsa é mais fácil, maquiagem leve, que cabe em um compartimento, o livro que estou lendo, alguns dólares que serão inúteis, mas devem servir para pagar o táxi na volta, e os documentos de Julianne.

— Você diz que quer se casar, como vai fazer isso se seus documentos vão estar comigo?

— Vai levar um ano para programar tudo como quero, você vai estar de volta, por enquanto uso os seus para o dia a dia.

— E se ligarmos e explicarmos que está impedida de ir por algum problema e eu vou em seu lugar, é só mudar o nome na passagem e refazer o contrato e...

— Não, por favor, deixa como está. Ele pode desistir e me fazer pagar e aí, sim, minha vida acaba, uma dívida de trezentos mil dólares ou um ano longe dele. Jacob vai arrumar alguém rapidinho.

— Tão insegura do amor dele, está mesmo decidida a ficar com ele.

— Sim — ela afirma enquanto fecha o zíper da minha mala. — Acho que precisamos dormir um pouco. Ainda quero falar com o Jacob antes de dormir, ele deve estar até agora me esperando para dar boa-noite.

— Contou a ele?

— Um pouco — ela diz arrastando minha mala para perto da porta eu a sigo e paramos no meio da sala.

— Juli...

— Anne, eu disse a ele que minha irmã conseguiu um emprego na Espanha e que eu estava ajudando com tudo para a viagem, por isso só poderia encontrá-lo em Nova York amanhã. Não disse que está indo no meu lugar, ele começou em um novo trabalho, está preocupado e tenso, não quero levar mais esse problema para ele, mas vou contar. Em breve explico tudo.

— Torço para que conte a verdade — digo caminhando até a cozinha, ela me segue. — Quer uma xícara de chá?

— Sim, tínhamos de ter feito um jantar especial. — Ela se lembra abrindo o armário e pegando as xícaras, enquanto ligo a chaleira pensando no meu casal de protagonistas à minha espera.

— Fazemos na volta, em três meses, no máximo, para eu não perder meus alunos.

— Não consigo imaginar como suporta isso.

— Pode me esclarecer uma dúvida? — peço enquanto coloco os saquinhos na xícara e ela pega minha lata de biscoitos amanteigados.

— Sim — Juli diz simplesmente enquanto derramo a água fervendo nas xícaras. Ela coloca o mel sobre a mesa com os biscoitos e se acomoda, levo as xícaras e me sento diante dela. — Fala, vou ser muito honesta, prometo.

— Como conseguiu esse emprego?

— Bem, eu estava furiosa com ele. Lembra-se que Jacob e eu tínhamos brigado?

— Perfeitamente. — Foi no meu ombro que ela chorou por duas noites.

— Uma amiga tinha visto o anúncio, então eu me lembrei e pedi o endereço eletrônico. Mandei um e-mail me oferecendo para a vaga, eles me enviaram umas perguntas e respondi, depois enviei meus documentos. Eles devem ter pesquisado, então um homem me telefonou, marcou para mostrar o contrato e fui até um café, ele viajou até aqui só para eu assinar o contrato.

— Da Espanha até aqui?

— Não! Um americano, alguém do escritório deles aqui. Veio de Los Angeles, eu acho.

— Mesmo assim é intrigante, deve ter espanholas capazes desse trabalho, e se eu estiver sendo sequestrada?

— Que absurdo! Eu chequei tudo, é uma empresa séria, o homem existe, vi até fotos dele. São de uns anos atrás, um jantar de premiação, umas outras fotos da mídia, sei lá! Mas ele existe e a empresa também.

Ela leva um biscoito aos lábios, depois toma um gole de chá. Eu ainda não entendo por que ela foi aceita.

— Disse que era modelo?

— Não — ela admite sem qualquer problema. — Nunca diria isso, eu queria mesmo o emprego, disse que tinha estudado Administração.

— Mentiu!

— Todo mundo mente no currículo, Marianne! — Ela dá de ombros. — Ele quer alguém que faça serviços simples, você leu: cuidar de correspondência, responder e-mails... Sei lá! Deve ter de gerenciar os funcionários da casa, essas coisas, cozinheiro, jardineiro. Não pode ser tão difícil e sabemos que ficou com toda a inteligência da dupla.

— Não gosto quando diz coisas como essa. Você é, sim, inteligente e totalmente capaz de aprender. Eu já disse para voltar a estudar.

— Agora é tarde, vou me casar com o Jacob, ele tem um emprego que vai precisar muito do meu apoio.

— Sério? Que tipo de apoio?

— Não seja chata, eu sei que quer me criticar. — Ela sempre foge quando o assunto é a sua vida inconsequente. Toma mais chá. — Vamos falar de você?

— Não! Vamos dormir — digo ficando de pé. — Sairemos para o aeroporto às 8h e já são 2h da madrugada.

— Amo você, Marianne! Quando a mamãe nos deixou eu não tive medo, porque sabia que você estava aqui e então... eu tinha tudo.

Ela sabe como me dobrar, emociona-me e ao mesmo tempo assusta. Não quero a responsabilidade de ser sua mãe. Somos irmãs e eu preciso deixá-la resolver seus próprios problemas.

— Também te amo! Agora, vamos dormir.

Eu ainda a escuto ao telefone com Jacob. Ele é um tanto esnobe, mas é um homem sério e esforçado. Quer vencer e não esconde isso, mas ao menos procura os meios certos, estuda ainda hoje, especializa-se e é extremamente dedicado ao trabalho. É bem melhor que quase todos os outros namorados dela.

Eu me reviro na cama pensando na grande loucura que estou fazendo. Não acredito que estou me metendo nisso. Como é que fui me deixar enredar por sua conversa? Eu nunca sei bem o que ela usa para me dobrar, mas está sempre me convencendo a fazer o que é melhor para si.

Não durmo mais do que duas horas, ansiosa, confusa, com medo. Arrependida e, às vezes, com uma tentativa de coragem para insurgir, mas que acaba sempre dominada e sufocada por todas as incertezas que me cercam.

Deixar a casa vazia por tanto tempo me aperta o coração, esse lugar me faz sentir segura, voltar para meu cantinho apaga sempre o medo, a angústia e agora... meses longe.

— O táxi já chegou — Julianne me avisa quando estou ainda correndo os olhos por esse pequeno espaço que consegui com meus esforços.

— Estou indo — respondo secando uma lágrima boba que quer correr por meu rosto.

Ajeitamos nossas malas no carro e seguimos caladas para o aeroporto, ela cheia de sonhos, eu mergulhada no medo. Seu voo será uma hora antes do meu, nós nos abraçamos na frente da sala de embarque. Eu sei que ela não é má, mas é egoísta e talvez minha mãe tenha sido a culpada, pois sempre achou que Julianne era frágil e precisava de apoio, muito mais do que eu.

Ela costumava dizer que eu era a gêmea dominante e nunca entendi assim. Estava sempre a fazer o que ela queria, sempre perdendo as batalhas e mamãe a dizer que era porque eu tinha um espírito muito mais forte que Juli. Não importa, agora nada disso importa, estou indo para um lugar distante e desconhecido, com a chance de terminar muito mal.

— Ligue-me sempre, qualquer problema vamos resolver juntas — ela diz em um último abraço. — Arrisque-se.

— E não é o que estou fazendo? — reclamo enquanto ela coloca a bolsa no ombro e pega sua mala.

— Por você, arrisque-se mais por você e pelo que quer.

— Quero voltar para casa, quer mesmo que me arrisque a fazer o que realmente quero? — Ela me beija a bochecha e corre para o seu portão de embarque. — Esperta! — digo em voz alta indo para o meu portão de embarque, tremendo de medo.

Está claro que vão desconfiar que carrego drogas ou coisa assim, apavorada e sem esconder muito bem, ninguém vai me dar confiança, antes do fim do dia, vou estar em uma prisão federal.

Para minha surpresa, não sou barrada, ninguém nem mesmo parece me notar e, em uma hora estou sentada em minha poltrona na classe econômica pronta para viajar para Espanha.

A verdade é que ainda não associei realmente a loucura que estou fazendo. Prendo o cinto de segurança, odeio voar, fico sempre insegura, queria ser como Ulisses, o terceiro irmão é tão corajoso e aventureiro, espero que a garota dele não ache que isso seja ruim. Se ele mudar, vou ficar triste. Ele é tão feliz assim.

Abro meu livro, pronta para mergulhar em novas emoções. Deixo-me esquecer de tudo que não seja a Grécia e essa família especial.

— Senhorita, está tudo bem? — Uma comissária de bordo toca meu ombro e me dou conta que estou chorando.

— Sapatinhos, dois pares de sapatinhos, assim que ela contou. Ele ficou... Foi tão lindo! Ele tão gentil, apaixonado, generoso, dedicado a ela, arrependido.

— Acho... — A moça fica constrangida e eu envergonhada pelo pequeno surto.

— Desculpe! Eu estou muito bem, obrigada! Terminando um livro.

— Se precisar de algo — ela diz se afastando e me deixando sozinha.

Mergulho de volta à leitura, as páginas indo embora e eu angustiada e com pena de acabar, enquanto fico ansiosa para começar o próximo.

Quando chego ao fim, meu coração está feliz. Leva só um minuto, primeiro me lembro de que estou me enfiando em uma grande encrenca sozinha e longe de casa; segundo, vem a constatação de que tenho mais cinco horas de voo e o segundo livro está na mala, no bagageiro do avião.

Deixo meu lugar e vou até a comissária que está servindo uma refeição. Ela me sorri totalmente gentil. É o trabalho deles, ser sempre assim, tranquilos e educados, mas eu fico tocada.

— Oi, eu precisava de uma ajuda.

— Claro! — ela responde prontamente.

— Acha que é muito complicado me deixar dar um pulinho no bagageiro para pegar uma coisa muito importante que esqueci na mala?

— É impossível, senhorita, nem temos como chegar lá e principalmente... se me disser o que precisa posso tentar resolver. É algum remédio?

— Não. Eu... Eu entendo, obrigada!

Volto para minha poltrona dizendo a mim mesma que eu precisava tentar.

Adormeço o resto da viagem, sonho estar tomando sol em uma praia grega, com um mar azul e límpido a me observar. Acordo com o aviso de prender os cintos e me sento, atordoada, dormi por horas e horas, depois de uma noite de insônia, era de se esperar.

Deixo o avião com o coração saltando. É um país estranho e é a minha primeira viagem internacional.

Depois de pegar minha mala e ajeitar a bolsa no ombro, caminho um tanto perdida para a saída. Um homem segura uma placa com o nome de minha irmã. Baixo, gorducho e com uma expressão simpática. Ao seu lado, uma mulher bem vestida e atenta a todos que deixam o avião.

Eu me aproximo deles com medo de errar o espanhol, há tempos que não treino o idioma e se soubesse que viria, teria me dedicado mais a exercitar.

— Senhorita March. Bem-vinda à Espanha!

— Obrigada!

— Eu sou Amâncio e essa é minha esposa, Carina. Ela veio comigo para que se sentisse segura.

— Eu fico muito grata. — Sorrio para mulher, o inglês do homem é bom e prefiro não me arriscar em sua língua.

— Vai gostar muito da Espanha — ela me diz apertando minha mão.

— Bem, vamos levá-la até o hotel. Vai descansar essa noite e amanhã segue viagem, mais umas horas de ônibus, então vai estar em sua nova... casa.

— Obrigada!

O casal me ajuda com a mala, não demora e estamos em um carro elegante, eles me deixam olhar a cidade sem puxar muito assunto. Fico encantada com a paisagem, o céu sem nuvens em um azul-claro, os edifícios, a costa, tudo é bonito e diferente.

O hotel é muito elegante, esperava um quarto simples em uma pousada de estrada, mas o homem deve ser generoso.

Ele fala com a recepção, entrego meus documentos um tanto assustada, mas sou eu na foto, é o que todos vão pensar. Na hora de assinar minha mão treme muito, tento sorrir e os dois se afastam me dando privacidade.

— Acho que posso passar as impressões gerais antes que suba para descansar. Importa-se de tomar um café conosco?

— De modo algum.

Nós nos acomodamos em um café ao lado do saguão, o hotel é incrível e está claro que recebe turistas ricos.

Ele faz o pedido e minha mente ainda meio confusa pelo sono e as horas de voo parece com dificuldade de registrar tudo, só quero um banho e mais umas horas de cama.

O homem fala um pouco sobre o que vou fazer, fico balançando a cabeça concordando com coisas como Javier não quer ser incomodado, ele gosta de privacidade.

Recebo um pequeno mapa para chegar a casa, alguns euros para possíveis despesas no caminho, o número pessoal de Amâncio e também de Carina e finalmente posso subir, depois de rápidas despedidas.

Não penso em ler, não penso em comer, só penso em um banho refrescante e na deliciosa cama que me atiro depois de fechar as cortinas e dormir quase que imediatamente.

Depois do café da manhã e algumas instruções em espanhol, um táxi me leva até a rodoviária e, com longas quatro horas de viagem eu finalmente chego ao pequeno vilarejo. Olho para colina, onde a casa está localizada. Ela pode ser vista de qualquer lugar do vilarejo. Eles querem mesmo que suba a pé até lá?

Arrasto minha mala para a estrada recebendo muitos olhares mudos e surpresos, lugares pequenos são assim, qualquer coisa é novidade. O sol do meio-dia está de derreter e agradeço a ideia de ter colocado um vestido leve e ter prendido os cabelos.

Enquanto subo pela pequena estrada sinuosa e íngreme em direção à mansão no topo da colina, sinto-me como Lissa Stefanos, acho que agora entendo o que ela estava sentindo enquanto rumava para o desconhecido.

Não vou encontrar o cara certo, mas isso não muda o que sinto em meu coração. Preciso parar para descansar duas vezes, sonho com um bom copo de água gelada, quem sabe um suco e qualquer coisa para comer.

Quando chego à porta do grande casarão me dou conta de que todas as cortinas estão fechadas, janelas e portas, tudo tão fechado e silencioso. Olho para baixo, posso ver todo o vilarejo e quando corro os olhos em torno não tem mais nenhuma outra casa em nenhuma outra colina. Espero estar no endereço certo, porque não tenho condições físicas de voltar.

Meu rosto deve estar vermelho, os cabelos escapam pelo rabo de cavalo e o vestido está todo amassado pelas horas sem fim que passei sacolejando em um ônibus.

Não tem o que fazer, é assim que vou me apresentar ao Sr. Ruiz. Bem que podia ter pedido a um dos funcionários para me buscar de carro lá em baixo, vinte minutos de subida sob esse sol, ele tem sorte de eu não ter tido um infarto.

Bato à porta de madeira, não tem portões, campainha, sino, nada. É preciso bater e esperar a sorte de ser ouvida. Leva uns minutos e nenhuma resposta, resolvo bater de novo, desta vez com mais força, dói um pouco os nós dos dedos.

— Parabéns, Anne, você conseguiu subir a colina errada! — digo olhando para o vilarejo lá em baixo, pensando em juntar forças para descer e pedir informações.

— Subiu a colina certa! — Uma voz grave me faz saltar de susto e quando me volto um homem está com a porta entreaberta, a minha espera.

Meu coração ainda não recobrou a naturalidade quando ele faz um movimento com a cabeça me convidando a entrar. É alto, traços masculinos marcantes, barba, usa uma camisa de mangas longas e tem as mãos nos bolsos sem parecer disposto a me cumprimentar.

Tento sorrir, é qualquer coisa como uma careta que ele recebe e não reage, apenas me dá as costas seguindo para dentro da casa e levo um instante me decidindo a entrar ou fugir. Vim até aqui, o jeito é enfrentar o que está por vir. Pego a alça da mala, ajeito a bolsa no ombro e desejo ser forte como aquela moça de olhos azuis que subiu as ruas de paralelepípedo na pequena ilha e encontrou amor.

Caminho para dentro da mansão com o coração aos saltos e todas as dúvidas do mundo.

Capítulo 4

Javier

Olho para a janela fechada pelas pesadas cortinas, se o ônibus ainda faz a mesma viagem de sempre já deve ter deixado Julianne March na praça do vilarejo.

Fecho a gola da camisa no último botão, em algum momento entre hoje e o completar dos doze meses, em que ela vai estar aqui, vou receber o olhar de pena e repulsa.

Os espelhos foram todos retirados da casa. Uma tentativa tola de Amâncio e dos empregados de me fazer esquecer, como se não tivesse de conviver comigo mesmo dia e noite pela eternidade. Vou até o banheiro, pelo que percebi andando pela casa, são os únicos lugares onde ainda existem espelhos, encaro meu reflexo.

O rosto ficou intocado, as cicatrizes se espalham pelo peito, braço direito e as mãos. Algumas na coxa, mas essas diferentes, pela pele que foi retirada para o enxerto. Talvez eu nunca mais me esqueça da dor, ela me acompanhou em cada segundo sem descanso, por meses e meses, até que um dia não existia mais. E senti sua falta, porque foi quando a alma finalmente pôde sentir, quando a mente se aquietou e a verdade me tomou como um monstro perigoso pronto para aniquilar o que restava de mim.

Passo os dedos ajeitando a barba. Eu não tinha barba antes do que aconteceu, os cabelos eram muito mais curtos; um psicólogo diria que quero me esconder.

Volto à janela e abro uma fresta da cortina, a mulher sobe a ladeira puxando uma mala, não dá para ver muito dela, apenas os cabelos castanho-claros em um rabo de cavalo que balança de um lado para outro conforme ela anda. Depois da segunda parada para respirar, uma pequena onda de culpa me invade. Era simples ter resolvido isso, bastava pedir a alguém para trazê-la direto de Barcelona, podia ter contratado um carro. A viagem que ela deve ter feito em três ou quatro horas com as paradas levaria nem duas horas de carro, o motorista da empresa poderia ter trazido.

Fecho a cortina e desisto de observá-la, terei muito tempo para observar Julianne March de perto e, não estou nem um pouco confortável com isso.

Separo as folhas com suas instruções, não é nada demais, qualquer idiota pode realizar o trabalho: cozinhar, ler correspondências, incomodar-me o mínimo possível, ir ao vilarejo de carro para comprar o necessário, resolver todo o resto com Amâncio.

A batida à porta soa educada quando ainda estou juntando os papéis, termino de guardá-los na pasta e deixo o quarto, coloco sobre o móvel na sala quando ela volta a bater, agora com mais força. Talvez sua impaciência seja um problema.

Não importa, ela está aqui e vai ficar e eu não preciso ficar perto dela ou ela de mim. Quão odiosa ela precisaria ser para que mesmo com o mínimo de contato eu ainda quisesse dispensá-la?

Abro a porta sem saber muito bem como agir, há quase dois anos que não tenho contato com ninguém estranho.

— Parabéns, Anne, você conseguiu subir a colina errada! — Ela se congratula de costas para mim enquanto observa o vilarejo.

Enfio as mãos nos bolsos, uma certeza imensa me invade, eu não queria ter de falar com ela ou qualquer outra pessoa.

— Subiu a colina certa!

Ela tem um sobressalto e se volta, assustada. olhos grandes a me observarem cheios de incerteza. Leva um segundo nosso pequeno embate, devo admitir que o rosto tem uma expressão confiável, certa simplicidade e naturalidade que a torna quase agradável. Faço um convite usando apenas um movimento de cabeça, dou as costas a ela, que me segue sem escolha para dentro de casa e encosta a porta logo atrás de si.

— Senhor Ruiz? — Ela tenta confirmar.

— Eu mesmo.

Julianne, me sorri , desejando parecer simpática, não correspondo. Depois de tudo eu aprendi a não fingir emoções, perdi o interesse pelas boas relações humanas e não faço mais questão de parecer nada.

— Sou Mar... Julianne March!

Acho que ela pretendia usar apenas o sobrenome, quem sabe vai me pedir para usar o apelido como fez agora há pouco se referindo a si mesma como Anne. Se puder não chamá-la já fico bastante grato. Sua mão estendida é ignorada.

— Bem-vinda! — digo, apontando com o queixo a pasta sobre o móvel. — Aí estão suas instruções de trabalho.

— Instruções? — ela pergunta juntando as sobrancelhas com ares de dúvidas, pega a pasta, abre e puxa a primeira folha.

— Parece bem simples — digo já impaciente.

— Estou percebendo — ela fala enquanto ainda parece ler.

Penso se preciso esperar que leia tudo. Eu mesmo podia ter passado as instruções.

— Fique à vontade para explorar a casa e...

— Não vai me apresentar aos outros funcionários da casa? — ela me pergunta.

Será que não me fiz entender? Eu achei tão óbvio e simples de entender, procurei ser didático e pelo que entendi, ela estudou Administração, acho que isso a torna capaz de administrar serviços básicos.

— Não existem outros funcionários — informo a ela, que parece ficar bem surpresa.

— Acho que seu inglês parece muito bom, mas... disse que não tem funcionários?

Julianne faz uma negativa com a mão enquanto fala lentamente, tratando-me como se eu fosse um idiota incapaz de me comunicar. Uma onda de irritação me abate.

— Não traria uma pessoa da América se não soubesse me comunicar na droga da sua língua!

Julianne parece levar um susto, dá um passo para trás me fazendo sentir como um tipo de agressor. É hora de buscar calma para vencer esse primeiro momento, tenho fé de que depois disso, quando me fizer entender qual sua real função aqui, vamos ter uma ótima convivência.

— Sou apenas eu — ela constata voltando os olhos para o papel. — Lavar roupas, trocar roupa de cama, cozinhar.

— Seremos sempre apenas você e eu. Tem uma lavanderia bastante moderna, nada disso será trabalhoso.

Ela dá um largo sorriso que parece levemente cínico, mas não procuro analisar mais profundamente.

— Acha mesmo que limpar essa mansão é coisa simples?

— Não acho, senhorita, por isso deve terminar de ler antes das perguntas desnecessárias, uma equipe vem mensalmente realizar o trabalho pesado. Se a senhorita não fizer muita sujeira, acredito que seja capaz de manter a casa organizada entre uma faxina e outra.

— Ah! — Ela parece chegar até o ponto e o rosto cora. — Está aqui. Desculpe a ansiedade.

— Acho que conheceu meu diretor financeiro? Amâncio disse que a encontraria.

— Tão simpático! Ele e a esposa foram muito gentis, achei muito carinhoso ele levar a esposa para que eu não me sentisse assustada com um estranho logo na chegada e ela é...

— Não quero saber — aviso deixando Julianne outra vez paralisada.

Com o tempo ela deve entender que não vamos ser amigos.

— Bem, então... — ela diz dando de ombros.

— Exatamente — respondo entendendo as palavras soltas; não temos mais nada a falar.

— Limpo a casa — ela diz pegando outro papel na pasta. — Telefones importantes, e-mail e senha?

— Vai entrar no meu e-mail uma vez ao dia e responder tudo, se algo for muito importante...

— Eu pergunto a você. — Ela tenta adivinhar.

— Não. Você usa os telefones importantes e liga para Amâncio.

— Nunca incomodá-lo, esse é o plano?

— Espero que seja mais do que um plano. — Ela balança a cabeça afirmando. — Leia as correspondências, encaminhe o que achar importante, rasgue e jogue fora o que não interessar. Não recebo visitas, principalmente sem aviso, e em especial das pessoas do vilarejo.

— Não gosta deles? — Que mulher irritante! Como isso pode ser da conta dela? — É que, se são pessoas ruins ou perigosas, eu mereço saber. Já que pelo que li no outro papel, sou eu que vou lá comprar coisas.

— É só um vilarejo com gente comum e simples. Não oferecem risco.

— Bom — ela diz tentando sorrir.

Vejo sua luta para parecer gentil, seu desejo de criar alguma ligação entre nós. Considero admirável, mas não me interessa.

— Quando não estiver ocupada, é dona do seu tempo. Faça o que quiser.

— Muito obrigada!

Agora, sim, a ironia está clara e, ao contrário de me irritar, me causa algo bom. Demonstra uma gota de personalidade.

— Vou mostrar o escritório onde vai encontrar o computador, telefone e arquivos. — Giro nos calcanhares e escuto seus passos atrás de mim.

— O dia está tão quente, foi uma subida e tanto — ela diz logo atrás de mim. — Teria um copo de água?

Eu me volto para olhar para ela.

— Quer que leia sua correspondência e cozinhe para você também?

— O senhor não gostou de mim? Quer que eu retorne para que escolha alguém mais apropriado?

— Se tiver trezentos mil dólares, pode ir. — O rosto dela perde um pouco a cor e ela suspira. — A cozinha fica no final desse corredor

Ela que olha para o corredor longo e cheio de portas, quadros e tapetes.

— Obrigada!

— Espero você aqui no escritório — aviso querendo acabar logo com isso, mas se ela desmaiar na minha frente desidratada só vai me ocupar mais o tempo.

O escritório está bem organizado. Sobre a mesa, tudo que ela pode precisar. O computador com a senha de acesso ao lado, telefone, papéis para anotações, canetas. Ela vai gastar no máximo uma hora do dia aqui, alguém organizado resolve tudo em uma manhã.

O tempo corre e a menos que eu tenha entendido errado e ela esteja nadando na piscina, ela está demorando demais, só pode ter se afogado no copo de água ou ter se perdido, as instruções pareceram bem simples, a cozinha fica no final do corredor, não tem como errar.

Cansado de esperar, vou atrás dela, encontro Julianne de pé, no meio da biblioteca e só descubro quando volto da cozinha vazia. Os olhos dela percorrem as estantes enquanto ela parece perdida em emoções.

Ela cerra os olhos um pouco para forçar a visão, seu queixo cai e ela se aproxima de um dos livros, passa a mão no vestido amassado para limpar e puxa o livro com devoção.

Surpreende-me ver seus olhos marejarem quando ela abre o livro e passa a mão quase como um carinho na página. Afundo mais as mãos nos bolsos. Ela está tão mergulhada que não parece me ver.

— Primeira edição. — Sua voz soa embargada. — De 1851.

— Páginas delicadas! — Ela ergue os olhos, surpresa e assustada.

Fecha o livro e pisca para afastar a lágrima que acaba por correr pelo rosto. Chorar por livros. Será que era assim que meu bisavô e todos os que vieram depois se sentiam com obras como essa?

— Meu Deus! — Ela devolve o livro com cuidado à estante. — Você tem toda razão. Devo chamá-lo de senhor? — Balanço a cabeça negando. — Melhor. Você está certo. Eu... Eu fiquei... — Ela seca o rosto, desvia os olhos, quer desesperadamente olhar para mim, mas os livros parecem chamá-la quase que como se estivesse hipnotizada. — *Moby Dick* é demais para o meu coração, eu... Eu li quando adolescente e agora...

— Gosta de livros.

— Do cheiro deles e de todo o resto. Essa biblioteca... Meu coração está sobressaltado, poderia morar aqui. — Sou novamente ignorado enquanto ela continua a caminhar por toda a sala, tocar em algumas capas. — Deve ter algumas centenas de livros e todos os clássicos do Universo e... — Ela para diante de uma estante ainda incompleta. — Livros mais modernos, últimos vinte anos. Espaço para novidades.

Ela sorri. Sinto que nunca mais vou ter de volta sua atenção para acabar logo com isso e me recolher.

— Dá para completar essa com uma visita à livraria, se fosse assim rica eu faria isso agora mesmo, buscaria todos os livros que quero ler e todos os que nunca vou conseguir ler, mas vou querer mesmo assim. Coloco um do lado do outro, fico admirando como são lindos. Começo cinco deles ao mesmo tempo, juro que nunca mais compro nenhum até acabar todos, então passo diante de uma livraria e lá estou eu, perdida entre títulos e capas, apaixonada e feliz.

Finalmente ela dá uns passos em minha direção, o rosto corado, os olhos cheios de brilho. Isso me perturba a ponto de não conseguir pará-la, tamanha é sua alegria e ansiedade.

— Uma vez, quando eu tinha nove anos, amo livros desde muito cedo — ela diz, animada. — Mamãe me disse: "Está bem, Anne, vou comprar todos que puder carregar". Porque eu estava desesperada e apontando todos e indecisa demais e mamãe tinha pressa. Enchi uma cestinha e sai empurrando para o caixa de joelhos, pedi para a Ju... Para minha irmã me ajudar. — Ela perde um pouco o entusiasmo. — Bem, ninguém me ajudou, foi deliciosamente humilhante chegar ao caixa me arrastando, mamãe se arrependeu, mas tive livros para ler por dois anos.

— Pode me acompanhar ao escritório?

Julianne termina de murchar, não tenho ânimo para ela, não tenho vontade de ser cuidadoso. Ela não veio para ser minha amiga, só precisa fazer seu trabalho, não quero saber da irmãzinha malvada que não a ajudou, nem da mãe que incentivava a literatura, só quero que me deixe em paz.

— Claro! — ela diz quando começo a andar e ela me acompanha. — Aqui vai ter tudo que precisa para o trabalho de escritório. Já esteve na cozinha?

— Sim, encontrei a biblioteca na volta — ela se explica. — A cozinha também não é nada mal.

— Obrigado! — É minha vez de ser irônico.

— Não sou uma grande cozinheira — ela avisa.

— Se não mentiu no currículo, deve saber fazer o trivial.

Julianne olha para o chão. Não tenho planos de contratar outra pessoa e desfazer o contrato, se ela não sabe, está em tempo de aprender.

— Cozinho. — É o que ela se limita a responder.

— Não sou chato, não tenho nenhuma dieta especial, basta que faça o básico. Se preparar uma quantidade razoável, não me importo de repetir pratos e pode cozinhar uma vez ao dia, eu posso preparar meu desjejum pela manhã.

— Está bem, precisa ser servido em algum horário especial?

— à 1h da tarde o almoço, 8h da noite o jantar.

— Serei pontual — ela diz em um suspiro.

— Finalmente acabamos — digo, aliviado. — Se me der licença...

— Quarto, eu preciso saber onde é o meu quarto.

Ela está decidida a não me deixar em paz, há seis quartos na casa, cinco livres, ela pode simplesmente entrar em um e me esquecer.

— Acompanhe-me.

Deixamos o escritório, ela sempre marchando atrás de mim e isso me irrita levemente. Quando chego à ponta da escada, seus passos mudam de direção.

— Vou pegar minha mala — ela explica arrastando a mala para ponta da escada.

Eu sei que perdi todo tipo de emoção, que não consigo mais ser generoso ou educado, mas a ideia de vê-la se desdobrar pelas escadas com a mala pesada me incomoda. É constrangedor, mas eu simplesmente não vou tirar as mãos dos bolsos, eu não quero viver esse momento agora. Dou as costas a ela e subo enquanto escuto seus gemidos de esforço e a mala batendo em cada maldito degrau até que finalmente ela me alcança no topo da escada; rosto vermelho e respiração pesada.

— Um ano, então... Trouxe bastante coisa, mas claro, estou pronta para partir se mudar de ideia, não se prenda ao contrato.

— Não estou preso a ele. Você está — digo voltando a caminhar e indico em uma direção. — Este é o meu quarto.

Ela dá uns passos para trás, chocada, ofendida, apavorada.

— Eu li o contrato e não... Se pensa...

— Todos os outros estão livres para escolher. Neste, espero que nunca entre, a não ser com a minha autorização para limpar ou qualquer coisa assim.

— Ah! — ela diz de novo, corando.

Fecho meus olhos, respiro fundo. Acredito que mereci, já que não fui muito claro.

— Espero que faça seu trabalho e não atrapalhe o meu.

— Vou ficar nesse aqui do lado — ela diz olhando para a porta mais próxima.

Penso que só para fugir de mim e não a culpo, eu estou mesmo fazendo de tudo para ser odiado e mesmo não sendo proposital, é um pouco como eu sou agora.

— Como quiser, senhorita March.

— Pode ser só... Anne, se não se importar. É como todo mundo me chama.

— Assim será. Anne! — digo dando as costas a ela.

Já dentro do quarto, um tanto aliviado fecho a porta. Tem mais alguma coisa em mim, um sentimento de incômodo. Perdi totalmente o traquejo social, é uma luta conviver com as pessoas tendo o mínimo de civilidade. A fúria ainda está em mim, a dor ainda está latejando em meu coração.

Acomodo-me na poltrona e pego o livro que estive tentando ler. A cabeça tem tido dificuldades de concentração, mas tenho lutado bravamente.

Meu celular toca. Amâncio não parece muito capaz de entender o que quero dizer quando peço que me deixe em paz. Ele é tudo que me liga ao passado humano. A minha única ligação com todos que já conheci, com a empresa e a vida mundana dos negócios, pessoas e lugares.

— Julianne chegou bem?

— Sim. — Ao menos uma coisa ele entendeu, é agora sempre direto para me ocupar o menos possível.

— E...?

— Não tem mais nada, Amâncio. Ela está acomodada, deve começar o trabalho e está tudo resolvido.

— Gostou dela?

— Não tenho de gostar.

— Vou reformular — ele diz insistindo em continuar a conversa. — Julianne é adequada ao trabalho ou não?

— É muito cedo para dizer, mas acredito que sim. Sabe que me deixando em paz eu não serei nem um pouco exigente.

— Gostei muito dela, uma moça agradável.

— Que ótimo! Ela pode ser sua amiga.

Ele suspira.

— Você precisa de ajuda, Javier.

— Ninguém pode me ajudar, Amâncio. Não posso voltar no tempo e eu não quero falar sobre isso.

— Falar ajudaria.

— Vou desligar, Amâncio — aviso para não bater o telefone e ele me acusar de mal-educado.

— Está bem, eu não vou desistir de tentar — diz, desligando antes de mim.

Coloco o celular ao lado e encosto na poltrona, fecho os olhos tentando esvaziar a cabeça.

O rosto de Ivana me invade a mente em uma lembrança indesejada. Eu fui um tolo em pensar que ela me amava. Viajo por todos os jantares, festas, viagens, piscinas, iates, noites de paixão. Para alguém como eu, que nunca tinha ficado mais do que algumas semanas com uma mulher, namorar seis meses pareceu amor verdadeiro e a festa de noivado foi um acontecimento social em Barcelona. Mesmo com todos os problemas que enfrentava com Rosália, consegui que a noite fosse perfeita e Esther se divertiu como nunca.

E aqui está a dor a me consumir. Tudo terminou em um bilhete que a enfermeira me entregou com o anel, entre uma crise de consciência e outra.

"Sinto muito, não estou pronta para essa nova vida."

Foi tudo que ela escreveu. Seu amor não suportou as marcas e a dor, não foi capaz de vencer as manchetes de jornal. Tão covarde que nem mesmo pôde dizer pessoalmente, incapaz de olhar para as cicatrizes. Nunca foi amor.

Capítulo 5

Marianne

Passo a chave na porta assim que entro no quarto. Meu coração acelerado, tantas emoções diferentes que eu nem sei entender direito o que foi esse encontro.

Sento-me na cama olhando para porta fechada, abraçada à bolsa e domando minhas emoções.

A casa parecia abandonada e talvez seja isso, um único e solitário homem a perambular por essa mansão é assustador. Sem empregados, sem visitas, só ele e sua solidão, que é claro tem motivo.

Pode ser pela maneira como ele se comporta, grosso, misterioso, assustador. Talvez seja porque algo o tornou assim, ou apenas porque ele não tem coração, eu não sei, o que sei é que nunca me senti tão vulnerável como nesse primeiro encontro.

Talvez eu esteja apenas impressionada, mas não há dúvidas que não fico aqui nem até as aulas voltarem. Eu não preciso aturar maus-tratos, posso aceitar sua ironia e seu cinismo, mas até o limite do seguro. Se ele ultrapassar a linha uma vez que seja eu deixo a casa e então Juli e eu daremos outro jeito. Trabalhar até a morte para pagar a multa, contestar judicialmente, deve ser ilegal aplicar uma multa como essa.

Por que eu não pensei nisso antes? Juli ficou falando e falando na minha cabeça, deixou-me tão atordoada que quando me dei conta estava em um avião para Espanha. Devíamos ter pedido a opinião de um advogado. Jacob é advogado.

Eu preciso deixar de ser tão tola. O homem foi grosseiro comigo da chegada até se fechar no quarto e tudo isso sem nem mesmo tirar as mãos dos bolsos.

Minha respiração começa a voltar ao normal, a onda de medo vai me deixando ao mesmo tempo em que a sensatez chega. Temos um contrato assinado, ele buscou meios legais, não é um assassino psicótico. Talvez um homem infeliz, um homem muito rico e muito infeliz, mas eu conheci Amâncio e a esposa, fomos vistos juntos e desci no vilarejo, caminhei para a colina na frente de todos. Não é o tipo de coisa que alguém com planos malignos faria.

— Certo, respira. — Puxo o ar com força e solto lentamente, uma, duas, três vezes. Na terceira a bolsa já não está mais grudada a mim como um escudo. — Bem, Javier Ruiz tem um nome lindo, mas é um cara infeliz e se essa é sua natureza. Ou algo de ruim aconteceu, eu não sei e talvez descubra, mas até lá, será como ele quer. Vou fazer meu trabalho e evitá-lo totalmente, enquanto isso. Juli terá de pesquisar com Jacob ou algum outro advogado por lá, depois quando tiver certeza de que ela não vai acabar em uma encrenca maior do que merece, pego minhas coisas e vou embora.

O plano me faz sentir muito mais confiante. Talvez a porta ainda permaneça trancada durante à noite, mas de resto, posso conviver com isso por uns dias. Duas ou três semanas e tenho certeza de que um advogado poderá resolver isso.

Sorrio me lembrando do pedaço de paraíso que ele tem em casa. A verdade é que duas ou três semanas dentro daquela sala, abraçada aos mais belos livros, vai ser quase férias.

Cumpro essa pequena lista de afazeres em poucas horas e passo o resto do dia lendo, sonhando, nem vai parecer que estou aqui.

Eu me sinto bem, analiso minhas emoções e o sentimento de pânico me abandona por completo. Tem fome, cansaço da viagem, ansiedade por me perder no mundo dos livros, mas medo não existe mais e posso sorrir com essa certeza. Eu lido com pequenos tiranos todos os dias, meus garotinhos chegam à escola mimados, teimosos, briguentos, eu os transformo em anjinhos educados e obedientes. Uso todo amor que existe em mim e contamino os pequenos, posso dar um jeito nessa fera arrogante e mimada em tamanho natural.

Abro minha mala, dou de cara com o livro que pretendia ler no avião e que ficou triste à minha espera.

— Já vamos conversar, Heitor. Seja paciente, preciso desfazer a mala, tomar um banho e encontrar comida, depois seremos nós dois e a garota que vai mudar sua vida.

Não vou telefonar para Juli, quero ver quanto tempo demora até ela se tocar que atravessei um oceano para ajudá-la e me ligar para saber como estou.

Depois do banho, um jeans e uma camiseta resolvem o problema, calço um par de tênis, corro os olhos pela lista de coisas a fazer. Deixo quarto evitando fazer barulho e levando meu livro comigo.

Essa casa é tão escura, mas se ele gosta assim, assim será. Quero só ver Javier arranjar motivos para ser grosseiro. Acho que posso até gostar de irritá-lo, fazendo tudo exatamente como ele quer. Gente como ele busca confronto para canalizar a raiva e reagir. Tenho novidades para ele, não vai encontrar nada comigo. Essa decisão me faz tão bem que volto a sorrir.

A cozinha é linda, bem equipada, coisa de gente muito rica mesmo. A despensa não deixa nada a desejar a um supermercado de grande porte, dois congeladores estão repletos com todo tipo de congelados, assim fica fácil.

Em meia hora tenho uma comida simples pronta sobre o fogão. Como ele não especificou se devo ou não chamá-lo, eu nem me dou ao trabalho de colocar a mesa. Faço um prato e me acomodo em uma cadeira. Aposto que aqui tem uma adega cheia de vinhos caros. A piscina interna é linda e dá para ver da vidraça perto da despensa, pessoalmente acho que a construção contemporânea e, claramente adaptada. Possivelmente anos depois, destoa de tudo, mas se ele gosta de mesclar velho e novo, eu não tenho nada com isso.

Tomo água para acompanhar a refeição, lavo meu prato e deixo as panelas sobre o fogão para ele comer quando, ou se, sentir fome. Vou para o escritório dele, a sala é bonita e os móveis antigos. Imagino que grandes homens de negócios estiveram por aqui, mandando no dinheiro espanhol.

Abro o computador, uso a senha de acesso e entro nos e-mails do homem. Vai ser difícil descobrir o que é importante e o que não é, mas Javier está errado se pensa que vou perguntar a ele. Amâncio vai ter que me ajudar em tudo isso.

Propagandas e convites são fáceis de descartar, tem uns quinhentos e-mails para organizar, quando foi a última vez que alguém mexeu nisso? Ao menos posso exercitar meu espanhol lendo todos eles.

Uma hora de trabalho e escuto os passos dele atravessando o corredor. Eu devia ter fechado a porta só para ele não poder dar uma espiadinha. Quando foi que virei a Juli?

— Está tendo problemas? — ele indaga surgindo à porta.

Olho para ele balançando a cabeça em negação.

— Tudo muito simples. Fiz comida, deixei sobre o fogão. Não me disse se devia chamá-lo, preferi não incomodar.

— Não esperava que cozinhasse hoje — ele diz meio surpreso.

— Esperava ou teria dado o dia de folga.

Volto meus olhos para o computador, ele se demora ali me olhando. Esforço-me bravamente para não reagir e voltar a olhar para ele, não me concentro até que seus passos soem longe e respiro, aliviada. Escuto o barulho na cozinha, não me movo do lugar, envolvida em acabar logo com isso.

Quero imaginar Juli vivendo essa situação, mas é impossível, ela não suportaria meia hora. Primeiro, usaria seu charme e aparência. Sendo recusada, ficaria irritada, odiaria cozinhar e ela não é muito capaz de qualquer modo. Juli se atrapalharia nos e-mails porque morre de preguiça de ler e no fim do dia, mandaria o patrão e sua multa para inferno, deixaria o emprego. Ela aproveitaria uns dias em Barcelona antes de voltar para casa e correr para meus ombros dizendo que estava encrencada, ou encontraria seu grande amor em um espanhol que namoraria umas semanas e depois fim.

Se eu sei tão bem o que aconteceria como é que ela não sabia? Por que minha irmã não para de fazer tolices uma atrás da outra?

Volto a me concentrar nos e-mails, finalmente cheguei à última semana, sexta-feira. Eu estava me despedindo dos meus alunos e hoje estou aqui. Havia dois convites; uma Mostra Cultural e uma exposição de Arte. Essa casa é tão cheia de arte que ele deveria gostar dessas coisas. Recuso os dois educadamente, aposto que ele não se daria a esse trabalho e apenas enviaria à lixeira.

Javier volta a caminhar, escuto como os passos diminuem quando se aproximam. Ele passa vagarosamente na frente do escritório e é difícil não rir da situação ridícula.

Levo pouco tempo até esse trabalho chegar ao fim e me sentir solitária e triste. Há pouco estava no Illinois, sonhando com as férias e hoje estou em um vilarejo espanhol.

Pego meu livro e caminho apressada para a biblioteca. Meu coração se aquece só de entrar nesse ambiente. Abraço meu livro enquanto meus olhos correm mais uma vez pelas estantes, um universo inteiro em prateleiras de madeira, enfileirado em lindas histórias que contam sobre o mundo e o tempo. Atravessam costumes, sonhos, ideais, fantasia, passado, presente e futuro. Ditam moda, ensinam, emocionam, distraem, trazem esperança, companhia, inspiram e transformam.

A poltrona próxima a uma das grandes janelas parece ter uma luz ótima, eu me acomodo sentindo a maciez do tecido. É aconchegante, respiro fundo passando os olhos com atenção na capa, vamos ver quem é Heitor Stefanos.

Abro o livro e mergulho sem medo, leva poucos instantes para deixar a sala confortável e percorrer a Londres cinzenta.

— Ah! Meu Deus! Ele tem uma garotinha!

Quero saber o que ele vai fazer com essa informação, espero que ele não seja um canalha. O irmão mais velho começou um idiota. Minha mente viaja um instante para o constrangedor momento em que, como Lissa, pensei que Javier me queria em seu quarto. Erramos as duas, meu rosto cora de vergonha quando me lembro do olhar de espanto de Javier quando entendeu para onde estava indo meus pensamentos.

Balanço a cabeça para afastar o pensamento e volto para Heitor e a busca pela filha, que agora ele sabe que existe.

O dia perde a claridade, o melhor dessa sala é que tem uma luminária ao alcance da mão e nem mesmo preciso deixar a cadeira para acender a luz. A comida está pronta sobre o fogão, ele disse que era para cozinhar uma vez por dia que repetiria o prato, pois que repita então. Meu tempo livre faço o que quero e, quero estar aqui.

— Você mereceu esse tapa! Está de castigo!

Fecho o livro e o deixo sobre meu colo. Como é que ele trata assim a pessoa que cuidou da filha dele com tanto amor? Por que eles começam sempre tão idiotas?

— Vou jantar enquanto você pensa no que fez — digo deixando o livro na poltrona e ficando de pé.

Meu pescoço dói um pouco, vai ser uma longa noite lutando para fechar o livro. Agora quero só ver como é que a família vai reagir, aposto que ele está encrencado, muito encrencado, ninguém vai considerar certa essa atitude.

Ainda pensando no livro caminho para cozinha, embora escute barulho de talheres, minha mente parece não registrar nem mesmo as luzes acesas e só quando entro sem aviso e encontro Javier sentado à mesa jantando é que me dou conta de onde estou e minha real situação.

Os olhos dele se arregalam, parece que ele também se esqueceu da minha existência. É um segundo constrangedor, então, por qualquer razão, meus olhos seguem para seu prato e as mãos que seguram os talheres com firmeza. As marcas de queimaduras são grandes, tomam a mão toda, recentes, tive um aluninho queimado no meu segundo ano como professora, sei como é isso. A mão direita é bem enrugada e a pele escura, a esquerda parece melhor.

Um sentimento de carinho me toma o coração, por isso ele escondeu as mãos o tempo todo quando cheguei, por isso nem mesmo me ajudou com as malas. Meu coração fica repleto de empatia, não sei o que ele viveu, mas essas marcas estão vivas em sua alma e ele não gosta de mostrá-las.

Ele solta os talheres sobre o prato ainda cheio de comida, afasta a cadeira um tanto enfurecido e eu ainda não consigo me mover. Quero buscar algo a dizer, reagir, mas não sei o que fazer, não sei como domar a mente e aplacar a curiosidade mesclada à compaixão.

— Quero minhas refeições servidas na sala de jantar! — ele comunica, autoritário e quase perverso. — Você parece ter muito tempo livre.

Feito um raio, ele deixa a cozinha pisando duro. Escuto os passos pesados na escada, até a porta do quarto bater, então pisco, despertando.

— Por que na vida real eles continuam idiotas sempre?

Parece que consigo entendê-lo, ele ataca como bicho encurralado, ele ataca se defendendo, o que acaba de acontecer foi apenas seu jeito de se defender do meu olhar. Eu devia ter fingido que não vi? Se tivesse sido alertada, mas não fui e fiquei surpresa, eu olhei para suas marcas ostensivamente e isso o machucou. Então, feito animal ferido ele reagiu.

Tudo bem, faz sentido. Como professora, aprendi um pouco de Psicologia, mas não quer dizer que tenho de aceitar e achar natural, posso ter empatia por sua dor e ainda ficar furiosa com seu comportamento? Acho que sim, porque eu estou.

As refeições serão servidas com requinte na longa e elegante mesa de jantar com lustre descendo imponente a iluminar a mesa e, cadeiras de madeira estofada em veludo com entalhe delicado feito a mão por algum artista marceneiro.

Lavo os pratos depois de comer, guardo as sobras e sinto uma ponta de pena porque ele ainda estava comendo e talvez durma com fome.

— Não seja tola, Anne! Ele é adulto e tem uma despensa lotada de comida.

Volto para biblioteca, podia passar a noite aqui, mas prefiro ir para o quarto. Ando pela casa fechando portas e apagando luzes, deixo uma luz no corredor de baixo acesa, caso ele desça pela madrugada. Entro no quarto e passo a chave na porta.

Não acho que ele entraria aqui para me atacar, um homem que não quis que eu o visse em sua fragilidade não parece um tipo capaz de invadir um quarto à noite em busca de mostrar seu corpo em um abuso.

Até sinto um arrepio me percorrer pensando sobre isso, mas me tranquilizo com a certeza de que não vai acontecer.

Eu me acomodo na cama depois da higiene pessoal e pronta para voltar a ler quando meu celular toca. Finalmente ela teve a decência de ligar. Há dois dias que nos despedimos no aeroporto.

— Oi, Juli! — digo um tanto chateada com ela.

— Conte-me, chegou bem? Gostou dele, do trabalho, como estão as coisas?

— Eu devia estar no meu sofá com as pernas para cima de férias, mas estou aqui por você e só agora me telefona? Pensou por um segundo que eu podia estar em apuros no seu lugar?

— Puxa! Achei que ficaria feliz em falar comigo.

— Nós nos despedimos há dois dias, estou longe de casa, Julianne. Queria que tivesse me ligado o tempo todo, podia ao menos fingir.

— Desculpe, eu me envolvi na organização do apartamento novo. Jacob está trabalhando direto, chega supertarde, fiquei com a organização de tudo sozinha.

— Deve mesmo ser muito difícil organizar um apartamento mobiliado.

— Conte-me tudo. — Ela muda de assunto.

— Não tem um batalhão de funcionários, só um homem rico e solitário, que eu atendo. Cozinho, arrumo, leio correspondências, nada demais.

— Ele é bonito pessoalmente? Porque na foto que eu vi era lindo!

— Sim, ele é um homem muito bonito, mais do que devia — admito, porque nunca mentimos uma para outra; ou eu nunca menti para ela, já não tenho mais certeza.

— Ele é solteiro?

— Parece que sim. Mora sozinho aqui.

— Bonito, rico e solteiro. Será que ele é gay?

— Não, Juli, e isso não importa. — Ele é sozinho por conta das marcas, tenho certeza disso por puro instinto. Ele afasta pessoas ou elas... Não quero conjecturar tanto. — Ele é grosseiro, arrogante e esnobe.

— Imaginei.

— Imaginou?

— Ah, o homem quis buscar fora do país alguém, então eu pensei que ele seria mesmo esnobe, ele maltratou você?

— Não! — digo sem querer assustá-la, seria difícil explicar o que aconteceu. Eu o entendo, não gosto, mas entendo e agora talvez eu não sinta medo dele. — Ele é só mal-educado.

— Que bom! Está segura? Disse que ele não tem mais ninguém e é solteiro, estão sozinhos aí?

— Sim, mas ele não me preocupa nesse sentido.

— Muito bonito? Começo a achar que sim. — Ela ri, consegue achar graça em uma situação como essa.

— Não é nada disso que está querendo insinuar, Juli.

— Toda vez que fala meu nome o meu coração dispara. Se ele escuta, como vai explicar?

— Estou no quarto com a porta fechada e falando baixo, ele não pode ouvir e eu não sei como devo chamar você para não correr riscos.

— Está me atacando toda hora — Julianne reclama em sua costumeira dramatização.

É isso! Seu vitimismo e drama são que sempre me convencem a retroceder e deixar passar.

— Escute, preciso de um favor. Na verdade, você precisa. — Posso até ver sua careta. — Jacob é advogado.

— Sim, mas é superocupado. O que quer?

— Quando você se apaixona fica insuportável! — reclamo mais uma vez. — Para de pensar só nele e pensa um pouco na gente.

— Eu queria ver como é Marianne apaixonada, aposto que faria o mesmo.

— Não, eu... — Eu não sei, nunca amei ninguém, uma paixonite no fim do ensino médio, um namoro no segundo ano da faculdade, nada que fizesse meu coração pulsar fora do ritmo. Talvez eu agisse assim, egoísta, eu não sei, talvez nunca descubra. — Chega, não vamos mais falar disso, vamos falar do que importa.

— O que é? Para que precisa de um advogado?

— Esse é o ponto, eu não preciso, você precisa — aviso para deixar bem claro que ela está encrencada, não eu. — Você assinou esse contrato.

— Pode ser, mas agora quem está aí no meu lugar, bem... Eu acho que estamos no mesmo barco.

Odeio quando ela tem razão, ele pode me acusar de falsidade ideológica e sei lá! Talvez eu acabe presa na Espanha.

— Mais um motivo para se preocupar. Quero que você converse com Jacob sobre essa multa, talvez dê para contestar judicialmente. O que acha?

— Anne, nós combinamos que ele não saberia disso. Como é que vou fazer uma pergunta como essa?

— Diga que eu assinei um contrato sem ler e me meti nisso!

Ela só pode estar me provocando propositadamente, não consigo achar outra razão, minha irmã não é nenhuma idiota.

— Eu não sei, eu não quero que ele pense mal de você.

— Ele não vai, ele vai pensar mal de você, você assinou esse contrato.

— Anne, é uma empresa importante, ele não pode se envolver em nenhum escândalo ou perde o emprego. Se eu perguntar algo assim, mesmo usando seu nome, ele vai temer que um escândalo internacional e financeiro envolvendo a irmã da noiva dele o atrapalhe.

— Eu conheci Jacob, eu realmente achei que ele fosse muito melhor que isso.

— Talvez ele seja — ela diz finalmente com uma voz triste. — Mas nunca me senti assim, tenho medo de perdê-lo, ele é um homem maravilhoso e fico me sentindo... É como se eu tivesse tirado a sorte grande e não quero estragar tudo.

— Está certo, Juli! Eu vou entender isso, mas preciso que consulte outro advogado aí. Estou na Espanha, em uma casa no alto de uma colina, lá em baixo um vilarejo de poucas casas e quase nenhum comércio. Eu não vou conseguir consultar um advogado, você está em Nova York, deve ter um por metro quadrado.

— Tudo bem, eu vou ver o que consigo. Eu acho que depois que assina não há nada a ser feito, mas posso investigar e ligo.

— Não esquece, precisa fazer isso. Quero ir embora e voltar para minha vida. Sinto falta de casa, da escola, da minha vida.

— De mim?

— Também, mas isso não vai mudar estando aqui ou em casa, você agora mora em Nova York.

— Não caibo dentro de mim de tanta felicidade. — Definitivamente ela não tem qualquer sensibilidade. — Obrigada, Anne, graças a você posso ser feliz!

— De nada, volte a me ligar quando resolver, até lá eu consigo... levar as coisas por aqui.

— Certo, liga se precisar.

— Pode contar com isso.

Desligo o telefone, posso escolher mergulhar na tristeza pela indiferença de Juli, mas prefiro mergulhar na leitura e não pensar nela e em nada.

Capítulo 6

Javier

Dormir mal não é novidade para mim, passei meses insone dormindo apenas com ajuda de remédios fortes, a dor era intensa e precisava de ajuda, depois que a dor passou pelo menos na maior parte do tempo, veio as angústias e essas também me roubam o sono. Um pesadelo ou outro me acompanham, mas esta noite o motivo é diferente, é Julianne March a me roubar o sono.

Eu não gostei do modo como a tratei, fui impulsivo e agressivo e ela não merecia. Ninguém tem realmente culpa por meu passado, não é certo agir como eu agi, o problema é que eu não sei mais ser de outro jeito.

Os olhos dela fixaram em minhas mãos, ela não se deu ao trabalho de disfarçar como quase todo mundo, não disse nada, talvez atordoada, talvez curiosa sobre como ganhei essas marcas, se há mais delas. Eu não sei o que passou por sua cabeça, o que sei é que os olhos dela recaíram sobre minhas mãos e não desviavam e eu reagi como sempre reajo.

Talvez eu devesse mesmo mandá-la embora e realmente me isolar, acho que não faço por puro medo de cometer uma loucura. Evitá-la o máximo que posso, quem sabe deva ser essa a minha atitude, ela se acostuma com a solidão e posso seguir minha vida?

A garota não puxou assunto, nem deu tempo, eu a ataquei e fugi e é só mais uma culpa para minha coleção.

Depois de me virar na cama e não encontrar sono, deixo o quarto. Uma xícara de chá deve ajudar, noto a luz do quarto dela ainda acesa quando passo, talvez ela esteja com insônia.

O corredor está com a luz acesa, foi delicado da parte dela pensar nisso. Coloco a chaleira no fogo e me lembro dos olhos de Julianne, queria saber o que ela pensou, Amâncio acha que eu devia sair por aí explicando logo a todos que não sabem, assim evitaria os sustos e as perguntas não feitas. Não vou me submeter a isso.

Levo a xícara de chá para a pequena sala de televisão, acomodo-me no sofá olhando para o vazio. Esther amava ficar aqui assistindo televisão, encolhida no sofá com pipocas e leite. Não podia me ouvir chegando que me convidava para lhe fazer companhia. "Tio, vem ver desenho comigo."

Seguia comigo por todos os cantos, Ivana não gostava muito quando saíamos para jantar e minha pequena surgia toda enfeitada pronta para ir também. Ela dizia que eu mimava minha sobrinha, que não sabia dizer não e que a levava a lugares inapropriados para crianças. Bem, talvez eu fizesse isso.

Então ela precisou de mim e não cheguei a tempo. Sabia que as coisas iam mal, sabia que aquele canalha e Rosália estavam em pé de guerra e não protegi nem mesmo Esther, tinha poder para afastá-la da mãe.

Se tivesse feito isso, ela estaria aqui agora, mas não fiz. Cheio de raiva e desejando dar uma lição em minha única irmã eu simplesmente deixei que vivesse como queria.

Tomo um gole do chá, quero empurrar o passado pela garganta de volta para seu lugar de angústia, uso o chá quente para deglutir o passado e nem mesmo assim ele desaparece. Ainda fica a martelar meu cérebro, queimar meu peito feito o fogo que me consumiu enquanto carregava Esther.

Uma onda de ódio tenta me dominar e eu não sei como preencher a angústia com outra coisa, deixo a xícara sobre o móvel e perambulo pela casa. Vou até a biblioteca, onde Julianne passou horas sentada. Passo meus olhos por todos os livros pensando ainda em como eles pareceram tão importantes para ela. Será que nada nunca mais vai ser de novo importante para mim?

Vou até a estante e pego a primeira edição que ela tocou, deslumbrada. Quem sabe descubro o que de especial tem nessa história ou em todas as outras que ela olhou cheia de paixão?

Pensar sobre ela e suas paixões parece me tirar do transe e, quando volto para o quarto, encontro algo que quase pode me lembrar paz. Volto para as cobertas desejando adormecer, fecho os olhos e me lembro que a luz de seu quarto ainda estava acesa. Desde que tudo esteja em seu lugar, ela pode até ser um vampiro e nunca dormir.

Meu café da manhã está posto na mesa de jantar, noto ainda descendo as escadas pela manhã.

Acomodo-me olhando a interminável mesa. Vazia assim ela é tétrica, acho que só esteve completa em minha infância, quando deixávamos Barcelona para o Natal em família. Vovó convidava pessoas do vilarejo, velhos amigos, parentes distantes, a mesa ficava lotada. Tiveram também festas importantes, jantares de gala com convidados ilustres, orquestra e dança. Meus avós eram estranhamente contraditórios, gostavam da solidão pacífica de viver na colina ao mesmo tempo em que amavam receber pessoas e festejar em grande estilo.

Escuto barulho no escritório, ela já deve estar lá fazendo seu trabalho. Pensei que me encheria de perguntas sobre o que fazer, mas eu nem mesmo a escuto.

Ideia estúpida mandar servir as refeições nesta mesa enorme. Eu nunca gostei de comer aqui, preferia a copa ou mesmo a cozinha; longe daqui. Não que vá voltar atrás em minha decisão, está feito, é isso, por um ano, é aqui que vou fazer minhas refeições. O café da manhã não estava no contrato, sinto que é retaliação pura ao meu comportamento de ontem e devo admitir que seja uma estratégia diferente.

Recolho a louça para levar à cozinha depois de comer. Talvez tenha de trocar a camisa, pois incomoda um pouco quando me movo. Passo pela porta do escritório, ela está digitando alguma coisa e para olhando para mim. Sorri para minha total surpresa.

— Bom dia, Javier! Gostou do café da manhã?

— Eu... Obrigado! — digo meio sem saber o que fazer.

Afasto-me da porta indo direto para cozinha levando a louça, deixo dentro da pia e quando puxo a manga da camisa para erguê-la e lavar a louça. Escuto seus passos, baixo a manga.

— Este é meu trabalho, eu faço isso — ela diz se acomodando diante da pia. — Eu estive lendo umas receitas de comida espanhola. Posso tentar aprender se me disser do que gosta.

— Não tenho preferências e não precisa fazer nenhum esforço extra. Cozinhe o que sabe — digo já com raiva de nunca ser capaz de usar de passividade para falar com ela.

— Tudo bem! A pequena Lizzie sabe tudo de cozinha grega e pensei em testar uns pratos, posso fazer torta de chocolate. O que acha?

Por que estamos conversando sobre cozinha grega e torta de chocolate e.. Quem diabos é Lizzie?

— Comida grega é bastante saudável. — Acho que fui bastante educado.

— Conhece? Você conhece a culinária grega?

— Na Grécia é o que servem — aviso dando uns passos para deixar a cozinha.

— Esteve na Grécia? — Os olhos dela cintilam de emoção. Eu afirmo sem vontade de falar sobre isso. — É azul? Quer dizer, quando pensa nela, lembra-se do azul?

Penso em como eu era um idiota que achava que nenhum mal podia me atingir, pensava estar apaixonado, pensava que o dinheiro comprava tudo; pensava que Esther amava o mar tranquilo e os passeios de barco e que as pequenas irritações de Ivana por ter permitido que minha sobrinha nos acompanhasse em uma viagem de férias era ciúme e não a definiam.

— Azul, quente e romântica? — Ela me desperta, esquecida da louça e me olhando ansiosa para falar sobre isso.

— Acho que sim.

— Não é muito bom em se expressar — Julianne constata.

— Senhorita, eu não tinha planos de me expressar. Estou inclusive tentando deixar a cozinha, mas me forçando a ficar para provar que não sou mal-educado.

A mulher diante de mim explode em uma crise de riso que me intriga e irrita um pouco, não acho que tenha dito nada engraçado.

— Acha que dizer que eu o estou forçando a conversar comigo é educado?

— É honesto e nem um pouco agressivo.

— Bem, nem todos são Stefanos.

Ela me faz juntar as sobrancelhas, eu devia simplesmente dar às costas a ela, mas não consigo sem perguntar.

— Do que está falando?

— Estou falando do livro que estou lendo, é uma série de quatro irmãos gregos. Eles são ótimos, quer dizer, nem sempre. Às vezes eles fazem umas bobagens, uns paspalhos como diria Lissa. Essa noite eu quase nem dormi, a garotinha sofreu um acidente e ficou em coma, chorei a noite toda. Felizmente ela está bem e foi para a ilha da família conhecer seus parentes. Um alívio depois de todo medo de que passei.

Chorar e passar a noite em claro preocupada com personagens fictícios, que bela vida sem problemas é a dela, talvez me cause alguma inveja.

— Sabe que é mentira? Quer dizer, eles não existem, são só personagens.

— Por que você é sempre assim agressivo?

Ergo uma sobrancelha, indignado e surpreso. Eu não estou sendo agressivo, até falei baixo.

— A verdade, eu apenas disse uma verdade. Um comentário honesto não é agressividade.

— Não tem nada de errado com suas mãos queimadas, não devia escondê-las tanto. — É um choque, um tipo de confusão. Levo algum tempo para registrar completamente sua fala e nem mesmo sei de onde ela veio. — É um comentário honesto e verdadeiro, portanto não é agressivo. — Ela me desafia.

— É, talvez a verdade algumas vezes seja agressiva — digo a ela antes de dar-lhe as costas e deixar a cozinha com um misto de sentimentos que tumultuam minha mente.

No horário combinado, quando ainda estou domando as emoções e tentando assimilar suas palavras, escuto uma batida à porta do quarto.

— Sim.

— O almoço está servido na sala de jantar. É exatamente 1h da tarde, vai se atrasar.

Que mulher insuportável! Ela não conhece limites? Não agredi ninguém exigindo a refeição à mesa de jantar de modo pontual, pago um bom salário, ela devia apenas seguir com seus afazeres, não tenho de comer quando ela quer.

Ando até a porta, abro e ela surge diante de mim com olhos repletos de ironia e desafio. É raiva o que sinto, muita raiva, mas uma raiva tão específica que até me preocupa.

— Eu não vou almoçar agora. Sirva e deixe que congele sobre a mesa, seu trabalho não é... — Eu me calo quando vejo a expressão dela mudar da ironia para mágoa. — Com licença, eu vou fechar a minha porta da sua face. — digo buscando a voz mais aveludada possível e vejo quando ela me dá às costas e o rabo de cavalo balança enquanto ela caminha pelo corredor.

— Homem mais insuportável! — Escuto seu resmungo já quase na escada e sorrio, achando graça.

O choque que vem depois do sorriso me surpreende mais do que a sua audácia. Deve ter dois anos que não sorrio, nem mesmo falsos sorrisos. Esse foi, além de tudo, espontâneo. Julianne March me fez sorrir. Fecho a porta lentamente, pensativo e surpreso, sem entender por que vê-la me xingar e caminhar para longe me pareceu tão divertido.

Meu estômago reclama de fome. A verdade é que essas picuinhas com ela ainda vão me fazer cair desnutrido, já são duas refeições perdidas.

Ando até a cortina, afasto um pouco olhando para o vilarejo. Tudo lá é tão tranquilo, pacífico, lento. Visto daqui, é como se fosse uma terra adormecida, encantada, mas aquelas pessoas não estão paralisadas. Lá a vida acontece, eles têm problemas, dores e medo, mas ainda assim, vivem a lentidão dos dias.

Depois de um longo momento observando sem chegar a nenhuma conclusão que mude minha vida, a fome me vence e deixo o quarto para encontrar uma impecável mesa de almoço com um saboroso e diversificado menu.

Não tem mais nada quente quando me sirvo. Mereço, então não reclamo. Nem teria para quem reclamar, ela está sumida pela casa. A verdade é que aposto todas as fichas que ela está na biblioteca. Vou descobrir quando tirar a mesa do almoço.

Termino a refeição desejando elogiar o prato, junto tudo na bandeja e carrego de volta para a cozinha, não dá para ver direito se ela está na biblioteca. Quem sabe quando me ouvir lavando a louça ela venha me dizer que esse é o seu trabalho?

Não tem nada de errado com minhas mãos, foi o que ela me disse. Talvez tenha tentado ser gentil, não sei dizer, mas não importa de todo modo, não muda o que eu penso ou sinto.

Não tem ninguém vindo atrás de mim quando abro a torneira ou faço barulho com a louça. Lavo tudo sozinho e deixo escorrendo sobre a pia.

Sempre fui um homem tão ocupado e dinâmico, é um tédio sem fim ficar sozinho sem nada para fazer. Até uns dias atrás eu tinha uma equipe de pessoas para reclamar de tudo, o barulho que faziam, o quanto me incomodavam com remédios, pomadas e fisioterapias, então veio a alta médica e o silêncio e agora eu começo a sentir o peso da minha decisão de isolamento total.

As horas correm me perturbando, abro uma gaveta separando uma muda de roupa para o banho. Nunca pensei que teria de me preocupar com o tipo de gola, ou mangas da roupa que vou vestir ou se o tecido é confortável; e essas pequenas banalidades me fazem sentir culpa. Tudo que passei é tão maior do que essa vontade de me esconder e poupar as pessoas.

Quando ligo o chuveiro sinto ainda um arrepio percorrer meu corpo, só quem viveu o que vivi sabe a dor de um banho. Claro que agora não sinto mais dor, mas ainda me lembro dela com toda minha alma cada vez que ligo o chuveiro.

Depois do banho, vêm as pomadas, que ajudam a pele a se refazer, clarear e evitam dor, protegendo o tecido ainda fino e delicado.

No começo um enfermeiro fazia esse trabalho, quando comecei a fazer pessoalmente eu sentia asco. Não me reconhecia, agora me esforço em busca de me lembrar de como era antes e não encontro na memória nada. Nunca uso o espelho, é melhor não ver o que estou fazendo. Visto a camisa, ajeito as mangas e deixo o quarto fingindo que vou dar uma volta, mas certo de que estou indo atrás dela.

Julianne está fechando a porta principal com um maço de correspondências na mão.

— Ninguém disse que o carteiro deixa coisas na sua caixa do correio, descobri agora que estava falando com Amâncio — ela diz balançando as cartas. — Vou conferir tudo ainda hoje.

— Não precisa, não vai encontrar nada importante — aviso a ela que passa os olhos pelas cartas.

— Vou lhe dar ouvidos e correr para meu livro. Quero ver se termino hoje, eu estou querendo chegar ao último irmão, ele é misterioso e acho que tem um passado sofrido.

Sinto quase como uma indireta, talvez ela queira saber mais sobre o que me aconteceu, ou já tenha perguntado a Amâncio e esteja só querendo que eu fale sobre isso.

— Longas pausas pensativas — ela comenta me despertando enquanto estamos os dois de pé, frente a frente.

Eu realmente perdi o jeito com pessoas, não sei o que responder. Parte de mim quer fazer isso, outra parte está prestes a ter um ataque de mau humor.

— Entendi a indireta. Sobre um passado misterioso.

— Você também tem um passado misterioso? Porque não foi uma indireta, eu estava mesmo a falar dos meus livros lindos.

— Lindos? — indago decidido a ir à cozinha achar algo para comer, ela me segue de perto.

— Eles são lindos, quase todos são, até as histórias ruins, mas essa é muito boa. Estou envolvida e meio apaixo... — ela se cala abruptamente, acho que ia mesmo dizer que está apaixonada por algum personagem.

— Não gosto de romances, são enfadonhos, sempre com finais felizes — comento já diante da geladeira enquanto ela parece decidida a conversar.

— Nem sempre, esses são, graças a Deus! — ela diz, aliviada. — Bem, eu espero, ainda não terminei o segundo. Que tipo de livro gosta?

Não respondo de imediato, eu não sei responder. Acho que não gosto de mais nada, não é sobre livros, é sobre tudo, nada mais parece prender minha atenção, não tem nada que me ganhe, só as lembranças ruins, essas parecem viver no meu encalço.

— Qualquer um que não seja um romance.

Ela parece se decepcionar e talvez eu tenha dito apenas para contrariá-la. Como se o tempo todo precisasse atacar.

— Tem um queijo fresco na última prateleira e pães no balcão, dá um bom sanduíche — ela fala, olhando para mim.

Consideero que pode ser uma boa ideia, pego o queijo e levo ao balcão. Ela puxa uma cadeira e se acomoda.

— Também vai comer? — Sou educado.

— Não — ela responde simplesmente. — Por que alguém que tem uma biblioteca tão maravilhosa não parece ter grandes relações com livros?

— Não criei essa biblioteca, ela vem de gerações, eu a herdei.

— Ah! — Ela se cala por um instante. — Tem crianças no vilarejo.

— Provavelmente — digo sem saber aonde ela quer chegar.

— Devia deixar que viessem descobrir esse lugar. Livros são...

— Não! — Sou definitivo, esse assunto não vai ter razão de continuar porque simplesmente não vai acontecer.

— Uma visita — ela insiste porque é teimosa.

Termino de montar o sanduíche com vontade de correr dela, Julianne me tira do sério e parece feliz com isso. Amâncio ao menos fica constrangido e desiste, ela não. Ela continua e continua até me fazer fugir e me refugiar no quarto onde estou decidido a ir agora mesmo para comer em paz.

— Não!

— Por quê?

— Não quero ninguém aqui.

— Entendi — ela diz brincando com a renda que enfeita a mesa

— É por isso que trabalha aqui, Julianne, porque eu...

— Anne, por favor! Não quero ser chamada de Julianne, apenas Anne. Se não for um pedido descabido — ela fala ficando de pé. — Vou deixá-lo comer em paz antes que fuja para o quarto. — Então se arrepende. — Desculpe, não é da minha conta. Eu vou para a biblioteca.

Fica um silêncio irritante quando ela deixa a cozinha. Algo que me faz especular se não estou sendo radical, talvez eu mesmo possa cuidar de algumas coisas mais importantes. Posso voltar a encontrar concentração necessária, posso assumir as coisas sem aparecer, preciso encontrar algo para ocupar a mente, a ideia de não fazer nada e esperar o tempo passar se prova insuportável.

Talvez eu deva avisá-la que a partir de agora, caso ela precise de alguma ajuda ou tenha dúvidas, ela não precisa procurar Amâncio.

Termino o sanduíche e caminho para biblioteca, só vou avisar e depois acho o que fazer com meu tempo sozinho, não preciso de ninguém para isso.

Paro à porta, esperava que ela erguesse os olhos e me notasse, mas ela está mergulhada em seu livro, perdida na história. O sorriso desaparece de seu rosto, a expressão se transforma em preocupação.

Trazer crianças aqui, ideia ruim. Livros raros, minha paz, isso é o oposto de todos os meus planos, não dá para acreditar que ela teve coragem de propor algo assim.

Julianne leva uma das mãos à boca cheia de surpresa, acomoda-se ficando tensa, entregue à história. Parece incapaz de me notar ou reagir à minha presença. Fico, inclusive, sem coragem de incomodá-la. Queria ser capaz de encontrar algo que mexesse assim comigo, se pudesse ao menos forjar falsas emoções, roubar dos livros paz, riso, amor, mas não consigo.

— Se quiser ficar, não tem problema para mim — ela fala me assustando enquanto ainda está focada no livro. — O medo faz a gente fazer tolices, ela está fugindo, diálogo é tudo na vida, bastava uma conversa e ela não precisava fugir assim, assustada.

— Lizzie? — pergunto me lembrando do nome que ela mencionou.

— A mãe dela.

— Vim dizer que não precisa procurar Amâncio se tiver dúvidas. A partir de hoje, eu mesmo resolvo.

— Está bem! — concorda sem desgrudar os olhos das linhas; é uma batalha perdida, dou meia-volta e a deixo sozinha.

Uns minutos antes das 8h deixo o quarto me lembrando de que ela com toda certeza, será pontual com o único objetivo de me provocar. Quando chego à sala de jantar, ela está ajeitando os talheres e a comida está servida.

Anne olha para o velho relógio de madeira encostado em uma das paredes. Ele ainda funciona com perfeição.

— Bom apetite! — ela deseja, fazendo uma mesura irritante que prefiro ignorar.

— Já comeu? — pergunto sei lá por quê.

— Sim. Estou toda atrapalhada com o fuso horário.

— Por isso passou quase toda noite com a luz acesa?

— Como sabe? — ela pergunta enquanto me sento pensando que Anne nunca deixa um assunto morrer.

— Passei pelo corredor vi pela fresta no chão.

— Só passando? Minha porta fica muito bem trancada.

— Está me ofendendo, senhorita March. — Meu sangue ferve só por imaginar tais pensamentos. Nunca faria um absurdo como esse. — Minha aparência não é das melhores, eu sei, mas não quer dizer que vá começar a forçar mulheres. Se puder me dar licença, quero ter paz em ao menos uma refeição.

— Por favor, Javier, eu não quis dizer isso. Não tem nada errado com sua aparência, é um homem muito bonito e eu... Eu nem sei o que estou dizendo, nem estava pensando sobre... Não relacionei suas mãos.

— Não são só as mãos! — É quase um grito, eu só quero que ela pare, só quero esquecer isso, comer em paz e me trancar no quarto. — Saia!

O tom ainda é duro, os olhos se assustam, lembra um animalzinho indefeso. Enche-me de culpa, penso em sua coragem, uma jovem sozinha em um país estranho servindo a um monstro selvagem incapaz de gentilezas.

— Por favor! — acrescento, usando alguma docilidade.

— Boa noite! — ela diz com os olhos marejados, talvez raiva, medo.

Não sei mais reconhecer emoções. Anne corre em direção às escadas, já no meio dos degraus, volta ainda correndo.

— Esqueci meu livro — diz com voz embargada.

E conseguiu, sinto-me um monstro realmente, culpado e sem fome, envergonhado e arrependido, mas ela passa de novo correndo e escuto a porta de seu quarto se fechar e nem preciso ouvir para saber que ela passou a chave.

Capítulo 7

Marianne

Eu me encolho na cama no meio de uma crise de choro que sinto que nunca mais vai me abandonar, abraçada ao livro e correndo o risco de manchar suas páginas com lágrimas descontroladas. E eu nem sei por que estou chorando.

Sinto pena dele, sinto compaixão e raiva, mas a compaixão vence, ele é infeliz, tão infeliz que assusta. Ele não sabe como viver nesse mundo, e eu não quero ser tola e me render a esse sentimento, quero ser dura com ele, quero fazer a mala e mandar Julianne para o inferno com seus problemas, entrar em um avião, voltar para casa, para minhas crianças e as aulas. Quero a rotina metódica de me dividir entre o trabalho e os romances que nunca vou viver.

Tento secar as lágrimas, mas elas insistem em rolar. Deixo o livro na cômoda e me encolho fechando meus olhos enquanto as lágrimas rolam e a angústia em meu peito parece me dominar por inteiro. É como ser acordada de um sonho bom.

Eu sou uma boba, uma tola completa, não sou boa como dizem. Sou boba, Julianne dispôs da minha vida sem qualquer remorso e eu aceitei, esse homem tem suas dores, joga tudo sobre mim e sinto compaixão, empatia, quase culpa por uma frase que nem estava no contexto que ele acreditou.

Mesmo abrindo os olhos para tudo isso eu sei que vou continuar fazendo tudo como sempre fiz, vou continuar aqui quando não preciso, para salvar minha irmã que amo acima de tudo e nem sei se ela é capaz de sentir o mesmo.

Por que minha mãe foi me ensinar a ser assim? "Julianne tem a cabeça de vento, não a deixe fazer tolices."

E foi o que eu fiz a vida toda e ainda faço, sempre cedendo a ela. Por isso estou aqui. Nesta casa vazia de qualquer bom sentimento, presa a uma dor que eu nem sei qual é e, tenho medo de descobrir.

Tomar consciência de minha condição não muda nada, mas me liberta. Chorar me faz tirar o peso todo que venho guardando no peito desde a despedida de Julianne no aeroporto.

As lágrimas ainda correm enquanto uso o travesseiro para abafar os soluços.

Não sei bem a que horas as lágrimas deram lugar ao sono, mas abro os olhos e é dia claro. Eu me espreguiço pensando na noite anterior e olho para o relógio que marca; 9h da manhã.

Acho que não durmo assim desde a última noite que passei em minha cama, na segurança da velha vida. Ele que me demita se quiser, mas não tenho vontade nenhuma de sair correndo e me desculpando por dormir até mais tarde.

Depois do banho e de uma leve maquiagem para esconder um pouco as olheiras por dormir demais e chorar tanto, desço indo direto para cozinha. Não tenho fome, mas resolvo começar o dia preparando o almoço. A cozinha está impecável, não sei se ele comeu e limpou ou se está trancado no quarto.

"Não são apenas as mãos". Dói me lembrar dessa frase, ainda assim acho que não tenho coragem de investigar o que o machucou tanto. Não sei se foi um simples acidente ou algum drama, minha intuição diz que foi mais do que um acidente.

Tomo chá e mastigo uns biscoitos enquanto preparo a refeição, deixo tudo pronto no forno e vou para o escritório ler seus e-mails e resolver coisas tão simples que são mesmo chatas.

Vinte minutos e só resta a pilha de correspondências que peguei na caixa do correio.

Abro a primeira e é apenas propaganda. Mais duas e nada de importante; convites, propagandas, ninguém mais usa os correios para coisas assim.

"Para o senhor Javier Ruiz"

Leio um remetente escrito à mão e sinto que essa não é apenas propaganda. Abro a carta me sentindo invasiva e culpada, a letra é trêmula como a das minhas crianças em seus primeiros esforços para escrever.

"Senhor Ruiz,

Espero que esteja recuperado do terrível incidente. Sei que não se lembrará de mim, mas fui amiga de sua avó por todos os anos em que ela viveu na Casa da Colina. Meu nome é Dora e vivo hoje apenas com minha neta em uma casa de sua propriedade, perdi meu filho e a esposa dele há quase um ano em um acidente também muito triste. Por sorte, minha neta estava comigo em férias e assim ficou, hoje somos apenas nós e não tenho mais condições financeiras de manter as contas em dia, meu aluguel está atrasado e escrevo com a esperança de que perdoe a dívida e quem sabe, permita um novo acordo com valor mais baixo. Sei que o senhor não trata disso pessoalmente, informaram-me quando tentei negociar minha dívida, mas rogo em nome dos anos de amizade com sua família que me ajude nesse momento difícil. Minha neta tem apenas oito anos e já viveu um momento difícil com a perda dos pais. Levei tempo para tomar coragem, mas agora sinto que não restou outra coisa a fazer.

Deixei meu endereço no remetente, caso não se lembre de mim, minha casa ainda é a mesma, a casa branca ao lado da frutaria.

Um grande abraço e meus sinceros sentimentos pelas perdas tão irreparáveis.

Dora Cruz."

Dobro a carta cuidadosamente, sinto meu coração se apertar. Perdas irreparáveis, alguém morreu no incêndio? Uma esposa? A carta da senhora é tão triste, se ela foi amiga da avó dele, já deve ter alguma idade e está sozinha com uma criança, com dívidas enquanto ele tem tanto dinheiro e fico me sentindo tocada pela história. Tão tocada que decido descobrir por mim mesma o que se passa antes de falar com ele.

Javier é tão fechado em si mesmo que duvido que leia a carta e, mas ainda que faça algo por elas. Ele só consegue ver sua própria dor, seria um bom choque descobrir que ele não é a única pessoa com problemas, mas eu vou deixar isso para depois. Guardo a carta comigo, o vilarejo é tão pequeno que sei que vai ser bem simples achar a casa ao lado da frutaria e conversar com Dora Cruz antes de implorar se for preciso para que Javier não a deixe acabar na rua.

— Ju... Anne. — Ele surge à porta do escritório, está muito sério, o semblante consegue ser mais fechado que o habitual. — Anne, eu sinto por ontem.

É tão clara sua luta, as palavras são empurradas pela garganta enquanto ele tem dificuldade em manter os olhos em mim.

— Vou até o vilarejo dar uma volta depois que servir seu almoço. — É minha resposta.

— Fique à vontade. O carro está na garagem, fica na lateral, as chaves devem estar no contato ou por perto. Use o que preferir. Eles têm combustível e foram revisados há algumas semanas.

— Acho que vou aceitar. A volta é meio torturante, parece que a ladeira que nunca acaba. Obrigada!

Meus olhos voltam para a tela do computador enquanto finjo estar ocupada apenas para me livrar de sua presença.

— Se tiver dúvidas sobre o trabalho é só me avisar.

— Você me disse, não é nada difícil. Nem é muito empolgante, não estou reclamando, o salário é ótimo.

— Foi por isso que aceitou?

Odeio mentir, eu não sou boa nisso. Fico tensa, sinto-me culpada, suja, errada. Posso omitir coisas, mas mentir não é da minha natureza. Olho para ele com vergonha, pensando em uma maneira de não mentir.

— Não — digo simplesmente, talvez tenha sido um dos motivos de Juli, mas eu nunca busquei nada além de satisfação pessoal e realização de um sonho quando fui ser professora, nunca foi pelo dinheiro e não estou aqui por ele, estou para salvar minha irmã. — Mas é por causa dele que estou aqui, pela multa que impôs. — Decido ser sincera, para minha surpresa, isso parece magoá-lo. — Quem o redigiu fez um bom trabalho.

— Sou advogado por formação, eu redigi e não levou mais que uns minutos.

Isso significa que ele deve ter se cercado de todos os modos e se algum dia minha egoísta irmã decidir me ajudar e procurar um advogado, não vai conseguir muito.

— Entendo. Desistiu da profissão?

— Nunca exerci a profissão de advogado, fiz porque achava importante para o trabalho que sempre realizei.

— Mas não realiza mais, fica aqui, fechado nesta casa. — Não é uma pergunta, é apenas uma constatação que sai sem que eu planeje.

Ele sabe disso, não responde, não diz nada. Fica imóvel, silencioso, não desgruda os olhos de mim a ponto de me constranger, então sem que eu espere, ele me dá às costas e desaparece. Talvez para se fechar em seu quarto, ao menos não gritou ou me acusou.

Não o vejo mais, mesmo depois de deixar o almoço servido eu não o encontro. Deixo a casa me dirigindo à garagem e claro que os carros são luxuosos, uma caminhonete e um sedã, ambos zero quilômetro com o perfume do couro dos bancos ainda fresco. Nunca dirigi um carro assim e me dá um pouco de medo de arranhar ou amassar, mas preciso de ar e quero muito entender melhor o que está acontecendo com a pobre senhora e sua neta. Depois de ter certeza vou tentar convencer Javier de ajudar e se não conseguir... Bem, dessa vez não tem isso de não conseguir. Ele vai ajudar e pronto. Não vou desistir, eu desisto de tudo, mas dessa vez vou insistir até ele me mandar de volta para casa ou resolver isso.

O carro é macio, é quase como pilotar uma nave espacial, suave, silencioso. Isso me dá uma saudade do meu carrinho, não dirigi muito, mas ele não deixava me esquecer de que era um carro.

Descer a sinuosa ladeira é até agradável dentro da caminhonete alta e potente. É preciso pisar bem leve no acelerador, sinto vontade de simplesmente seguir pela estrada, dirigir até a gasolina acabar. Sem direção, pressa, responsabilidade, só dirigir mundo afora, mas desvio da estrada para pegar a esquerda e entrar no vilarejo.

Acho que posso dar uma volta por ele procurando a frutaria e lá me informar sobre Dora.

O lugar parece fantasma, ninguém pelas ruas, as portas dos estabelecimentos comerciais baixadas, silêncio total. Sinto-me em um filme de terror, como se fosse um lugar abandonado depois de um ataque alienígena. Se não tivesse saltado do ônibus nesse mesmo vilarejo, eu não acreditaria que ele existe.

No painel do carro o relógio marca; 13h. Cheguei aqui uns dias atrás, perto do meio-dia e estava tudo vivo e ativo, poucas pessoas, mas todas por aí. Vejo uma senhora a uma janela e deixo o carro para me informar.

Assim que abro a porta sinto o bafo quente do calor infernal que faz desde o começo do dia.

Eu me lembro de falar em espanhol, dou-me conta de que vai ser a primeira vez que me arrisco em um longo diálogo em outra língua, num país estrangeiro. É novo para mim, mas faz todos aqueles cursos de línguas que fiz valerem a pena.

— Senhora, por favor, onde fica a frutaria?

A mulher não esconde o interesse em mim, posso ver sua pequena agitação. Ela estica o dedo indicador, acompanho com os olhos e do outro lado da rua, uma porta de ferro baixada e o letreiro.

— Ah! — A loja bem debaixo do meu nariz, que vergonha. Tem um portão de cada lado, qual é a casa de Dora? — Senhora, sabe onde encontro Dora Cruz?

— O portão verde. — Ela aponta um portãozinho do lado direito.

— Muito obrigada!

— Veio da casa da colina? — ela me questiona e balanço a cabeça afirmando. — É médica?

— Não, senhora, sou professora, quer dizer... Eu trabalho como governanta. Boa tarde!

Aceno trancando o carro e caminhando para o portão de ferro verde, já meio descascado.

Não quero conversar com ela apenas para dar informações e matar a curiosidade de todos sobre o homem da colina, mas o fato de ela me perguntar se sou médica deixa claro que todos sabem o que aconteceu e talvez médicos tenham visitado a colina por um tempo.

Não tem campainha, a porta fica lá no fundo, depois de um pequeno jardim cheio de plantas. As paredes estão descascando, uma pintura na casa se faz necessário e o portão está precisando de uma reforma também. Um proprietário pouco cuidadoso com seus imóveis é o que noto logo de cara.

Javier fica mergulhado em sua dor enquanto tudo que pertence a ele definha com ele.

— Dora! — grito sem saber como me anunciar. Meio envergonhada, repito: — Dora!

Minha voz parece ecoar por todo vilarejo silencioso.

Uma garotinha de cabelos castanhos e olhos escuros surge à porta entreaberta, deve ser a netinha e está curiosa. Uma criança de talvez sete ou oito anos, que surge só para me deixar saudosa dos meus pequenos.

A porta se abre por inteiro e uma senhora de cabelos brancos surge franzindo a testa, curiosa e se esforçando para me reconhecer.

— Dora Cruz? — Ela balança a cabeça concordando. — Não me conhece, venho em nome de Javier Ruiz, da casa da colina.

O rosto se transforma, quase posso ver a esperança surgir e os olhos cintilarem em uma pressa sem fim para me receber com honras.

— Bem-vinda, desculpe a demora! — Ela se apressa em abrir o portão e me convidar a entrar. — Por favor, venha! Esse calor está insuportável.

— Obrigada!

Caminho logo depois dela em direção à entrada da casa. Está tudo muito arrumado, com paninhos enfeitando os móveis, a garotinha me olha cheia de curiosidade, encolhida e tímida no cantinho perto de uma outra porta. Talvez a cozinha.

— Sente-se — Dora me convida e obedeço. — Vá brincar, querida — ela pede à garotinha, que desaparece obediente entrando pela porta que antes a protegia. — Que bom que veio, tinha perdido totalmente as esperanças de uma resposta.

Sinto-me tão culpada, a verdade é que não tenho nada a oferecer a essa mulher, nem mesmo dinheiro já que ainda não recebi pelo trabalho e só tenho dólares guardados em um banco americano. E nem seria muito, convertido em euros.

— Obrigada por me receber, Dora!

— Javier a mandou? Está trabalhando para ele?

— Sim. Como uma espécie de governanta.

— Bom, soube que a equipe médica deixou a casa e todos os empregados do tempo que ele esteve convalescendo também. Até pensei que ele ficaria sozinho e me preocupei.

Coisas que eu não tinha ideia. Então uma equipe viveu com ele por algum tempo, deve ter sido tão sério, dá um aperto em meu coração. Queria ter coragem de perguntar, mas não consigo, é como se temesse a verdade sobre o passado dele, como se estivesse invadindo um espaço que não me pertence.

— Fiquei preocupada com a cidade toda vazia. Algo errado?

— Não. É a *siesta*, hora de descanso. É costume por aqui, sei que nas grandes cidades esse costume foi meio esquecido, mas aqui, por duas horas, fica todo mundo em casa, descansando ou se ocupando com seus afazeres.

— Ah! Eu... Eu não devia ter vindo?

Javier fez de propósito, sabia que o vilarejo estaria todo fechado e não se deu ao trabalho de me comunicar. Acho que pensou que eu daria uma volta, veria tudo fechado e voltaria.

— Não! Fez bem em vir, senhorita...

— Anne, apenas Anne, por favor!

— Não é espanhola, é?

— Americana, mas estou me esforçando para conversar, pode me avisar se usar palavras erradas.

— Ah, fala muito bem, entendo perfeitamente. Só tem um sotaque muito diferente e agradável — ela diz juntando as mãos sobre o colo e com o rosto ainda ansioso.

— As coisas estão difíceis para a senhora? Vim saber como está tudo e qual o acordo que quer fazer com Javier.

Meu coração se aperta e meu rosto queima, acordo é quase um insulto, aquele homem cheio de dinheiro e propriedades e essa mulher idosa e com uma criança, tudo tão desproporcional e vergonhoso.

— Vou lhe contar tudo para que conte a ele, um homem ocupado como ele mandar alguém me ouvir, nem sei como agradecer.

Superocupado, horas inúteis passadas na solidão entre um pequeno ataque existencial e outro, realmente é uma honra.

— Não precisa agradecer, acredite. Se puder me contar.

— Já passei até Natal na casa da colina, eu era muito amiga da avó dele, meu filho tinha quase a mesma idade do Javier, até chegaram a brincar juntos vez por outra em minhas visitas. Javier passava férias com a avó e meu menino e ele brincavam, outras crianças também. Rosália era mais velha e ficava brava com a bagunça, mas Javier amava.

— Que bom! — digo meio sem saber como demonstrar minha atenção.

— Depois eles cresceram, a avó morreu, os meninos não vieram mais, a casa ficou meio abandonada. Já adulto ele passou a vir às vezes, mas eram dias tranquilos que passava lá com a família, nunca mais o vi pessoalmente.

— E sua família? — Não vim para ouvir sobre Javier, se quiser, um dia me conta, eu tenho algum medo dessa história.

— Meu filho foi estudar em Barcelona, casou, teve minha netinha. Meu marido ainda a conheceu, mas faleceu quando ela fez um ano, fiquei sozinha. Não me faltava nada, criei um ótimo filho, ele cuidava de mim, vinha toda semana, trazia tudo que eu precisava, a mãe dela era uma mulher muito boa, minha netinha sempre foi muito apegada comigo e a minha nora nunca se ofendeu, ela ainda insistia para meu filho vir.

— Que coisa boa, um filho amoroso!

— Muito, então uns meses atrás, não faz um ano ainda. — Os olhos dela marejam. — Ele sofreu um acidente de carro, Esther estava comigo. Ele deixou minha neta e viajou com a esposa, viagem romântica, era o que ele esperava, mas bateu o carro na estrada já chegando a Barcelona. Levei dias para descobrir, ele não telefonava nem para saber se Esther estava bem e estranhei, então... descobri tudo.

— Sinto muito! — digo, horrorizada com sua história.

— Ela ficou comigo, o dinheiro que eu tinha foi acabando. Faço umas rendas, tricô, mas não dá para nada, a vizinhança ajuda, fruta não falta, meu vizinho é generoso, mas tem dias que é só o que tenho.

— Sinto muito! Eu realmente sinto por tudo que está vivendo.

Ela aperta minha mão, os olhos marejados, o rosto abatido; cansada e triste.

— Esther está até enfrentando problemas na escola, tristeza eu acho, mas não tenho cabeça para ajudar. Mudá-la para a escola do vilarejo mexeu com ela, não tem amiguinhos e está indo mal, pode ser preocupação. Eu choro muito também, não sei mais como fazer para manter a menina e essa casa. — Ela se aproxima para ser ouvida sem que a neta escute. — Tenho medo de que a tirem de mim, achando que não posso criar.

— Não podemos permitir isso — digo muito decidida. — Posso ajudá-la com as coisas da escola, sou professora.

Ela arregala os olhos, cheia de surpresa.

— Sem cobrar nada?

Querendo pagar para fazer isso, é tudo que quero na vida, uma criança para ensinar e tornar meus dias menos tristes e mais produtivos.

— Claro!

— Agradeço muito. — Ela aperta mais minha mão. — Sobre o aluguel, acha que o senhor Javier pode perdoar os meses de atraso? Já recebi duas cartas, até telefonei para o número que vem na carta, mas não consegui acordo. Tinha que ir a Barcelona para negociar, eles queriam uma parte, então sem escolha, eu apelei para ele.

— Acho que vai ser muito simples.

Ou eu mesma pago isso, essa mulher não vai ser atirada na rua. Não com essa situação e uma criança, não vai perder a neta, já viveu todas as tragédias possíveis.

— Ah! Minha santinha não falha comigo. Rezei tanto. Obrigada! Muito obrigada! — Ela me abraça e é o melhor abraço em anos, não sabia que precisava dele até tê-la me apertando com gratidão. — Esse homem é muito bom. Generoso como a avó, sempre soube que ele tinha puxado a ela.

— Muito generoso, e gentil, nunca vi igual! — digo em uma ironia que ela não pode entender.

— Esther! — ela grita e a menina surge muito rápido, aposto que estava nos ouvindo atrás da porta. — Essa é a senhorita Anne, vai ajudá-la com a escola.

A garotinha me olha muito surpresa e meio atrapalhada, corada de tanta vergonha. Posso ver a leve tristeza em seus olhinhos, nem sei como está aguentando tudo que está vivendo; a falta dos pais, uma nova escola, os problemas financeiros, a avó já idosa sendo tudo que tem.

— Como vai Esther? — Estendo a mão e ela aperta levemente. Não me responde. — Pode mostrar seus cadernos para mim? O que acha de eu vir aqui toda tarde estudar? Ou pode subir até a colina, saberia chegar lá sozinha?

— Sim, é bem fácil. Não passa carro aqui nunca.

— Verdade. Vamos ver seus cadernos?

Ela balança a cabeça afirmando. Por quase uma hora me mostra seu material, a língua não chega a ser um problema para mim, mas posso dar uma estudada em meu tempo livre. Posso ver suas dificuldades na letra, e também na compreensão dos textos, será um bom desafio ajudá-la com o dever e na recuperação das notas.

Quando finalmente deixo a casa prometendo voltar para ajudar e falar em nome de Javier sobre o aluguel, as duas estão sorrindo ao portão. Agora, sim, o vilarejo parece se encher de vida de novo, portas de comércios de novo abertas e gente pelas ruas. Entro no carro e aceno para avó e neta ao portão, sorrio me sentindo muito melhor do que quando cheguei. Tenho uma luta para travar com Javier e estou bem disposta a vencer.

Dirijo de volta para a colina, feliz, esperançosa, desperta. Tudo agora é diferente, não são os dias correndo inúteis, não é mais a chatice de abrir correspondência e cozinhar, eu tenho um objetivo e ele me faz forte.

— É, Heitor, parece que agora eu também tenho uma Lizzie.

Sorrio com a ideia, a casa da colina agora nem parece triste e vazia quando estaciono na garagem.

Capítulo 8

Javier

Afasto a cortina mais uma vez, forço a visão em busca de tentar ver onde está o carro. Anne desceu para o vilarejo há pelo menos duas horas, no meio da *siesta*. Pensei que levaria dez minutos para estar de volta, que outra razão eu teria para incentivá-la a ir?

Sei muito bem que aquelas pessoas estão ávidas por fofocas sobre mim. Não imaginei que ela fosse sair daqui, procurei com cuidado alguém de fora da Espanha, alguém que não fosse interagir com os moradores de propósito, agora ela está lá e esse tempo todo daria para conhecer todo vilarejo e retornar em meia hora. Na *siesta* então, dez minutos e estaria de volta.

Deixo o quarto tentando domar minha irritação. O que ela vai falar de mim? O que as pessoas vão falar para Anne?

Finalmente o barulho do motor se aproximando, o ronco suave da caminhonete no fim da colina, depois a porta da garagem se abrindo automaticamente e baixando lentamente. Ando de um lado a outro da sala, furioso, com medo, sem saber como Anne vai me olhar agora. Odeio pena, não quero ninguém me olhando como se eu fosse um coitado.

Ela prefere dar a volta na casa e entrar pela frente, quando a escuto girando o trinco fixo meus olhos na porta, quero ver sua expressão ao voltar cheia de informações. Se é que ela entende algo, tolice ficar tão nervoso, ela não fala minha língua. Talvez tenha encontrado um, ou dois, com quem possa ter trocado umas palavras em inglês.

— Boa tarde! — ela cumprimenta como se nada estivesse acontecendo.

— Estava pronto para ligar para o resgate — digo, irritado; ela ergue uma sobrancelha, surpresa.

— Avisei que estava indo ao vilarejo.

— Sim, há duas horas, bem no meio da *siesta*! Não tem ninguém na rua a essa hora. O que fez que demorou tanto?

— Então sabia que as pessoas estariam descansando em suas casas e não me disse nada?

Sua indignação é evidente e não me surpreende ou preocupa, tenho todo direito de questioná-la e nenhuma obrigação de dar informações sobre o modo de vida na Espanha.

— Sim, foi exatamente isso — respondo sem qualquer constrangimento e isso parece irritá-la um tanto mais.

— Por quê?

— Por que acha que fui buscar alguém do outro lado do oceano para trabalhar nesta casa? — pergunto sem conter a irritação, mas dessa vez ela não me olha assustada, parece tão brava quanto eu.

— Provavelmente porque não encontrou aqui nenhuma otária para assinar um contrato com uma multa absurda dessas! — ela replica, fora de si. — Não queria uma funcionária, queria uma prisioneira e conseguiu uma, e acredite, conseguiu uma muito, mas muito mais idiota do que estava em seus planos.

Ela me deixa falando sozinho e deve ser uma das coisas que mais odeio na vida. Subo as escadas atrás dela.

— Ainda não me disse o que fez esse tempo todo lá fora! — Lembro, perseguindo Anne pelas escadas.

— E nem vou dizer — ela avisa sem se virar. — Estou no meu tempo livre. Foi o que você disse.

Anne para à porta do seu quarto, ficamos frente a frente, a linha do batente nos separa. Claro que é aqui o meu limite, não vou invadir seu quarto, mas não gosto de ser tratado assim. Ela não pode simplesmente não me responder, é sobre a minha vida sendo falada em todas as bocas do vilarejo.

— Com licença, eu vou fechar a minha porta na sua face — ela diz simplesmente fechando a porta com a maior delicadeza do mundo.

Meu queixo cai. Que tipo de pessoa diz algo assim? Sua face? Obviamente está reproduzindo minha fala com o único objetivo de me atingir. Conseguiu, a dor desaparece por um instante enquanto a raiva me domina. Ergo a mão para bater à sua porta, decidido a não sair perdendo, mas me lembro dela dizer que tranca a porta com medo de mim, ao menos foi o que claramente entendi.

Odiei que tenha se sentido assim e acho que uma ótima maneira de deixar claro que ela não corre riscos é jamais invadir esse espaço. Não vou bater, não vou chamá-la, sua porta fechada será sempre meu limite.

Dou as costas a Anne e a sua porta fechada, desço as escadas de volta à sala sem acreditar que ela fez isso, sem acreditar que isso se tornou tão grande para mim e muito confuso por estar assim tão bravo e disposto a brigar. Eu nem sei quando foi a última vez que estive disposto a uma briga.

Bem ela não vai ficar lá em cima para sempre, uma hora vai descer e vou domar minha fúria e perguntar educadamente onde ela esteve todo esse tempo, com quem falou e o que disse sobre mim.

Biblioteca. Vamos ver se o seu livro está aqui em baixo, se estiver, não leva dez minutos para ela estar de volta atrás dele.

Entro na biblioteca e o livro está sobre o móvel ao lado da poltrona. Um meio-sorriso quer se formar em meu rosto, mas luto contra ele. Sento-me na poltrona, pego o livro.

— Destinos Cruzados — leio o título em voz alta, faço uma careta. — Nome dramático. Um bonitão milionário, uma mulher indefesa e uma garotinha. Puro clichê!

Faço uma careta de desgosto.

— Disse o bonitão milionário e misterioso que mora recluso em uma casa na colina. Você também é um clichê! — ela diz de pé a minha frente com a mão estendida, exigindo seu livro. — Dá meu grego aqui.

— Seu grego? — pergunto, recusando-me a entregar o livro feito um menino mimado de colégio que provoca a garotinha na carteira da frente.

— É, meu grego. Estamos envolvidos. Prestes a terminar ou não, vamos ver o que Ulisses me reserva. Pode ser que eu mude de ideia.

— Volúvel?

— Coração grande! — ela me corrige e quero sorrir, esqueço que estou furioso. — Se quiser ler eu empresto, estou quase terminando.

— Não, obrigado! — digo estendendo o livro para ela que pega da minha mão e o abraça. — Quero conversar com você.

— Eu também quero, mas não agora.

Ela agora determina a hora que vamos conversar?

— Agora! — insisto em um tom mais duro.

De novo, ela simplesmente me dá às costas e quase me atrevo a persegui-la mais uma vez, mas desisto sem vontade de ter a porta sendo fechada na minha face.

— Janto às 8h — digo alto e bom som, ela ainda trabalha para mim, mesmo começando a agir como uma hóspede inconveniente.

Ainda que fique jogando indiretas sobre se sentir uma prisioneira, assinou um contrato. Pode até fantasiar que está presa na torre feito princesa encantada dos contos de fada que ela parece gostar, mas não é o que acontece. Assinou um contrato e leu muito bem, então não é uma prisão e se for, não sou o dono da chave, ela é.

Isso pode até me fazer sentir melhor, mas eu sei que no fundo, dou um pouco de razão a ela e se tivesse dignidade, libertaria Julianne para seguir seu caminho e arrumaria outra pessoa, mas não tenho. Eu não tenho mais nada dentro de mim, só mágoa, revolta e culpa, esses não são sentimentos que me levam a atos bondosos.

Puxo um livro qualquer de uma das prateleiras e tento me concentrar em lê-lo, não prende minha atenção, nada parece ter esse poder. Ficar sozinho comigo mesmo é o pior castigo que eu poderia receber, o tempo todo sou assombrado por lembranças.

Escuto quando ela passa por mim e depois volta com uma bandeja, seus passos são apressados indo e vindo da cozinha, montando a mesa de jantar. Não dá para vê-la, mas sei o que está fazendo pelo barulho da louça e o adiantado da hora.

Quando o relógio marca 8h em ponto entro na sala de jantar, ela está arrumando os talheres em uma mesa impecável.

— Boa noite! — diz de modo tranquilo, nem parece que estivemos em meio a um embate há pouco.

— Boa noite! — respondo me sentindo estranho em jantar sozinho quando ela também vai comer e provavelmente vai fazer isso sozinha na cozinha. — Quer jantar?

— Jantei mais cedo — reponde, deixando-me decepcionado por mais que não queira admitir. — Com licença! — pede, pegando um novo livro que descansa na ponta da mesa.

— Já terminou o outro?

— Sim.

— E foram todos felizes para sempre?

— Sim, eles têm mais um bebê. Amo bebês, todo livro devia acabar com bebês. Fico pensando se essa autora vai escrever um livro sobre a Lizzie crescida, tenho tantos planos para ela, acho que ela vai trabalhar na empresa da família, vai fazer muitos contratos com o tio.

— Puxa vida, que sorte a dela! — exclamo só para provocá-la.

— Desdenha de tudo que falo.

Vejo que ela fica magoada e me arrependo. Talvez eu apenas não saiba me comunicar de outro modo.

— Não, só dos livros que lê.

— Porque é preconceituoso — salienta, para minha surpresa. — Mas eu não me importo e não quero arrumar outra briga para você ficar bravo. Posso esperar na biblioteca até que termine o jantar e depois conversamos?

— Não! — nego apenas para rebatê-la. Não é quando ela quiser conversar, não vai funcionar assim. — Amanhã, talvez.

— Nesse caso, boa noite!

Julianne simplesmente me dá às costas sem discutir, leva o livro consigo subindo as escadas e se fechando no quarto. Parece que perdi de novo. Eu realmente não sei mais conviver com gente.

Fico me perguntando se ela não tem família, se não sente falta deles. Não a vejo falando com ninguém, mas talvez ela fale toda noite, quando se deita para dormir. Ou não, pode ser que não se importe com a família, pode ser que nem tenha uma. Não sei nada sobre ela. Apenas que fez Administração e aceitou um emprego longe de casa em um país distante.

Quem sabe ela também está fugindo de seu passado?

Balanço a cabeça, desejando afastá-la dos meus pensamentos. A verdade, mesmo que seja difícil de engolir, é que ela me faz esquecer um pouco minhas dores.

Passei semanas ardendo em um cama de hospital, meses internado em quarto e depois vim para casa da colina com uma equipe de pessoas;

médico, terapeuta, cozinheiro, enfermeiros, governanta. E, mesmo assim, mesmo com toda essa gente a me bagunçar o corpo e a mente eu ainda não conseguia pensar em nada além delas e de tudo que nos aconteceu e agora, basta que Anne exista aqui e minha mente já muda.

Levo a louça em direção à cozinha depois de saborear um prato diferente do almoço. Sinto um tipo de manipulação, talvez ela tenha cozinhado para me acalmar e ter a tal conversa, bem, ela perdeu.

Quando subo e passo por sua porta fechada penso em bater, desculpar-me e perguntar o que ela tanto quer falar, mas desisto. Não quero que ela tenha pensamentos errados.

Os potes de pomadas e cremes me esperam sobre o móvel ao lado da cama, parece sempre tão inútil, não vai ficar muito melhor, não tenho planos de investir em mais cirurgias e muito menos de andar por aí para me exibir. Que diferença faz?

Quanto mais melhoro, menos dói, mas até não ter dor me parece um problema. Ela sempre me acompanha e sinto que mereço, não importa. Nada parece me importar muito.

Tiro a camisa e começo o processo de me lambuzar com isso para quem sabe a pele não repuxar tanto. Prometi ao médico que faria o tratamento e acho que é o melhor a fazer.

Não vai acontecer de me ver precisando mostrar essas marcas para alguém, não tem um novo relacionamento em minha mente, não tem uma vida feliz com filhos e futuro como sonhava antes, quando decidi que Ivana e eu podíamos ser uma família.

Sou só eu e essa casa enorme, só o silêncio e o vazio que ficará quando o contrato vencer e Anne partir. Porque é isso que ela vai fazer na primeira oportunidade e não vou querer mais ninguém aqui.

Fecho os olhos, encostado na cama enquanto as pomadas fazem seu trabalho, ligo a televisão e fico mudando de canal até o sono vir e adormeço pensando que talvez, ela esteja pronta para me pedir para desfazer o contrato e eu simplesmente não tenho forças para deixá-la livre. Acho que enlouqueço no primeiro dia de solidão completa nesse lugar. Vai ser como estar morto.

Demoro-me pela manhã, fugindo da conversa. É isso que estou fazendo, já nem me lembro o que eu queria com ela, era qualquer coisa sobre não falar sobre a minha vida, mas ela nem fala o espanhol, como é que falaria sobre mim por aí?

Deixo o quarto e encontro a mesa do café posta. Ela sentada na sala de jantar, diante do café para apenas um. Tem um sorriso no rosto e o corpo debruçado sobre o livro.

— Você deixa Nick louco com essa coisa de "delícia", mas aposto que a secretária ama.

Ela realmente mergulha, está mesmo falando com as páginas dos livros. Começo a me sentir culpado, talvez seja a solidão que eu a inflijo que a esteja deixando maluca.

— Bom dia!

Anne ergue os olhos e abre um sorriso largo e feliz para mim. Realmente feliz, deixa-me desconcertado e surpreso.

— São só as primeiras páginas e não consigo parar de sorrir — explica para minha leve decepção, embora nem sob tortura admita em voz alta.

— Você realmente se entrega à literatura. Imagino que não durma à noite se ler uma história de terror.

— Não leio, eu não leria algo que me fizesse infeliz. A vida já cuida disso com muito capricho.

— Entendo.

Começo com o café e uma torrada, por mais que ela já tenha visto as marcas nas mãos, estar com ela assim na minha frente me deixa desconfortável.

— O que queria falar comigo ontem?

— Nada demais — digo tomando outro gole do café.

— Insistiu tanto e depois desistiu. Mudou de ideia?

— Não.

— Então não queria falar nada? — ela indaga levando uma mecha dos cabelos atrás da orelha e me encarando de modo firme, decidido.

Os olhos são cheios de mensagens, o rosto é bonito e delicado, com traços bem desenhados. Imagino que é a primeira vez que reparo realmente em sua aparência, Anne é uma linda mulher, linda além do necessário. Não quero e não vou permitir que sua aparência mexa com minhas emoções mais do que todo o resto já mexe, mas é impossível não me dar conta do quanto é bonita.

— Se foi ao meu encontro, irritado, é porque tinha algo a dizer.

— *Tan hermosa y tan decidida*.

Anne ergue uma sobrancelha, alarga o sorriso, o rosto fica tão vermelho que nem consegue esconder o constrangimento.

— Obrigada! Não esperava pelo elogio, mas decidida é algo que estou aprendendo a ser.

— Fala espanhol? — pergunto cheio de surpresa.

Era uma exigência não falar nossa língua. O objetivo era alguém que usasse algum aplicativo para responder em espanhol ou usasse o inglês quando possível.

— Sim.

— Mas não disse que falava na entrevista, eu mandei que garantissem que a pessoa...

O rosto perde um pouco a cor, ela fecha o livro e suspira.

— Eu falo e não disse que falava, não é nada demais. — Não é o que ela acha, eu posso ver que a incomoda admitir que mentiu. — Posso conversar com você?

— É fluente?

— Sim.

— Esteve ontem por aí pelo vilarejo...

Ela me estende um papel dobrado.

— Pode ler, por favor?

Pego o papel de sua mão o mais rápido que posso. Abro baixando as mãos ao colo para que a mesa esconda um pouco.

Dora? Acho que não me lembro de nenhuma Dora, mas é uma história triste, perder o filho e a nora, passar por problemas financeiros. Sinto por ela e pela neta, é claro que sinto. Fecho a carta e deixo sobre a mesa.

— E então? — ela me pergunta.

— Uma pena — digo deixando a mesa já que ela não parece disposta a me deixar em paz e não acho nada divertido que ela tenha me enganado sobre falar minha língua.

Anne me segue em direção à sala, enfio as mãos nos bolsos. Claro que sinto pena, imagino que deva estar sofrendo com a perda do filho, sei da dor que ela se refere.

— Só isso?

— O que quer que eu faça?

— É sério? Não sente vergonha de não se mexer para ajudar? Olha essa casa, sua condição financeira.

— Eu sou um empresário, tenho uma grande equipe de funcionários para resolver todas as questões. Não me envolvo em nada disso, nunca gostei de passar por cima deles para favorecer ninguém. Não é assim que trabalho, seria um desrespeito aos funcionários.

— Quanta ética! — debocha, desafiando-me. — Considera mesmo que é mais ético não se meter nisso e deixar uma idosa e uma criança sem teto?

— Não foi o que eu disse — minto, porque colocado assim é exatamente o que parece.

— O que foi que você disse?

— Que a empresa não usa dessas práticas, basta que ela converse com eles e tenho certeza de que vão oferecer um bom acordo. Eu me isolei aqui e deleguei responsabilidades para não ter de me estressar com isso.

— Isso é triste. — A decepção em seus olhos me causa algo ruim, quando foi que comecei a buscar sua aprovação? Eu não devo me importar com o que ela pensa sobre mim. — Triste muito mais para você do que para elas.

— Acha?

— Sim. Estive com elas ontem, fiquei muito tempo lá. É uma mulher boa, que frequentou essa mansão, amiga de sua avó. Ela disse que você e o filho dela brincavam juntos.

Brinquei com muitas crianças da região, não me lembro de nenhuma em especial, mas foram dias felizes pela colina. Fico um tanto sentido por tudo isso, mas não vou ficar correndo atrás dos funcionários para resolver todos os problemas dos moradores do vilarejo, boa parte daquelas casas me pertence. Se mexer com isso, será uma avalanche de cartas e pedidos.

— Não vou me tornar o prefeito do vilarejo, resolvendo todos os problemas daquelas pessoas — aviso me perguntando o que diabos ela tem com isso.

— Só pedi para cuidar de uma senhora em especial, uma avó.

— E eu estou dizendo que escreva uma resposta dizendo a ela que a empresa vai resolver como for melhor para ela.

— Mas se não falar com eles... Javier, ela já tentou e ninguém quer resolver nada. Ela nem pode ir até Barcelona, é uma idosa contando com a bondade de vizinhos. Há dias que ela só come frutas. Mais nada, entende? Porque é vizinha da frutaria e o homem se compadece de sua dor.

— Já entendi e já disse que eles não vão despejá-la. Eu não quero me envolver em mais nenhum problema da empresa.

Começo a perder a paciência, essa determinação toda me tira do sério. Só quero paz, só quero viver minha vida.

— Vou ligar para Amâncio e pedir que desconte do meu salário as dívidas dela. Se não pode fazer nada, eu posso. — Ela está brava, magoada, ofendida.

— Óbvio que não vai fazer isso.

— Não pode me dizer o que fazer com meu dinheiro.

Anne cruza os braços no peito e está absolutamente certa.

— Mas posso dizer o que Amâncio faz com minha empresa.

Por que eu tenho sempre de contrariá-la? Por que ela me provoca essa vontade de reagir a cada frase? O que diabos está acontecendo comigo?

— Como é que pode fazer isso? Sinto que só quer me desafiar, estou falando de uma idosa que tem muito respeito por sua família, que o admira e se preocupa com você — ela retruca, irritada, quase aos gritos, em um desabafo que me perturba.

— Com quem parece que você ficou falando sobre mim.

Odeio que as pessoas discutam o que aconteceu. Não quero que falem sobre isso, que desrespeitem a memória de Esther tratando sua morte como assunto corriqueiro.

— Não! Ela é educada e eu... Eu não me sinto no direito de perguntar, não é da minha conta.

— Realmente não é.

— Mas é da minha conta quando uma criança está em apuros e Esther é uma garotinha de oito anos com problemas na escola e...

— Quem?!

É como levar um choque, é um tiro no peito, queda livre, assombro. Falta ar, falta força, o sangue congela em minhas veias. Eu não me lembro de quando foi a última vez que esse nome foi pronunciado em voz alta na minha frente.

— Esther, a netinha de Dora. Ela tem problemas de adaptação e a avó teme perdê-la e você pode resolver, pode perdoar a dívida e cobrar um aluguel baixinho. Para elas sobreviverem.

— A menina... Ela se chama... — Não consigo dizer, parece que trava a garganta enquanto meu estômago embrulha e minha mente atordoa me deixando confuso e angustiado.

Esther, a menina se chama Esther como a minha pequena fada. Uma garotinha que perdeu tudo, uma pequena que precisa de socorro e de novo sou eu a não chegar a tempo.

— Ela se chama Esther e tem oito anos — Anne responde cansada, triste.

Os olhos dela demonstram que ela sente a derrota, não desvio meus olhos dos dela enquanto pego o celular no bolso da calça. É como se olhando para Anne eu me prendesse a essa realidade, não mergulhasse de cabeça na dor do passado, parece tão devastador que sinto como se fosse dar o último mergulho, como se não conseguisse mais retornar à superfície e sinto medo. Um medo que só senti naquele dia, aquele dia não pode me invadir de novo, não agora quando não tenho forças para lutar.

— Alô! — Amâncio diz do outro lado da linha. — Tudo bem, Javier?

— Dora... Dora... Cruz — digo lutando contra minha dor. — Ela mora em uma de minhas casas no vilarejo. — Meus olhos estão focados nos olhos surpresos e belos de Anne. — Quero que faça uma doação a ela, quero que doe o imóvel.

— O quê? Quer dar uma casa sua assim, do nada? Pode me explicar por quê?

— Claro que posso, mas a casa é minha e eu não lhe devo explicações. Doe em nome da neta. Esther.

— Ah! — ele diz sem precisar de mais explicações. — Farei isso.

Anne está completamente perplexa, olhando-me cheia de surpresa. Nem consegue me interromper e discutir como sempre faz, apenas deixa o queixo cair e tem calor em seus olhos. Um sorriso que ela não sabe se pode dar por conta da minha angústia, que simplesmente não consigo esconder.

— A casa precisa de pintura — ela diz vencendo a batalha com louvor.

— Mande pintar e fazer qualquer conserto que seja necessário, Amâncio. E depois doe, em nome da neta.

— Farei isso, você quer que ela vá até aí receber a doação. Posso organizar tudo.

— Não. Apenas faça o que digo. Bom dia! — Desligo, levando o telefone de volta ao bolso.

Anne, diante de mim, está sem saber o que dizer ou fazer. Não consigo agora, eu preciso desesperadamente de solidão. Dou às costas a ela e subo para me trancar em meu quarto enquanto ela está muda e paralisada no meio da sala. Sem saber o que dizer enquanto eu só quero calar minha mente.

Capítulo 9

Marianne

Quero sair do lugar, reagir, mas não consigo. Ele doou a casa, eu não tenho certeza do que foi o clique, mas algo relacionado a Esther. Isso o fez reagir, transformar-se, o rosto lívido de Javier me fez tremer e pensei que ele teria um tipo de desmaio, o corpo dele ficou tão tenso, os olhos cheios de uma dor tão profunda e assustadora. Ele sofre muito mais do que eu consiga compreender.

Não gosto de ficar especulando, pode ser muita coisa, a ideia de ele ter perdido uma filha é tão dolorosa que eu não consigo nem mesmo analisar. Mas seja como for, a menos que ele tenha produzido o fogo propositadamente e eu não acredito nisso, essa dor e culpa não é dele e o peso é demais para qualquer um carregar.

Olho para as escadas desejando ir atrás dele e tentar de algum modo, aplacar sua dor. Depois olho para porta sabendo que basta pegar o carro e descer ao vilarejo para saber de toda a verdade, mas não quero ouvir de nenhuma outra boca. Javier precisa falar sobre isso, ele precisa me contar.

Qualquer coisa nova nasce em mim. Não é sobre sua ação generosa de doar a casa, esse imóvel não é nada para ele, é algo sobre essa dor. Não pena, mas uma ânsia de ajudar, de arrancar essa mágoa que o machuca e o leva para um inferno de sofrimento que nem o mais vil dos homens merece.

A fera que mora em Javier é fruto dessa dor, sinto que ela não existia antes disso, que um homem bom e generoso vive por debaixo daquela capa. E sinto vontade de conhecê-lo.

Respiro fundo, minhas pernas finalmente se movem e posso ficar feliz por Dora. Ando me arrastando para o escritório, leio correspondências, anoto recados que devo passar para Amâncio depois. Tudo feito no modo automático, porque não consigo me desligar da dor que vi em seus olhos.

Cozinhar se torna uma tarefa especial. Quem sabe uma comida típica o ajude a se sentir melhor? Folheio receitas espanholas e tento preparar um prato com frutos do mar congelados.

Javier não aparece, não vem nem mesmo duas horas depois. Vou até a porta do seu quarto, uma tristeza como essa não precisa ser carregada sozinha, ergo a mão para bater, mas desisto.

Sou a mulher estrangeira que ele preferia que nem mesmo falasse sua língua para não ter problemas e não conviver, ele não me quer aqui, não quer minha amizade, não quer meu respeito. Ele não quer nada e bater à essa porta será uma invasão.

Desisto pegando de novo seu carro para procurar Dora e contar a novidade, ajudar um pouco Esther e voltar a tempo de servir o jantar.

Talvez, ao se vir sozinho em casa, ele se sinta melhor para deixar o quarto. Dirijo tentando ficar feliz pela novidade que vou levar, queria ser como Ulisses e ter algo engraçado para dizer mesmo nas horas mais doloridas, mas eu não sou assim.

Esther está sentada no quintal ninando uma boneca e fica de pé toda feliz quando me vê estacionar. Posso ver sua ansiedade, talvez ela tenha duvidado que eu voltasse, mas estou aqui e vou continuar a vir.

— Olá! — Eu cumprimento enquanto ela fica indecisa se vem me receber ou vai buscar a avó.

O problema é resolvido com Dora surgindo à porta da frente, feliz por me ver.

— Entre, está só encostado — ela diz quando tranco o carro. — Ninguém nunca vai mexer no carro, as pessoas mal trancam as portas aqui.

— Muito bom — digo, sorrindo.

Não tenho um vasto vocabulário para travar grandes conversas. Ainda não tenho, mas nesses meses em que vou ficar aqui, ajudando Esther, sei que vou conseguir falar com perfeição.

— Entre! — Ela convida, ansiosa. — Água gelada?

Eu podia ter trazido algo para elas. Tanta comida naquela casa. Que tolice não ter pensado nisso! Amanhã venho com o jantar. Uns docinhos para Esther, com toda certeza Javier não há de se importar e talvez eu nem precise contar a ele. Nem consegui explicar sobre as aulas, mas vou contar. É meu tempo livre, que ele disse que eu tinha, posso fazer isso.

— Tenho boas notícias — conto a ela que se senta esperançosa. Dá até medo de contar e a mulher passar mal. — Javier doou essa casa à senhora essa casa. Doou a sua neta, Esther.

Os olhos dela marejam, ela fica pálida, a garotinha não entende se é uma coisa boa ou ruim e se aproxima da avó, assustada com a reação da mulher que desaba em lágrimas cobrindo o rosto.

— Eu não acredito que ele fez isso — ela diz aos soluços. — Ele é bom como Eva dizia que o neto era. Muito melhor que todos, ela amava tanto aquele menino e que homem bom ele se tornou! Como pode, depois de tanta dor, ainda fazer algo assim?

— Não chore, está assustando Esther.

Eu mesma quero cair em lágrimas de emoção.

— Está tudo bem, criança. — Ela puxa a menina e a aperta toda desajeitada em seus braços, Esther não sabe o que fazer e mesmo com medo, chora junto com a avó sem saber o motivo. — Vovó vai conseguir cuidar de você, estamos bem. Javier é um bom homem, eu disse a você que levar o nome da sobrinha dele seria uma sorte. Uma homenagem bonita a minha velha amiga.

Meu coração se contorce. A dor que sinto é real, levo a mão ao peito, assustada. Então é isso, ela tem o nome de sua sobrinha e claro que essa criança, ou não, a sobrinha, seja lá que idade tinha, morreu. Talvez no incêndio que o feriu.

— Obrigada! Eu sei que ele não quer ver as pessoas, podia ir até lá agradecer. Isso me faria muito feliz, mas não vou, depois de tamanha bondade eu não vou incomodar o senhor Ruiz.

Que triste ter de concordar que ela não seria bem-vinda nem mesmo para um gesto de gratidão. Eu me calo.

— Não precisa ficar constrangida, eu o entendo. Diga que sou grata, conte o que aconteceu, que fiquei mesmo muito, muito agradecida. Eu nem sei o quanto ou como expressar. Pode fazer isso, senhorita?

— Claro!

Ela solta Esther para me abraçar, um abraço tão apertado e carinhoso que me faz feliz e devolvo o carinho.

— Alguém da empresa vai procurá-la, a senhora vai assinar uns papéis, mas fique segura de que tudo é certo. Assine e descanse.

— Obrigada! — agradece em um suspiro de alívio e autocontrole. — Poxa, que coisa boa!

Esther ainda chora e prendo minha mão a da pequena.

— Está tudo bem, Esther, É uma boa notícia e vovó está tão feliz que chorou.

— Vovó só chora de tristeza — ela me conta, ainda preocupada.

— Não hoje, mas o que pensa de me mostrar a lição?

Ela olha para a avó em busca de autorização.

— Estou achando que você é um anjo disfarçado de gente — Dora me diz e sorrio, negando. — Vem me trazer boas notícias, ajuda Esther. Sim, é anjo enviado dos céus para salvar uma velha boba e a neta mais linda do mundo.

— Ah! Que Esther é a neta mais linda do mundo eu acredito. Vamos fazer a sua lição, juntas?

Ela afirma, sem soltar minha mão, leva-me até seu quarto. É uma cama e uma cômoda, a mobília não combina e sinto que falta os brinquedos. Esther tinha uma casa, brinquedos, sei que sim. Pelo que entendi, tinha uma vida tranquila com os pais, eles estavam viajando em férias.

— Quarto bonito! Onde estão os brinquedos?

— Não veio nenhum da outra casa, vovó não podia buscar, eu não tenho mais.

— Bem, tenho certeza de que logo vai ter. — Nem que eu tenha de comprar. — Mostra-me o dever de casa.

Não é uma longa conversa, ela é tímida demais, abre o caderno, aponta a lição. Aos poucos vamos criar laços, não vou exigir demais dela, não agora quando tudo é novo. A timidez pode ser um dos problemas de fazer amigos, ou talvez seja por conta de não ter amigos que é tão tímida.

Passo um tempo com ela e ajudo no dever. Esther é bem inteligente, aprende rápido e fico pensando onde está a dificuldade na escola.

— Tenho de ir.

— A minha professora vai falar que fiz tudo certo?

— Vai sim.

— E minha avó não vai chorar mais hoje?

— Só de felicidade.

Esther sorri, enrolando o dedo nos cabelos que escorrem por seus ombros.

— E amanhã?

— O que tem amanhã?

— Vou fazer a lição sozinha?

— Não. Eu vou voltar aqui. O que acha? Posso voltar? — Ela balança a cabeça afirmando. Beijo seu rostinho. — O que acha de fazer um desenho para mim? — Ela balança a cabeça afirmando. — Gosta de ler?

— Eu tenho um livro — ela diz correndo até a cômoda e abrindo a primeira gaveta.

É um livro infantil, fácil de ler, com muitas figuras. Talvez próprio para crianças um pouco mais novas que ela, o tipo que daria para meus aluninhos. Uma ou duas palavras por página.

— Gosta?

— Sim. Quando crescer, vou comprar mais um — ela me diz e sorrio achando graça.

— Vejo você amanhã, Esther.

Ela me abraça em um impulso, solta-me rápido e beijo seu rosto.

Deixo as duas pensando que a vida delas ainda não será boa o bastante. Dora não trabalha, não pagar aluguel ajuda, mas ainda não lhe dá condições de sustentar Esther.

Quando chego à colina, a mesa está posta e a comida no mesmo lugar. Ele não deixou o quarto, suspiro um tanto triste, retiro a louça. Fico em dúvida sobre como agir, sem saber se vou atrás dele ou o deixo em paz como sei que ele quer.

Sento-me na sala com meu livro, a espera de vê-lo ou ouvi-lo caso ele apareça.

Abro o livro, ansiosa por me esquecer um pouco do turbilhão de emoções do dia de hoje, das preocupações, das dúvidas sobre Javier e seu passado, do alívio daquela avó e da gratidão da pequena Esther. Quero só fingir que estou na Itália, com Ulisses e suas aventuras.

Sophi é tão forte, quando penso que eu podia ter acabado em uma encrenca como a dela me assusta, como Julianne foi assinar um contrato para trabalhar em um país estranho? Podia ter acabado metida em algo como tráfico de mulheres, acabar vendida como escrava sexual e não encontraria um salvador bonitão e bem-humorado. Um arrepio percorre meu corpo e sou grata por no fim estar aqui. Segura e protegida, não, presa e humilhada.

Javier não vem para o jantar e simplesmente não suporto esperar sem saber como está. Acho que já devia ter ido bater à sua porta. Um homem tão depressivo como ele pode até fazer alguma loucura.

Sinto um arrepio pelo corpo, subo as escadas quase correndo. Eu não vou permitir que ele fique trancado no quarto sem sair nem para comer, sem falar comigo. Se algo acontecer, vou carregar a culpa para sempre.

O que pode acontecer? Ser demitida? De certo modo, não é isso que eu quero? Deixar essa prisão e voltar para meus alunos? Eu não temo Javier, é por isso que posso dizer qualquer coisa a ele, porque ele não pode me tirar nada que eu queira ter.

Bato à porta, ninguém responde, insisto e nada. Toco o trinco, meu coração apertado em uma mistura de medo e vergonha. Eu o giro com o coração disparado, abro a porta lentamente, Javier está bem. Eu o vejo de pé, olhando pela janela por uma fresta da cortina e sinto um alívio sem precedentes me invadir.

— Contou a elas? — ele pergunta sem se voltar para me olhar.

A voz grave e profunda que denuncia suas emoções mais do que qualquer coisa.

— Sim.

— Como foi?

— Muitas lágrimas de gratidão — digo ainda à porta. — Posso entrar?

— Pode. — Ele finalmente se vira para me olhar, está triste.

O quarto é meio escuro, cortinas pesadas, sem muita cor, sem nada de luz. Sobre um móvel ao lado da cama, potes de cremes e remédios; é sempre pior do que parece.

— Vim buscá-lo para jantar. — Ele balança a cabeça negando. — Posso trazer aqui, mas devia descer, mudar de ar um pouco. Podia abrir a janela para entrar um pouco da brisa da noite, afastar as cortinas.

— Prefiro assim — ele diz, olhando para mim com as mãos no bolso.

Nem sei mais se quer evitar que eu veja ou se apenas se acostumou a esconder.

— Certo.

Eu não sei mais o que fazer, mas não aceito dar as costas a ele e deixá-lo aqui para definhar.

— Já foi à Itália?

— Sim. — Javier parece surpreso com a pergunta.

— Tem mesmo Máfia por lá?

Vejo sua expressão se transformar em um ar de curiosidade e algo que algum dia pode se tornar bom humor.

— Tem máfia por todos os lados. Máfia é uma associação que busca atender aos próprios interesses por meios ilegais e sempre inescrupulosos.

— Eu sei, falo da Máfia dos filmes, a famosa Máfia siciliana.

— Sim, com toda certeza. Está com problemas com algum mafioso? — ele questiona mais para me provocar.

— Eu não, um casal de amigos — conto a ele que agora parece mesmo confuso e preocupado.

É bom tirá-lo dessa zona de mágoas e dores, fazê-lo pensar em outra coisa.

— Cuidado, o que sabe sobre isso? — ele se aproxima, interessado.

— Ela caiu em um golpe, coitada, acabou vendida. Tráfico de mulheres. — Agora ele está a um metro de mim, olhos atentos e queixo caído. — Ele a está ajudando, mas a Máfia está perseguindo os dois.

— Contou a alguém? Como sabe disso? Ligaram para você? Precisa avisar a polícia.

— A Interpol está envolvida. — Ele ainda parece preocupado e sorrio, pensando que ao menos consegui tirá-lo do foco de sua dor. Isso deve ser bom. — Vem jantar! — insisto deixando o quarto enquanto ele me segue distraído a me ouvir. — Ela está sendo muito corajosa, ajudando a Interpol.

— E como é que você foi se encaixar nessa história? — ele pergunta na escada.

— Indicação de uma... amiga. — Não posso dizer que foi a mãe de um aluno que me indicou.

— Como assim? Anne, a Máfia não é ficção, sua amiga está envolvida com a Máfia mesmo? Se até a Interpol está envolvida é sério e perigoso e se descobrem que você sabe demais...

— Senta, ainda está quente. — Ele obedece enquanto vou colocando comida em seu prato. — É seguro, não se preocupe, acredito que tudo vai dar certo no final, não tem como não ter um final feliz. Aqueles gregos são poderosos, influentes e...

— Gregos? — pergunta, começando a entender.

— Prova, há dois dias que faço as comidas típicas da Espanha e nunca consigo que coma e aprove. Quero saber se tenho talento.

Ele olha de mim para o prato, parece finalmente se dar conta que está na sala de jantar, diante de um prato de comida.

— Estamos falando daqueles seus livros, não é mesmo? — ele questiona enquanto aponto o prato e o vejo pegar o garfo.

Meu coração dispara e me sinto tão boba por isso. É um homem adulto, comer ou não é problema dele e me sinto como na escola, quando consigo convencer um dos meus garotinhos a comer legumes.

— Diz o que acha! — insisto e ele leva uma garfada à boca, mastiga um pouco, não é uma explosão de emoções, a mente dele ainda está focada no livro.

— Normal. É ou não um livro?

— Só normal? Fiz com tanto esforço, pensei que estaria incrível.

— Normal é ótimo, você não é espanhola e aprendeu sozinha, normal significa que está como toda comida espanhola, é um grande elogio, acertou.

— É, acho que vou ter de conviver com isso. Normal!

O desapontamento é grande, mas pelo menos ele leva outra garfada à boca e isso é ótimo.

— É um livro?

— Terceiro livro. Ainda quero mais do que tudo conhecer o quarto irmão, mas esse... Puxa! Como ele me faz rir e ficar ansiosa.

— Pensei que estava se metendo em problemas — ele reclama meio ofendido. Puxo uma cadeira e me acomodo. — Coma!

Javier aponta as travessas e balanço a cabeça, negando.

— Já comi — explico a ele, que acho que acaba de descobrir que está com fome porque parece mais ávido pela comida.

— Dora falou mais alguma coisa sobre o filho? Não consigo me lembrar dele, a menina tem esse nome...

— Homenagem — revelo a ele para ver sua transformação. O rosto muda, torna-se mais duro. — Ela gostava da sua avó. Admirava, pelo que pude perceber, quis colocar o mesmo nome.

— Entendo. Ficaram o tempo todo falando sobre minha família? Sobre o passado?

— Não! — digo a ele de modo bem claro. — Eu sei que se perguntar, Dora vai me contar, mas eu não perguntei, nem a ela, nem a Amâncio. Seu passado não importa.

— Está muito enganada, Julianne.

— Já pedi que não me chame assim — digo um tanto chateada; é quando mais me sinto uma mentirosa, é horrível quando ele me chama pelo nome dela, machuca.

— Não gosta do seu nome?

— Gosto de Anne — aviso sem estar mentindo. — Vou voltar todos os dias à casa da Dora.

— Sem medo de ser inconveniente, é estranho. Tinha a impressão de que o povo americano era mais fechado.

— Não vou forçar uma visita se foi isso que fiz parecer, vou ensinar Esther. — Só dizer o nome já o transforma. Ele afasta o prato antes mesmo de terminar. — Termine de comer, fugir feito criança mimada não o ajuda.

— Você não sabe nada sobre mim, não sabe sobre minha vida e não está aqui para me dizer como viver. Se foi essa a impressão que causei lhe dando espaço para uma conversa, entendeu errado.

— Não me dá espaço para nada, Javier. E se não está feliz com o modo como faço as coisas, é só me mandar embora.

Os olhos dele cintilam, dá para ver a fera lutando contra o homem. Ele quer atirar a mesa longe e explodir, mas fica lutando por autocontrole. Javier Ruiz não suporta ser confrontado, não suporta a verdade, porque qualquer coisa que o tire do seu espaço confortável de animal ferido o obriga a reagir e ele não quer reagir.

— Se está buscando me provocar para que quebre seu contrato, está gastando um tempo útil à toa, não vai acontecer — informa já de pé, pronto para fugir como sempre faz. — E não vai sair todos os dias para ir a lugar nenhum. Trabalha aqui e é para isso que pago você, gaste seu tempo livre dentro dessa casa. Corra para o irmão número quatro!

Javier me dá às costas e estranhamente eu sorrio, ele ataca meus livros quase que com ciúme.

— Você manda, não vou sair mais da casa da colina.

Estou louca para mostrar a biblioteca para Esther, se ele não quer que eu vá, então ela vem.

Felizmente peguei o telefone delas, aviso pela manhã que Esther pode vir estudar aqui depois da aula e prometo enviá-la para casa antes do anoitecer, com um pratinho pronto para jantarem. Ela precisa comer melhor para se concentrar mais, vamos ter livros e tempo, Dora está sempre de olho em Esther e talvez isso a deixe mais inibida. É bom saber que podemos ficar isoladas já que com toda certeza, Javier não vai chegar perto.

Olho para mesa e seu prato ainda pela metade, aperta meu coração, esse homem vai acabar perdendo peso se todos os nossos embates sempre afetarem sua alimentação.

Lembro-me do quarto triste, de cortinas pesadas, lembro-me da dor nos olhos dele. Queria que ele dividisse um pouco comigo esse sentimento.

A ideia me surpreende, pode ser porque ele é bonito e cheio de mistérios, não é com certeza pela gentileza, mas algo me empurra em sua direção e muda meus sentimentos por ele. É estranho como mesmo ele sendo sempre fechado, grosseiro e mal-humorado, eu acabo desculpando e compreendendo.

Recolho tudo, arrumo a cozinha, deixo a luz acesa e vou para o quarto. Quando me deito já pronta para passar a noite com meu mais novo casal, meu celular toca.

— Alô! — digo, surpresa por minha irmã me ligar.

Estava aqui, pronta para dar a ela muito mais prazo. Até que foi rápido.

— Oi, irmã! Como estão as coisas aí?

— Bem.

— Ah, que bom! Estou muito feliz aqui, Jacob e eu vamos ter um jantar romântico, sair para dançar e comemorar que finalmente está tudo em ordem no nosso apartamento.

— Fico feliz.

— Ele está adorando o trabalho, chega ao apartamento sempre muito animado e cheio de vontade de vencer. Acredita que em dois anos será sócio, em uns três anos e podemos pensar em filhos!

Sinto pena dos sobrinhos que ainda nem tenho, mal consigo pensar em Julianne carregando uma barriga de grávida, sentindo enjoos e dormindo mal. Sim, eu também sinto um pouco de pena do Jacob, mas se ele realmente a ama, deve aceitar que ela é como é e, não vai mudar.

— Parabéns!

— Ah, preciso te contar, você não vai acreditar nas fotos que eu fiz, sabia que aqui eu teria trabalhos muito melhores. Foram fotos lindas, trabalho de primeira, na Times Square, debaixo daqueles letreiros coloridos e cheios de luzes, roupas de inverno para um catálogo.

— Que bom!

— Na próxima semana vamos ter um jantar de gala com o chefe dele, pensei naquele vestido que eu dei a você, até me arrependi um pouco, seria perfeito. Jacob disse que podemos comprar um, vamos rachar, o catálogo deu um bom dinheiro e ele vai pagar a metade do vestido. Afinal, é um investimento para carreira dele também. Claro que eu tive de lembrá-lo disso, mas no fim, ele achou bom.

— Entendo.

— Bem, acho que é isso, você não parece muito animada para conversar, então... até breve!

Eu estava mesmo só esperando por isso, nem mesmo vai se esforçar para fingir que se importa.

— Diga-me, Juli, entre a arrumação do seu novo apartamento e a compra de um vestido de gala, encontrou tempo para procurar um advogado? — Um longo silêncio é minha resposta. — Foi o que pensei.

— Tenho de admitir que me esqueci disso. Não me ligou mais, achei que estava feliz. É a Espanha, aposto que tem feito belos passeios e conhecido muitos lugares, pessoas, cultura, é professora e isso deve ajudar na sua carreira e a treinar o espanhol.

— Tem tanta coisa que não sabe, tanta coisa que quero dizer. Por que não me disse, por exemplo, que perguntaram sobre falar espanhol?

— Eu não falo, disse a verdade, achei que você falar era até uma vantagem. Deu problema?

— Mentir sempre dá problema, Juli.

— Desculpe! Acha que vai conseguir ser demitida até o início das aulas?

— É sério? Esse ainda é seu plano? Uso seu nome, vivo a sua vida e faço isso para ajudar você e ainda acha que a melhor maneira de resolver isso é provocar meu chefe para ser demitida?

— Prometo que vou procurar um advogado.

— Mora com um! — digo começando a me estressar de verdade. — Disse que contaria a verdade a ele. Agora nem mesmo quer fazer uma consulta.

— Eu sei o que disse, mas... estamos tão felizes. E se isso estragar tudo? Você já está aí, então podemos... resolver sem envolver Jacob.

— Procure um advogado para resolver tudo isso.

— Vou procurar. Prometo. Amo você, Anne!

— Claro que ama, é o mínimo, estou salvando sua pele. Que tipo de pessoa abre mão da própria vida assim?

— Não pense que eu não sei disso, eu sei. Você é especial, irmã.

— Até logo, liga quando resolver essa confusão em que me meteu.

Desligo com o coração apertado. É triste ser tratada assim, com tanta indiferença.

Capítulo 10

Javier

Os gritos vindos de dentro da casa fazem meu corpo estremecer, as chamas lambem o céu escapando pelas janelas do segundo andar e das laterais.

Enquanto corro em direção à porta, escuto sua voz infantil a gritar por mim. Os gritos de dor me despedaçam, chuto a porta e uma bola de fumaça preta me recebe embaçando minha visão e poluindo meus pulmões, mas os gritos de dor e medo são meus combustíveis, nada pode me deter.

— Esther! — grito por ela com a visão contaminada pela fumaça que arde meus olhos.

O calor é intenso, a sala está vazia, é só o fogo a consumir e sei que sair será difícil.

— Tio! — A voz soa estrangulada e vem antes de um gruído apavorante.

Viro à esquerda para o corredor que leva à escada, então vejo o corpo pequeno começando a ser consumido pelo fogo, ainda posso ver seus olhos desesperados e o corpo a se debater.

— Esther! Esther! — grito enquanto corro para ela.

Não há nada que possa usar para apagar o fogo, tudo que nos cerca é calor, labaredas e fumaça. Ergo seu corpo em chamas nos braços. Sair, eu preciso sair, o calor não pode me impedir, a dor não pode me parar, eu preciso sair.

Os gritos dela ainda se espalham, enquanto tento apagar seu corpo com o meu próprio e só consigo que o fogo se espalhe entre nós dois.

Nós dois gritamos enquanto eu tento chegar à porta, gritos de dor e horror, gritos que eu sei que nunca mais vão me deixar, e o casaco de bombeiro surge diante de mim uns passos da porta e a escuridão me domina.

— Javier!

Sinto o toque do bombeiro a gritar meu nome, sua voz vai se transformando em uma voz feminina, uma voz confiável e alerta, a mão ganha suavidade em meu ombro o rosto de um bombeiro debruçado sobre mim se transforma no rosto de Anne.

— Javier, é um pesadelo!

Em um sobressalto eu me sento na cama, ela dá um pulo para trás, constrangida e assustada. Minha mente demora um longo momento para me trazer por inteiro à realidade, foi apenas um pesadelo, estou no meu quarto e, apesar de o suor escorrer por minha testa, o quarto não está quente, não tem nada além dos olhos preocupados de Anne parada diante de mim.

— Foi só um sonho — ela diz em voz suave e balanço a cabeça concordando.

Ainda sinto a garganta arder como se estivesse de novo naquele inferno de desespero. Toco o pescoço tentando lutar contra a ardência e as memórias, ela vai até a jarra de água ao lado da cama, enche um copo e estende para mim.

— Aqui. Vai se sentir melhor.

Tomo a água com avidez, finalmente desperto, consciente por completo que foi apenas um sonho, deixo o copo sobre o móvel, respiro fundo e solto o ar com força.

— Obrigado, fazia dias que eu não tinha um pesadelo como esse. Desculpe, gritei?

— Sim, você estava gritando e gemendo e chamando por... ela.

— Sinto muito se assustei você. — Ela balança a cabeça negando, aproxima-se e se senta à beira da cama, na ponta, quase caindo, o mais distante que pode e ao mesmo tempo tão perto.

— Quer falar sobre isso? Dizem que contar alivia e faz o pesadelo desaparecer.

— Não — digo fechando melhor a gola do pijama para esconder qualquer coisa que possa estar aparecendo. — Estou bem, eu não queria assustá-la. Se acontecer de novo, não se preocupe.

— Não tem problema vir despertá-lo.

— Obrigado! — digo completamente constrangido.

Anne continua sentada à beira da cama sem dar sinais de que vai partir e confesso a mim mesmo que sua presença afasta a angústia que seria despertar sozinho mais uma vez.

— Devia descer e tomar uma xícara de chá, sair um pouco daqui vai distraí-lo.

Balanço a cabeça negando, não me sinto com forças para deixar a cama. A imagem dos olhos desesperados de Esther invade minha mente enquanto seu grito de dor ecoa por meu cérebro. Afasto as cobertas, desesperado para fugir daqui e do passado.

— Vou fazer isso, vou tomar um chá.

Ela fica de pé junto comigo, dou espaço para que saia na frente. Para minha surpresa, ela não entra na porta ao lado, mas continua pelo corredor indo em direção à escada.

Quando passo diante da porta do seu quarto, posso ver a cama desfeita e seu livro jogado sobre o travesseiro. Ela devia estar lendo e saiu às pressas para me acordar.

Presto atenção nela quando chegamos ao fim da escada, usa um pijama de flanela azul, os cabelos estão soltos em desalinho deixando sua aparência tão natural e, embora não queira pensar sobre isso, ela me atrai assim muito mais do que em qualquer outro momento.

Poderia beijar seus lábios, eu gostaria disso. A verdade me atinge meio que sem aviso e a surpresa parece transparecer em meu rosto.

— Não pensa mais nisso — ela pede quando entra na cozinha. — Senta, eu faço o chá. Também quero uma xícara.

— Roubei seu sono. Desculpe!

— Não, Ulisses já tinha feito isso antes.

Sempre esses gregos no meio de cada conversa. Acredito que a vida dela também não é nenhuma grande aventura, para Anne mergulhar tão profundamente nos livros.

— Não é possível que seja apenas amor à literatura.

Só me dou conta de que disse em voz alta quando ela sorri, ligando o fogo sob chaleira.

— Mas é só isso. Eu amo livros, sempre amei, sempre vou amar e já recusei muitos compromissos, passeios, sei lá! Deixei de fazer muita coisa para terminar um capítulo.

— Você que sabe — digo me acomodando em uma cadeira enquanto ela pega xícaras, um pote de biscoitos e mel.

— Prefiro adoçar com mel, mas se quiser açúcar...

— Mel está ótimo! — Abro o pote de biscoitos e me sirvo de um.

— Minha mãe dizia que dormir de estômago vazio causa pesadelos, devia parar de sair da mesa desse jeito intempestivo.

— Aprendi que é dormir de estômago cheio que causa pesadelos.

Anne revira os olhos.

— Só se for aqui no seu país — ela rebate enquanto coloca o sachê com o chá dentro das xícaras.

Leva uns minutos de silêncio absoluto enquanto a água ferve, eu mastigando biscoitos, ela olhando para a chaleira. Não quero pensar em nada, olho para Anne, devo agradecer a gentileza, devo ao menos não sair aos gritos dessa vez, preciso começar a fazer isso. Parar de provocá-la ou de me sentir provocado.

Ela despeja a água quente nas xícaras, traz as duas, serve a minha e se senta diante de mim brincando com o sachê que afunda e ergue na xícara até que o deixe esquecido sobre um pires enquanto leva a bebida quente à boca.

— O meu está ótimo!

Ela sorri, tem um sorriso bonito, nem faço ideia de que horas são, mas sou grato por não estar sozinho.

— Vou provar, não gosto dele muito quente — aviso levando mais um biscoito à boca.

— Gosto que desça queim... — Anne deixa a palavra morrer, pega um biscoito e enfia na boca como se ele pudesse impedir suas palavras.

— O que quis dizer com ensiná-la? — pergunto me lembrando de que ela disse que iria todos os dias, ensinar a menina.

— Esther tem problemas na escola.

Acho que ficar ouvindo o nome toda hora algum dia vai servir para apaziguar meu coração, não posso reagir com essa dor toda vez que o nome Esther é mencionado.

— E o que faz você pensar que pode ajudar? É uma estrangeira formada em Administração.

— Não sou. — Os olhos dela se fixam na xícara, o rosto fica vermelho e não sei se é o chá muito quente ou a confissão que não parece muito clara.

— Não é estrangeira? — Tento provocá-la.

— Não sou formada em Administração. Sou formada em Pedagogia.

— Como é? — pergunto, antes de tudo, muito surpreso.

— Eu não sou formada em Administração — ela insiste, deixando-me um instante sem palavras.

— Tem alguma coisa verdadeira naquele seu currículo?

— Provavelmente não.

Tem alguma tristeza além do constrangimento, ao menos isso, ela não está confortável admitindo suas mentiras.

— Por quê?

— Eu não sei. — Ela não parece querer entrar em detalhes. — Eu não quero... mentir, mas...

— Por que está contando agora? Apenas para conseguir que dispense você do trabalho? Porque honestamente, até agora, para o que realiza, não faz a menor diferença ter ou não um curso de Administração.

— Não é por isso, estou apenas sendo honesta.

— Abalar minha confiança. Entendi. Quer que pare de confiar em você e com isso...

— Não é sobre me dar liberdade e não é sobre confiar em mim, você nunca confiou.

Ela está certa. Anne toma mais do seu chá e eu como mais um biscoito pensando sobre o que ela acaba de confessar.

Não sei muito bem o que pensar, não chega a me ofender, não é o caso de me irritar nem é um segredo grave ou perigoso. Para conseguir um emprego, às vezes as pessoas fantasiam e ela pode ter feito isso porque queria muito trabalhar aqui, o que não explica sua ânsia desesperada para ser demitida.

Liberdade, ela sempre usa essa palavra, sempre se comporta como uma prisioneira e talvez não esteja longe disso. Essa é outra culpa que eu tenho de carregar. Apenas não posso deixá-la ir e eu nem sei explicar por quê.

— Pedagogia?

— Sou professora em uma escola pequena na minha cidade, normalmente são dez a quinze alunos que alfabetizo, é a coisa que eu mais amo fazer. Ensinar crianças. Sempre me despeço deles com dor no coração.

— Por que aceitou esse emprego se já tem um que gosta?

Os olhos dela ficam realmente tristes, acho que nunca os vi assim.

— Eu não sei. Eu apenas tive de aceitar, mas eles são especiais, gosto de ser uma educadora, gosto de cuidar de crianças, elas me fazem feliz. Livros e crianças.

— Ainda não sei por que está contando.

Os olhos brilham quando fala deles, é realmente algo de que ela gosta.

— Para que saiba que também pode confiar em mim e... E porque eu não sou uma mentirosa.

— Fica difícil acreditar. — Ela se mágoa e posso notar. — Não quer ficar aqui, apesar do contrato que assinou, e eu não entendo. Não foi forçada.

— Impulso! — ela diz tomando o chá.

— Um longo impulso, levou dias a negociação, podia ter recusado em vários momentos.

— Não recusei e estou aqui, não estou indo a lugar nenhum — retruca, meio irritada.

— Disso eu não tenho dúvidas — replico a ela, que balança a cabeça compreendendo a quase ameaça. — Sua mãe morreu? Você falou dela no passado.

— Sim. Há uns anos, ela era uma mãe muito carinhosa, mas infelizmente... seguimos. — Ela suspira. Finalmente toma coragem de erguer os olhos diretamente para fitar os meus. — Cicatriza, a dor cicatriza, o tempo faz isso. Algum dia não vai mais se sentir caindo em abismo.

— Não. Você não entende, não é como isso.

Não é a primeira pessoa que perco, mas não é uma doença, uma morte natural, não foi como aconteceu, não dá para aceitar e se conformar. É impossível, a ferida nunca vai se fechar.

— É como o quê?

— Não posso — digo a ela, grato por sentir que ela realmente quer me oferecer ajuda. Não sou cego, percebo isso, mas não posso me abrir assim. — Obrigado por me acordar e pelo chá. Boa noite!

— Boa noite! — ela diz sem se mover, enquanto deixo a cozinha para me fechar em meu quarto.

Não é fácil pegar no sono de novo, mas acabo adormecendo. E só de amanhecer sem mais nenhum pesadelo, já sinto um alívio que nem consigo explicar.

Anne está no escritório fazendo seu trabalho de responder as correspondências. Tomo café e vou para meu quarto, afasto a cortina vendo o dia bonito, não fosse tão difícil sair eu aproveitaria uns minutos de sol, mas é uma longa camada de protetor solar e pomadas que são necessárias e eu não tenho vontade de me esforçar tanto.

Abro o *notebook* decidido a dar uma estudada nos investimentos e uma boa olhada no mercado financeiro. Não fosse a responsabilidade com tantos funcionários e pessoas que dependem da empresa, eu já teria mandado tudo para o inferno, mesmo sabendo que estaria abrindo mão, não apenas dos meus esforços, mas os de toda minha família.

Ligo para Amâncio, ele precisa me explicar como vão as coisas com a venda dos hotéis e quero perguntar se já fez o que mandei que fizesse.

— Bom dia, Javier, não esperava sua ligação. Mais alguma doação?

— Não é uma boa piada.

Ele ri sozinho.

— Eu sei. Nunca fui bom com isso. Conte-me como estão as coisas, Julianne está indo bem?

— Sim. Você resolveu o que precisava resolver com Dora Cruz?

— Estamos cuidando disso, têm documentos que precisam ser feitos. Sabe que não é tão rápido, mais uns dois dias e tudo estará definido. Mandei um representante hoje cedo lá para ver o que precisa ser feito de conserto na casa e também para recolher assinaturas e documentos.

— Informe-me quando estiver tudo terminado.

— Claro! Quer saber sobre as ofertas nos hotéis?

— Quero.

— São boas ofertas, uma rede de hotéis quer expandir e ofereceu comprar todos, mas com isso pagaria um pouco menos, vendê-los separadamente pode ser mais vantagem para conseguir melhores preços, mas um ou outro pode demorar demais a ser vendido. O que acha?

— Eu não sei se quero vendê-los para uma rede de hotéis que vai padronizar tudo e acabar ofuscando a beleza de cada espaço.

— É sério? Ofuscar a beleza dos espaços? Javier, está bem? Quer conversar, você... O que deu em você? Tinha pressa para se livrar de tudo, agora demonstra interesse, fala em beleza.

— É o nome da minha família nas placas, já devia saber que eu pretendo honrar esse nome depois de tudo que aconteceu. É tudo que restou.

— Achei que era... uma melhora. O médico vai passar aí daqui uma ou duas semanas e você não poderá recusar a consulta.

— Não vou fazer isso. Avise Anne.

— Julianne?

— Sim. Ela prefere Anne.

— Claro, eu vou comunicar à sua secretária, Anne e então... marco com seu médico. Como está se sentindo?

— Bem, estou bem — aviso pronto para desligar.

— Acho que está — ele diz com a voz meio atordoada.

— Você deve estar ocupado, Amâncio. Nós nos falamos quando resolver tudo que pedi. — Desligo quando ele está se despedindo.

A mesa do almoço está posta para uma pessoa, refreio a vontade de convidá-la mais uma vez, com toda certeza vou ouvir que já comeu.

Ela não aparece enquanto como solitário como quis que fosse e agora me incomoda tanto. Ela me ajudou ontem de uma maneira que eu acho que nem entende. Estava no mais profundo sofrimento, mas ela me puxou de volta. Ainda que por segundos de alívio e sanidade. Descobrir que era apenas um sonho foi um tipo de salvação.

Anne acredita mesmo que essa dor que ela nem sabe qual, vai passar, duvido que pensasse o mesmo se soubesse o que realmente aconteceu.

Passo toda a refeição dividindo meus pensamentos entre os segredos de Anne e meu passado. Então, ela é professora? Ensina crianças, mas os deixou para estar aqui em um impulso que não faz muito sentido.

Deixo a mesa levando comigo a louça suja. Ela está na biblioteca entregue ao seu livro, quero saber o que vai fazer quando os tais livros dos irmãos acabarem, tudo ela enfia a história deles. Está totalmente envolvida com isso e sinto inveja dessa capacidade, seria bom deixar um pouco minha a realidade.

Quando estou deixando a cozinha, noto a mesa posta para uma pessoa, então ela ainda não tinha feito a refeição. Podia ter me avisado e dividiríamos a mesa, acho que seria razoável, não tem por que Anne comer na cozinha, isolada. Fico me sentindo um canalha completo, já basta que fique me acusando de mantê-la prisioneira.

Vou agora mesmo dizer isso a ela, que podemos fazer refeições juntos se calhar de comermos no mesmo horário. É mais simples para ela e menos odioso para mim. Ao menos para sua percepção sobre mim. Não que me importe com o que ela pense, ou qualquer um, mas é sempre bom...

Anne não está na biblioteca, apenas seu livro está, o que deixa claro que vai voltar em breve. Escuto sua voz na sala e como não está falando comigo, e nunca a ouvi falando sozinha, só posso supor que é uma visita.

Imediatamente sinto raiva. Eu disse a ela que não recebia ninguém, imagino que deixei claro que devia dispensar, quem quer que fosse, da porta. Mesmo achando que ninguém se atreveria a vir sem me avisar. Sem conter a irritação, eu caminho em direção à sala. Penso que, se ela não entendeu, vai entender agora mesmo.

— Avisei que a casa não estava aberta para visitação e eu não queria me expor à curiosidade mórbida de ninguém. Quem está recebendo sem minha autorização?

Assim que chego à sala, uma garotinha está com olhos assustados e boca aberta, treme de medo enquanto não sabe se corre ou chora.

— Quer parar de gritar feito louco! — Anne pede, apressando-se para acalmar a criança. — Está tudo bem, Esther!

— Quero a vovó! — ela fala começando a chorar.

Então, essa é Esther. Essa é a pequena que tem o nome do meu anjo e que, não por acaso, o carrega como homenagem; a criança que perdeu tanto. Anne a abraça, protetora, lançando-me um olhar de raiva. Não pode me ferir mais, não pode me atingir mais profundamente do que a presença dessa criança.

O passado parece me enlaçar e puxar para as profundezas de lembranças tão boas e tão bonitas que me matam mais do que a noite infeliz em que eu não cheguei a tempo para salvá-la.

— Está tudo bem, Esther! Ele não está bravo com você, nem comigo, ele só... Ele é barulhento, mas não é nada demais.

A garotinha envolve a cintura de Anne e ainda chora abraçada a ela. Eu poderia deixá-las se minhas pernas respondessem, podia falar qualquer coisa se minha garganta não estivesse travada, mas eu nem sei mais se estou aqui ou se caí em uma máquina do tempo mergulhando no passado.

— Javier! — O tom mais duro deixa claro que não é a primeira vez que me chama e de novo é sua voz a me resgatar. Ela exige: — Diga a ela que não está bravo.

Seu tom não é o de quem faz um pedido. O que essa criança faz aqui? Por que ela achou que podia trazê-la sem me matar?

— Javier!

— Não estou bravo. — Expulso as palavras em uma luta que me custa todas as energias.

— Ouviu? Ele não está bravo e você foi muito bem-vinda *sozinha* para nossa aula. Veio direto da escola como pedi? — A menina afirma ainda aos soluços e sem coragem de se soltar de Anne, com olhos assustados que me estudam, a espera de um ataque. — Deixei seu almoço pronto, o que acha de comer antes de irmos estudar?

A pequena balança a cabeça afirmando. Não desvia os olhos de mim.

As duas seguem de mãos dadas em direção à cozinha enquanto fico no mesmo lugar, imóvel, vivenciando minha dor, sem saber de onde ela vem, sem compreender o que de fato estou sentindo e o quanto isso é ruim ou não. Não achei que me depararia com uma criança novamente, muito menos com uma que levasse o nome de Esther, é tudo confuso demais.

— Você a assustou demais — Anne diz retornando agora sozinha e falando baixo para não ser ouvida.

— O que ela faz aqui? Eu disse que não recebo ninguém.

— Também disse que eu não devia ir até lá, ela não veio para ver você. Vou me sentar com ela na biblioteca, está sempre no quarto, não achei que se encontrariam.

— Não tem esse direito. Anne, não pode me obrigar a confrontar coisas que me matam por dentro. — Posso ver que ela se sente culpada.

— Eu não tinha ideia, sinto muito! Mas ela não tem culpa e precisa de ajuda e eu posso ajudar.

— Mandando a menina vir sozinha à colina? Já pensou se ela encontra uma cobra, um cão raivoso. Você a coloca em risco, é uma criança.

— Ensinar é a minha paixão, Javier. Por favor, não me tira isso!

Sua súplica é tão cheia de sentimentos, é tão dolorida, que me faz ser a fera que ela me acusa. Que me faz sentir que sou o carrasco que a prende a essa casa sem piedade.

— Não vou tirar — digo deixando Anne para mais uma vez me esconder abrigado da dor em meu quarto.

Cercado por meus fantasmas a tumultuar minha alma.

Capítulo 11

Marianne

Ele me deixa paralisada na sala, pensando em como pude ser tão tola e talvez egoísta, não sei exatamente o que aconteceu com ele, mas sei que foi algo difícil; que o machucou de todos os modos e que envolve alguém que ele amou e se chamava Esther.

O que fiz foi trazer uma garotinha com o mesmo nome sem aviso para dentro de sua casa, onde ele deixou sempre muito claro que não queria ninguém.

Esther não tem culpa, é só uma criança, mas uni-los assim não foi bom para ninguém e no fundo, ele reagiu melhor do que devia. Talvez, se eu estivesse nas mesmas condições em que ele está agora, teria sido diferente.

Tomo fôlego para ir encontrá-la na cozinha, a pequena precisa de apoio e deve estar assustada demais. Encontro Esther se deliciando com o almoço, parece tão envolvida que nem mesmo se move para me olhar quando puxo a cadeira e me sento diante dela.

— Está tudo bem? — pergunto e ela balança a cabeça afirmando enquanto mastiga. — Javier não ficou bravo com você. Ele nem mesmo ficou bravo, pareceu isso, mas não foi o que realmente aconteceu.

— Ele está muito triste por causa dos machucados da mão?

— Acho que sim, Esther. Acredito que ele está apenas triste. Logo passa, todo mundo se machuca, não é mesmo?

— Sim. Eu tenho marca também, caí de bicicleta.

Sorrio achando bonito sua comparação, só mesmo ele vê suas marcas com tanto asco. Sinto que para o resto da Humanidade, ao menos as pessoas verdadeiras e empáticas, elas nem são tão chocantes assim. Ele é um homem tão bonito.

— Eu também caí de bicicleta e fiquei com uma marca no joelho — conto a ela que mastiga a comida já com outra garfada a caminho. — Está gostando?

— Muito gostoso! Só como fruta, fruta, fruta, todo dia isso. — Ela faz careta e volta a mastigar.

Deixo a mesa para preparar uma refeição em potinhos para seu jantar e da avó. Felizmente tenho um bolo para sobremesa e até pode servir para o café da manhã antes da aula.

Quando acaba ela está cansada de tanto comer, devia ter uma meia hora para descansar antes de voltarmos a estudar.

— Pronta? — Ela balança a cabeça afirmando. — Então vem comigo.

Esther fica de pé, prende sua mão na minha. Parece um tantinho assustada, talvez seja saudade da avó e medo de Javier. Os olhos brilham de surpresa quando entramos na biblioteca, ela corre os olhos por todas as estantes sem acreditar.

— Tem uma loja de livros aqui nesta casa!

— Não é uma loja — explico, rindo. — É uma biblioteca e esses livros são todos do Javier.

— Ele leu tudo isso? Ele é bem velho?

— Não. Ele não leu tudo e não é bem velho, mas precisaria ser para ler todos esses livros.

— Precisava mesmo. Mais velho que a vovó. — Ela me faz sorrir, enquanto aponto o sofá.

— O que acha de se deitar um pouquinho? Meia hora e desperta para estudar.

— Tem *siesta*?

— Tem, sim. — Ela gosta, vai até o sofá e se acomoda, uso a manta nas costas do sofá para cobri-la. — Vou estar aqui na poltrona, lendo um pouco enquanto descansa. Você comeu muito.

Ela agradece e fecha os olhos, não sei se vai dormir, mas pelo menos descansa um pouco. Pego meu livro. Ulisses é o mais paspalho de todos os paspalhos, como é que pode fazer uma proposta dessas para Sophi? Sabia que ela recusaria encontros furtivos quando ele visitasse a ilha. Sophi merece muito mais.

Envolvo-me na leitura enquanto ela descansa, meia hora e eu desperto Esther, ela é tão obediente que logo está sentada e abro seus livros para revermos tudo que estudou durante o dia.

— Ele não vem aqui, não? — ela pergunta curiosa lá pelo meio do nosso estudo.

— Javier? — Ela balança a cabeça afirmando. — Ele está... trabalhando no quarto.

Não quero preocupá-la, nem adiantaria tentar explicar a verdade.

— Esse está certo? — Ela me mostra o exercício já esquecida de Javier.

Ainda está errado e eu a ajudo a apagar e volto a explicar me esforçando um pouco mais para ser entendida. A língua é um pequeno obstáculo, vou treinar mais, estudar, separar um tempo para assistir a programas locais, logo fico pronta para ajudá-la melhor.

— E agora.

— Perfeito! Esther, você é muito inteligente.

Ela sorri sem muita confiança. Aperto sua mão dando a ela um pouco mais de segurança, mudamos a matéria para fazer o dever de espanhol, felizmente ela ainda está começando e não é nada complicado que eu não possa ler com atenção o enunciado e ajudá-la.

O tempo corre lento e agradável, nem percebo a hora passar até que o dia começa a terminar e ela suspira cansada, mas muito feliz.

— Acho que já chega por hoje, não é mesmo? — Ela balança a cabeça afirmando um tanto feliz por terminar. — Vejo você amanhã? Gosta da minha ajuda?

— Eu levo a lição toda certinha para a professora, vovó falou com ela que eu tenho professora particular e ela disse que assim vou recuperar minha nota.

— Muito bom, fico feliz. Melhor ir antes que escureça, vou descer com você e deixá-la em casa.

Eu me lembro do conselho de Javier sobre ela andar por aí sozinha. Não é boa ideia arriscar, acho que ele não vai se importar se me comprometer a ir até lá ajudá-la.

— Leve o carro — ele diz de pé à porta da biblioteca com a expressão fechada, é uma vitória tê-lo aqui, esperava que ele fosse ficar trancado no quarto. — Diga a avó dela que você vai buscá-la e depois a leva de volta.

Ele gira nos calcanhares e nos deixa. Fico surpresa e feliz por poder contar com ele e, um pouco chateada por ele não ser tão gentil quanto acho que Esther merecia, mas isso já é pedir demais. Pego a sacola com o jantar e a mochila de Esther.

— Vai de carro me levar?

— Vou sim.

— Eu gosto de carro, meu pai tinha, ele me levava na minha escola, mamãe me buscava. Ela também tinha.

Onde estão essas coisas todas que deviam pertencer a ela?

— Mamãe tinha família? Tem avó e avô por parte de mãe? — Ela nega. — Tios?

De novo uma negativa. Talvez Dora saiba me dizer onde estão essas coisas que poderiam ser vendidas para viverem melhor. Acho que Amâncio talvez tenha algum amigo advogado, ou quem sabe posso perguntar ao Javier. Sei que ele não vai se envolver, mas pode me dizer ao menos como funcionam as leis aqui.

— Avisa a vovó que eu pego você na escola amanhã, tudo bem?

— Aviso. Vou almoçar na sua casa?

— Vai sim.

— Eu gostei disso.

Entrego a ela a sacola e a mochila ainda no portão.

— Tente dormir, Esther. Até amanhã. — Ela coloca todas as coisas no chão com dificuldade e me abraça, deixando-me grata e emocionada.

— Obrigada, Anne! Você é muito legal.

— Você também — digo apertando seu nariz.

Ela me deixa a observá-la entrar, fechar a porta e volto para o carro. De qualquer lugar do vilarejo se pode ver a colina e o casarão sobre ela. Fico pensando se vou encontrá-lo furioso ou trancado no quarto. Estou pronta para qualquer um dos dois, o que me faria feliz é uma mudança. Quem sabe novas atitudes? Só queria que ele tentasse se recompor.

Estaciono e caminho pela frente. Gosto de olhar o jardim e o vilarejo, de sentir o vento suave da colina e o canto dos pássaros se agitando por entre as copas das árvores.

Ainda é cedo para pensar no jantar, posso me sentar um pouco na varanda e assistir a noite cair. O sol perdeu a força, já cruzou o céu e agora descansa no horizonte tingindo o vale e as colinas de laranja com pinceladas de um lilás arrebatador.

— Fugindo de mim? — Sua voz chega aos meus ouvidos, profunda e suave, quase um veludo que me surpreende; não é o ogro barulhento que vive rosnando.

Volto-me para encontrar olhos tristes muito mais do que furiosos.

— Admirando a noite chegar, pensei que não saía muito aqui fora.

Ele dá de ombros.

— O sol se foi — ele conta como um vampiro de filmes antigos.

— Entendo. — Antes de dizer uma grande bobagem, lembro-me das cicatrizes e do perigo que seria tomar sol.

— Não me faz bem.

— Claro! — Ele se aproxima de mim, para ao meu lado olhando para o horizonte como eu. — Javier, quero me desculpar. — Ele balança a cabeça, negando. — Não me desculpa ou não preciso pedir desculpas?

— Não precisa se desculpar. Eu também não tinha de ter entrado naquela sala feito um animal. — Fico calada, ele tem razão sobre isso. — Essa é a hora em que defende minha atitude.

— Defenderia se não fosse por Est... ela.

— Esther! — ele diz em um esforço que me deixa dolorida. — Vou me acostumar a ouvir esse nome, a pronunciá-lo de novo sem...

— Esmagá-lo?

Ele balança a cabeça concordando.

— Eu só vim me desculpar e não pense que gosto disso.

— Quem não gosta de pedir desculpas devia tomar mais cuidado com o que diz.

Javier sorri. É um sorriso meio debochado, incrédulo, mas é um sorriso e ele fica tão bonito quando sorri. É estranho como isso mexe com minhas emoções, faz meu coração palpitar e isso me surpreende quase tanto quanto o sorriso.

— Pareceu uma criança argumentando — comenta, recebendo meu desdém. — Vou tentar tomar mais cuidado.

— Se não largar o jantar ou o almoço pelo meio, já fico satisfeita.

— Agora lembrou uma mãe falando.

— Isso combina mais comigo. Nunca fui uma criança argumentando, nem quando era criança.

Quando se é irmã de Julianne, é preciso ser boa em argumentos ou não se ganha nunca. Aprendi a usar o meu melhor para conseguir ao menos as migalhas. Ela estava sempre apelando de modo infantil e levando a melhor.

— Professora de crianças, talvez tenha razão.

— O que parece me deixar apta para lidar com você.

— Estou tentando manter um mínimo de convivência, Anne, e me chamar de infantil não ajuda.

— Desculpe, você tem razão!

— Por que não me conta um pouco de você?

Suspiro pensando em como falar de mim sem mencionar uma gêmea idêntica com quem dividi tudo, cada segundo da minha existência, aniversários, bolos, presentes, horas, útero.

— Nada demais. Vida simples.

— O que é uma vida simples?

Olho para ele, que ainda mantém os olhos no horizonte assistindo a noite chegar.

— Uma casa simples, escola, faculdade, trabalho. Só isso.

— Nenhuma grande aventura?

— Eu me mudei para Espanha, para um trabalho meio chato com um homem solitário em uma casa na colina.

— Parece uma boa aventura, o que mais?

— Mais nada.

— Romances, festas, viagens.

— Nada, nunca estive em festas e jantares, nunca fiz nenhuma viagem. Quer dizer, viajo nos meus livros, conheço o mundo, namoro magnatas, vou a jantares de gala e danço valsa em palácios, corro na chuva e escuto declarações de amor. Sou todas as mulheres em muitos lugares diferentes, mas sempre em páginas de livros. Minha vida em papel e tinta.

— Isso eu posso notar. Fala como se fossem reais, mas não são.

— O que pode ter a vida real de tão especial? — Dou de ombros.

— Nunca vai saber se não tentar.

— Pode ser.

Ficamos calados.

— De todas essas coisas, o que mais gostaria de fazer?

— Pergunta difícil. — Fico pensando um longo momento. — Um jantar especial, em um salão bonito, com valsa.

— Sabe dançar valsa? — Balanço a cabeça negando e ele revira os olhos. — Essa casa recebeu muitas festas como essa. Minha avó adorava, vestidos longos, valsa ao fundo, jantares com vários pratos. Eu era menino, quando cresci já não tinha mais coisas como essa.

— Essa casa é perfeita para uma noite assim, os candelabros, o lustre descendo no meio da sala, esse piso incrível, posso até ver os casais deslizando pelo salão.

— Quer jantar comigo? — Ele me convida e sinto que é um impulso. — Um pedido de desculpas por todos os momentos em que fui grosseiro. Selamos a paz e, quem sabe, recomeçamos em maior harmonia.

— Pode ser, fiquei tão envolvida com Esther, não preparei nada, mas meia hora e faço algo...

— Não. Estou convidando você para um jantar de gala. Aqui na sala, como nos velhos tempos da casa da colina.

— Bateu a cabeça, Javier?

Outro sorriso e de novo meu coração descompassa, mas o sorriso morre lentamente, uma onda de tristeza o invade e meu coração reage sentindo dor.

— Não sou a fera que grita com uma criança, não importa o nome que ela tenha e quando se chama... — A garganta trava e depois reage com um novo esforço. — Esther é ainda mais dolorido, não gostei de quem eu fui. Está me matando, é apenas mais uma dor para me consumir, para me...

— Ela entendeu, não ficou triste. Ela se assustou, mas passou.

— Obrigado pela tentativa de me fazer sentir melhor, mas não funcionou. Aceite um jantar formal como um pedido de desculpas, coloque um vestido, encomende um jantar e acenda candelabros.

— É sério? — Meu coração parece que vai explodir, eu sei que não é um encontro amoroso, mas posso viver esse momento como se fosse. Lembro-me do vestido que Juli me obrigou a trazer e talvez seja a única vez na vida que eu possa usá-lo. — Aceito.

— Amanhã?

— Vai usar um terno? — Javier me olha meio surpreso. — Para combinar com um vestido bem bonito que eu tenho.

— Tem tempo que eu não...

— Se machuca não precisa, uso um outro vestido e tudo bem. É bobagem, eu...

— Vou colocar um terno. — Ele me corta, as mãos sempre no bolso. — Encontro você na sala, amanhã, às 9h da noite. O que acha?

— Certo! Isso é meio ridículo, não acha?

— Totalmente, talvez você descubra que supervaloriza suas histórias de amor.

— Não acredita no amor?

— Não! — ele revela me decepcionando. — Não acredito em mais nada, Anne, só existe um imenso e inabalável abismo no qual não paro de cair e cair.

— Se deixasse alguém atirar uma corda, talvez pudesse se segurar nela e parar de cair.

— Eu não quero a corda, esse é o problema — ele diz quando o céu finalmente recebe a noite e uma pequena estrela brilha solitária.

— Se você tentasse...

— Tenho o que mereço — fala tão triste e eu não consigo acreditar nisso.

Tem bondade em seu coração. Sem se despedir, sem mais nenhuma palavra, ele me dá as costas e fico sozinha na varanda, olhando a noite e pensando se ele precisa viver essa dor tão profundamente.

Javier não ateou o fogo, essa seria a única razão para que ele merecesse o abismo, ele não fez isso, ele nunca faria algo assim. Não o conheço o bastante para saber quem ele é, mas posso ver no fundo dos seus olhos que existe bondade.

Talvez eu seja mesmo uma boba romântica que vive através de livros, talvez eu esteja deixando a vida passar, mas acredito no amor, acredito em encontros especiais, finais felizes. Talvez nunca aconteça comigo, mas a vida é cheia de histórias bonitas, casais felizes, basta olhar em volta.

Volto para dentro sem ter certeza sobre nada, mas emocionada com essa pequena mudança, talvez ele mude de ideia, talvez ele se arrependa ou volte a ser um idiota, mas só em saber que ele está tentando, eu já fico feliz.

Às 8h o jantar está sobre a mesa, abro meu livro na biblioteca e o escuto descer as escadas, caminhar em direção à biblioteca e ergo os olhos quando ele para à porta com as mãos nos bolsos e os olhos ainda abatidos.

— Onde está agora? — ele pergunta olhando para o livro.

— Pertinho de um final feliz, depois de muitas aventuras e todo riso do mundo.

— Obrigado pelo jantar!

— Está mesmo se esforçando. — Ele não responde nada. — Amanhã vou ensinar Esther, mas vou deixar tudo pronto aqui e a comida servida para o jantar. Vou caminhando, eu sei que disse que não devia sair, mas também disse que ela não devia vir sozinha e eu quero ensiná-la. Sinto falta do meu trabalho de professora, sinto falta das minhas crianças e do carinho que elas me dão, os abraços todas as manhãs, o riso e a confusão. Não tem nada mais emocionante do que vê-los assinando o nome pela primeira vez e descobrir que eles andam pelas ruas tentando ler placas e rótulos e...

Calo-me quando noto seus olhos perdendo o brilho.

— Continue! — pede meio cínico, meio raivoso, muito magoado. — Isso é tudo que consegue?

— Não entendi.

— Conta para mim seu amor pelo trabalho para tocar meu coração, então liberto você da multa?

— Ao menos admite que seja uma prisão — respondo com uma ponta de escárnio.

Como é difícil para ele matar esse monstro que habita seu peito.

— Um contrato assinado, como muitos por aí.

— Sophia também assinou um contrato e acabou em um vestidinho de sol sendo leiloada! — digo, deixando-o sem reação. Balanço o livro e ele suspira, a raiva parece ir embora. — Não estou tentando enganar você, não estou tentando usar seus bons sentimentos para convencê-lo.

— Até porque seria perda de tempo, eu não os tenho — ele diz, indo se sentar sozinho para jantar.

Faço uma careta de desgosto, um passo para frente e três para trás. Se fosse uma história, ele estaria arrependido, pedindo-me perdão, tornando-se um príncipe encantado, mas é vida real. Ele continua o idiota de sempre. Um grande paspalho é o que ele é.

Fecho meu livro para ir para meu quarto ler o meu final feliz e chegar logo ao quarto livro. Quando passo pela sala ele está olhando para o vazio enquanto se perde em pensamentos.

— Ainda vamos jantar amanhã. — Sua voz soa grave e ríspida e adoraria mandá-lo ao inferno, mas acho que o irrito muito mais o obrigando a cumprir seu compromisso. — E o estudo com a menina aqui, pegue o carro para buscá-la.

— Como quiser, senhor Ruiz. Boa noite! — digo só para irritá-lo.

Subo as escadas pisando pesado, só para demonstrar minha raiva. Fecho a porta do quarto e suspiro. Ainda vamos ter um jantar especial, de gala, com ele de terno e eu de vestido elegante. Tiro o vestido da mala e espalho sobre a cama.

Será que vou ter coragem de usá-lo?

Capítulo 12

Marianne

Que noite mais longa! Pensei que estava tranquila com o convite, mas foi encostar a cabeça no travesseiro para perceber que loucura fui fazer ao aceitá-lo.

Javier ainda nem saiu do quarto, são 9h da manhã e eu só consigo pensar em como pedir um jantar muito caro e muito requintado, organizar a mesa de modo a ficar elegante e acender candelabros.

Julianne é a garota que frequenta jantares com dez talheres, eu sempre fui a irmã que come com o prato na mão, enquanto se contorce para virar páginas de livros.

Claro que não posso pedir ajuda a ela, não estou disposta a me explicar e ela me encheria de perguntas e comentários. Lembro-me de Carina, a esposa de Amâncio que foi sempre tão simpática comigo, ela me ligou há dois dias para saber se eu estava bem ou se precisava de algo. Bem, eu não precisava na época, mas preciso agora.

Pego o telefone, enquanto faço a ligação deixo a mesa para olhar pela porta, a última coisa que quero é Javier ouvindo pelos cantos, sei bem que ele anda por aí me ouvindo e surgindo em batentes de portas com as mãos nos bolsos sempre quando estou distraída.

Por garantia, fecho a porta e volto para a mesa, nem sei como falar com Carina, mas se ele quer mesmo um jantar de gala para um recomeço menos agressivo é o que vai ter. Por minha vez, vou ter um lindo jantar de contos de fada.

— Julianne, está tudo bem?

Bem, acho que Carina não esperava por minha ligação.

— Sim, tudo está bem — aviso sem saber como continuar a conversa.

— Fico feliz — ela responde e suspiro. — Precisa de alguma coisa?

— Na verdade, sim. Eu... Eu nem sei como dizer, Javier me convidou para jantar e...

— Vão sair? — Sua pergunta tem um tom quase desesperado, fica claro que ela sabe exatamente quem ele é, e como tem vivido.

— Não. Aqui. Olha, não é como um encontro ou coisa do tipo, ele foi meio... Meio...

— Grosso, antipático e irritante.

— Quase. — Sorrio. — Sempre tudo ao mesmo tempo.

— Ah, eu sei, sempre digo a Amâncio que nenhuma amizade sobrevive a isso, mas ele gosta tanto do Javier que acaba sempre perdoando.

— Bem, ele me convidou para jantar aqui, é um jantar formal, um pedido de desculpas. Uma bandeira branca.

— Entendo. Um jantar de desculpas, nunca tinha ouvido falar.

Sua voz não parece demonstrar muita confiança em minhas palavras, decido passar por cima e não insistir em provar.

— Acontece que sou nova aqui, eu não conheço nada e não sei como encomendar um jantar realmente completo, um jantar do tipo...

— Eu sei o que quer dizer. Precisa da entrada à sobremesa. Pratos quentes e frios, uma linda mesa decorada.

— Isso, é exatamente o que preciso.

— Posso mandar um *chef* de cozinha para a colina agora mesmo e dois garçons, vão ter um jantar magnífico.

— Não. Javier não gosta de pessoas pela casa. Eu sinto que isso só vai irritá-lo e transformar o jantar em um grande problema.

— Verdade, você tem razão. Se vivessem mais perto da civilização. Essa colina é tão longe de tudo.

— É tolice, eu preparo qualquer coisa, não precisa ser nada demais.

— Ah! De jeito nenhum, você não vai passar o dia cozinhando, precisa se arrumar e caprichar muito para esse encon... jantar de desculpas. — Ela se corrige, mas compreendo, meu rosto fica corado de vergonha só de imaginar o que ela está pensando. — Que horas é esse jantar?

— Nove horas da noite.

— Perfeito! Não se preocupe com nada, vou enviar a comida e a decoração, alguém vai passar vinte minutos aí organizando, ele nem precisa saber.

— Carina, eu nem sei o que dizer, muito obrigada!

— Não me agradeça, só de pensar nele em um... jantar de desculpas eu já estou vibrando. Seja paciente e, se conseguir, divirta-se.

Não é fácil segurar o riso, a má fama de Javier o precede.

— Obrigada, Carina! Adoraria que viesse um dia para um café, mas infelizmente, ninguém é bem-vindo à casa da colina.

— Um dia nos encontraremos na vila para um café. Quando Amâncio tiver de ir à colina vou com ele e me encontra no vilarejo, tomamos um café juntas.

— Obrigada!

— Soube da doação daquele imóvel, Amâncio até agora não acredita.

— Nem eu, mas fiquei muito feliz.

— Eu também, inclusive tive uma conversa com ele. Acredito que a empresa precisava ter um olhar mais humano, não acha? A senhorinha merecia um tratamento diferenciado, são pessoas por trás dos aluguéis.

— Concordo. Quem sabe eles mudam isso?

— Estou aqui convencendo meu marido, convença Javier. Parece que vocês têm se aproximado.

— Não sei, não acho que ele me dê espaço para esse tipo de conversa. É uma guerra aqui, ora tudo está bem e, no instante seguinte, ele explode.

— Sei o que quer dizer, Amâncio está sempre comentando isso, mas depois de tudo. Você sabe, não é nada fácil para ele, espero que supere. Javier era um homem maravilhoso, divertido, engraçado, generoso. Gostava tanto de viver, tinha um magnetismo que bastava chegar a uma festa para roubar toda a atenção.

É estranho pensar nele assim, nem consigo imaginá-lo sendo o centro das atenções em uma festa, mas gostaria de ver.

— Educado?

O riso dela se espalha, acabo por rir também.

— Muito. Lindo e educado. Viajava em férias pelo mundo, frequentava a noite de Barcelona e do mundo todo. Mas agora eu tenho uma supermissão, preciso desligar, boa sorte!

— Obrigada! Eu realmente não sei como agradecer.

— Não precisa. Quer dizer, talvez pudesse me ligar amanhã e contar como foi. Isso seria mesmo fantástico. Prometo ser discreta.

— Acho que merece depois de me ajudar. Como é que eu pago esse jantar?

— Fique tranquila, cobro do meu marido — ela responde me fazendo respirar aliviada. — Tchau!

— Tchau.

Deixo o telefone de lado, volto a responder a correspondência e depois com o tempo livre, ajeito seu almoço e saio para buscar Esther.

A garotinha está feliz, acertou os exercícios, mas as provas foram marcadas e ao mesmo tempo em que está contente, o medo de não conseguir notas boas toma seu coraçãozinho.

Ela se concentra nas lições depois de almoçar, Javier não aparece uma única vez. Começo a temer pela vergonha de me arrumar para um jantar que ele não vai comparecer, mas se isso acontecer, eu vou embora, simples assim. Acho que nunca mais consigo olhar para ele e, Julianne que se vire com a multa de trezentos mil dólares.

Toda vez que penso nesse valor sinto raiva, nem sei se mais dela ou dele. Balanço a cabeça para afastar os pensamentos, volto a me concentrar em ajudar Esther, ao menos nesse momento, ela tem que ser o centro de tudo.

Quando termina ainda não são 6h, mas tenho de me arrumar e receber o jantar, preparo rapidamente a comida delas e levo Esther para casa. Ela adora se acomodar no banco de trás da caminhonete e ligo o ar condicionado.

— Javier é a melhor pessoa do mundo?

Junto as sobrancelhas, achando graça na pergunta.

— Não sei, não conheço todas as pessoas do mundo, mas ele é uma boa pessoa.

— Vovó diz que é a melhor pessoa do mundo, diz que ele é bom e que eu não devo me preocupar com as marcas. Falei para ela que as mãos dele são machucadas e ela chorou. — Meu coração se aperta um pouco. — Acha ele bonito assim mesmo?

— Acho — digo com muita convicção e cheia de verdade, ele é um homem muito bonito, nem sei como não consegue perceber isso.

— Também acho — ela fala antes de um longo silêncio, que dura até chegarmos à sua porta. — Ele saiu hoje?

— Não, ele estava... trabalhando.

Ela aceita como resposta, acho que Esther está pronta para gostar dele, uma pena que ele não deixe que isso aconteça.

— Vou à sua casa estudar amanhã?

— Vai. — Embora não seja minha casa. — Pego você na escola, está bem? Durma bem.

Ela me dá o mesmo abraço do dia anterior, depois de colocar todas as coisas no chão. Solta-me e recolhe tudo, Dora surge correndo e me chamando. Espero que chegue ao portão.

— Um moço esteve aqui hoje, vamos cuidar da documentação, vou assinar tudo que pedirem, não é isso?

— Sim, Dora, vai assinar tudo e por fim a casa será de vocês.

Ela seca uma lágrima.

— Um homem quase santo. — É preciso muito autocontrole para não cair na gargalhada. — E você um anjo, aquela casa é abençoada.

Ela olha para a casa da colina, que agora tem a luz da varanda acesa e uma pequena luz que deve ser o quarto dele. Não brilha muito, encoberta talvez pelas pesadas cortinas, ou pode ser porque a noite ainda não caiu por completo.

— Tenho de ir, vejo vocês amanhã.

Dora me rouba um abraço que sempre me faz feliz. Corro de volta para a casa chegando quase ao mesmo tempo em que a comida, uma equipe de três pessoas invade a casa, deixa a mesa bem decorada e montada com uma linda louça, junto a um romântico arranjo de flores e os candelabros. Com a comida posta e tudo organizado, partem sem esperar nem mesmo pela gorjeta, devem ter sido muito bem instruídos.

Corro para o quarto, tomo banho, seco o cabelo, separo o vestido deixando-o estendido sobre a cama e desço sem ser vista para montar o resto do nosso jantar de gala. Baixo a luz, acendo as velas, afasto móveis, ele vai ter e dançar uma valsa comigo e eu já sei qual, ajeito tudo para colocar a música na hora certa.

Quando entro de volta ao quarto, pouco mais das 8h30 da noite, meu coração está batendo feito louco.

— O que é que estou fazendo? — eu me pergunto, um tanto angustiada.

Olho para o vestido, meio sem coragem. É um lindo vestido, com detalhes delicados, não é exagerado, ao mesmo tempo é tão perfeito para uma valsa. Essa saia vai girar suave pelo salão e uma vez na vida vou viver um momento de magia, como os lindos momentos que leio em meus livros.

Tomo coragem para ajeitar os cabelos e fazer uma maquiagem, espero que ele não descubra que a música que vai tocar é de *A Bela e a Fera*. Odiaria que ele percebesse meus planos, Javier vai me achar uma boba.

Quando coloco o vestido são nove horas em ponto e me encaro o espelho com o coração sobressaltado.

Respiro fundo tomando coragem de descer, deixo o quarto e escuto um instante para ver se Javier ainda está no quarto. É sempre silencioso, mas agora além do silêncio escuridão, ele já desceu.

Com passos indecisos e o coração aos pulos, sigo para a longa escada que vai terminar no salão de entrada, onde ele disse que as festas aconteciam e onde pretendo, ainda essa noite, dançar uma valsa.

Javier está na ponta da escada, usa um terno elegante, gravata, está com os cabelos impecáveis e as mãos, como sempre, nos bolsos. É sem dúvida o homem mais bonito que já vi na vida e ele devia saber disso.

Javier

Eu não devia ter feito o convite, como é que fui me render a um impulso como esse? Nunca faço isso, não sou esse tipo de pessoa. Aperto o nó da gravata diante do espelho, as mãos ficam evidentes e me dou conta do quão idiota fui fazendo esse convite. Jantar com ela é a coisa mais estúpida que fiz nos últimos meses.

Ela vai passar o jantar todo mirando minhas mãos, ainda que não queira. Dou as costas ao espelho, sentindo-me um estúpido e ao mesmo tempo ansioso.

Ainda tem chance de ela não aparecer, não ouvi muito movimento, talvez ela nem se lembre do convite. Vou aparecer na sala, arrumado dentro de um terno, e vai ser apenas mais um grande constrangimento.

Por que escolhi isso? Um maço de flores encomendado pela internet seria um ótimo pedido de desculpas, o que vai importar mesmo são meu esforço e paciência com ela. Isso, sim, é que devo levar em conta. Está errado tratar Julianne assim, está errado gritar na frente de uma garotinha e isso precisa ser mudado.

Quero acreditar que minha decisão de convidá-la para esse jantar é simplesmente meu desejo de pedir desculpas, mas uma voz presa dentro de mim fica tentando avisar algo que eu não quero ouvir.

Deixo o quarto às 9h em ponto, ela ainda está no quarto, noto a fresta do chão deixando escapar a luz. Quem sabe nem vai aparecer. Desço as escadas e parece que ela não esqueceu, tem uma mesa de jantar posta com capricho, luz baixa e velas acesas, Anne levou a sério o jantar de gala.

Sinto-me no lugar errado, não sei se corro para meu quarto e finjo ter esquecido, se desfaço tudo agora antes que eu crie expectativas que nunca serão atendidas.

No fundo eu sei que não vou fazer nada além de tentar meu melhor para ser gentil e educado, tornar o jantar aceitável para ela.

As mãos se afundam nos bolsos assim que escuto os saltos no andar superior, meu coração descompassa. É uma surpresa, uma angústia, eu não quero ter esse tipo de emoção, nem mesmo mereço e, ainda que merecesse, nunca seria correspondido. Talvez o velho Javier, mas não esse que me tornei, por dentro e em especial por fora, esse não tem chances com alguém como Anne.

Olho para o topo da escada no instante em que ela surge, meus olhos e os dela se encontram, o coração acelera ainda mais, um nó se forma em minha garganta. Anne está deslumbrante em um vestido de tirar o fôlego, não que ela seja feia no dia a dia em seu jeans confortável, mas agora, no vestido rodado de cintura marcada com alças finas e detalhes delicados ela está parecendo... a princesa dos contos de fada que ela gosta de viver.

Com uma elegância que não considerava possível, ela desce as escadas, os olhos estão levemente apreensivos e posso notar um leve rubor mesmo por baixo da maquiagem, linda. Anne está simplesmente linda.

Eu poderia recebê-la no fim da escada, oferecer minha mão, mas não faço. Temo sua reação, digo que aceito o que a vida me deu como castigo, mas não é verdade, dói, envergonha.

— Boa noite, Anne!

— Boa noite, Javier! — ela diz, parando diante de mim. — Pensei que não viesse.

— Pensei o mesmo sobre você — conto a ela, que me sorri. — Fez um trabalho lindo em pouco tempo. Decorou o ambiente, cuidou da iluminação. Está tudo muito bonito.

— Obrigada! — agradece sem saber como reagir.

Penso que eu também me sinto meio ridículo. O melhor é continuar fingindo ser um cavalheiro.

— Acho que podemos passar para sala de jantar.

— Claro!

Ela suspira quando passa por mim deixando uma nuvem perfumada que me atordoa por um leve instante. Eu devia ter elogiado sua aparência, mas então pareceria que tenho intenções e eu não as tenho, ou não deveria ter.

Ajudo Anne a se acomodar puxando sua cadeira, ela me sorri com gratidão. Acomodo-me à ponta da mesa, os candelabros a iluminá-la em uma dança de sombras e luz que deixam o ambiente íntimo de um modo constrangedor.

— Você está muito bonita! — elogio quase à força. E ela está, mais do que isso, está deslumbrante, mas dizer é o meu bloqueio, a mesa e a decoração, tudo tão perfeito que ela merece todos os elogios. — Aliás, tudo está impressionante, não tenho ideia de como produziu tudo sozinha e em tão pouco tempo.

— Obrigada! — Ela se limita a dizer sem explicar ou se engrandecer. — Quer que eu o sirva?

Seria ótimo se eu pudesse apenas ficar aqui, imóvel, sem comer ou qualquer coisa, apenas a observá-la; protegido de mostrar mais do que quero.

— Agradeço.

— Pode abrir o vinho, eu espero que goste — ela diz e vejo a garrafa à espera de ser aberta.

Definitivamente, não posso me esconder como gostaria. Abro a garrafa enquanto ela serve a entrada, está tudo sobre a mesa e me sinto em um desses jantares de rei, com uma infinidade de pratos enfeitando a grande mesa.

— Uma taça? — pergunto a ela, que balança a cabeça, aceitando.

— Apenas uma — ela responde e nos sirvo.

Talvez devêssemos brindar à paz, mas eu nem sei se sou capaz de permitir que dure, ora ou outra a ira me toma e não consigo evitar.

— Escolheu bem!

Anne dá um meio-sorriso misterioso. Tomo um gole do vinho e ela faz o mesmo.

— Você está muito bonito!

Fico surpreso, não esperava por um elogio e ergo uma sobrancelha, considerando difícil de acreditar. Ela percebe.

— Não gosta de elogios.

— Apenas não acredito neles, Anne.

— Devia, eu não estou mentindo.

— Só devolvendo uma gentileza, mas não é preciso.

Lá está a raiva querendo nascer e ela baixa os olhos, evitando-me. Acabo de descobrir que odeio provocar isso nela. Vê-la se retrair, lidar com a frustração e a dor de ser destratada é mais um pesado fardo para meus ombros.

— Mas se está sendo sincera, eu agradeço. — Tento consertar e ganho um sorriso.

Que facilidade ela tem de sorrir, e fica tão linda quando o faz. Pena que raramente arranco sorrisos. É sempre desgosto, lágrimas, dúvidas e irritação. Não fosse a multa, ela já teria corrido para suas criancinhas. Odeio saber que ela não quer estar aqui, que eu a forço a estar, acaba com a graça toda, machuca e ainda assim, não consigo libertá-la.

Não temo exatamente a solidão, a loucura, eu busco por ela todo tempo, temo perder a única pessoa que parece se esforçar para me arrancar desse lugar que eu não devia querer sair.

— Como está o livro? — pergunto, sabendo que ela gosta de falar deles.

— Terminei o terceiro livro da série, falta o último, mas vou começar só amanhã. Sinto que depois que abri-lo só largo quando acabar e quero muito tempo livre para ele. Já estou apaixonada e nem comecei a ler.

— Espero que suas expectativas sejam atendidas.

— Serão. Devia ler mais.

— Eu sei. Uma biblioteca como essa e eu... tenho tentado, mas ando com dificuldades de concentração.

— Leia os meus. Você mergulha de um modo, quando vê está lá, perdido na história.

— Não, obrigado!

— Quer que leia um trechinho para ver se gosta? — ela insiste.

— Não! — digo, levando uma garfada à boca.

— Posso resumir um pouco a história, só para entender do que se trata.

— Não! — Continuo enquanto mastigo.

— Certo, vou resumir mesmo assim. — Eu não esperava que ela levasse minha vontade muito a sério e me preparo para seu resumo. — É sobre quatro irmãos, eles nasceram em uma ilha grega. — Ergo uma sobrancelha. — Não desdenhe de mim, estou contando um resumo do livro.

— Que eu não pedi.

Ela parece disposta a continuar e sou ignorado, então aproveito para comer enquanto ela fala sem parar.

— A mãe deles deixa o pai para se envolver com o amante milionário e mau-caráter. O homem é ruim manda o pai e os garotos embora da ilha, eles acabam em Nova York, sem dinheiro e com um pai alcoólatra. Então o mais novo, esse que vou começar o livro, se separa dos irmãos. Eles crescem em busca de vingança, mas no caminho só encontram amor e algumas aventuras.

— E finais felizes.

— O que você tem contra finais felizes? Pensa que livros bons têm de ter só dor e angústia?

— Eu tenho de pensar alguma coisa? — pergunto achando engraçado a sua disposição em defender seu ponto de vista. — Não posso só continuar jantando? Aliás, a comida está divina!

— Certo, podemos falar da comida e do tempo. Quer que vá até a varanda e veja se está...

— Quero registrar que eu estou sendo bastante gentil e você está caçando briga.

— Não é nada divertido quando você tem razão.

Lá está o belo sorriso mais uma vez a encantar seu rosto e aplacar a fúria em meu coração.

— Como foi com... Esther — digo o nome em um exercício, para aprender a suportar a saudade misturada à culpa e a imagem que se forma é sempre a mais dolorida; aquela que me dilacera.

— Ela é tão linda! Perguntou se tinha uma loja de livros aqui quando viu a biblioteca. — Sorrio ante a ideia. — Também ficou um pouco desapontada hoje por não poder vê-lo.

— Desapontada é mais que um exagero.

— Ela gosta de você, do que fez por elas. O sonho de Dora é vir agradecê-lo, ela passa essa emoção para Esther e ela gosta de você verdadeiramente. Além, é claro, de ter alguma curiosidade.

— Nisso posso acreditar — digo sabendo que todo vilarejo está curioso sobre mim e minhas cicatrizes. — Conte como são as aulas.

— Vai achar que só quero...

— Vou apenas ouvir. — Corto suas palavras e ela balança a cabeça, concordando.

Passamos o resto do jantar falando sobre coisas leves, ela conta das aulas, do carro que gosta de dirigir. Falamos sobre a comida, tomamos mais meia taça de vinho antes da sobremesa, ela se diverte me vendo lutar contra os morangos que enfeitam a sobremesa e eu realmente não aprecio. Por fim, o jantar está terminado, existe um clima agradável, ela parece feliz, linda em seu vestido bonito, com a maquiagem impecável à meia-luz e o vinho dando leveza ao momento que começou tão constrangedor.

Minha luta para manter assuntos rasos e permanecer calmo todo tempo parece ter valido a pena, os olhos dela são pura alegria. Eles refletem sua alma sempre pura e doce, feito um ser mágico, como só uma noite como esta pode proporcionar.

— Passa das dez horas da noite. Foi um ótimo jantar, Anne. Obrigado pela companhia!

É como acho que devo terminar a noite, talvez agora um pedido formal de desculpas e uma promessa de me esforçar para não a atacar a cada vez que a fúria toma meu coração.

— Nem senti a hora correr — ela diz, educada, mas não sei se honesta.

— Peço mais uma vez desculpas pelo meu mau comportamento. Vou me esforçar para melhorar.

Ela balança a cabeça concordando e afasto a cadeira.

— Já vai se recolher?

— Acha indelicado? Quer... — Eu não sei o que fazer, só quero deixá-la livre, para parar de fingir que está feliz. — Posso me sentar e servir mais vinho, ou... Eu...

— Você me deve uma dança. — Isso, sim, me deixa surpreso e confuso. — Uma valsa.

— Anne... Não temos música e eu não acho...

— Temos música e o vestido, eu o coloquei para uma valsa.

— Disse não saber dançar.

— Eu sei, vi em tantos filmes e livros. Sei como fazer, apenas nunca fiz.

— Quem sabe outro dia.

Como vou conduzi-la pela sala em uma dança? Estar tão próximo e sendo eu tão... desagradável? O que ela pode sentir tendo de me tocar e sentir minhas mãos em sua pele delicada? Ela não quer isso.

— Vou colocar a música.

De novo minha opinião é ignorada e minha promessa de evitar ser insuportável me obriga a ficar quando ela deixa a mesa e corre para ligar a música. Por um instante, dentro do mágico vestido, atravessando a sala com passinhos apressados, quase posso ver a princesa de contos de fadas dos desenhos infantis. Meu coração passa por uma onda de doçura, pureza, achei que estava tudo morto em mim, mas não está.

Uma canção começa a tocar. Lembro-me dela, é de um filme infantil. Devia doer, porque me lembro de minha pequena princesinha a sonhar com suas fadas e princesas, enquanto saltitava pelo mundo, cheia de sonhos, mas não dói. Dessa vez, quando olho para a mulher diante de mim, que tem o rosto corado, os olhos atrapalhados e o vestido mais lindo, de novo a onda de doçura volta a tomar meu coração. Como se roubasse o lugar da dor, deixa-me zonzo, assombrado, ao mesmo tempo... Dizer feliz é exagero. Surpreso, cabe melhor.

Cheia de coragem, Anne caminha até ficar diante de mim, a música parece preencher o ambiente de magia.

— Convide-me — ela pede, descubro ser incapaz de lhe negar um pedido e temo o que mais ela pode me pedir.

— Concede-me essa dança?

Ela revira os olhos. Sem aviso, despreocupada, linda e corajosa, puxa minha mão esquerda para prender à sua. Leva minha outra mão às suas costas. Sinto sua pele livre, busco repulsa em seus olhos, não encontro. Eles cravam em mim, nos meus olhos, sua mão quente presa à minha, delicada, macia. Pensei que jamais sentiria de novo o calor de um toque feminino, então Anne põe tudo de cabeça para baixo.

— Está pronto? — ela questiona e só uma parte da minha mente retorna ao momento presente, metade de mim parece estar em um mundo de magia e irrealidade que não sei explicar. — Agora deslizamos antes que a música acabe.

Ela sorri. Balanço a cabeça concordando, engulo em seco dando um primeiro passo inseguro para a lateral e depois mais um; falta ritmo, sobram emoções adversas. Olho para nossas mãos entrelaçadas, depois para seus olhos. Lindos olhos cheios de carinho e nem consigo descrever o que mais vejo neles.

Outro passo para direita e esquerda, então me deixo levar pela melodia, não me atrevo a mover minha mão que toca suas costas, espalmada em sua pele macia e desnuda. Deslizamos pela sala, a música nos traz mais ritmo a cada acorde, a letra me faz sorrir.

— Então, está dançando com a Fera?

Ela fecha os olhos um instante em um sorriso constrangido, parece se aproximar mais de mim e tenso com minha mão a correr por suas costas com o movimento. Eu giro com ela pela sala, sua saia roda produzindo um lindo efeito, que a deixa parecendo flutuar.

— Pensei que não perceberia, eu me esqueci da letra.

— Não tem nenhum encanto a ser quebrado, não tem um final feliz, mas talvez o vilarejo ataque o castelo não por ódio, mas cheios de curiosidade; não importa agora. Gosto de dançar com a Bela.

Ela pisca, surpresa. O sorriso se desfaz e outra coisa nova nasce em seus olhos. Eu quero que ela fique não apenas por um ano, mas para sempre, porque quando ela se for, meu coração para de bater.

Capítulo 13

Marianne

Enquanto deslizamos pelo salão, sinto a mão quente a me tocar as costas e pequenas ondas elétricas percorrerem meu corpo. A outra mão presa a minha me causa uma doce sensação de segurança e proteção.

Os olhos de Javier, escuros e sempre sombrios, hoje revelam calor e emoções suaves. Poderia mesmo dizer que ele está feliz, surpreso, mas feliz por dançar comigo, por toda a dança, é como se a fúria que o domina tivesse abandonado seus olhos, seu coração. Sei que vai voltar, mas nesse instante de perfeição e sonho, não existe nada além de um sentimento bom e simples.

É como estar em um conto de fadas de verdade. Claro que eu quis viver esse instante de fantasia sem achar que algo de real poderia nascer deste momento, mas meu coração me enganou, ele bate errático o tempo todo e me sinto vivendo uma história de amor.

Não consigo desviar meus olhos dos dele e a cada acorde e rodopio só quero que continue e continue, mas então chegamos ao final da canção. A valsa que tanto sonhei, aconteceu.

Ele ainda me gira mais uma vez mesmo sem música e paramos frente a frente, seu corpo junto ao meu, sua mão presa a minha, a outra a me acolher tocando minhas costas nuas e desejo ardentemente fechar meus olhos e oferecer meus lábios para um beijo final.

Javier não me beijaria. Mesmo que quisesse fazer, ele não faria. Ele não consegue ver em si nada além da fera que não merece amor, nada além da feiura que enxerga nos espelhos escondidos, ele não consegue mais se perceber e isso o repele e ficamos então, apenas imóveis por um longo instante.

Ele gostou de dançar com a Bela, foi assim que disse, é assim que me viu ao menos nessa dança. Meu coração deve explodir a qualquer instante e eu poderia chorar de emoção, então é assim que se sente alguém que realiza um sonho, mesmo um bobo sonho de menina.

— Dança muito bem! — ele diz com uma voz suave que nem parece a voz autoritária do dono da casa da colina.

Sua mão deixa as minhas costas, mas a outra continua presa a minha e talvez seja minha culpa. Sou eu que não consigo soltar sua mão. Vejo quando ele olha sutilmente para nossas mãos entrelaçadas, não diz nada, mas parece atrapalhado com isso.

— Obrigada! — digo com a voz trêmula.

Não vou chorar na frente dele, talvez mais tarde, escondida sob os lençóis e mesmo assim de emoção. Para minha total surpresa, Javier leva minha mão presa a dele aos lábios e beija suavemente antes de soltá-la.

— Obrigado pela noite, senhorita! Tenha bons sonhos — ele diz, educado, enquanto só consigo balançar a cabeça concordando. — Está linda! Foi uma boa surpresa saber que trazia um vestido de baile.

— Eu... Ela... Sim — respondo por fim; não posso contar que foi Julianne a insistir, que por mim, jamais traria um vestido como esse.

— Boa noite!

Ele meneia a cabeça em uma despedida formal que eu sinto não ser um deboche. Javier não está ironizando minhas emoções, pelo contrário, está se esforçando para dar o máximo de verdade aos meus sonhos mais bobos.

— Boa noite! — digo olhando para a mesa de jantar e pensando em recolher tudo e arrumar antes de dormir.

É o fim do conto de fadas.

— Deixe tudo como está. Talvez ratinhos e passarinhos venham recolher e limpar.

— Está confundindo as histórias. Talvez o candelabro e o bule, mas nunca ratinhos.

— É como sempre lhe disse... Eu não sou o conto de fadas.

Ele dá um sorriso meio amargo, repleto de dor e, pela primeira vez, estou disposta a saber sobre seu passado. O medo de descobrir perde a batalha para a curiosidade em ajudá-lo, fico olhando enquanto ele me dá as costas lentamente e caminha para as escadas. Poderia jurar que ele está lutando para partir como se quisesse ficar, mas ele não fica, sobe as escadas e escuto a porta se fechar no andar de cima.

Foi um lindo e doce sonho, um momento inesquecível que poderia estampar páginas de livros de amor, mas acabou. Resta a louça para lavar, os candelabros para apagar e a maquiagem intocada para ser limpa. O batom não foi borrado, não tem maquiagem em sua gola, ainda assim, meu coração continua em suas batidas erradas e incertas.

Não é mais sobre viver um lindo momento encantado, é sobre o que vai em meu coração. De algum modo, Javier, com seu medo e sua fúria, tomou espaço em meu peito, roubou um pedacinho do meu coração. Não esse doce homem que acaba de me deixar de pé no meio da sala, mas a fera que mora dentro dele e com quem convivo todos os dias. A fera que foi ferida e agoniza, eu estou apaixonada por ela.

Sorrio pensando em como fui deixar acontecer e sabendo que a dor em algum momento vai me atingir, porque não tenho chances, mas gostar de alguém me faz bem e caminho para recolher a louça com o sorriso de quem encontra razão para continuar.

— Sentimentos são... — cantarolo a canção que dançamos juntos e que nunca mais vou esquecer.

O sorriso vai dançar em meu rosto para além dessa noite mágica e aceito isso.

É tarde quando finalmente me deito, olho para capa do livro ao meu lado, toco pensando em como gostaria de me entregar à última história, mas não hoje. Esta noite vou me encolher na cama, fechar os olhos e reviver a minha própria história.

É uma noite de sono confusa, sonhos se misturam, danço com Javier e do nada estou em Kirus, para depois estar em torno de uma mesa com a Fera do desenho e acordo em um sobressalto, achando muito engraçado meus sonhos malucos.

Afasto as cobertas tão bem-disposta que nem me reconheço. Gosto mesmo da noite, de passar toda ela encolhida, lendo, mas não li essa noite, e depois de tudo, estou tão leve e tão feliz.

Quando chego ao andar de baixo, fico insegura sobre como agir quando encontrar Javier. Nem parei à sua porta para tentar ouvir como sempre faço, mas não demoro a descobrir onde ele está.

Javier está colocando a mesa para o café da manhã na cozinha, ergue os olhos quando me vê parada e meio surpresa.

— Bom dia, Anne! — Ele imprime tanta naturalidade em suas palavras que fico sem saber como agir. — Acordei cedo, decidi preparar o café da manhã. Sente-se, está quase tudo pronto.

Não sei o que dizer, apenas arrasto a cadeira e me acomodo. Ele não parece muito preocupado em esconder as mãos, ao contrário, está de um lado para outro com um pano de prato no ombro enquanto parece empolgado preparando o café.

— Espero que esteja com fome, estou preparando o nosso legítimo desjejum.

— Muita fome — minto sem coragem de dizer que estou tão surpresa que perdi a fome.

— Você é generosa com seus bacons e ovos pela manhã, mas não como se faz por aqui.

— Ah, eu nunca... pensei sobre isso. Faz sentido que o desjejum seja diferente, em cada parte do mundo.

— Já provei em muitos lugares e nada se compara ao nosso jeito.

Quem é esse homem? Não que ele seja ruim, até gosto um pouco dele, mas cadê a fera mal-humorada e ingrata de todos os dias?

Ele limpa as mãos no pano de prato, atira no balcão todo animado e estranho. Lindo, é preciso que fique claro, mas bem estranho. A camisa está com as mangas baixas e a gola bem fechada, mas ele não está tão retraído como sempre foi, evitando mostrar algo. Quando ergue o braço, posso ver as cicatrizes descendo pelos pulsos, meu coração sempre se aperta quando penso em como ele deve se sentir e desvio meus olhos com medo de ele me ver olhando e se tornar de novo o homem introspectivo.

Javier começa a trazer tudo para a mesa: louça, pães crocantes, geleia, tomates bem picados e temperados, café, leite e manteiga.

— Café com gelo? — Balanço a cabeça negando. — Devia, é muito bom no verão. Eu gosto o ano todo, você adoça ainda quente, depois despeja em um copo com duas pedras de gelo e toma, um amigo português diz que é aguado e péssimo, mas eu gosto.

— Eu não tomo muito café, minha mãe amava, mas nunca tive esse costume — conto a ele.

— Que tal leite com achocolatado?

— Parece ótimo! — digo quando ele enche um copo americano de leite e despeja duas colheres do achocolatado típico da região.

Pego a colher e mexo, mas parece que fica um monte de bolinhas de chocolate boiando no topo e não dá muita cor.

— Isso está bom? Deve estar velho, não derreteu muito.

— Nem vai, é assim mesmo. Come as bolinhas com a colher depois ou agora — ele avisa. — Para comer temos pão de forma que deve comer com geleia e manteiga.

— Lá também comemos assim.

— Eu sei, mas também pode comer esse que é meu preferido, depois de torrar o pão um pouco na frigideira com manteiga, você coloca os tomates triturados com um temperinho especial que eu mesmo fiz; sal, uma pitada de pimenta. Jogue um fio de azeite e fica perfeito.

— Acho que quero esse — digo olhando para ele sem acreditar no que estou assistindo.

Javier mesmo prepara e me oferece em um pratinho, finalmente se senta diante de mim, prepara seu café com gelo, serve-se de um pão como o meu e morde sem esconder que está faminto. Eu faço como ele. É realmente maravilhoso, o achocolatado é péssimo, mas o pão uma delícia e sorrio em gratidão.

— Gostou?

— Muito bom. Obrigada!

— Nada demais. A cozinha é mais apropriada para o café da manhã — ele diz agora sem me olhar e foi um belo jeito o que arrumou de me pedir para não servir mais o café da manhã na sala de jantar. — Talvez todas as refeições, menos os jantares de gala, esses devem continuar na sala de jantar, com candelabros e louça de porcelana.

Dispara meu coração. Do nada, sem aviso, meu coração descompassa de tal modo que quase engasgo.

— Está... bem, vou começar a servir de novo aqui na cozinha.

— Vai ensinar a garotinha hoje?

Lá está um vislumbre do velho Javier, a menção a Esther faz a voz tremer levemente e eu o reconheço.

— Sim, ela vai começar as provas, está muito assustada. Eu ainda não sei sua real dificuldade, se foram as perdas, se é intelectual, talvez seja puramente emocional, mas não consigo ter certeza ainda.

— O que os professores dela consideram? — Ergo uma sobrancelha com o copo no meio do caminho. — Não pensou em falar com eles?

— Na verdade, não.

— Devia, eu estava sempre me envolvendo com a educação...

Ele deixa as palavras morrerem, agora é a vez de ele tomar um susto. Dar-se conta de que estava pensando e falando sobre ela sem a dor que o dilacera e isso o assusta a ponto de tirar-lhe a fala.

— Você me deu uma ótima ideia, vou falar com a professora dela. Dora é idosa e tão simples, eu não sei, acho que ela não pensou nisso. — Apresso-me a socorrê-lo da sua dor. — Ah! Eu queria muito uma opinião sua sobre algo, não sei se está disposto a me ajudar.

— O que seria? — Ele luta, tentando se refazer do choque.

— Pelo pouco que soube em conversas com Dora e Esther, os pais dela tinham uma vida razoável. Quer dizer, eram basicamente Dora, o filho, a nora e Esther — explico recebendo toda a sua atenção. — Ela disse que o papai tinha carro e a mamãe também, eles deixaram Esther com a avó para uma viagem curta e romântica de férias. O casal sustentava Dora, sinto que tinham uma vida confortável.

— Parece que sim — ele concorda.

— Onde estão esses bens? Nem os brinquedos de Esther vieram. Onde estão esses bens da família? Talvez uma conta bancária, talvez os carros para vender. Esther devia ter direito a essas coisas, não acha? É advogado, deve saber como são as leis por aqui sobre herança.

— Não se pode dispor de todo espólio como em seu país, uma parte ao menos deve ficar para a legítima, que trata de herdeiros legitimários. De qualquer modo, não acho que eles tenham feito um testamento ou algo do tipo. Com toda certeza, Esther é a herdeira do que quer que tenha restado e está certa, eles deviam ter uma vida ao menos classe média.

— Como advogado você pode cuidar disso, não é?

— Posso — ele responde de modo simples.

— Faria isso por elas?

— Não — diz entre uma mordida no pão e um gole no café.

— Seria tão bom para elas encontrar alguma fonte de renda, tenho mandado comida para elas todos os dias. Com ou sem casa, ainda falta tudo a elas e não acho que viver da bondade alheia seja construtivo para uma garotinha.

— Não é, com toda certeza.

— Mesmo assim não pode...

— Meus advogados vão cuidar disso, Anne. — Ele me corta.

— Muito obrigada! — agradeço, aliviada e cheia de esperança.

— Gosta muito dela, não é?

— Muito. Esther é doce e delicada, tem os olhinhos tristes, sinto vontade de cuidar dela. Quando ela sorri, meu coração fica aquecido. Ela me lembra... — Não termino, ele vai achar que estou pedindo por minha liberdade. — Bem, obrigada pelo café da manhã! Vou arrumar tudo e dar uma olhada nas correspondências, agora são cada dia menos.

— As pessoas já entenderam que devem procurar a empresa e que me desliguei completamente dela.

— Acho que sim. Sente falta de trabalhar? — pergunto, começando a recolher a louça.

— Não sei responder a essa pergunta, Anne. Não estou fugindo dela, apenas não sei responder.

— Eu entendo, está indeciso sobre isso.

Ele ajuda a colocar o restante da louça na pia.

— Não exatamente. — Ele dá de ombros. — Diga a Dora que vão procurá-la para resolver essa parte da herança da neta.

— Pode deixar! — Meu sorriso se espalha. — Assim que for devolver Esther, converso com ela.

— Do que está rindo?

— Do altar que ela vai fazer para você na casa dela, porque ela o acha muito bom, quase um santo, tão generoso, gentil.

Meu riso se espalha ainda mais e ele tenta ficar sério, mas acaba sorrindo.

— Os olhos veem o que querem ver e nunca além — ele diz antes de se afastar. — Vou estar... por aí. — avisa antes de me deixar sozinha.

O sorriso não sai do meu rosto nem quando deixo a cozinha impecável com almoço pronto e vou verificar a correspondência e enviar algumas coisas para Amâncio, nem quando o encontro para o almoço. Sinto que ele vem de propósito na mesma hora que eu e comemos juntos como se fosse natural, fico lutando para não parecer uma idiota completa rindo sem parar.

Não sei direito quando começou, mas parece que basta ele chegar perto de mim para o coração reagir e o riso e o nervosismo me atingir em cheio. Tenho que ficar lutando para não fixar demais meus olhos nele, na boca bonita, os olhos escuros. Que droga me sentir assim justo por ele!

Cumprindo ou não o contrato, essa história tem data para acabar. Não sou daqui, esse não é meu mundo, minha casa, minha gente. Nem mesmo Esther devia roubar assim meu coração, porque, como ele, ela também fica enquanto pego um avião de volta àquele mundo simples que conheço e me acostumei; o mundo que doeu tanto deixar e agora parece quase um castigo pensar nele.

A garotinha se ajeita na mesa da biblioteca depois de descansar um pouco, passo uns exercícios e fico ao seu lado enquanto ela vai trabalhando neles. Queria contar a ela que não sou quem ela acha que sou, contar a Dora e também a ele. O que será que fariam? E se ele ficar tão furioso que decida cobrar a multa. A verdade é que, em termos legais, talvez ele prove com facilidade que Julianne não cumpriu o contrato. Javier é bom, mas um acesso de ira pode deixá-lo vingativo. O fato é que eu não tenho coragem de contar. Seria trair Julianne e não importa se ela mereça ou não, eu não sou essa pessoa.

Carina me telefona e fico assistindo Esther enquanto falo com ela.

— Não aguentei esperar mais — ela diz, ansiosa. — Você tinha planos de me ligar?

Não, eu nem estava me lembrando de que prometi contar a ela como foi o jantar. Uma grande ingratidão, aliás. Javier ficou impressionado com meu talento e claro que, se depender de mim, ele nunca vai descobrir que não fui eu a produzir tudo.

— Sim, eu ia ligar. Nem sei como agradecer, foi tudo perfeito!

— Que bom! O que ele achou?

— Gostou de tudo, nós... dançamos — conto a Carina apenas porque desabafar é bom e eu não tenho realmente mais ninguém para contar.

— Ah... meu... Deus... Repete! — Ela está fora de si e rio de sua alegria.

— A valsa de A Bela e a Fera. Sabe, aquele filme? Bem, nós dançamos, ele usou terno e eu um vestido especial, foi muito bonito.

— E depois?

— Nós nos despedimos e foi só isso.

— Sem beijo? — ela questiona e posso sentir em sua voz tão clara seu desapontamento.

— Não era um encontro, Carina. — Tento explicar.

— Valsa com música romântica e não chama de encontro? — ela provoca. — Não vou insistir, mas me conta... Como ele se comportou?

— Gentil, muito educado e foi... Acho que ele gostou, parece que esqueceu um pouco a tristeza.

— Você é muito especial, Julianne. Qualquer um que goste dele está grato pelo que está fazendo.

— Estou feliz, com o que aconteceu e com... ele. Com as mudanças, ele parece mais disposto. Ao menos hoje, sorriu tantas vezes no café da manhã que quase perdi as contas.

— Conta sorrisos? — Ela me pega e mordo o lábio.

— São tão raros. — Tento explicar.

— Bem, boa sorte! Estou feliz. Sabe que vou contar ao meu marido?

Sorrio revirando os olhos, a verdade é que se eu tivesse um parceiro também contaria tudo.

— Sei, se ele for discreto...

— Se não for, arranco a língua dele — ela brinca e nos despedimos.

Esther está me olhando quando deixo o telefone de lado para prestar atenção nela.

— Desculpe, eu não pude desligar antes, mas prestei atenção e fez tudo certinho.

Ela balança a cabeça afirmando.

— Anne.

— Sim.

— Você dançou a música *da* Bela e a Fera? — Balanço a cabeça afirmando, um sorriso volta a se formar em meu rosto. — É tão bonito, não é?

— Muito.

— Queria ver o filme de novo — ela me conta e bem que eu veria agora mesmo, só para ouvir de novo a música e me lembrar de nós dois.

— O que acha de assistirmos agora? — Esther parece surpresa. — Terminou o dever e precisa relaxar um pouco, não é só estudar sem parar. Quer assistir comigo?

— Quero muito!

Ela parece tão feliz, é tão bonito ver os olhinhos risonhos da pequena Esther. Deixamos a mesa e eu a levo à pequena sala de televisão. Ttem muito tempo que não paro para ver tevê, nós nos acomodamos juntas no sofá, hoje em dia é bem mais fácil assistir filmes e séries. Encontro o filme em uma plataforma, vai ser a primeira vez que assisto em espanhol, vai ajudar um pouco no meu vocabulário.

— Esse filme é lindo! — digo quando começa.

— Você fingiu que era a Bela e ele fingiu que era a Fera?

— É, acho que sim.

— Mas ele é bem bonito. Só estava fingindo, não é?

Avó e neta são completamente apaixonadas por ele. Para elas, Javier é lindo, justo, bom, um santo. Eu sorrio balançando a cabeça em confirmação.

— Ele é um gato!

Pisco e ela ri, encosta-se ao sofá e esquecemos de tudo sentadas lado a lado assistindo ao filme. Sinto-me meio infantil, boba, uma sonhadora. Julianne estaria rindo de mim, quase posso ouvi-la me atirar na face que vivo em um mundo de fantasia que nunca vai ser real.

Na hora da valsa, posso ver o reflexo de Javier de pé à porta da sala com as mãos nos bolsos como de costume. Eu me recuso a me voltar e olhar para ele.

Ele passa tanto tempo ali que, se tivesse coragem eu o convidaria a se acomodar e ficar conosco, mas não me volto. Finjo não vê-lo ali, simplesmente porque ele sabe que nesse momento, meus pensamentos são dele e talvez os dele sejam meus.

O que ele pensa é que não consigo compreender. Está envolvido? Considera-me uma tola? Só o tempo vai dizer.

Capítulo 14

Javier

O fantasma da mão de Anne parece assombrar minha mão, sinto o tempo todo o calor de sua palma presa na minha, como uma lembrança constante de que estivemos perto. Perto o bastante para sonhar beijá-la, perto o bastante para esperar a repulsa que não veio.

Como pude pensar em beijá-la? Tive de lutar contra essa emoção, saber que ela correria assustada me desmancha a alma. Não tem chances de mais do que uma relação razoável, uma companhia que talvez, apenas talvez, me liberte um pouco da dor que me consome dia e noite.

Não devia desejar tão fortemente a liberdade de meus sentimentos, tenho o que mereço e lutar contra é quase tão horrível quanto tudo que vivi. Esther se foi, Rosália também, enquanto eu fico aqui desejando me libertar da dor, ela devia ser minha única companheira, mas como humano que sou, busco salvação.

Foi uma noite de sono suave, relaxada, sem pesadelos ou insônia. Queria tanto acreditar que foi apenas as taças de vinho, mas não, minha boa noite de sono não está ligada ao vinho, é culpa total de Anne e seu vestido, perfume, conversa e calor.

Aqueles grandes olhos me pedindo coisas que não tenho, seu encantamento quase mágico em uma valsa. Quanta coisa fez surgir em mim e não devia, porque não tenho direito, ou chance, de nada além do que tive: uma dança, boa conversa e nada mais.

Acordei tão decidido a me dar uma chance, animado como quando eu ainda tinha uma vida e minha garotinha a me perseguir querendo atenção. Eu devia ter sido esmagado pela dor por me atrever a preparar para Anne o café da manhã que fazia para Esther, quando fugia das brigas e problemas com a mãe e a o namorado para esconder comigo na segurança do meu amor.

Estranhamente a dor não veio, não veio quando preparava, não veio depois quando dividimos a mesa, não veio a vergonha de me expor, ainda que uma pequena parte do que me tornei. A parte que ela parece aceitar por talvez, não imaginar que é só a menor e melhor parte de mim.

O dia vai correndo e o que era alegria e relaxamento vai se dissipando e vou voltando a ser quem eu realmente sou agora. Um arremedo do que já fui, os cacos quebrados e mal colados de um homem.

Eu as escuto estudando, posso ouvir quando riem. Ainda que não compreenda a conversa abafada pela distância, eu sei da presença delas dando vida ao mausoléu que se tornou a casa da colina, roubando a escuridão e trazendo luz. Quero desesperadamente me contaminar com essa alegria, então vem a onda de culpa e vergonha a me lembrar de que eu não tenho direito.

O plano era ficar trancado no quarto, assistindo a vida passar até que fosse totalmente consumido, mas aqui estou, perambulando pela casa enquanto caço migalhas.

Elas deixam a biblioteca e se reúnem na sala de televisão. Sem resistir, mais uma vez guiado por uma curiosidade estranha que vai tomando meu coração, caminho para observá-las. Tornei-me sorrateiro, esgueirando-me por corredores, encostado em batentes de portas como se essas fossem linhas imaginárias que me limitam apenas a assistir a felicidade, sem nunca me juntar, nunca participar.

— Você fingiu que era a Bela e ele fingiu que era a Fera?

Não criança, nenhum dos dois estava fingindo, ela é mesmo Bela e eu sou mesmo aquele ser animalesco e solitário.

— É, acho que sim — Anne responde a ela, mas é a mim que tenta enganar.

— Mas ele é bem bonito. Só estava fingindo, não é? — A pequena insiste e me faz sorrir.

Os olhos de uma criança que me viram de relance em meio a um ataque uma única vez, sou apenas fruto de sua imaginação, nada mais.

— Ele é um gato!

A resposta de Anne me confunde. Não considero que tenha verdade nela, ao mesmo tempo, ela não demonstra nada diferente disso. Já nem sei o que pensar, talvez não fosse assim tão odioso para ela. Talvez fosse aceitável, talvez eu pudesse melhorar com o tempo, existe chance de mais cirurgias, de novos tratamentos, as pomadas e os cremes, tudo isso pretende melhorar o que hoje parece tão devastador e triste. Se ela pudesse aceitar.

Eu não sei aonde ir com esses pensamentos, não sei como acreditar em uma chance. Não mereço, não devo, ela está presa a esse lugar, castigada por um impulso. Tantas vezes que deixou claro sua vontade de voltar aos seus alunos. Como alguém que não quer estar aqui começaria algo como um envolvimento amoroso?

Que grande tolice estou a pensar! Não existe envolvimento, nem de minha parte nem da dela. Tenho instintos, desejos físicos que não foram sublimados pela dor. Ela também tem, não é nada além disso.

Tento me afastar, mas a valsa começa no filme e continua a olhar para tela da televisão me lembrando de como foi bom dançar com Anne. Não foi como essa valsa, mas até que nos saímos bem e eu não agi muito diferente do monstro da televisão.

Eu me arrasto para longe delas. Sem forças para me trancar no quarto, eu apenas me sento no sofá da sala principal e me distraio pensando na vida, vendo notícias no celular, passando meu tempo enquanto escuto a televisão ao longe.

— Senhor Javier. Boa noite!

Ergo meus olhos e Esther está de pé, ao lado de Anne, com a mochila escolar nas costas, trança nos cabelos e um sorriso tímido. O céu escureceu e nem percebi.

— Boa noite! — retribuo meio confuso enquanto Anne tem uma sacola na mão e balança a chave do carro.

— Senhor Javier, minha avó quer muito vir aqui agradecer que fez coisas boas. Ela disse que eu devia pedir, porque todo mundo diz *sim* para crianças. Ela pode vir agradecer?

Anne quer rir, mas está se controlando. A pequena sincera me olha ávida por uma resposta, posso ver como foi difícil para ela me fazer a pergunta e muito fácil entregar a avó que a usou descaradamente.

— Diga a sua avó que fiquei muito feliz em ajudar. Não precisa agradecer, não foi nada demais.

Pronto, é um bom recado e dado diretamente a menina, deve convencer a mulher a me deixar em paz. Ela abre um lindo sorriso, segura a mochila pelas alças. Usa sapatinhos puídos e me lembro de que tenho de exigir que meus advogados corram com o inventário; ou o que quer que seja preciso para ela ter as coisas dos pais para si.

— Eu digo, mas que dia ela pode vir?

O riso que Anne esteve guardando se espalha sem aviso. Não sei o que é pior, meu olhar de desespero ou o olhar de raiva de Esther, que pensa ser alvo de seu riso.

— Desculpe, não estou rindo de você, Esther! É que me lembrei uma coisa muito engraçada do meu livro — Anne mente a menina relaxa, mas volta imediatamente seus olhos em minha direção a espera de uma resposta.

— Vir? — A avó tem razão, como é que se diz não a essa garotinha? — Bem, ela... Ela...

Olho para Anne buscando salvação, ela nem consegue conter o riso por me ver em uma situação insuportável de ser um carrasco ou enfrentar uma visita forçada.

— Amanhã, ela pode vir amanhã, com você. Quando vier estudar.

O riso de Anne se encerra em um susto, espero que ela esteja pronta para fazer companhia à mulher, não vou passar mais do que cinco minutos.

É só o que ela vai ter de mim, não se pode nem mesmo ser filantrópico em paz.

— Muito obrigada, senhor Javier! Vovó vai ficar muito feliz, ela quer muito dizer que é um santo para nos ajudar tanto e que é muito simpático também.

— Cuidado para não passar mal, Anne — reclamo de seu riso indiscreto.

Ela apenas balança a cabeça concordando e acena em despedida.

As duas deixam a casa, é imediato o silêncio perturbador, ele traz dores e memórias que nenhum mortal pode suportar por muito tempo. Meu peito se enche de angústia e me dou conta da pior coisa que podia me acontecer. É definitivo, Anne é importante para mim, eu não consigo enfrentar essa casa, minhas dores e a angústia sem sua presença.

Assisto da janela o carro desaparecer por entre as árvores na colina.

Quero deixar a janela, mas não consigo, não até minutos depois de o carro surgir voltando para casa. Ela gosta de usar a caminhonete e isso diz tanto sobre ela, sobre a garota delicada e ao mesmo tempo tão forte que dirige um carro grande e pesado com destreza.

Finjo deliberadamente estar distraído no celular quando Anne entra ainda rindo, evito olhar para ela.

— Bem, a comida está pronta, vou ler um pouco até chegar a hora de jantar.

— Como quiser — digo com o rosto focando na tela do celular sem, no entanto, conseguir enxergá-la.

— Vou preparar um almoço especial amanhã, para receber Dora.

— Vou ter uma dor de cabeça amanhã, na hora do almoço.

— Que pena! Dla vai ficar tão desapontada — retruca enquanto caminha para a biblioteca.

Refreio o desejo de pedir que se sente para ler ao meu lado, apenas para ter sua companhia.

Leva uns minutos, dez no máximo, talvez um pouco mais, mas escuto seus passos apressados voltando para sala, abraçada ao livro.

— Javier, ela tem meu nome. — Olho para ela, que está emocionada. — Não é bem meu nome, é mais um apelido. Todo mundo me chama de Anne, e a grafia é diferente, mas não importa, ela se chama Annie.

— Quem?

Eu sei quem, a protagonista do último livro, a garota por quem o irmão mais novo vai se apaixonar, mas quero prolongar o assunto só para tê-la mais um tempo.

— A gatinha, a garota dele, é tão incrível, não acha?

— Deve ser.

Ela se senta na poltrona. Fico aliviado, posso aguentá-la me contando o livro página por página se isso significar menos solidão e pavor.

— Você não entende como tenho coisas em comum com todas elas. Quando cheguei aqui, eu me senti como Lissa e tenho a Esther na minha vida, não é exatamente como Liv, mas parecido. e então, assinei um contrato e nisso foi um pouco como Sophi e agora... Agora Annie tem meu nome e ele é tão... Ele é sofrido, ele tem... marcas... — A voz vai sumindo como se ela não quisesse continuar. — Bem, é isso! É muito interessante e especial estar lendo essa série justo agora e estou tão indecisa.

— Sobre o quê? — pergunto, mostrando interesse.

— Devorar e saber logo como termina, ler bem devagarinho para demorar bastante a terminar. O que acha?

— Tem uma infinidade de livros que pode ler depois, a biblioteca está à sua disposição. Quando acabar, comece outro. — Ela suspira, desanimada e decepcionada. — O que eu disse?

— É que não entende. Vou ficar de ressaca literária, com saudade deles, achando tudo muito ruim, triste.

— Triste por que o livro acabou?

— Javier, você precisa ler mais — ela alerta. — Sim, claro que fico triste quando acaba. Nunca se sentiu assim?

— Provavelmente não. — Ela me olha como se eu fosse errado e não ela a maluca. — Na verdade, eu acho que ninguém se sente assim quando termina um livro, Anne.

— Claro que se sente! Precisa participar de algum clube do livro.

— Tenho certeza de que não preciso — aviso, assombrado com a ideia.

Ela faz uma careta, fica de pé e travo os lábios com medo de pedir a ela para me colocar em um desses clubes só para que não me deixe sozinho.

— Vou ler mais um pouco e aquecer o jantar. Chamo quando estiver pronto.

— Obrigado! — respondo assistindo quando ela anda já abrindo o livro.

Vai acabar dando de encontro com um móvel, é muita ansiedade por uma história clichê que até eu que não li sei o final, todos são felizes para sempre como se a vida fosse simples.

Volto para as notícias do Mercado Financeiro, Economia, Tecnologia, coisas que vão me afastar da mente tudo, de Anne, meu passado. Talvez voltar a me interessar pelo trabalho ajude, tem praticamente dois anos que estou afastado de tudo.

— Javier. — Ela surge diante de mim para minha total surpresa, estive mesmo distraído por um longo tempo. — Jantar?

— Claro. Obrigado!

Fico de pé e ela me segue até a cozinha, foi um bom jeito de resolver aquela tolice de comer à mesa de jantar todos os dias.

— Também vou comer só agora, acho que comecei a me acostumar com os horários daqui.

— Leva mesmo uns dias.

Ela se acomoda diante de mim. A mesa da cozinha é muito menor e no café da manhã senti como ficamos muito mais perto um do outro. Agora, essa sensação de proximidade física volta e é diferente. Dancei com ela, jantamos juntos e não foi menos do que seria um jantar romântico, o café da manhã foi íntimo e parece que qualquer coisa mudou, não porque parei de ter ataques, mas porque essa intimidade surgiu e eu não contava com isso.

— Você se importa de ficar comendo sempre as sobras no jantar? — ela me pergunta enquanto me sirvo do mesmo que comemos no almoço.

— Nem um pouco — asseguro pensando na comida balanceada e totalmente especial que comi durante meses enquanto um *chef* cozinhava para mim.

Foi como comer comida de hospital por dois anos, qualquer outra coisa é melhor e repetir o cardápio não é nada demais.

— Ótimo, porque eu também não ligo de servir os restos — ela diz de modo natural.

— Ah, eu sei.

— Você sabe cozinhar ou usou todos os seus talentos naquele café da manhã? — Anne pergunta enquanto se serve e parece tão distraída e natural.

É tolice pensar que ela pode sentir algo, mesmo que tenha dito o que disse sobre mim à Esther. Não vejo isso em momentos como agora, quando ela age com tanta naturalidade.

— Sei cozinhar, não sou o que se pode chamar de um *expert*, mas já morei muito tempo sozinho e cozinhava às vezes.

— Ah! Que bom, pareceu mesmo bem íntimo do fogão.

— Está querendo folga?

Ela me sorri, tem um sorriso lindo que está sempre iluminando a noite que habito.

— Talvez, não todo dia, mas de vez em quando, devia cozinhar.

— Pode ser, uma vez na semana. O que acha?

— Duas — ela propõe com um sorriso de negociadora. — E eu faço algo mais caprichado no almoço de sábado. Sábado é dia de comer bem, mamãe dizia isso.

— Sua mãe dizia as coisas ao contrário, Anne. É domingo o dia de comer bem.

— Você é de outro país, Javier, não discuta com a minha mãe.

Eu prefiro não lidar com a leve esquizofrenia. Se ela acha que estou discutindo com sua mãe, não vou desmentir.

— Venceu, duas vezes na semana, e uma refeição especial aos sábados.

— Vamos mudar os sábados para um dia de semana, quando Esther vem e posso caprichar para ela também. Que tal às quartas-feiras?

— Como quiser, Anne.

— Ótimo! Está decidido — ela determina, deixando-me de lado e focando na comida.

A mente parece ir para outro lugar e fico olhando para ela um tanto perdido em decifrá-la; linda, doce, forte e frágil, romântica, inocente, corajosa. Ela é tantas coisas e eu nem mesmo convivi o bastante para compreendê-la mais profundamente.

Julianne é alguém de quem eu devo tentar me distanciar, porque ela é apenas mais uma dor que vou carregar em alguns meses. Ela quer sua vida de volta, não posso culpá-la por ter uma. Se tivesse libertado quando chegou e deixou tão claro que tinha uma vida e não queria estar aqui, quando eu ainda não estava intrigado e confuso sobre ela, quando não queria ninguém e nada a me atrapalhar no plano simples se definhar; se tivesse feito, isso não estaria agora angustiado por algo que sei que vai terminar de me matar.

Talvez tenha sido esse o plano do Universo contra mim, tirar tudo, depois me lançar uma corda e quando pensasse em segurá-la, esta me é de novo arrancada e lá estou eu, no abismo sem fim, caindo e caindo.

— Posso ter um dia de folga? — ela pergunta e a olho, pensando no que ela pretende.

— Para...?

— Ir até Barcelona de carro. Quero comprar um presente para Esther. Pensei em achar uma loja de importados e comprar chocolate suíço ou belga.

Passar um dia inteiro fora. Deixa-me angustiado de pensar em ficar aqui sozinho, as lembranças que vão me tomar, o aperitivo dos dias sem ela quando finalmente partir. Engulo em seco sem saber como recusar o que lhe é de direito.

— Claro! — aquiesço a contragosto. — Se o trabalho aqui é tão pesado assim que precisa de folga, achei que cozinhar uma vez ao dia e ler algumas correspondências fosse simples. Já leu três livros de tanto tempo livre que sobra.

Não consigo evitar a raiva que me toma e reajo do único jeito que sei, atacando.

— Está tentando apelar para os meus bons sentimentos? Tipo culpa? — Fico surpreso com sua pergunta. — Diferente de você, eu os tenho, mas vou guardar em uma caixinha separada do resto e tirar minha folga. Ah, e eu lavo roupas também. Não passo porque você nunca sai de casa e ninguém vai ver roupas amassadas, mas lavo e de vez em quando eu dou uma arrumadinha nas coisas.

— Poxa, muito obrigado! — Uso de cinismo, mas só consigo que sorria.

— Minha folga será sempre no dia em que a equipe de faxina vier limpar. Eles vêm na próxima quarta-feira.

— Parece que não tem mais almoço caprichado — provoco um pouco mais.

— Mudamos oficialmente para quinta-feira — ela diz antes de tomar um gole de água.

— Como quiser — digo mais uma vez com o máximo de minha ironia.

Se não estivesse sentado, eu me curvaria em reverência. Ela não se importa, talvez possa ter passado um leve brilho de irritação por seus olhos, mas não dura mais que um segundo e Anne mergulha em um silêncio compenetrado e fico sem ter como continuar a provocação. Terminamos o jantar em silêncio. Eu tento, no fim me rendo à raiva, ela é parte de mim agora. Não posso evitar.

— Boa noite! — desejo afastando a cadeira enquanto ela corta um último pedaço de sua carne.

— Boa noite! — É sua resposta seca e só consigo mesmo deixar a cozinha.

Vou direto para meu quarto. Ando de um lado para outro, irritado comigo e com tudo que anda surgindo dentro de mim, até que decido tomar logo um banho e aplicar a droga da pomada que sempre me faz lembrar de quem sou agora.

Por que gastar tanta energia brigando e lutando com sentimentos que nunca vão encontrar retorno?

Depois do banho, coloco uma calça leve para dormir. Vou para o quarto, porque não suporto o espelho, pego o pote com o produto que os médicos juram que em alguns meses vai mudar a aparência e suavizar as cicatrizes. Eu nem sei se posso chamar assim, não tem um único pequeno espaço que não tenha sido devorado por aquele calor maldito e assassino. E isso nem é nada, perto do que me foi arrancado.

Enquanto aplico a pomada, eu me lembro de Anne a girar em meus braços, com os lindos olhos de encantamento que perderiam o brilho se me vissem agora.

É tanta raiva, tanta dor e asco, que sinto um bolo no estômago. Um desgosto que vai subindo de tom até virar fúria e tomado por ela atiro o abajur ao lado da cama. Depois de sobrevoar o quarto ele se espatifa no chão sem que com isso aplaque a minha dor.

Olho para os mil pedacinhos da louça misturado ao vidro da lâmpada, não me sinto melhor do que ele; não estou mais inteiro que esse velho objeto de decoração agora destroçado.

A porta se abre, Anne invade o quarto com olhos assustados. Primeiro vê os destroços do abajur, depois os olhos me alcançam. Sinto meu peito arder como se o fogo ainda estivesse a consumir, sinto-me completamente vulnerável, desesperado, sem forças. Ela não disfarça o olhar, não esconde que observa a pele ferida e de novo, eu não sei decifrar seus olhos.

— Saia! — exijo ficando de costas.

Não tem nada para me cobrir e quero desaparecer para todo sempre.

— O que aconteceu? Tomei um susto enorme.

Ela não parece capaz de obedecer a um simples pedido para me deixar.

— O abajur caiu.

— Parece mais que ele estava sobrevoando o quarto e depois de tentar arremeter, sofreu um desastre. Está muito longe do lugar para ter caído.

— Muito observadora, agora pode ir.

— Já vou. Isso vai dar um trabalhão para limpar.

Ainda quero morrer e ela parece não perceber.

— Não pedi que limpasse, só quero que saia. — Meu tom sobe um pouco. Quero ficar sozinho, voltar para a minha dor, não quero que ela veja nunca mais o que acaba de ver. Sinto seus passos atrás de mim, caminhando pelo quarto. — Saia, já pedi!

— Ok, eu já vou. Deixa só eu ajudar com essa pomada, é essa aqui? — Quando me dou conta, Anne está ao meu lado com o pote de pomada na mão. Toca meu ombro, fazendo com me voltasse. Sinto-me fraco e indefeso, incapaz de reagir a ela. — Devia fazer isso no espelho, está cheio de buracos nessa sua aplicação.

Seus olhos estão sobre meu corpo, como se estivesse a estudar as falhas. Não tem nada além de atenção, como se fosse a superfície de um móvel que precisa ser lustrada. Sem impacto, asco, angústia, pena, sem nada além de quase indiferença.

— Não precisa.

Assusta-me como a voz soa fraca e incapaz de surtir efeito em sua determinação.

— Dói? — ela pergunta.

— Não — digo cheio de sentimentos a tumultuarem meu coração, impedindo-me de reagir.

— Vou ser delicada mesmo assim. Olha aqui, na costela, não passou nada.

Fecho os olhos quando sinto a mão delicada a percorrer minha pele. Pensei que jamais sentiria o toque de alguém que não fosse o toque profissional com que me acostumei. A mão suave e quente desliza sem se dar conta da devastadora sensação que me provoca. É inexplicável, quero desesperadamente reagir, não tenho forças para nada além de me manter imóvel enquanto ela desliza seus dedos por meu corpo.

Minha alma reage de um modo que me consome, nunca mais serei o mesmo, o desejo de envolvê-la, de beijá-la. Abro os olhos na tentativa de reagir, prendo seu pulso com delicadeza, os olhos dela encontram os meus, quentes, doces, pedindo-me tanto.

— Anne...

Não consigo dizer mais nada, a mão que envolve seu pulso suaviza o toque. Ela dá um passo em minha direção, ergue os olhos. Seus lábios me convidam e eu não consigo evitar me curvar para encontrá-los, não consigo fugir do inevitável e minha boca encontra a maciez úmida dos lábios dela.

Uma sensação de segurança e certeza me invade, meu peito parece tomado por luz, tudo em mim se transforma. Minha alma parece se agarrar a essa emoção, a boca se abre mais em um convite, minha mão solta seu pulso para mergulhar em seus cabelos, envolvo mais seu corpo. A mão suave agora desliza por minhas costas, espalhando calor e me sinto entregue, dependente desse toque.

O beijo se torna mais intenso, profundo. Vasculho sua boca, ávido por aplacar o desejo de tomá-la para sempre, desesperado por ser consumido por sua força. Anne parece não temer nada e se entrega como eu a um único e mágico instante que eu sei que vai me atormentar pela eternidade de sua ausência.

Capítulo 15

Marianne

Quando sua boca cobre a minha o coração descompassa, erra as batidas, rende-se, agita-se, para e no instante seguinte, em um milésimo de segundo, assim que sua língua invade minha boca buscando a minha, acelerar me deixando perdida, atordoada e rendida a essa sensação nova e arrebatadora.

Sua boca é quente, macia, sinto o sabor do seu beijo a me contaminar com a fome que ele parece sentir. Sua mão segura minha nuca e é tão intenso senti-lo me tocar, mais do que quando entrelaçamos as mãos, agora o desejo me desnuda e sou só essa emoção.

Eu me entrego ao que sinto por inteiro, decidida a sentir e viver esse instante de mágica que me toma o coração a alma e também o corpo. Minha mão desliza pela pele de suas costas, posso sentir seu calor, posso tocá-lo sem medo de ser repelida e me deixo livre para conhecê-lo. Não quero pensar em nada além de sua boca, não quero me entregar a nenhuma dúvida, ao medo. Só o que sinto em seu toque importa e o beijo é cada vez mais intenso e faminto. Precisamos um do outro, queremos e ele não pode negar, não consegue, ele demonstra na ânsia de sua língua a me explorar.

Um gemido de pura entrega escapa por meus lábios e temo perdê-lo, temo me afastar e sofrer a dor da rejeição. Essa emoção nova e poderosa que me toma é inexplicável e deixo que me percorra cada célula, cada pulsar, enquanto o sangue corre rápido por minhas veias e a respiração se altera.

Ele se afasta, em um tipo de choque de quem acaba de se dar conta do que aconteceu, com uma dor que parece devastá-lo. Quero dizer a ele que tudo está bem, que é um homem lindo para além de suas feridas, quero confortá-lo e ser confortada, quero desesperadamente que uma vez ele seja forte e me tome nos braços, que me proteja, perdoe, aceite, mas está lá o pavor, a angústia.

— Suas costas devem estar cheias de pomada — comento, desesperada por normalizar o que acaba de acontecer e deixá-lo tranquilo, por um instante que seja.

— Anne... Isso é loucura. — A voz soa tão cheia de dor e quero cuidar dele e acariciá-lo e dizer tantas coisas, dizer que não me importo e que ele ainda é o homem mais bonito que já vi.

— Não é nada demais, é só um pouco de pomada nas costas. Não seja dramático! — brinco de novo, vejo a leve confusão em seus olhos.

— É melhor você ir.

Tem carinho em seus olhos, misturado à dor de sua voz. Isso me faz desejar me entregar a essa emoção e mergulhar profundamente nessas águas turvas que não sei onde me levariam.

O que posso fazer? Declarar-me? Como se nem mesmo sei explicar o que sinto? Implorar por mais um beijo? Não há nada a ser feito, mas eu não consigo caminhar para longe, minhas pernas parecem decididas a me desobedecerem, meu corpo discorda da minha mente, comandado por meu coração, os músculos enrijecem e não consigo me mover.

— Você não entende! — ele diz em um tipo de desabafo atordoado.

Javier me deixa imóvel, passa por mim e vai até o *closet*. Volta um instante depois vestido em um blusão que protege seu corpo dos meus olhos.

— Já vi o que tenta esconder — lembro quando ele caminha pelo quarto e leva as mãos aos cabelos em um tipo de impasse que o machuca. — Cuidado com o vidro!

Ele me olha com um sorriso cheio de amargura.

— Não pode continuar a fazer isso, não pode... cuidar de mim, não pode entrar aqui e... E fazer o que fez.

— O que eu fiz?

— Você me deixou vulnerável! — ele diz em seu velho desespero e irritação que conheço e sei lidar. — Você viu!

— Sim, eu vi — admito.

Estão lá, não posso fingir que não estão, seu corpo é coberto por marcas que não vão desaparecer feito mágica. Marcas que contam uma tragédia que nunca será esquecida, mas não rouba sua beleza, não o torna nada além de um homem como outro qualquer. Por que é tão difícil para ele se aceitar?

— E mesmo assim... Por que me beijou? Sentiu pena?

— Pena? Foi só isso que conseguiu sentir em meu beijo, que eu estava com pena? — Isso mágoa mais do que qualquer outra coisa que ele já tenha me dito e ele já disse tantas coisas difíceis. — Pensei que tinha sentido também, pensei que tinha demonstrado o quanto foi... — Eu me calo.

— Aonde iríamos com isso?

— Eu não sei. — Dou de ombros. — Mas não é essa a graça da vida? Ninguém nunca sabe.

— A graça da vida... Eu sinto muito, eu não sinto mais isso, eu não tenho nada de bom dentro de mim.

— Tem, sim, tem muitas coisas boas dentro de você.

Minha voz embarga e eu não quero chorar na sua frente, mas não sei como agir e sinto medo de que tudo volte a ser como antes, sinto medo de que ele nunca mais consiga sair disso. Javier tem de ser maior e mais forte do que essa dor.

— Você não sabe.

— Então me conta — peço a ele.

Soa quase como uma súplica, mas nem isso é capaz de fazê-lo se abrir, ele balança a cabeça negando e suspiro, resignada. Meus olhos deixam os seus para se fixarem no abajur destruído no meio do quarto, vítima de sua dor. Foi um grande susto, corri para ele e por um segundo senti um medo bobo de encontrá-lo ferido. Tolice, nada mais pode machucá-lo, ele já foi ferido mortalmente.

Passo por ele em busca de me proteger na segurança do quarto ao lado, amanhã será tudo como antes, indiferença, isolamento, solidão. Isso me mata um pouco também.

— Devia encontrar uma maneira de encarar o espelho, iria se orgulhar do que vê. Qualquer um que sobreviveu a essa dor se orgulharia.

— Eu não sobrevivi, Anne, esse é o ponto. Eu não sobrevivi.

A dor em sua voz corta meu peito. Ele está errado, desvio mais uma vez meus olhos, entro no meu quarto pensando que preciso mostrar a ele. Fecho a porta e me sento na cama, levo a mão aos lábios e ainda sinto o sabor do seu beijo, a pressão de seus lábios sobre os meus; ainda sinto o coração acelerado e rendido.

O beijo que trocamos derruba todas as suas teses. Ele sobreviveu, sim, Javier Ruiz ainda vive sob a casca de suas feridas, um homem de sangue quente e vigoroso vive ali e só quer ser salvo.

Deito-me fechando os olhos um longo momento, revivendo tudo que senti, a dor que me cortou o peito quando vi suas marcas e o imaginei sendo engolido pelo fogo. Não sei como aconteceu e todos os dias temo descobrir, como se isso fosse também me queimar.

Não é feio, é triste porque machuca seu coração e lhe trouxe dor, mas não é nada horrível. Tantos corpos lindos e perfeitos escondendo almas podres. Foi espontâneo ajudá-lo, queria apenas mostrar que tudo estava bem. Gostei de tocá-lo, a pele é delicada, desforme, mas é quente, pude sentir o cheiro dele, da loção pós-barba que marca sua presença masculina e sempre me agita o peito. Sua respiração acelerada, os olhos fechados, depois seus lábios quentes. Foi bonito, ele não pode negar isso.

Abro os olhos, encolho-me na cama para dar de cara com meu livro aberto, de novo eu o deixei às pressas em um instante de susto.

— O amor vai curar sua dor, não é, Nick? Precisa curar a dor dele também. Você vai vencer o passado e se abrir. Eu sei que vai tomar coragem de contar a eles, só queria que ele fizesse o mesmo, que me contasse o que o mata todos os dias. Quem sabe assim, eu pudesse ajudar igual a ela está te ajudando?

Fecho o livro, puxo a coberta sobre mim. Nem mesmo tiro os sapatos, só quero ficar aqui quietinha, entregue àquele beijo.

É uma noite difícil, sonhos confusos, medo, insônia, mas finalmente é dia e afasto as cobertas com uma decisão tomada. Não vou aceitar sua indiferença, não vou respeitar seu espaço e fingir que não nos beijamos. Ele que me mande embora se quiser.

A casa está mergulhada no silêncio. Bem, se ele não descer vai receber café na cama, com duas pedras de gelo, como descobri que ele gosta.

Imito sua culinária e preparo o café que ele me preparou. Dora vem visitá-lo hoje e ele não vai desapontá-la, vai ter de sair daquele quarto e me enfrentar. Enfrentar a vida, está vivo, o Universo tem algo preparado para ele e não vou deixar que perca isso.

Coloco em uma bandeja com uma rosa vermelha do jardim. Ninguém as cultiva, é praticamente uma flor selvagem, talvez eu devesse trazer um pouco de luz e vida a essa casa. Posso fazer isso, ao menos até o dia em que partir, porque agora essa é a única certeza, cedo ou tarde ele vai me mandar embora.

Junto coragem para subir com a bandeja e quase entro sem bater, mas temo pegá-lo em algum momento de intimidade que só pioraria tudo. Bato com vigor, sem espaço para recusa. Leva uns instantes para ele abrir, preocupado.

— Café espanhol — digo deixando Javier surpreso e visivelmente atrapalhado.

Ele já está vestido, penteado e calçado. Javier pega a bandeja das minhas mãos, passa por mim indo em direção às escadas.

— Já estava descendo, Anne — avisa enquanto eu o sigo pelas escadas. — Não tinha intenção de ficar no quarto, só me demorei um pouco porque custei a dormir e... É só isso.

Que decepção! Esperava livrá-lo da solidão, faço uma careta pelas suas costas. Eu penso que o entendi, então ele faz tudo diferente.

— Que bom! — digo sem saber bem como agir.

O plano era lutar contra ele, mas agora eu não sei o que fazer.

Javier coloca a bandeja sobre a mesa, começa a retirar as coisas e espalhar sobre ela. Dá um meio-sorriso quando pega o vaso único com a flor vermelha.

— Devo me preocupar se as pétalas começarem a cair?

— Um pouco.

Será que ele viu o filme? Talvez tenha lido o livro ou passado mais tempo naquele batente de porta do que eu tenha me dado conta.

— Já tomou seu café?

Balanço a cabeça negando.

— Então, sente-se. O pão parece ótimo! — ele comenta e sorrio. Então pega uma colher e prova os tomates. — A *Tumaca* está razoável. Posso resolver. — Ele leva o pote até os temperos no balcão lateral, volta um instante depois. — Agora sim.

— *Tumaca*?

— Sim.

Balanço a cabeça tentando registrar. Ele puxa uma cadeira, acomoda-se e começa a tomar o café da manhã e acabo por fazer o mesmo.

— Ainda não vou passar mais que uns minutos com Dora. Você me colocou nessa situação, então é você que vai lidar com isso. Deixo que me agradeça e me retiro. É só o que vai conseguir de mim.

— Eu não o coloquei nessa situação, pedi um desconto no aluguel e você resolveu dar uma casa a ela. Se não liga para seu dinheiro, a culpa não é minha.

— Não ligo mesmo, há muito que não me importo, se não destruo tudo é porque sei que muitas famílias estão sob a proteção das minhas empresas de muitos modos, mas o dinheiro só trouxe... dor.

— Nesse caso... Que bom que eu o ajudei a se desfazer de um pouco! Dora merece.

— Não tente me forçar a ficar mais do que uns instantes.

— Prometo — digo, decidida a não mover um dedo para ajudá-lo. Já menti tanto que só mais essa mentirinha não vai mudar nada. — Já me decidi. — Ele me olha, preocupado. — Vou ler lentamente, não sei se consigo me despedir.

— Isso? Pensei que podia ser outra coisa.

— Não. É só isso mesmo, não posso tomar decisões que não envolvem apenas a mim.

— Julianne.

— Não me chama assim! — peço, brava, enciumada, magoada.

É como se ele estivesse me confundindo com ela, passei por isso toda a vida e tudo bem, mas não ele, Javier me confundir com ela como se fôssemos a mesma coisa me dói mesmo que ele não compreenda.

— Quer me contar por que não gosta do seu nome?

Lide com suas mentiras Marianne. Conte a ele, explique que esse não é o seu nome, que está mentindo e enganando Javier, mostre que ele não pode confiar em você? Desafio-me em vão, apenas dou de ombros levando um pouco da *Tumaca* à boca e ele aceita. Acostumado aos seus segredos, não insiste em entender o meu.

Ele termina o café, mas não deixa a cozinha. Ao contrário disso, seca a louça e retira a mesa. Depois atende a uma ligação de Amâncio e passa um bom tempo ao telefone enquanto me dedico a cozinhar para receber Dora. Quero que ela fique feliz, que se sinta acolhida e que coma algo gostoso e fresco, não as sobras que envio todas as tardes por Esther.

Sorrio me lembrando da situação em que ela colocou Javier com o rostinho corado de vergonha por falar com ele ao mesmo tempo em que mostrava sua coragem por enfrentar a timidez.

Com o almoço adiantado, eu vou para suas correspondências, o carteiro deixou muita coisa, nada de importante, mas me ocupa uns minutos. Tem e-mails para enviar a Amâncio, algumas contas e aproveito para organizar a despensa e ver se é preciso fazer novas compras.

Recebo a farmácia, que me aperta o coração. A entrega parece ser mensal, o menino deixa tudo como se estivesse acostumado a fazê-lo e parte pela porta da cozinha.

Não abro o pacote, nem o procuro para entregar. Ao menos hoje, não quero criar uma situação constrangedora e fazê-lo se lembrar de tudo.

Parto para buscar Dora e Esther sem vê-lo, sinto medo de ele não ter coragem de vir cumprimentar Dora, ela está tão feliz por poder voltar à casa da colina e agradecê-lo.

Sinto que ela admirava muito a avó de Javier, tinham uma boa amizade já que passaram festas de Natal juntas.

Que triste sina essas duas mulheres compartilham, duas famílias despedaçadas por tragédias.

Dora está à porta da escola de Esther. Cada vez que chego cedo e vejo os pequenos saindo meu coração se enche de saudade. Sinto falta do carinho fácil, do olhar de admiração, dos abraços apertados no fim da aula e em especial da confiança e segurança que os garotinhos sentem em minha companhia. Chegam sempre assustados, com medo de ficarem longe de casa e das mães. Posso ver os olhinhos cheios de medo é quase como um abandono, mas o tempo vai passando e aos poucos eles vão se rendendo, misturando-se, fazendo amizade, ganhando confiança, então eu sou a certeza que tudo está bem. Sou a representante de suas mães e pais e ganho todo amor do mundo.

Esther chega comigo, Dora sorri ansiosa e muito bem vestida com sapatos fechados e um vestido estampado e discreto.

— Estou bem para almoçar com Javier? — ela me pergunta e meu coração se aperta.

— Está linda! — garanto a ela sem coragem de contar que ele não vai ficar para o almoço.

— Vovó está tão bonita hoje — Esther diz, orgulhosa. — Eu estou com duas tranças, achei mais bonito que uma.

— Está linda também. Prontas?

— Claro! — Elas se acomodam no carro. Dora se emociona quando começamos a subir a colina. Secando uma lágrima, ela diz: — Tantas lembranças.

— Eu posso imaginar. — É tudo que encontro para dizer.

Ela balança a cabeça, controlando-se; vai ser mais difícil do que imaginei.

— Era mais colorido — ela me explica. — À noite as luzes iluminavam a colina, de dia muitas flores, eles cuidavam melhor de tudo. Agora é triste, mas pudera, tantas coisas aconteceram.

— Dora, eu não tenho certeza se o Javier vai ficar conosco durante o almoço, ele está muito feliz por recebê-la, mas... É que é bem difícil para ele, então, por favor, não fique triste se ele não se demorar muito conosco.

Melhor dizer a verdade, ela está toda emocionada, não quero que fique mais triste do que parece estar nesse instante.

— Entendo perfeitamente.

Estaciono em frente da casa, logo vou ter de levá-la de volta. Ela desce e olha para a entrada com um sorriso. Esther está mais acostumada e caminha na frente em direção a porta.

Abre e é a primeira a entrar, passo na frente de Dora e Javier está de pé, com as mãos nos bolsos no meio da sala. Parece tenso, mas ao menos cumpriu a promessa.

— Boa tarde, senhor Javier! Minha avó veio — Esther anuncia e ele balança a cabeça afirmando.

— Senhor Ruiz! — Dora diz, emocionada. — Há quanto tempo não piso nesta casa! Que homem bonito o senhor se tornou. — Ela se aproxima estendendo a mão e ele não tem opção se não apertar a mão estendida. Dora usa as duas mãos para segurar a dele enquanto balança forte e olha para seu rosto. — Que bom poder vir agradecê-lo pessoalmente, senhor Ruiz!

— Apenas Javier, Dora, pelo que sei era muito amiga da minha avó.

— Muito, muito! — ela diz ainda balançando sua mão sem que ele consiga se libertar. — Você parece com seu avô. Ele usava uma barba assim, era talvez um pouco mais baixo, mas um homem muito divertido, tão inteligente e engraçado. Sua avó dizia que pessoas engraçadas como ele eram muito inteligentes. E ele era mesmo, sempre com um livro e sempre com um sorriso.

— Eu me lembro — diz querendo mostrar que ela não precisa explicar a ele como era sua própria família.

Javier procura meus olhos, a mão ainda presa a da senhora que parece que nunca mais vai soltar.

— Não quer se sentar, Dora?

— Ah, não! Eu... Eu nem agradeci o que fez por mim.

— Não precisa. Eu é que agradeço a oportunidade de homenagear minha avó podendo ajudar sua velha amiga.

Ele é bem-educado quando quer. O desconforto é evidente, mas ele consegue manter uma voz suave e demonstra educação.

— Muito obrigada pelo que fez pela minha Esther! Muito obrigada, deu uma chance a ela. — Isso parece realmente tocá-lo, uma faísca passa por seus olhos. — Minha netinha está melhorando e tudo porque conta com você e com Anne. Que moça linda, não é mesmo? Ela é um anjo que o senhor teve a sorte de conhecer.

Meu rosto queima de vergonha, ele continua a balançar a cabeça para a mulher, fingindo concordar com tudo, mas a angústia está em um crescente.

— Dora, fique à vontade! Eu tenho coisas a resolver e vou ter de me ausentar um pouco.

— Depois ele volta para comer, vovó. Ele que convidou. — Esther acaba mais uma vez com Javier, a garotinha só entra no ringue para nocautear.

— Sim, eu volto para o almoço. — Ele garante e finalmente, Dora parece disposta a deixá-lo ir.

Javier nem mesmo me olha, quase corre para longe, sobe as escadas e escuto a porta ranger levemente antes de se fechar.

— Ele parece muito bem, o fogo não fez um estrago como pensei — ela diz quase sussurrando. — Queria dizer a ele tantas coisas. — Ela me abraça. — Obrigada por cuidar dele e da minha Esther!

— O que acha de vir me ajudar na cozinha? Vamos aquecer o almoço e colocar a mesa enquanto a Esther descansa um pouco.

Preciso dar um tempo para Javier se refazer já que pelo visto ele não consegue se livrar do almoço.

— Vamos, a casa está praticamente igual. Quantas lembranças! Javier e meu filho corriam por essa casa toda, o vilarejo era ainda menor do que é hoje e cabia quase todo mundo pela mansão, jardins. As festas ficavam bem cheias, vinha gente de Barcelona, era uma alegria.

— Bons tempos! — digo sem saber direito como continuar.

Ela muda de assunto falando da comida, ajuda-me a compor a mesa, então chamo Esther e elas se sentam. As duas me olham a espera de algo. Não sei direito o que dizer ou fazer.

— Acho que podemos almoçar.

— Ah, não! Javier deve ficar triste se começarmos sem ele — Esther alerta, quase ofendida.

— Com certeza, ele deve ficar muito triste — reitero sem escolha, senão ir bater à sua porta para convidá-lo.

Capítulo 16

Javier

A batida à porta me faz suspirar. Eu disse a ela que não me envolveria mais do que já me envolvi, disse que não passaria mais do que cinco minutos. Por que é tão difícil de entender?

Não tenho condições emocionais de lidar com a ideia de uma conversa sobre o passado com Dora, ela vai trazer à tona coisas que machucam.

Queria realmente manter uma relação respeitosa com Anne. Depois do beijo, distância e respeito são nossa única saída para não levar tudo para o buraco. Não consigo pensar em ficar aqui nessa colina, com tudo que carrego sem a presença tranquilizadora de Anne, mas isso não quer dizer que ela pode invadir assim meus espaços. Não suporto ser colocado à prova mais uma vez, essa coisa toda vai terminar de me quebrar.

— Anne, eu disse... — Calo-me quando dou de cara com Anne parada logo atrás de Esther, que tem um sorrisinho simples no rosto.

Se Anne ao menos finge estar constrangida, Esther por outro lado, parece bastante satisfeita.

— Vovó já está esperando você para o almoço.

Olho para Anne, ela não move mesmo um dedo por mim. Eu nem sei de onde vem essa dependência por sua presença se não tenho nunca sua ajuda.

— Ela insistiu. — Ela dá de ombros e fecho meus olhos por um segundo para então reabri-los com mais paciência.

— Claro, o almoço.

Não sei como negar algo a pequena criança, eu nunca fui bom em dizer não a crianças e a única vez que o fiz com determinação... Não posso me lembrar, não agora.

Sigo as duas em direção à sala de jantar, as mãos nos bolsos pensando em ter de me mostrar mais do que acho suportável. Uma coisa é estarmos

Anne e eu, ela tem uma estranha maneira de lidar com minhas marcas que ainda não consigo nem mesmo entender. Outra coisa diferente é estar com quase estranhos.

Não me lembro de Dora ou seu filho, não me lembro de muito mais do que rostos e riso em festas regadas a vinho e música, outras crianças como eu a correr pela colina, mas dar a esses rostos nebulosos e quase parte de uma fantasia, nome e histórias me parece impossível.

— Ah, senhor Ruiz, quanta gentileza se juntar a nós! — Dora exulta, sorrindo e não sei explicar se é uma ironia já que não é minha gentileza estar aqui, sim, insistência deliberada delas.

— Vovó, ele falou para chamar de Javier — Esther avisa se acomodando em sua cadeira.

A vida de Anne é conter o próprio riso, posso ver como está se divertindo com minha desgraça.

— Espero que apreciem!

Uso o máximo de minha polidez tentando de todos os modos honrar minha avó que, pelo que entendi, gostava muito de Dora. Por nenhuma outra razão me submeto a isso, talvez por Esther, é difícil mesmo dizer não a ela.

— Eu também espero — Anne reitera começando a servir a todos, espero que se sirvam na tola tentativa de protegê-las das minhas marcas.

Pela primeira vez no dia, Anne vem em meu socorro e serve meu prato.

— Obrigado! — Meus olhos encontram os dela, a beleza delicada dos brilhantes olhos que parecem sempre transmitir mensagens doces.

— Por nada — ela diz olhando para Esther que, por sua vez, está com olhos fixos em mim.

Eu nunca sei direito o que essa pequena espera, nem porque fica me olhando tanto, talvez seja a curiosidade que me persegue desde o dia fatal. Ninguém está livre disso, essa é talvez a principal razão por escolher a vida isolada na casa da colina, não quero lidar com as respostas que todo par de olhos que me encara exige.

— Eu acho que a comida vai estar bem gostosa, porque eu já comi a comida da Anne e sempre é bem gostosa.

— Obrigada, Esther! Você é sempre muito generosa.

— Gosta da comida dela, Javier? — Esther quer de todos os modos me inserir na conversa e eu só queria comer em silêncio.

— Muito — digo apenas para não discutir nada e também porque é mesmo muito boa.

— Javier também cozinha, Esther, talvez ele possa nos ensinar alguma coisa.

— Ah, seria muito bom! — Dora diz, animada. — Ela precisa aprender e homens costumam ter muito talento para cozinha.

— Eu não, apenas o básico — garanto deixando claro que não está em meus planos ir além desse almoço.

— Então não herdou os talentos de sua avó. Ela era ótima cozinheira, seu pai nem tanto, acho que me lembro dele tentando ajudar em uma festa aqui. Era um almoço de aniversário, churrasco no jardim, mas ele não foi muito bem, falou-se disso por semanas.

Eu me lembro, tinha uns oito anos, foi mesmo um grande desastre que acabou em um grande cozido que as mulheres se uniram para salvar.

— Vocês pareciam todos muito próximos — Anne puxa assunto com Dora.

— Éramos todos jovens, eu demorei a ter filho, então aproveitei muito a vida. Eva estava se tornando avó pela segunda vez, que foi quando o Javier nasceu quando eu estava tendo meu filho.

Esther parece se ressentir do assunto, talvez ainda não esteja pronta para falar do pai. Remexe a comida me fazendo pensar em como também tem suas perdas e as dores de um passado recente. Porém é que ela é ainda uma criança e deve viver isso de um jeito muito diferente.

— Meus pais se casaram cedo — digo apenas para desviar o assunto e salvar Esther.

— Estive aqui no casamento. Maria Pina estava deslumbrante, sua mãe era uma mulher muito forte, Javier.

— Muito — digo sem querer pensar muito nela.

— Mas depois que Eva morreu a Colina deixou de ser um lugar de festa e encontros de amigos, ficou sombria e abandonada, uma grande pena.

Um silêncio recai sobre a mesa, não quero continuar com esse assunto, não quero fazer qualquer esforço para ir em outra direção, só quero que acabe logo.

— Dora, os advogados do Javier já a procuraram?

— Ah, sim, eu estava para contar, vieram hoje cedo, mas infelizmente eu não sei se tem algo que possa ser feito — ela diz um tanto chateada.

— Como não, Dora?

— Anne, eles precisam que eu vá até Barcelona, fique uns dois dias lá. Teria de entrar no apartamento do meu filho, ver como estão as coisas, sem as chaves, só mesmo eu que sou mãe teria como entrar. Lá deve ter documentos, essas coisas que eles precisam para devolver o imóvel e descobrirem as contas e o dinheiro, carro. Tudo que era deles e agora o advogado diz que é da Esther.

— Ora, então vá a Barcelona.

— Não tenho dinheiro para ir, não tenho onde ficar e nem como deixar Esther perder aulas para ir comigo.

Talvez seja mais do que isso, se eu nunca pude enfrentar as coisas de Rosália e Esther, acredito que ela também não possa enfrentar uma invasão ao apartamento do filho.

— Resolvemos isso com simplicidade — Anne avisa, cheia de suas ideias práticas. — Falo com uma amiga em Barcelona e fica na casa dela. Carina é muito gentil, não terá problemas em hospedá-la.

Olho para Anne meio surpreso com essa amizade com a esposa de Amâncio, que eu nem sabia existir.

— E eu falto na escola, vovó! — Esther diz passando as costas da mão na boca e acho a coisinha mais bonitinha ela se esquecer de usar guardanapo.

Esther usava a ponta da toalha de mesa só para todos em torno terem ataques, Rosália queria morrer e minha mãe ficava chocada em como a neta seria uma dama da sociedade se nem mesmo conseguia usar um guardanapo. A lembrança dói de um jeito diferente, dói, mas não me mata, não me dilacera, é quase bom me lembrar.

— Não falta não — Anne avisa. — Fico com você lá na sua casa. Enquanto estiver na aula, venho até a colina fazer meu trabalho e volto antes do fim da aula. Durmo na casa da sua avó com você. Três dias passam rapidinho.

Não para mim, eu não suportaria os fantasmas dessa mansão, eu morreria aqui na solidão de minhas lembranças.

— Ou ela pode ficar aqui na colina e você a leva a escola pela manhã. Temos muitos quartos disponíveis.

— Agora Javier teve uma ideia muito boa, vovó — Esther avisa, imitando-me.

Assim como eu, a cada garfada, enquanto mastiga, deixa as mãos descansando no colo e eu não sei o quanto é deliberado seu esforço em me imitar.

— Bem, então parece resolvido — Anne diz servindo mais água a si e também a mim. — Vou telefonar para Carina e combinar tudo.

— Acho que pode ser — Dora fala, sem escolha.

— Claro, vovó! Você vai à minha casa e traz minhas coisas todas — Esther pede a avó com um olhar tão triste, é uma pena que tenha perdido praticamente tudo tão jovem.

— Javier, eu não sei como agradecer todas as coisas boas que nos oferece. A casa para o futuro da Esther, agora essa chance de resgatar as coisas do meu filho, talvez tenha algum dinheiro e Esther possa ter uma vida um pouco melhor.

— Tenho certeza de que sim — digo sem saber como lidar com sua gratidão. — Mas não me agradeça, é Anne a me lembrar das dificuldades, ela sempre toma a frente, agradeça a ela.

— Aos dois então. — Dora sorri e fico grato por estarmos chegando ao fim do almoço. — Devia voltar a abrir sua casa, Javier, receber pessoas, cuidar do jardim, abrir as cortinas.

Domo a vontade de pedir que cuide de sua vida. Entendo um pouco o sentimento de Dora, sei que suas intenções são boas, mas ainda é a minha vida e não quero falar sobre isso, sobre como vivo.

— Construir uma casa na árvore igual nos filmes — Esther sugere com a boca cheia.

— Esther, eu já disse que precisa terminar de mastigar antes de falar — a avó a corrige.

— E se eu esquecer? — ela rebate e da raiva de um instante atrás não sobra nada, sinto vontade de sorrir e reforçar sua pergunta, Dora fica sem saber o que responder.

— Levamos você ao médico para estudar a falta de memória em uma garotinha de oito anos — Anne diz a ela que se vê vencida.

— Sobremesa? — Esther decide mudar de assunto já que essa batalha foi perdida.

— Pêssego em caldas — Anne avisa. — Enlatado, só para deixar claro, não tive tempo para... organizar nada mais elaborado.

— Eu gosto muito — Esther comunica. — Pena que é fruta.

Ela suspira, meu coração se contorce, tanto dinheiro aplicado em contas que não tenho planos de usar e a pequena enjoada de comer frutas, algo precisa ser feito sobre isso.

— É em lata, Esther, tem tanta química que nem pode mais ser chamado de fruta — Anne diz recebendo nossos olhares de choque. — Se colocar chantilly não se sente nem mais o gosto do pêssego, parece bom. — Ela dá de ombros. — Abre a lata para mim, Javier?

— Agora mesmo. — Afasto a cadeira feliz por fugir desse encontro que parece não ter mais fim.

Sigo Anne até a cozinha, ela abre a despensa e volta com uma lata de pêssego e um abridor.

— Quero deixar claro que sei abrir uma lata, só estava te ajudando — avisa para, talvez, esperar minha gratidão.

— Não faz mais que a obrigação já que armou tudo isso. Chegar com a garotinha na minha porta o um golpe tão baixo que não achei que seria capaz.

— Eu não a convidei para ir buscá-lo, ela que se ofereceu e eu nem sei por quê. Esther é tímida com todo mundo, mas quando está por perto ela fica diferente. Deve ser porque você é um santo!

Anne está sempre rebatendo tudo que digo, parece impossível dizer qualquer coisa sem ter uma resposta irritante.

— Aqui está sua lata.

— Muito obrigada! — ela responde pegando a lata da minha mão e seguindo para sala de jantar.

Suspiro, aliviado por estar livre da sobremesa, agora é só ser discreto e subir para o quarto.

— Vem Javier, é hora da sobremesa. — Esther surge correndo na cozinha.

— Desculpe, eu não gosto de pêssego, Esther — digo na tentativa de me livrar disso enquanto ainda me sinto forte o bastante.

— *Tá bom*, pode só ficar lá igual a vovó. Ela também não gosta, está enjoada de frutinhas, mas eu vou comer. Anne também, porque tem chantilly, já comeu chantilly?

— Já.

Ela sorri, terminou a conversa. Nenhum dos dois tem mais nada a dizer, ela deve dar a volta em seus próprios calcanhares e ir comer seu doce, mas ela simplesmente não se move e não desfaz o sorriso. Não tenho escolha, senão caminhar em direção à sala de jantar sabendo que vou encontrar Anne lutando com seu riso.

Acomodo-me à mesa, elas comem enquanto fico imóvel, agora Dora conta histórias sobre quando Esther era pequena e ficava com ela nas férias. A garotinha ainda não está pronta para o passado, mas Dora talvez pela simplicidade não perceba que ela não consegue ainda lidar com a perda dos pais.

— Bem, eu faço questão de ajudar na louça enquanto vocês duas estudam.

— Não precisa, Dora. É visita, eu faço isso depois.

— De jeito nenhum! Vou lavar a louça e vocês duas vão estudar e o senhor... Bem, o senhor está em sua casa, então acho que deve fazer o que quiser.

— Obrigado, Dora! — agradeço quando Anne simplesmente não suporta mais guardar seu riso.

Fico na sala, aproveito para dar uma olhada na bolsa de valores e nos meus investimentos, depois enviar umas mensagens exigindo ao grupo de advogados que resolva logo tudo que é preciso ser resolvido com relação a Dora e a herança do filho. Preciso saber se Esther tem ou não algum dinheiro para depois tomar minhas próprias providências.

Escuto o riso das duas, o barulho da louça na cozinha, a casa cheia de vida, um perfume de café fresco. Olhando superficialmente, poderia até se parecer com uma vida, mas não é, não quando se olha o todo, não quando se compara com o que falta.

— Senhor Javier, passei um café, Anne disse que podia.

Dora me oferece uma xícara e aceito rezando para que ela se afaste, mas ao contrário, ela se senta diante de mim na poltrona, as mãos descansando sobre os joelhos e um olhar intenso sobre mim. Dou uns goles no café quente.

— Está muito bom, obrigado!

— Não está tão ferido quanto pensei.

— Dora, não gosto de falar sobre isso — alerto, deixando a xícara sobre a mesa.

— Quem iria gostar, não é mesmo? Só queria dizer que é um homem bom e essas marcas no corpo não dizem nada. O que importa é seu coração e sua avó dizia que era o coração mais bonito da família quando menino. Deve ser por isso que sobreviveu.

— Não, não foi por isso, Dora. Alguém com um coração muito melhor que o meu se foi — digo com a angústia a me roubar o oxigênio.

— Coloquei o nome de Esther em homenagem a sua sobrinha e pensei, quando ela se foi... Bem, que a minha Esther faça coisas boas em nome dela também.

É um tiro em meu peito, uma dor a me cortar a alma, é o fogo a voltar a me consumir e talvez eu tenha dito algo a ela ou não. Quando me dou conta, estou no quarto, com a porta fechada e a guerra, para de novo mandar tudo embora antes que me parta ao meio.

Demora até que possa ouvir o motor da caminhonete partindo com elas e depois, retornando. Tomo consciência de que não adianta me trancar aqui. Que estar com ela, mesmo que em meio a uma discussão ou a ouvindo falar e falar sobre seus gregos, eu me sinto melhor; é Anne que apaga o passado. Deixo o quarto depois de muita luta, ando pela casa até encontrá-la sentada na biblioteca com seu livro nas mãos. Ainda no começo, posso notar quando vira a página sem me dar muita atenção.

Sigo pela sala até uma das estantes, corro meus olhos pelos títulos sem realmente ler qualquer um.

— Descobriu! — Quase grita me fazendo olhar para ela, os olhos marejados. — Eles finalmente se reconheceram, que momento lindo. Quer ouvir, Javier?

— Não!

— Era melhor ouvir já que está aqui em silêncio perambulando pela sala. — Ela seca uma lágrima. — Ele sentiu, ela também e então, sentados no chão do apartamento, admirando a paisagem e quando ela parecia tão frágil, nada mais vai separá-los. Eu simplesmente sei disso.

— Que bom! — digo me acomodando na poltrona.

Anne balança a cabeça afirmando e volta para seu livro, lágrimas correm enquanto ela sorri como se estivesse diante de alguma imagem bonita, vira a página e depois mais uma, então suspira e fecha o livro.

— Preciso respirar um pouco — ela diz rindo de si mesma. — Mal posso esperar para o momento em que ele se abre e todos descobrem o que de fato aconteceu em seu passado, falar vai ajudá-lo.

— É o que acha?

— Tenho certeza disso. Colocar para fora suas angústias e medos ajuda a superar, estudei um pouco de Psicologia na faculdade, é preciso alguma para lidar com crianças.

— Devia aproveitar e dizer a Dora que a menina não está pronta para falar dos pais mortos.

— Eu sei — fala, secando a última lágrima. — Dora é muito inocente sobre isso, ela vai dizendo as coisas. Pode ser bom para Esther, fingir que não aconteceu também não ajuda.

— A menina claramente não gosta do assunto — digo ficando de pé e ela faz o mesmo.

— Ela pode mesmo ficar aqui uns dias?

— Pode — confirmo, pronto para deixar a sala, mas Anne segura meu braço me impedindo.

— Javier, eu... Eu poderia ouvi-lo sem julgamento.

— Seu julgamento seria o de menos, julgo meus atos todos os dias, Anne. Vou deixá-la com seus gregos.

Tento andar, mas ela aperta ainda mais meu braço.

— Fica. Podemos fazer outra coisa, assistir um filme, ouvir música, dançar valsa. — Ela sorri. — Ok, a parte da valsa é brincadeira, você não está vestido adequadamente.

— E vai deixar seus gregos de lado?

— Se quiser, posso ler para você! — ela diz, sorrindo feito o anjo que é.

— Sei ler, Anne. Aprendi na infância, foi até bem cedo.

— Então, pode ler para mim.

— Jamais! — asseguro para receber sua careta de desaprovação.

— Aprenderia um pouco sobre como ser gentil e atencioso e não ser um paspalho.

— É assim que me vê?

Ela está mesmo me chamando de paspalho na minha cara e na minha casa?

— Só quando maltrata meus gregos, Nick é o amor da minha vida, mas não espalhe. Ulisses gosta de ser o centro das atenções, ele teria ciúme. Talvez gerasse uma briga e Leon teria de separar.

— Anne, já pensou em procurar ajuda profissional?

Ela me lança outra careta. Dá um longo suspiro me soltando, e eu não quero que desista. Não quero que volte ao seu livro e me deixe plantado aqui feito parte da mobília. O dia foi difícil demais, mais um instante sozinho e tudo que estou tentando fugir vai me engolir. Ela é o único remédio a me apaziguar a dor.

— Tudo bem, eu... vou voltar para meu livro.

Anne não esconde a decepção, afasta-se. Em meu pequeno desespero, como se ela fosse minha tábua de salvação um instante antes de ser tragado por águas bravias, eu seguro sua mão. Os olhos de Anne pairam sobre mim a espera de algo que eu diga. Minha mão ainda prendendo a dela, agora não sinto medo de uma repulsa, Anne me toca e nunca com olhos de pena. Ainda que não compreenda seus olhos, pena e asco não estão presentes.

— Eu não sou seu conto de fadas, Anne.

— Não, você não é — ela confirma voltando a ficar diante de mim, minha mão não solta a dela por mais que seja isso que meu cérebro ordena. — Você é real, pela primeira vez algo real. Vai me machucar, mas é real.

— Se sabe que vai machucar, então por quê?

— Porque eu não posso evitar sentir o que sinto quando toca em mim.

Sua mão livre toca meu rosto, descansa sobre minha pele me fazendo sentir tantas coisas que não posso explicar, que um dia vão ser tudo que restou. Lembranças da mão quente a descansar sobre a minha pele e não vai me trazer a paz que traz agora, vai queimar com o resto do incêndio que são minhas memórias.

— O que você sente quando toco assim em você?

— Medo — revelo com toda minha verdade, ela tenta afastar a mão, mas a seguro sobre meu rosto. — Ainda assim... quero arriscar.

— Javier... — Meu nome em seus lábios ditos assim, com urgência, faz meu coração reagir com uma força que não conhecia. Trago Anne para mais perto. — Não quero fingir que não nos beijamos.

— Não consigo fazer de outro jeito.

Anne pega minha mão que descansa em sua cintura e, para minha surpresa, leva até seu rosto. Sinto a maciez em contrasta com as marcas sobre minha pele, ela coloca sua delicada mão sobre a minha, que descansa em seu rosto. Dá mais um passo em minha direção, meu corpo e minha alma desconectam da realidade. Nunca pensei que alguém pudesse olhar para mim assim, sem enxergar as marcas que a vida me deixou como uma lembrança da minha mesquinhez.

Sua boca surge como um convite, entreaberta e úmida, a me pedir para ultrapassar barreiras que me impus como única maneira de sobreviver. Anne me pede o impossível e atendo seu desejo. Meus lábios se rendem ao convite, sinto outra vez a maciez dos lábios, o calor de seu corpo. Fecho meus olhos, rendido, entregue e vivo. Por um único e frágil instante, eu estou de novo vivo.

Capítulo 17

Javier

Meus lábios se afastam dos dela, mas Anne continua em meus braços, os olhos dela sorriem. É incrível como tem essa capacidade, é o rosto mais perfeito que já vi, cada pedacinho dela é perfeito, o modo como me olha, os detalhes de seus traços. Anne é única, inconfundível e especial. Não quero soltá-la, não quero fingir que não aconteceu. Não posso dar uma história de amor a ela, não temos chance, tempo, eu não tenho direito, os conflitos são tão claros e tão difíceis de lidar.

— Sem pomada também é bom — ela diz com a boca quase encostada a minha.

Seus braços a me envolverem o pescoço quase como uma prisão da qual não tenho vontade de escapar. Anne me rouba um sorriso, ela tem a capacidade de trazer leveza mesmo aos momentos mais difíceis, quando perco o rumo e a direção, ela diz qualquer coisa que quebra, desfaz, muda.

— Anne. O que faz comigo... — Deixo a frase morrer sem forças para me abrir demais.

— Não pare de falar, conta o que eu faço com você? — Balanço a cabeça negando. Ela dá um longo suspiro de resignação, suas mãos brincam com meus cabelos na nuca, minha boca a um centímetro da dela, sentindo seu hálito morno, a respiração dela se misturando a minha. — Nesse caso, melhor me beijar de novo.

Ela não espera resposta, procura minha boca sem me dar chance de fuga, decidida e corajosa, me rouba mais um longo beijo e de novo eu fico sem forças para nada além de beijá-la longamente entregando tudo que nem sabia ainda existir em mim.

Quero lutar contra essa emoção, mas eu nem sei como fazer isso e só consigo me deixar levar, sou eu a me afastar um pouco, e encontro olhos preocupados.

— Não vou fugir. — Tento tranquilizá-la sem nem mesmo ter certeza de que é esse o seu medo. — Não vou me esconder no quarto e quebrar abajures.

— Muito bom. Não pode roubar meu lugar de mocinha frágil da história.

O riso vem sem que tenha controle, eu não consigo evitar. É uma risada que não dava há muito tempo, espontânea e natural, fruto do jeito leve como Anne leva a vida e me carrega com ela, mas desaparece do mesmo jeito que veio quando ela toca meu rosto e me sinto culpado por me sentir feliz.

— Não sou o seu conto de fadas, Anne. Não esqueça.

— Como poderia esquecer? Você me lembra disso o tempo todo. — Ergo a mão que descansa em sua cintura para tocar seu rosto, desisto no meio do caminho. Ela pega minha mão, leva até sua pele. — Gosto quando me toca, Javier.

— Não tinha planos de nada disso.

— Não é o tipo de coisa que se planeje — alerta. — É dessas coisas que nos pega desprevenido.

Balanço a cabeça concordando, fadados ao fracasso, é isso que somos. Afasto seus cabelos do rosto bonito, toco meus lábios nos seus e não quero deixá-la, ao mesmo tempo tenho tantos cuidados, tantos limites. Aonde isso pode ir?

— Você tem um jeito diferente de pensar as coisas — digo apenas por que não sei como rebater suas palavras.

— O que acha de se sentar aqui comigo e eu ler um pouco para você?

— Não.

— Ok, então você se senta comigo aqui um pouco enquanto eu leio meu livro e você... — Ela morde o lábio inferior olha em torno em busca de algo para me distrair, é quase engraçado seu esforço em me entreter enquanto lê seu livro. — Já sei, você se senta aqui comigo com um desses lindos livros de capa dura, vermelha e cheia de arabescos dourados escrito há mais de cem anos por algum alemão e assim me faz companhia e não fere sua frágil masculinidade.

— Ah! Então acha que é por isso que não quero ler seus romances?

— Sim, porque eles são cheios de finais felizes e com apelidos fofos e dias de sol e amor.

— Cozinhar! — digo decidido, ela junta as sobrancelhas em um claro sinal de dúvidas. — Vou cozinhar, é oficialmente meu dia de cozinhar.

— E eu fico lendo meu livro enquanto cozinha?

— Não! Você aprende a fazer uma típica comida espanhola — decido levando Anne comigo para cozinha pela mão.

— Mãos dadas dentro de casa? — ela diz em um tipo de ironia que não alcanço, olho para ela que dá de ombros sorrindo. — Sabe fazer tranças? — De novo meu olhar de incompreensão. — Cabelo, trança no cabelo?

— Não, de jeito nenhum.

— Eu tinha que perguntar — fala com uma leve decepção, poderia aprender, mas acho que ela cuida bem dos próprios cabelos. — Vai ao menos usar o pano de prato no ombro? Porque fica bem bonito com o pano de prato no ombro.

— Anne, você... Só tenta aprender, o que acha?

Ela me constrange com esses elogios que eu nem quero ou devo acreditar.

— Tudo bem, sou uma professora melhor que você, eu sempre deixo meus alunos fazerem comentários e respondo todo tipo de perguntas.

— Ótimo! Prometo responder todo tipo de perguntas, sobre a comida — explico para receber uma careta. — Vamos ver o que temos aqui nessa despensa para uma refeição clássica e saborosa.

— Quero ver esse seu talento — ela me desafia.

Apenas por alguns momentos, quero fingir que tenho uma vida e que posso dispor dela.

— O que acha de uma *Tortilla de patata*?

— Que seria? — ela pergunta, interessada.

— Ovos batidos, batata. Joga na frigideira para uma fritada e...

— E temos a velha omelete de batata, faço isso em três minutos. Está me decepcionando, Javier.

— Ah, então ela é exigente! Saiba que a *Tortilla* não é nem de perto a velha omelete, é o nosso azeite espanhol que faz dela um prato perfeito. — Volto a pensar sobre o que cozinhar. — Certo, eu não queria ser tão óbvio, mas o que acha de uma *Paella*?

— Agora sim, com muito camarão.

— É, pode ser. Eu tinha planos de uma *Paella* mais original, como faziam os antigos, com frango ou coelho, mas pode ser essa com frutos do mar. O importante é o cozimento dos ingredientes e o açafrão, além é claro, do nosso azeite espanhol.

— Ótimo, adorei, falou como um *chef*.

Anne me segura pela mão quando tento passar em direção ao armário, sua mão presa a minha é sempre algo diferente, mexe com minhas emoções de um jeito que não consigo explicar. Ela me puxa para si, seus lábios tocam os meus e sou libertado, a ideia de cozinhar parece perder um pouco a graça, não sei se teremos um outro momento como esse e eu devia ter aproveitado de outro modo.

— Beija como um *chef*.

— Andou beijando *chefs* de cozinha? — Tenho que admitir que não é divertido de ouvir.

— Sim. Médicos, *chefs* de cozinha, CEOs, soldados, um ou dois mafiosos.

— Entendi, livros. — digo voltando a pensar na comida. Pego a panela em um dos armários. — Essa é uma *palla*, panela original onde se cozinhava a *Paella*. Por isso o nome.

— Entendi.

— Vai gostar do resultado, uma taça de vinho para acompanhar, fica perfeito.

— Sala de jantar? — ela pergunta.

— Depende, sem valsa?

— Sim, sem valsa. Já disse, não está vestido adequadamente. Vou colocar a mesa.

— Nada de me enganar e ficar no seu livro.

— Eu não vou fazer isso, Nick merece minha atenção total.

Começo a achar que ela se apaixona mesmo por todos os personagens dos romances que lê. Coisa irritante. Anne volta uns minutos depois, fica ao meu lado me olhando cozinhar. O pano de prato está mesmo em meu ombro, mas é só o jeito que aprendi com a minha avó.

— Está gostando?

— Sim, quer dizer, podia sujar a ponta do meu nariz com farinha e podíamos... Você sabe, sovar juntos uma massa, você me ensinando enquanto suas mãos se misturavam às minhas e... — Ela deixa a frase morrer.

— E depois?

— Eles sempre cortam para outra cena — ela brinca me arrancando outro sorriso enquanto mexo os ingredientes na panela.

— Quer provar?

Ela abre a mão e, depois de assoprar, coloco um pouco do caldo em sua palma. Anne leva à boca e fecha os olhos um pequeno instante.

— Parece perfeito.

— Está.

Eu deixo tudo na panela e me encosto no balcão, ela está me olhando, penso em como é linda e no mundo de coisas que vai viver. Não estou pronto, não acho que algum dia vá estar. Não me sinto no direito de viver quando deixei tudo que importava partir.

— Dora foi muito inconveniente, não é? — ela me questiona e eu não queria seguir por esse caminho, apenas balanço a cabeça afirmando enquanto deixo seus olhos para mirar a panela com os ingredientes borbulhando para apurar o sabor. — Um pouco disso é... É o jeito simples dela, mas claro que tem muito de uma sensação de intimidade que ela tem com você. Porque o viu criança e não se lembra dela, mas ela se lembra bem de você e acha que pode dizer qualquer coisa.

— Não se desculpe por ela, Anne, você não tem essa culpa.

— Eu sei, mas gosto dela, ajudo Esther e talvez... Talvez ela pudesse vir mais vezes aqui, eu podia conversar com ela, pedir que não tocasse no passado.

— Não estraga esse momento — alerto em um tipo de pedido.

Anne balança a cabeça em um *sim* silencioso.

— O convite para Esther ficar aqui ainda está de pé?

— Sim, quero saber como estão as finanças da Dora. Não gostei daquela conversa de estarem sempre comendo frutas.

— Eu sei. Viver de doações também não é nada agradável.

— Acredito que não. Vou escolher um vinho.

Eu deixo Anne um momento lutando com memórias que a lembrança da conversa com Dora reaviva.

Como isso pode dar certo com tantos assuntos proibidos? Que tipo de relação poderia ser essa com Anne pisando em ovos para não dizer nada que me machuque? Isso é só um sonho tolo, passar pomada em meu corpo não quer dizer que ela está pronta para mais do que isso e trocar beijos... Por que eu não consigo viver um dia sem analisar tudo e ficar o tempo todo conjecturando?

Encontro Anne aspirando o perfume que vem da panela, parece uma obra de arte, olhos fechados diante da panela e aspirando profundamente o cheiro que vem dela.

— O cheiro está bom?

— Incrível!

Ela me sorri se afastando da panela, senta-se em uma cadeira enquanto volto ao trabalho de cozinhar e o vinho fica gelando. Por um longo momento, ela me assiste em silêncio e eu me concentro em cozinhar sem pensar em absolutamente nada senão sua presença ao meu lado. Um pequeno agito em meu peito que parece nunca me deixar esquecer, Anne ao meu lado me toma e sei que não vai diminuir, parece que todo tempo vai crescer até que seja só esse agito em meu peito a me dominar e até disso sinto medo.

— Pronto. A legítima *Paella* feita por um legítimo espanhol.

— Levo o vinho e você a panela — ela diz abrindo o freezer.

Quando chego à sala de jantar, noto a mesa posta com capricho, um arranjo e candelabros acesos.

— Sinto que vai terminar em valsa.

— Já gastei meu vestido de valsa com uma noite perfeita — ela nega.

Eu sirvo seu prato. Enquanto levo a colher cheia até o prato noto seu olhar na comida, é impressionante, se antes eu queria de esconder as minhas marcas todos os modos, agora fico intrigado com o fato de parecerem invisíveis para ela.

Depois de me servir, nós nos acomodamos para comer, abro o vinho e ela toma um gole.

— Delicioso, harmoniza perfeitamente com o prato e eu não conheço mais nenhuma frase sobre culinária.

— Está uma delícia é uma ótima frase.

— Certo, Javier! Vamos ver se está mesmo uma delícia — ela diz antes de provar a comida e não esconder o olhar de satisfação, faz com que me sinta bem, nem sei se está tão bom assim, mas seus olhos dizem que sim e fico satisfeito. — Perfeito.

— Você também cozinha bem — digo a ela sendo bastante honesto.

— Tenho um pouco de preguiça — ela admite.

— Achei a comida muito especial no jantar da valsa, fiquei impressionado. — Ela dá um largo sorriso, volta a comer. — O que foi?

— Podia passar o resto da vida sem ter de admitir isso, mas você não deixa.

— Admitir o quê?

— Que não fui eu. — Fico surpreso e impressionado. — Liguei para Carina pedindo socorro e ela cuidou de tudo. É isso, só recebi uma pequena equipe meia hora antes que arrumou a decoração e trouxe a comida. Sim, é isso, eu sou uma farsa!

Seus olhos ficam subitamente tristes, não tem necessidade de se entristecer com tão pouco.

— Ei, está tudo bem! — garanto quando seus olhos marejam e ela toma um gole do vinho. — Tanta tristeza por conta de uma bobagem, de todo modo organizou um jantar especial, um telefonema ou colocar a mão na massa, não importa, você fez acontecer.

— Obrigada! Eu queria muito... que fosse mesmo especial, queria estar bonita e queria dançar aquela valsa, queria tanto que... Devia ter contado, mentir sempre machuca as pessoas. Sinto muito, Javier, sinto muito por... mentir, eu não...

— Vamos mudar de assunto? Conte-me do... Como ele se chama? O mocinho?

— Nick.

O sorriso volta para seu rosto imediatamente e começo a pensar o que será dela ao fim desse livro. Ela passa o jantar falando sobre o livro e os outros anteriores, depois rumamos para nossos autores favoritos e filmes clássicos. Anne é tão cheia de vida. Depois do jantar, eu a ajudo a recolher a louça e levamos o vinho e as taças para sala, os candelabros ainda acesos.

— Sem valsa? — ela brinca apenas como uma provocação que me faz sorrir.

A verdade é que um pedaço do homem que eu era amaria dançar com ela por toda essa sala e então eu a levaria no colo para terminar a noite em meus braços.

— Gosta muito de dançar? — pergunto quando ela vem para meus braços sem precisar de convite, as taças sobre o móvel, ela com as mãos descansando em meu peito.

— Metade da minha vida foi sonhando com coisas como essa e a outra metade... Bem, acho que a outra metade eu era uma criança apenas, sonhava com outras coisas, queria ser adulta, morar sozinha e viajar pelo mundo.

— Esther estava sempre dizendo que quando crescesse iria morar sozinha em um apartamento como o meu, com uma linda vista e um gatinho amarelo.

Sai tudo de uma vez, em meio a uma lembrança, quase posso tocar os cabelos longos e castanhos, vejo os olhos escuros, o brilho feliz e sonhador dá lugar ao desespero, o fogo a subir e lamber tudo em torno, o grito de desespero a me pedir socorro, o calor a me consumir.

— Javier! — A voz de Anne soa distante. — Javier.

Sinto suas mãos a me chacoalharem, mas ao mesmo tempo é o peso do corpo delicado em meus braços e as chamas se apagando enquanto a carrego para fora, a fumaça tomando meu peito, a luz indo embora e aquele calor infernal a me queimar, queimar, consumir, engolir.

— Javier! — O grito dela me traz de volta à realidade.

— Eu não cheguei há tempo! — Estranho minha voz sair tão fraca, estrangulada pela dor que explode em meu peito como sempre achei que aconteceria, quero encontrar os olhos de Anne para me trazer de volta, mas só vejo os olhos de pavor de Esther.

— Está tudo bem, Javier, você... Você tentou. — Balanço a cabeça negando. — Seu corpo é a prova de que não teve medo de nada, tentou salvá-la.

— Não sabe o que está dizendo. — Ela segura meu rosto, mas eu me afasto. — A culpa é minha!

— Como pode ser sua culpa? — Anne me questiona e essa angústia que toma meu peito não me deixa guardar mais nada, quero cuspir as palavras; jogar para fora o que nunca tive coragem de dizer em voz alta.

— Ganância! — grito sem medo de assustá-la.

Anne sabe que não é com ela, é comigo, melhor que saiba quem eu sou e o que fiz, melhor que saiba quem são os Ruiz e assim ela pode ficar longe sem culpa.

— Javier! — Sua voz soa cheia de dor, nem de perto dói como em mim, não mata aos poucos.

— Meu castigo foi ainda maior que o de todos eles, eu fiquei, fiquei marcado para não me esquecer.

— Não diz essas coisas. — Ela chora diante de mim.

— Rosália engravidou muito cedo, ela conheceu um idiota e engravidou e é claro que o infeliz se mandou. Meu pai já tinha morrido, eu cuidava de tudo, mas isso também era uma farsa, minha mãe cuidava de tudo com mãos pesadas, foi como me ensinou. Sempre nossa família em primeiro lugar, rigorosa e poderosa. Eu não passava de fachada, ela era a cabeça de tudo e era tão... mesquinha. Amava o bebê Esther, eu amava, a garotinha era tudo que existia em minha vida, mas minha mãe não queria permitir que minha irmã voltasse a viver, estava sempre cobrando dela, exigindo. Sufocou Rosália e quando se foi... eu só continuei.

— Javier, você amava sua família.

— Amava! — grito para me libertar. — Amava minha menininha, ela estava sempre comigo, trazendo-me riso e alegria, sempre em primeiro lugar e a Rosália... Ela era tão... Minha irmã só queria viver e tinha o poder de encontrar os piores para companhia. Sempre um traste diferente e quando aquele maldito apareceu na vida dela eu estava cansado.

— Porque se preocupava.

— Porque queria as coisas do meu jeito. Ele queria dinheiro e nós tínhamos, dane-se que ele queria, era só dinheiro, eu devia ter dado tudo a ele, mas eu não fiz isso. Eu deixei minha irmã, eu mandei que ela fosse viver com ele se era o que queria.

— Sua irmã era adulta. Não foi errado.

— Para de arrumar desculpas, Anne! — peço ou ordeno, eu não sei. São só os olhos desesperados de Esther a gritar meu nome. — Esther não queria viver com eles, ela me pedia todos os dias para ficar comigo, ela odiava as brigas deles. O canalha queria dinheiro, mas eu tirei tudo dela, porque achava que sem dinheiro ele iria embora. Ele exigia que ela me desafiasse e eles brigavam o tempo todo. Dinheiro! Dinheiro que eu não queria dividir com ele, foi isso que matou minha menininha e a mãe dela.

— Não! Foi um incêndio! — Anne grita comigo, mas não pode apagar os olhos de Esther desesperada pedindo socorro.

— Ela me pedia todos os dias, eu a amava tanto. — Meus soluços se misturam aos dela. — Ela quis ficar aquela noite, Rosália passou para apanhá-la e eu disse que tinha que ir, que a mãe dela precisava ter responsabilidade e cuidar da filha.

Anne leva as mãos à boca, nem mesmo ela pode esconder a dor do que fiz, mesmo desesperada por me perdoar, ela entende o que fiz.

— Sim, Anne. Ela se foi porque eu queria dar uma lição em Rosália e afastá-la do namorado vagabundo! Esther me ligou, eu podia ouvir os gritos, a briga, o barulho das labaredas, eu larguei o telefone e corri. Corri com tudo que tinha, um quarteirão, era essa distância, mesmo assim cheguei tarde.

— Não chora, não... Ela viu você, ela sabe que tentou, você tentou. — Seus soluços se misturam aos meus.

— As sirenes estavam se aproximando quando invadi a casa, o fogo consumia tudo, eu procurei por ela, eu gritei por ela. O fogo tomou seu corpo e eu assisti, vi seu último olhar e ele me implorava, era uma garotinha de doze anos.

A dor me enfraquece, sinto as pernas se dobrarem, Anne tenta me manter de pé, mas vai ao chão comigo, cubro o rosto com as mãos na tentativa de apagar as imagens, mas elas estão para além de minha retina, estão gravadas em minha alma.

— Seu último olhar. Apaguei o fogo do seu corpo com o meu, atravessei as chamas com ela nos braços, vi os bombeiros entrando, a fumaça tomando meus pulmões, as forças me abandonando. Calor, calor e tudo se apagou. Ela se foi, nem mesmo pude velar seu corpo. Não achei Rosália, acordei sozinho no mundo. Eles se foram todos, o dinheiro ficou, Anne, só sobrou ele.

Minha garotinha se foi para sempre.

Capítulo 18

Marianne

Como alguém pode vencer tamanha dor? Eu mal consigo respirar só de ouvir seu relato, meu peito parece se partir e esmagar a alma, a dor que sinto por ele me sufoca. Quero arrancar dele esse desespero, quero dividir com ele essa dor, mas não sei como, ele está sem forças, ele aguentou muito e talvez a culpa seja minha por seu despedaçar.

Forcei demais, não sabia que sua dor era tão profunda. Seu corpo parece tão frágil agora, é quase como um menino assustado, curvado no chão, tapando os olhos para não enxergar a dor que está em sua alma, para apagar as imagens. A cada frase imagens horrendas se formam em minha mente, se a imaginação pode ser tão cruel, imaginar o que ele viu de verdade é desumano.

Não importa o que ele pense, não importa o que diga, Javier não teve culpa e seus soluços de dor e culpa só provam sua inocência.

— Acabou, Javier. Está tudo bem, não está sozinho. Por favor, não faz isso, não se entrega.

Quero parecer forte, mas só consigo chorar com ele, entregar-me à sua dor como se fosse minha. Seus soluços ficam ainda mais fortes.

— Sinto tanta saudade dela! Esther era minha princesa, meu anjo, eu podia ter feito tudo diferente.

Quero que olhe em meus olhos, desesperada para mostrar a ele que nada mudou, que ele não tem culpa, que não o vejo como nada além do que via antes, mas ele está entregue a dor, aos soluços com o rosto coberto. Seguro seu rosto com minhas mãos, tento afastar as mãos dele para que me olhe. Ele balança a cabeça em negação, eu nem sei se consegue me notar aqui. Está cego, mergulhado, está perdido no passado, ele precisa voltar.

— Javier, você é inocente, Esther não suportaria vê-lo assim.

— Não, não. Não diz isso.

— Ela amava você, não aceitaria que sofresse desse modo. Não pode fazer isso com ela.

— Eu matei minha menininha.

— Não foi você. Não foi você.

Abraço Javier, ele continua a chorar, mas ao menos não me repele. Chora por um longo tempo, sentados ao chão, com sua cabeça em meu ombro, as mãos a cobrir seu rosto e os ombros a sacudir pela dor, mas não me movo.

Eu não sei quanto tempo leva até a dor diminuir, ela nunca vai passar. Ele se afasta, as mãos ainda estão no rosto e talvez seja a primeira vez que olho para essas marcas com mais do que naturalidade, como esquecer tanta dor se ela deixou marcas em seu corpo?

— Desculpe por isso, Anne!

Afasto suas mãos do rosto, os olhos mais tristes da face da Terra e só queria arrancar essa tristeza e trazer alegria. Toco seu rosto pensando no que sinto por esse homem. Mesmo quebrado, ferido, infeliz, eu aprendi a gostar dele de um modo que não sei explicar. Feito meus romances, amo rápido e inteiro, amo apenas. Dane-se que seja cedo! Que na vida real o amor não se constrói com uma dança e alguns beijos, aconteceu comigo e não preciso me explicar. Eu amo Javier Ruiz e essa é a minha ruína.

— Não se desculpe. Vamos nos sentar no sofá, não precisamos ficar aqui no chão. Vem, vou pegar uma última taça de vinho, só para se acalmar um pouco.

Eu o puxo pela mão. Feito um menino obediente, ele faz o que peço, afunda no sofá com os olhos ainda perdidos. Encho a taça de vinho, dou um gole antes de entregar a ele, sinto o líquido descer quente e saboroso, tem o poder de me acalmar e talvez faça o mesmo com ele.

Javier toma de uma só vez, entrega-me a taça que deixo sobre um móvel. Acomodo-me ao seu lado, passo meu braço pelo seu, fico em silêncio com a cabeça em seu ombro. Estou aqui e isso é tudo que ele precisa saber, pode me contar ou calar, eu ainda estarei aqui.

— Eu amava essa casa, passei minha infância aqui cercado de amor e rezava para chegar as férias só para vir. Sempre foi meu porto seguro. Talvez por isso tenha escolhido voltar, quando tinha doze anos meus avós faleceram um depois do outro e paramos de vir, ficou essa boa memória. Voltei umas poucas vezes quando adulto, trouxe Esther uma ou duas vezes para que ela pudesse correr pela colina como eu tinha feito na infância.

— Essas são boas memórias.

Ele balança a cabeça afirmando. Procura minha mão e prende a sua, minha cabeça ainda em seu ombro para que me sinta ao seu lado.

— Minha família sempre foi importante e muito ligada a velhos costumes. Quando meu pai morreu, como o único homem da família, eu devia cuidar de tudo, tinha dezenove anos. Era só um garoto, mamãe assumiu tudo.

— Uma mulher muito forte.

— Sim, rigorosa. Minha irmã era um pouco mais velha que eu, meio rebelde, sem o papai ela estava sempre desafiando minha mãe. Tinha vinte e três anos quando ficou grávida e acho que ninguém entendeu muito no começo, achava ela tão jovem para ser mãe.

— Talvez fosse, mas trouxe um grande presente a todos vocês.

— Eu fiquei bobo com o bebezinho, descobri que tinha muito jeito com crianças. Tinha um pedacinho de mim que se sentia pai dela, aquela coisinha frágil e abandonada.

A voz dele ainda está embargada, mas o desespero se foi e ele se sente forte para contar e só quero que isso o ajude a superar.

— Ele nem viu a filha nascer?

— Não. Sumiu, parece que nem mora na Espanha, não veio nem mesmo quando tudo aconteceu. Como eu, minha mãe era apaixonada por Esther, no primeiro ano dela minha irmã viveu para a filha, 100% ao seu lado, a cada instante. Admirei muito sua força, mas depois ela queria viver, hoje eu acho que seria o certo. Minha mãe e eu estávamos por perto, tínhamos condições de contratar uma babá, mas minha mãe não deixava. Exigia que Rosália cuidasse da filha, era quase como um castigo.

— Você ajudava.

— Não era por ela, eu queria era ficar perto da minha pequena, então eu estava sempre cuidando dela para minha irmã. Mamãe ficava furiosa, mas não podia dizer não a Esther e nos entendíamos.

— Isso os fez ainda mais próximos.

— Muito, mas confesso que achava que minha mãe tinha razão a cada namorado novo de Rosália, nesse tempo elas moravam conosco. Depois me mudei, queria ter meu espaço, receber... amigos.

— Namoradas — acrescento; ele balança a cabeça, concordando.

— Mas fiz um quarto para a Esther e, quando minha mãe morreu, elas vieram viver comigo até que minha irmã conheceu o canalha. Estava na cara que ele queria dinheiro. Estava evidente que não a amava e sinto que ela sabia disso, mas parecia que só queria me desafiar.

— Talvez fosse um pouco, mas tinha uma filha, Javier. Sua irmã tinha de pensar na menina.

— Eu sei, acontece que eu não precisava ser tão duro. Primeiro o proibi de entrar em casa, mas fiz uma longa viagem com minha noiva. Levei Esther comigo, eu não podia dizer não àquela garotinha.

— Você tinha uma noiva.

— Pensava que sim. Ivana. Ela era outro problema, não queria Esther por perto. Não tanto. Esther odiava ficar com a mãe e o namorado, eu não sabia como lidar com tudo aquilo, pressão de todos os lados. Ivana com ciúme da minha sobrinha, Esther querendo ficar comigo o tempo todo, Rosália vivendo aquela relação horrível. Quando voltei das férias descobri que ele não só estava frequentando o apartamento como ficou morando com ela nas duas semanas em que estive fora.

— Foi o que desencadeou tudo — constato, não querendo pensar onde diabos está essa noiva.

— Sim, no dia seguinte eu tinha comprado uma casa no fim da rua para elas. Mandei minha irmã ir viver a própria vida com quem ela quisesse e comecei a segurar o dinheiro. Foram uns meses disso, não deixava faltar nada para Esther, mas era mesquinho até o último fio de cabelo com Rosália e o namorado e a verdade é que metade de tudo era dela, eu não podia ter feito aquilo.

— Estava protegendo sua família.

— Se tivesse dado a ela sua parte, eles teriam feito a festa. Quando o dinheiro acabasse, ele a mandaria embora de sua vida e eu estaria aqui para acolhê-la, todos estaríamos... — Ele não termina.

— Pode me contar como aconteceu? — Agora eu simplesmente preciso saber, embora reviver tudo pode machucá-lo. — Não, se não puder...

— Começou como um plano deles, queriam o dinheiro do seguro. — Meu coração descompassa. — Ele confessou quando foi preso.

— Então, ele... Ele colocou fogo na casa? Com Esther lá? Javier!

Isso é tão monstruoso.

— Na cabeça deles, se ela não estivesse, eu duvidaria e o seguro também, mas com uma criança na casa, quem desconfiaria? No meio do plano eles começaram uma briga.

— E tudo saiu do controle. — Não é preciso ser genial para perceber.

— Sim. Esther se escondeu e me telefonou, o fogo se alastrou muito rápido. Rosália não quis sair sem a filha, ele fugiu, os vizinhos viram. Entrei, quando cheguei o fogo consumia tudo, mas eu entrei.

— Claro que faria isso. — digo, orgulhosa de sua coragem. — É um homem corajoso e não tem qualquer culpa sobre o que aconteceu.

— Era só ter dito a Rosália que Esther queria ficar comigo e ela não teria levado a minha pequena.

— Nem teria posto fogo na casa até outra oportunidade de ter a filha com ela. Não vê que ela faria? Ela faria em qualquer momento que estivesse com Esther?

— Então eu devia ter dado a ela o dinheiro, mas não fiz.

— Queria proteger o patrimônio de Esther. — Ele me olha nos olhos pela primeira vez, tem toda a dor do mundo, mas sobre esta, um olhar de carinho.

— Obrigado por tentar, mas eu penso nisso o tempo todo. Se houvesse uma maneira de não me sentir culpado, já teria enxergado.

— Será? Talvez carregar a culpa seja a única maneira que encontra de mantê-las por perto.

— Vi os olhos dela, ouvia os gritos e me guiei por eles até encontrá-la, mas uma viga caiu, labaredas subiram, então... Eu vi os olhos dela no instante em que o fogo a atingiu e foi... devastador para sempre. — Seu rosto perde a cor e ele aperta minha mão de um modo que parece que vai me esmagar. — Usei meu corpo para apagar o fogo, ergui Esther nos braços e atravessei o incêndio e a fumaça, o medo. Apaguei antes de sair da casa, no momento em que vi os bombeiros, acordei no hospital.

— Quanto tempo?

— Uns dois dias. Na verdade, eu estive acordado o tempo todo, só que a dor me consumia de tal modo que são apenas flashes. Não sei dizer direito a ordem dos fatos, mas depois com os remédios eu consegui um pouco de consciência e soube que as duas estavam mortas. Minha irmã foi achada no banheiro, com a porta fechada, Esther no caminho para o hospital.

Queria poder dizer algo que o fizesse se sentir melhor, mas acho que tudo que ele quer no momento é o silêncio honroso para sua família. Fico apenas ao seu lado, com a cabeça em seu ombro, a mão presa a dele. Por um longo tempo, ele apenas se refaz dos momentos que viveu.

— O que acha de subir e se deitar?

— Acho que nunca mais tive uma noite de sono tranquila — nega, balançando a cabeça.

— Precisa de ajuda — digo a ele, que não responde. — É sério, eu queria ser capaz de ajudar, mas você precisa de terapia.

— Elas estão mortas, acha que quero voltar a ser feliz?

— Tenho certeza de que não, aposto que sente culpa e vergonha por sorrir. — Ele me olha cheio de surpresa. — Está vivo, Javier. Eu não sei explicar, você também não entende, mas está, não queria, mas está. Isso deve significar alguma coisa.

— Significa que esse é meu castigo.

— Não! — digo de modo duro. — Tem algo aqui para você, precisa descobrir o que é. Se sobreviveu a tudo isso, então precisa de força para continuar e precisa ser feliz.

— Anne, eu agradeço seus esforços, mas...

— Foi um grande trauma. Pode, por favor, conversar com alguém?

— Um terapeuta?

— Sim, um terapeuta. O que acha? Nem que seja para voltar a dormir.

— Dormir seria um grande presente — ele admite. — O corpo continua a queimar e queimar, não tem remédio, não tem terapia, nada funciona. O corpo continua a queimar mesmo muito tempo depois, a dor é inacreditável, está acima da capacidade humana.

— E você venceu mesmo isso.

— Tenho arrepios cada vez que ligo o chuveiro. Não dói mais, mesmo assim eu sinto o fogo em meu peito, nos braços, é preciso concentração.

— Ótimo! Então, vamos marcar um terapeuta.

— Isso... Eu não sei se consigo falar sobre isso com mais alguém.

— Não fale. Fale sobre outras coisas até que, quando perceber, já falou. Javier, é sério, você não pode mais continuar assim. Foi há quanto tempo?

— Dois anos. Pouco depois do meu aniversário de trinta e um anos. Foi por isso que viajei com Esther e Ivana.

— Você... Você tem uma noiva?

— Bela ideia faz de mim! — retruca com uma careta. — Ainda sobrou vinho? Talvez eu aceite mais uma taça.

— Não, acabou. Posso fazer chá.

— Acho que não, eu só quero encontrar de novo a velha normalidade. Isso bagunçou tudo.

— Era preciso desabafar. Talvez não agora, mas em algum momento vai se sentir melhor, mais leve.

Ainda quero saber sobre Ivana, mas ele está fugindo do assunto, talvez ainda a ame. Isso machuca. Não que tenha sonhos sobre um futuro com ele, ainda assim, é dolorido saber que seu coração pertence a alguém.

— Eu a assustei?

— Um pouco, não do modo que pensa. Admiro você, sua coragem, mas não é fácil assistir alguém se entregar assim.

— Roubei seu papel de mocinha frágil. — Ele tenta sorrir, é pouco, mas um imenso passo

Volto a me encostar em seu ombro.

— Nunca servi para esse papel, fique com ele se quiser.

Javier se volta para me olhar. Lá está em seu rosto o mais triste sorriso que já vi, sua mão vem até meu rosto, ele me toca de leve.

— Obrigado!

É tão honesto e bonito, soa como uma declaração aos meus românticos ouvidos que queriam uma declaração, mas não encontram nada além de sua gratidão e ela me basta. Eu me estico para beijar seus lábios de leve, não é momento para arroubos de paixão, mas é um carinho a ele e também ao meu coração.

Uma onda de culpa e vergonha me invade. Javier tem mais coragem que eu, todos esses dias, nossa proximidade, agora sei o bom homem que ele é, sei que ele não liga para dinheiro e sei porque não liga, sei que o homem que tenho diante de mim não cobraria a multa, mas não consigo dizer a verdade a ele.

Como posso apagar a confiança que nasceu nele? Javier não está pronto para essa dura verdade, nem mesmo meu nome é real e isso vai machucá-lo e ele precisa superar seus traumas e não conseguir mais um. Nem consigo imaginar deixá-lo aqui sozinho, ele não resistiria. Se ficar bravo comigo, se me mandar embora, então ele não resiste e eu não vou deixar que aconteça.

Juro a mim mesma que vou contar a verdade. Antes ele vai se fortalecer, sair dessa crise e então eu conto e se ele me mandar para o inferno, é para onde irei, com a dor de merecer algo como isso.

— Olhos tristes — ele observa e balanço a cabeça afirmando.

— Os seus também. — Beijo seus lábios mais uma vez, fico de pé e o faço ficar também. — Precisa de uma noite de sono, Javier. Amanhã vamos procurar um terapeuta, via internet se for difícil para você sair daqui para um consultório, se ele não puder vir pessoalmente já que está tão afastado.

— Não estou prometendo nada — alerta enquanto o levo pela mão em direção ao seu quarto.

— Eu sei, mas amanhã encontro um. Não é esse meu trabalho? Vou achar alguém e marcar, você assina o cheque.

— Gosto mais quando gasta seu tempo lendo romance e ensinando... Esther — ele diz de novo com dificuldade.

Quem sabe aquela garotinha que leva o nome do amor de sua vida não possa de algum modo ajudá-lo?

— Uma patadinha para não me deixar esquecer que o velho Javier ainda mora aí.

— Não fique triste, eu não quis dizer que não faz nada. Quis dizer que gosto mais dos momentos em que faz o que gosta. Ler correspondências e cozinhar uma vez por dia é mesmo uma chatice.

— Por que foi buscar alguém tão longe para fazer isso?

— Porque sou péssimo em planos — ele diz quando chegamos à porta do seu quarto.

Javier para de andar, mas eu o empurro levemente para dentro e o sigo, ele fica de pé no meio do quarto enquanto desfaço a cama que, aliás, ele sempre faz com capricho.

— Tira o sapato e se deita — digo a ele, que junta as sobrancelhas, mas não parece forte o bastante para uma discussão. Quando ele se senta na cama e usa os pés para tirar os sapatos, pergunto: — Por que é ruim de planos?

— O plano era trazer alguém que não me incomodasse, que não falasse espanhol para não fazer nenhum tipo de amizade no vilarejo. Então, aqui está você! Como pode ver, o plano foi péssimo, fala espanhol muito bem e conseguiu não só fazer amizade no vilarejo, como foi além, trouxe o vilarejo para dentro desta casa e não me deixa um dia em paz no meu retiro.

— Tudo bem, eu sei que sou péssima, mas agora tira essa camisa e deita, eu passo a pomada. — Ele me olha, surpreso, confuso. — Vamos, Javier, já superamos isso.

Ele obedece, agora mudo, está tão fraco emocionalmente que apenas deita. As perdas emocionais foram incalculáveis, mas ele também sente o peso de suas marcas. É um homem lindo, devia ser cobiçado, rico, bonito e jovem, imagino que foi vaidoso e cercado de mulheres.

— Não precisa fazer isso — ele diz sem conseguir olhar em meus olhos.

— Eu sei, mas você não sabe fazer direito — replico pegando o pote ao lado da cama.

Abro e começo pelo braço, não tinha planos de ser atingida pela verdade, essas queimaduras foram feitas pelo corpo em chamas do maior amor de sua vida. Sinto minhas forças faltarem, travo a garganta e agradeço os olhos fechados, leva um longo instante para me refazer, mas quando ele abre os olhos, consigo sorrir.

— Ela mandou o anel de noivado pela enfermeira, não foi capaz de me entregar pessoalmente. Fez isso na primeira semana, mandou dizer que não podia suportar o que me aconteceu.

— Ah, sororidade, tem dias que fica difícil — comento com raiva de uma mulher que nem conheço. Lambuzo a mão de pomada e começo a passar por seu peito. — Ainda gosta dela?

Javier dá um leve sorriso.

— Não. Foi tudo uma grande mentira. Ela era agradável, bonita, nós nos dávamos bem no começo. Acho que mudou no dia em que pedi que casasse comigo, nem foi um pedido, sei lá! Só... falamos sobre e no fim da conversa estávamos noivos, ela foi comigo comprar o anel.

— Que horror! Anel tem de ser um presente, o homem tem de se ajoelhar quando ela menos espera, dizer que a ama, então mostrar o anel. Ela chora e diz sim.

— Não foi nem perto disso, no dia seguinte tudo estava diferente. Ela só falava disso, festa, lua de mel e reclamava da Esther, que a menina nunca nos deixava em paz.

— Que bom que ela foi embora! Quer dizer... É só... Bem, você sabe, ela não era legal.

Fica parecendo que eu tenho intenções, que estou querendo o lugar dela. Meu rosto queima de vergonha e me concentro no trabalho de espalhar pomada em seu peito, acho que não tem um único espaço que não esteja marcado e ainda assim, ele é lindo e eu queria apenas me deitar sobre ele e sentir seus braços a me envolverem.

Javier segura meu pulso, obriga-me a fitar seus olhos escuros. Meu coração descompassa e o rosto ainda queima.

— Que bom que ela foi embora — ele diz cheio de convicção. — Ivana é a única dor que eu não tenho. Ela não é nada, não representa nada, não faz parte dos meus fantasmas. Sim, ela me abalou e me fez sentir menos homem. O recado foi dado, eu não era mais... completo, aceitável, mas nunca teria dado certo com ela e agora eu sei disso.

Capítulo 19

Javier

Seguro seu pulso, não uso força, mas gosto de tê-la assim tão perto. Tem um cansaço emocional que me esgota, mas não me impede de sentir a energia que esse instante produz, com ela debruçada sobre mim, aplicando pomada em minha pele quando eu achei que ninguém mais suportaria olhar para o meu corpo. Depois de ter sido ouvinte e mediadora do maior desabafo da minha vida.

Olhar para ela assim, entregue e linda, suave, sem julgamentos, apenas presente para ouvir e me apoiar, desejando e posso ver que deseja minha melhora e nada mais, eu tenho absoluta certeza que não teria dado certo com Ivana. Ela era tudo que mais detesto, enquanto tudo de que um dia precisei em uma mulher está em Anne: força, coragem, desafio, doçura, respeito. Se eu fosse outra pessoa, se o passado não tivesse aniquilado minhas chances de ser feliz, então com toda certeza, eu estaria diante da garota certa, aquela com quem dividiria meus sonhos e um futuro.

Anne se curva lentamente sobre mim, seus cabelos tocam minha pele sensível e sinto o perfume que vem deles até seus lábios tocarem os meus em um beijo leve. Solto seu pulso me lembrando que algum tempo atrás, quando chegou a esse lugar que nem sei se posso chamar de casa, quando não passa de um mausoléu, ela temia um ataque e trancava sua porta, por isso a deixo livre.

Sinto o sabor de seus lábios ao encontro dos meus e a mão antes presa por mim, agora descansa em meu peito com leveza e o que esse doce beijo provoca em mim vai além de tudo que já sonhei. Tem pureza e intimidade, sedução e carinho, mistura de nossas emoções hoje tão abaladas. Ela se afasta e desejo puxá-la de volta para meus braços, usar seu carinho para talvez por uma hora de satisfação física esquecer o mundo e o passado.

Só Anne poderia me proporcionar tanto prazer e liberdade, mas seria um instante e depois mais dor, minha e dela. Não posso brincar com seus sentimentos, não quero de novo ter a vida de outra pessoa em minhas mãos e deixo que se afaste, contenho meus impulsos e acabo por me lembrar do porquê de ela estar aqui. Eu enlouqueci há pouco, estive no mais profundo inferno de memórias e elas ainda ameaçam voltar, sinto como se a qualquer instante elas fossem me invadir a mente em um pesadelo dos mais apavorantes. Às vezes sinto que vou acabar preso em um deles, que não vou conseguir acordar.

— Precisa tentar dormir — ela diz de modo tão suave.

Anne tem talento para cuidar, foi assim com Dora e Esther, é assim comigo e não posso deixar de imaginar como teria sido se estivesse na minha vida antes da tragédia. Toco seu rosto com carinho, sinto a pele macia, os olhos marcados pelas lágrimas que dividimos.

— Obrigado! — Nunca vou cansar de agradecer.

Um relance de luz brilha nos olhos bonitos.

— Fecha os olhos e dorme, eu tenho de terminar de passar a pomada. Aposto que quando terminar já vai estar dormindo e também vou me deitar.

— Boa noite, Anne! — desejo fechando os olhos e rezando para seu plano dar certo, pois essa é uma noite que a solidão vai me consumir e quero dormir antes disso.

Seus dedos são delicados, espalham a pomada em meu peito e braços. Demoram-se nas mãos, relaxando minha mente e meu corpo e vou caindo na escuridão do não sonhar.

Abro os olhos, meio confuso. Em algum momento, sem saber se é dia ou noite, sonho ou realidade. Anne está sentada em uma poltrona, só tem a luz de um pequeno abajur que ilumina seu rosto a me observar e volto a apagar.

Quando o dia realmente invade o quarto trazendo luz e desconforto, abro os olhos em um sobressalto. Talvez estivesse em um sono sem sonhos, ou tudo que me assalta a mente agora não aconteceu e sonhei.

Levo um momento tentando separar sonho de realidade. Eu desabafei com Anne, caí realmente no inferno, rachei o peito ao meio, abri e deixei toda a dor escapar, ela sabe de tudo. Depois veio a calmaria, Anne esteve aqui, adormeci com as mãos de um anjo a tocar minhas marcas, talvez apenas a parte em que pensei tê-la visto no meio da madrugada velando meu sono tenha sido um sonho, o resto aconteceu.

Afasto a coberta, deixo a cama, ando até o espelho no banheiro. Encaro meu reflexo, as marcas que ainda estão tão evidentes, os médicos tinham tanta certeza sobre diminuírem com mais cirurgias, não sei se suporto outro centro cirúrgico, anestesia e dor.

Não quero pensar nisso e prefiro um banho morno, nunca mais me deixei mergulhar em uma água muito quente, é quase como voltar àquele lugar.

Demoro um pouco mais me vestindo muito lentamente, eu não tenho ideia em que tipo de nível estamos agora, Anne e eu. Não sei como olhar para ela hoje, não posso mais fingir que ela não sabe de tudo. Não quero fazer isso, mas não quero viver no passado das recordações, contando detalhes e mais detalhes até eles se esgotarem e ficar apenas o vazio.

Tem uma mesa de café da manhã posta com cuidado e capricho e quero sorrir, tenho de reconhecer que meus ombros parecem menos curvados, como se um pouco do peso tivesse me deixado. Anne está à mesa, mas distraída lendo as correspondências com um estilete ao lado, abrindo cartas e as deixando de lado logo em seguida.

— Bom dia! — Eu a desperto, ela se volta com um sorriso no rosto e me analisa um longo momento.

— Vem tomar seu café, parece bem melhor.

— Estou — aviso me acomodando. — E você, como está?

— Bem — responde. — Marquei seu terapeuta. — Ergo meus olhos para ela no instante em que me acomodo na cadeira. — Vai pagar uma fortuna para o melhor terapeuta da Espanha. Ele vai atendê-lo via internet e de vez em quando vai gastar um pouco mais pagando as passagens dele e da esposa para fins de semana no vilarejo onde ele vai poder atendê-lo aqui, pessoalmente. Como vê, eu posso ser ótima em acabar com esse dinheiro que você não quer.

— Anne... Eu acho que se precipitou. Eu não quero voltar a tudo isso, conversar ontem ajudou, acho que posso...

— Não tem problema, Javier. Você pagou um mês adiantado, mas vai ter de dizer isso a ele pessoalmente quando ele ligar hoje às 5h da tarde.

— Vou falar com ele uma vez, Anne, e vai ser sobre você! — Ela me olha, assustada. — Sim, vou me consultar com ele sobre esse seu problema de se afeiçoar a personagens da ficção.

— Não me afeiçoo a personagens de ficção. Eu os amo, com todo meu coração.

— Sim, senhora, não vou discutir isso — digo me servindo do café da manhã espanhol que, tenho de admitir, ela já prepara melhor do que eu.

— O jantar estava muito bom — ela diz do nada, ergo os olhos para encontrar os seus, dou um meio-sorriso. — Cozinha bem.

— A noite foi... longa. Conseguiu voltar ao seu livro?

— Não, há uns dois dias que não me sento para ler. Ontem eu apenas caí na cama quando cheguei ao quarto.

— Pensei ter visto você de madrugada velando meu sono, acho que sonhei com você.

— Fiquei bastante lá, tive medo de que... Você diz que tem pesadelos, pensei que poderia acordá-lo de um, foi uma noite difícil e achei que podia acontecer.

O rosto dela está vermelho e sinto gratidão e carinho. Ela toma tanto espaço em meu coração, eu nem sei se consigo expulsá-la. O contrato é tudo que nos une, ela disse tantas vezes que não assinou pensando claramente, deixa claro seu desejo de voltar e eu... Eu a prendo aqui e não consigo libertá-la, ela me oferece o melhor de si e eu continuo tão mesquinho quanto sempre.

— Tudo bem Esther continuar a vir? — pergunta, mudando o rumo da conversa. — Sobre ela ficar uns dias... Ainda posso ficar na casa dela.

— Esther não é um problema, é educada e quase não faz barulho. Seu nome traz recordações, sua presença é quase... um alento — admito.

Ver a garotinha melhorando nos estudos, comendo bem, sendo tratada com carinho, dá-me uma louca sensação de reparação. Dê certo modo, sua presença mais alivia do que maltrata, essa é uma verdade que preciso admitir.

— Que bom, por que ela gosta de você e se ficar aqui, vai ficar meio... por perto de você. Acha que tudo bem? É ruim se ela se sentir rejeitada, ela já perdeu tudo que podia perder.

— Tudo bem — digo, dedicando-me ao café e pensando no que fazer com o resto do dia.

Já fui tão produtivo, achei mesmo que me contentaria em viver fechado no quarto, mas a verdade é que me sinto inútil de muitos modos.

Anne vai para seus afazeres, quando chego à sala noto a equipe de faxina chegando com o furgão, lembro-me do plano dela de deixar a casa para um dia de folga, ao menos isso eu devia incentivá-la já que não tenho forças para devolver-lhe a liberdade.

— Não tinha planos para o dia da limpeza? Pensei que seria sua folga.

— Mudei de ideia. Hoje não é um bom dia — ela diz indo recebê-los.

Fico na biblioteca até o grupo de meia dúzia de pessoas terminar o andar de cima, então me retiro para o quarto. Anne os convida para almoçar, quando desço a mesa está posta para um batalhão, é a cara dela e me faz sorrir mesmo sem planos.

— Você não vai comer conosco, não se preocupe. Sirvo seu almoço no quarto — ela logo se explica.

— Eu sinto muito, mas apenas... Não dá para passar por isso.

— Eu sei, não estou chateada nem nada, é que também não podia deixar essa gente trabalhar por horas sem nada para comer.

— Lembra do meu plano que deu errado? — Ela faz careta, olha para os próprios pés. — Às vezes acho que ele deu muito certo. — Seus olhos voltam a encontrar os meus e ela sorri. — Não estou com fome e eles não devem demorar muito mais, depois como alguma coisa. Vou ficar no meu quarto, se precisar chame.

Deixo Anne na sala, só volto a descer quando escuto o furgão partindo, ela está na cozinha, ajudando Esther com o dever.

— Seu prato está no forno. — Anne me avisa enquanto Esther conserva um sorriso em minha direção que parece congelado.

— Obrigado! Como vai, Esther?

— Muito bem — ela diz enquanto abro pego meu prato e levo ao micro-ondas me lembrando da minha avó.

— Quando estava aqui em férias, gostava de me perder pela colina e minha avó gritava por mim das janelas, para vir almoçar. Eu ouvia, mas me escondia porque não queria deixar a brincadeira, então quando não suportava mais a fome entrava para comer e tinha um prato para mim no forno.

Anne ergue os olhos dos cadernos de Esther e me sorri cheia de carinho. É uma boa lembrança que não causa mais do que saudade. Gosto de recordar algo assim e sorrio de volta.

— Posso almoçar aqui? Atrapalho?

— O senhor é muito bonzinho — Esther diz achando engraçado. — Tudo é seu aqui nessa casa, então pode comer onde quiser. Pode fazer todas as coisas que quiser.

— Nem todas, Esther, não o deixe muito à vontade — Anne brinca. — Sua avó deixa você fazer todas as coisas que quiser? — Ela nega. — Viu como não se pode fazer tudo que se quer?

— Mas lá é a casa da minha avó, eu não tenho casa!

A vida não cansa de atirar em mim pelas costas, sem qualquer piedade. Dói ouvir e dói mais ainda por Anne, que perde a cor por um instante e logo se refaz.

— É sua casa, sim, meu anjo, você mora com a vovó agora. — Ela não parece 100% feliz com a resposta, mas aceita sem escolha. — Agora vamos continuar estudando os rios da Espanha?

— Sim. Gostava mais se a Espanha não tivesse rio — ela resmunga me fazendo sorrir e o mal-estar de sua declaração vai embora.

Espero que possam resolver logo o problema de sua herança, quem sabe isso a faça se sentir melhor?

Fico assistindo o talento de Anne em ensinar, nunca tinha estado por perto. É boa no que faz, tem amor na voz e nos gestos, tem amor nos olhos, sinto que não é apenas por ser Esther, é porque essa é sua natureza e sinto culpa por afastá-la do que ama.

Eu as deixo e quando o terapeuta me chama em uma videoconferência, escuto o carro partir levando Esther para casa de sua avó. Ela tem razão, se nem mesmo eu vejo como sua casa, como a menina veria?

O homem tem cabelos brancos e embora tenha uma aparência austera, uns instantes de conversa e percebo que é alguém divertido e calmo. Vamos falando sobre seu trabalho, de vez em quando ele me faz uma pergunta ou outra, acomodo-me com mais tranquilidade na cadeira. A tensão vai diminuindo até que o tempo termina e sinto que correu tudo bem, achei que ele me mandaria me deitar em um divã e contar sobre meus sonhos enquanto anotaria coisas em uma caderneta qualquer.

Marcamos a próxima consulta, tinha planos de dispensá-lo, mas pareceu algo bom falar com um completo estranho a quem posso dizer qualquer coisa.

Desligo computador e ainda fico um longo momento recapitulando a conversa, pensando sobre o que falamos. Não me abri com ele, mas acho que poderia em algum momento, agora que já tive uma crise nervosa que quase me derrubou, parece ficar mais fácil falar.

— Anne vai gostar de saber — digo em voz alta deixando o escritório em busca de contar a ela.

Escuto um soluço vindo da biblioteca e me apresso, preocupado. Anne está sentada na poltrona, chorando, tem o livro aberto no colo, mas não está lendo, ela chora no momento.

— Anne o que aconteceu? Está bem? Alguma notícia ruim? Esther...

— Ele está se abrindo com os irmãos, foi tão doloroso. Ele não podia tê-la deixado sozinha, ela teve um pesadelo e agora todos desconfiam e ele está lá se abrindo, eles pareciam dois bichinhos assustados, foi tão triste, tão triste.

— Anne, é um livro.

— Dizer isso não ajuda! — ela me avisa tentando parar de chorar.

Eu realmente não sei o que fazer.

— Sinto muito! — É tudo que consigo dizer. — Quer um copo de água?

Ela nega, toco seus cabelos, ela deixa mais lágrimas rolarem.

— Não consigo terminar de ler, minha vista embaça.

— Ah! Eu... — Eu não acredito que vou fazer isso, mas ela fez tanto por mim. — Eu... Eu posso ler para você.

— Por que fica me fazendo chorar mais? — ela pergunta, deixando-me ainda mais confuso; só queria fazer algo por ela.

— Quer que eu a deixe um momento sozinha?

— Não — ela diz se afastando um pouco e me deixando espaço ao seu lado. — Quero que se sente aqui e leia um pouco, é só um trecho, até... tudo se resolver.

— Normalmente se resolvem no fim do livro, não vou ler tanto assim — aviso, acomodando-me ao seu lado.

Tecnicamente não é uma poltrona para dois, é bem confortável e larga, mas para uma pessoa se acomodar e ler. Ela passa sua cabeça por debaixo do meu braço, além de ler, eu vou ler abraçado a ela. Qualquer pessoa nesse vilarejo era capaz de abrir umas correspondências e ler, mas eu tinha de importar Anne.

Ela respira fundo, olha em meus olhos e agradeço o plano ruim. Será que algum dia tive um instante como esse? De tanta perfeição e simplicidade. Uma linda e forte mulher que se emociona lendo um romance em meus braços, confiando a mim suas fragilidades sem medo.

— Obrigada!

— Vou emprestar a você o posto de mocinha frágil da história, mas é só um pouco.

Ela tenta sorrir, mas prefere me apontar a parte em que parou de ler.

— Estava aqui, quer um resumo para entender o contexto, eu não sei se consigo, mas...

— Não! — Eu me apresso, é capaz de ela ter uma crise nervosa se for se abrir mais sobre isso. Respiro fundo olhando para a página com uma gota de lágrima marcada nela. — Vamos lá. — digo antes de respirar fundo e começar a ler para ela. — "Minhas primeiras memórias são de um lugar cheio de crianças pequenas. Uma mulher me dando um remédio ruim. Acho que eu devo ter tido alguma doença infantil, não sei, não sei quem cuidava de mim e das outras crianças, não tenho imagens claras, é tudo nebuloso. Não era bom, nem ruim, era só um lugar. Fiquei lá até os sete anos."

É um relato dolorido de memórias de uma infância sofrida, com interrupções dolorosas que termina umas páginas depois com um abraço entre irmãos e que leva Anne a mais soluços, não sei dizer o que penso sobre a história, mas está claro que posso me relacionar um pouco com ela, dores que precisam ser expostas para serem compreendidas.

Anne está ainda encostada em mim, dá trabalho virar as páginas com ela em meus braços, mas consegui ler e não me sentir um idiota ridículo. Para ser honesto, gostei de tê-la assim em meus braços por uns minutos enquanto lia e ouvia seu fungar emocionado.

Preciso achar algo de que goste para ler e quem sabe eu também mergulho em outro universo e outra dor ocupe o lugar da minha. Livros fazem isso, ocupam a mente e o coração e afastam velhas dores, o cansaço de um dia ruim.

Ela não se move e eu tenho a impressão de que ainda não se contentou com o abraço entre irmãos, pareceu-me que chegamos a parte em que está tudo resolvido, ainda que esteja na metade do livro e eu não sei o que mais pode acontecer depois do passado resolvido.

— Viu? Eles se abraçaram, agora sabem o que aconteceu com ele e tudo ficou bem.

— Não estou tranquila, ainda tem muito livro pela frente, coisas podem acontecer. Annie é frágil, ela não superou e acho que ele também não.

— Entendo, quer que eu continue a ler?

Ela nega em um movimento de cabeça.

— Já estou bem melhor, eu vou ler aqui bem quietinha — ela diz puxando o livro do meu colo, não dá sinais de que vai se mover para me libertar e a verdade é que não quero estar em nenhum outro lugar. — Estou com tanta pena de acabar esse livro, queria continuar a ler. Lizzie dava uma história, tem os gêmeos também.

— Já pesquisou? Deixe me ver o nome dela. — Anne fecha o livro sem desmarcar a página. — *Mônica Cristina*.

Ela volta a abrir o livro e eu me contorço para alcançar o celular no bolso sem incomodar Anne, ou provocar seu afastamento, não me lembro de ter sido tão carente assim antes.

Sua voz soa suave, mas firme, ainda emocionada pelas lágrimas. Abro uma página de pesquisa enquanto a escuto ler, não demora a aparecer toda uma coleção, mais nenhum em físico, todos disponíveis em e-book, não demoro a descobrir que dá para comprar um dispositivo para ler todos e armazenar muitos livros, ideia boa, não conhecia. Posso fazer uma surpresa.

— Não quer ouvir? — ela pergunta, quando me nota entretido no celular.

— Não! — aviso sem esconder a velha honestidade, mesmo assim guardo o celular para fazer a compra depois, ela se acomoda mais em meus braços e volta a ler.

Sem resistir, meus dedos mergulham em seus cabelos macios e soltos, o perfume se espalha, gosto do aconchego que vem do seu peso contra meu peito, da voz suave a ler de modo teatral, de ver suas expressões, riso, dor, surpresa.

— Nunca tinha provado um jeito tão bom de ler, adoro quando mexem no meu cabelo.

Não digo nada, apenas aproveito o momento sem me permitir mergulhar no passado e me culpar por um instante de leveza sem culpa. Não vejo o tempo correr, fico curioso sobre os rumos da história, o modo como Anne se entrega acaba por contagiar. Não deixo de brincar com os fios de seus cabelos, agora que não sinto em Anne qualquer repulsa por minhas marcas, deixo-me aproveitar o toque em seus cabelos.

Em algum momento de sua leitura, Anne ergue os olhos para me observar, tão linda, em meus braços, trazendo-me paz. Ela fecha o livro e me sinto importante, ser preferido parece quase um presente, sua mão toca meu rosto. Beijo seus dedos, fecho meus olhos um pequeno instante para apreciar seu toque. Quando os abro, Anne ainda me olha nos olhos, meu coração descompassa de um modo novo, não quero pensar em como me sinto. É perigoso colocar em palavras, mas é cada dia mais forte e, sem resistir, mais uma vez minha boca procura a sua como se esse fosse o único remédio capaz de aplacar essa sensação de falta e desespero que sinto quando estamos assim perto e nunca é o bastante.

É um beijo profundo e novo, diferente dos beijos de antes. Ultrapassa o limite do carinho, desperta minhas células, faz o sangue jorrar por meu corpo com mais rapidez, dispara meu coração e me faz mais ansioso. Ela mergulha seus dedos em meus cabelos, entrega-se a esse sentimento como eu e talvez ainda mais.

Eu me sinto entregue enquanto percorro um caminho sem volta, eu quero o que não posso ter, eu sei como termina, e mesmo assim, quero Anne acima de tudo.

Capítulo 20

Marianne

Seu beijo está diferente, mais presente, sem nada entre seu desejo e o meu. Posso sentir pelo modo como me toca, mãos firmes a me prender a ele, quero desesperadamente atender aos meus desejos, quero ir além e pertencer por inteiro a ele. Tocar a sua pele, sentir que somos mais do que realmente somos ao menos uma vez, mas então eu me dou conta que esse homem por quem me apaixonei por completo nem mesmo sabe meu nome e não posso me entregar assim a esse sentimento. Não posso amanhecer em sua cama e ser chamada de Julianne.

Eu me afasto um instante, não o bastante para parecer uma recusa, apenas o suficiente para olhar em seus olhos.

— Você é especial, Anne — ele diz de um modo tão carinhoso, com a voz suave.

Os olhos dele parecem cheios de paz, sem todo o peso do passado, fixo meus olhos nos seus para gravar esse olhar. Eu sei que em algum momento e não demora, a dor vai atingi-lo e lembrá-lo do passado, a culpa por um momento de felicidade vai invadir seu coração e ele vai se retrair.

— Você também é, Javier. É um homem muito interessante.

— Mais interessante que seus gregos?

— Quase na mesma média. — Enrugo o nariz ao provocá-lo. Ele ri e eu gosto tanto quando ri, fica tão mais jovem e bonito. — Você está aqui e isso já é uma grande vantagem.

— É quase sorte — ele brinca. — Acho que eu não teria a menor chance.

— Eles são homens fiéis e apaixonados, eu é que não teria a menor chance.

Ele toca meu rosto.

— Não está melhorando — Javier brinca. — Se eles não fossem fiéis e apaixonados eu não teria chance.

— Se não fossem fiéis e apaixonados não seriam eles e, portanto, você teria todas as chances.

— Certo, já me consola.

Beijo seus lábios, mas me afasto com medo de não resistir.

— Vamos cozinhar? — Convido apenas para fugir do desejo que ainda me desnorteia um pouco.

— Só se for a tal da velha omelete.

Eu sorrio concordando com um movimento de cabeça.

— Enquanto isso me conta como foi a consulta, o que puder contar, se falou coisas...

— Não tenho mais nenhuma coisa escondida de você, Anne, não sei como você fez isso, mas arrancou tudo de mim. Todas as verdades.

— Eu podia ser uma grande psicóloga.

— Acho que podia. — Eu o puxo pela mão para deixarmos a poltrona, ele me acompanha resiliente. — Consierei a consulta agradável, foi uma conversa amena, não falamos sobre nada profundo ou problemático. — ele me explica pegando ovos e batatas. — Depois que acabou eu me dei conta de que talvez pudesse ter falado, se ele puxasse o assunto eu falaria.

— Como ele iria puxar o assunto se não sabe de nada? — pergunto enquanto caço uma boa frigideira. — Pode ser essa? — Balanço uma frigideira e ele faz careta enquanto nega. — Tão exigente! Qual você quer?

— Aquela preta que fica no fundo escondida para você não estragar — ele me avisa e eu nem sabia que estragava as panelas dele, é uma bela confissão.

— Esconder panelas é baixo até para você, senhor Ruiz. Essa?

— Exatamente. — ele confirma, começando a descascar as batatas. — Disse que ele não sabe. Não contou a ele?

— Javier, o lance da terapia é você contar os seus problemas, não dá para terceirizar isso.

— Nem mesmo um preâmbulo?

Javier me faz rir, às vezes é tão formal, como quando resolveu fechar a porta na minha face.

— Não, só da sua conta bancária, para o homem não desistir. Eu disse que era um importante executivo. A secretária me passou direto para ele e expliquei que era recluso e morava longe, ele combinou de atendê-lo via internet e disse que às vezes precisaria ser presencial, então eu disse que ele podia vir já que você não iria, mas que é claro, como um homem generoso, você pagaria todas as despesas dele e da esposa.

— Homem generoso! — Ele sorri terminando de descascar as duas batatas. — Quer aprender? — Balanço a cabeça, aceitando. — Vem.

Eu estou mesmo apaixonada por esse homem, como é que um "vem" mexe assim com meu coração.

— Estou aqui, *chef*.

— Cortamos as batatas de modo irregular, agora descascadas, eu não costumo colocar cebola, mas é aceitável que se coloque, não comece a inventar de colocar um monte de coisas. Se colocar, chame de velha omelete e não *Tortillas*.

— Sim, senhor, *chef*. — Ele leva a uma frigideira repleta de azeite. — Use o azeite espanhol!

— Isso mesmo. Agora deixamos fritar, começamos com fogo baixo e depois aumentamos o fogo para dourar.

— Enquanto esperamos?

— Deixo que decida o que fazer nesse tempo — ele diz se dando conta logo em seguida e rindo levemente constrangido.

— Quer ler um pouco? — digo apenas para provocá-lo.

— Eu decido o que fazemos com o tempo — avisa se aproximando de mim.

Fico surpresa porque Javier é sempre resistente, mas ele vem até o balcão onde estou encostada a assisti-lo, suas mãos descansam no balcão em torno de mim, eu tinha planos de resistir o máximo que pudesse, mas não consigo. Eu me deixo levar pelo olhar, pela boca que se aproxima da minha e fecho meus olhos para receber seus lábios e nos beijamos longamente.

Descubro que amo esse Javier também, amo o homem atormentado pelo passado, grosseiro e recluso, amo o homem assustado que se culpa e tem medo, amo o homem relaxado que me toma nos braços e sorri antes de me beijar cheio de charme e sedução.

Os olhos dele ainda mantêm o carinho e o brilho, fico desejando que aquela dor nunca mais volte ao seu olhar.

— Vamos olhar as batatas — ele convida e vamos até o fogão. Javier aumenta o fogo e começa a bater os ovos. — Mexa com cuidado para não acelerar a coagulação.

— Por que você acha que eu sei do que está falando?

Ele ri. Coa as batatas e deixa secando um pouco, volta à frigideira para o fogo, termina de bater os ovos e mistura as batatas e temperos, então devolve tudo para a frigideira.

— Três minutos de cada lado é o bastante para uma tortilha cremosa por dentro. Acho que pode colocar a mesa.

— Isso eu sei fazer — digo me afastando, arrumo a mesa para dois. Javier usa um prato para virar a omelete que ele chama de um nome chique só para humilhar meus dotes culinários. — Pensei que jogaria para cima, como nos filmes.

— Panquecas, Anne. — Ele não consegue conter o riso. — É com as panquecas que fazemos isso. *Tortillas* são pesadas demais para isso.

— Tudo bem, panquecas no café da manhã. Quero ver se consegue.

— Sim, senhora. Panquecas pela manhã.

Ele leva a frigideira até a mesa, despeja a omelete em um prato e leva o utensílio até a pia, então se acomoda diante de mim, corta em duas partes, serve-me uma e fica com a outra.

— Posso provar a om... *Tortilla*?

— Você fica chamando de omelete internamente, não fica?

— Claro que não, jamais rebaixaria assim uma legítima *Tortilla* espanhola.

— Quanto cinismo! O tempo deixa tudo evidente, jamais pensei que seria assim. — Ele usa de muito mais cinismo. — Só nos resta comer depois de tanta decepção.

— Para, Javier! Fiquei culpada.

Ele procura minha mão, leva aos lábios e beija revirando meu coração.

— Pronto, senhorita. Saboreie.

O sabor é divino, tenho de admitir. Ele gosta de ver minha reação, talvez eu tente um dia desses, acho que consigo fazer igual, Javier é bom professor.

— Muito bom, é um ótimo professor.

— Acha?

— Sim, totalmente. Está uma delícia, é leve e muito saborosa.

— Simples de fazer e muito rápido — ele me lembra, começando a comer.

— Você faz parecer simples, a *Paella* foi a mesma coisa, fez parecer que era bem fácil. — Ele leva mais um pedaço à boca e eu o imito. — Sabe? Todos os anos eu recebo uma turminha nova, eles são muito pequenos, é a primeira vez que estão longe dos pais, chegam com medo, inseguros o tempo todo e sabem que estão lá para aprender a ler e escrever, então eu tento fazer parecer simples.

— É um método — ele diz olhando para o prato enquanto corta mais uma fatia.

— No meu primeiro ano, éramos duas professoras, o bairro é pequeno, mas depois no ano seguinte inauguraram outra escola e ela foi dar aulas lá e eu fiquei, bastava uma turma e nem é grande, normalmente dez a doze pequenos.

— Quanto menos alunos melhor, não é? — ele pergunta e balanço a cabeça concordando.

— Acho que sim, mas eu estava bem preocupada, porque era meu primeiro ano como professora e queria ser a melhor professora e queria que eles começassem a vida acadêmica se apaixonando pela educação. Acho muito importante criar esse sentimento, de que estudar pode ser bom e divertido, normalmente as crianças crescem achando que é quase um castigo.

— Eu acho que detestava a escola, gostava do ar livre.

— Viu? Por isso é importante um bom início. Às vezes eu dou aulas ao ar livre, faço tudo parecer diversão, uso jogos e brincadeiras, o fato é que no meio do ano letivo alguns pais queriam trocar os filhos de turma porque as crianças falavam tão bem de mim que todos os coleguinhas queriam estar na minha classe.

Javier deixa de comer para me olhar com atenção, enquanto viajo em minhas boas memórias das minhas crianças e da minha paixão por lecionar.

— Fiquei tão orgulhosa, um pouquinho constrangida também. A outra professora era minha amiga e não queria magoá-la, mas foi o melhor meio de eu ter certeza, estava no lugar certo, fazendo o que faz meu coração bater forte e me deixa realizada como pessoa. Claro que estou sempre me despedindo deles, todo ano tem uma turminha nova, mas eu os assisto crescer de longe, já são seis anos disso. Tenho garotinhos de doze anos batendo à minha porta e interrompendo a aula para me ver e matar as saudades, fico emocionada. Algum dia talvez eles se esqueçam de mim, mas me lembro de cada rostinho.

— Talvez eles também não esqueçam.

— Talvez, mas o que me importa mesmo é que nunca deixem de gostar dos estudos, que sejam boas pessoas na vida adulta. Não ensino só a ler e escrever, ensino sobre viver em sociedade, respeitar o outro, dividir,

— Ama isso. Dá para ver.

Balanço a cabeça concordando e posso notar a velha dor voltar aos seus olhos, talvez eu o tenha feito se lembrar de Esther, pode ser que ela fosse uma garotinha linda que amava estudar.

— Amo muito, o ambiente escolar, corrigir os trabalhos. Às vezes tem cada coisa engraçada, mas também tem coisas tristes, temos que manter os olhos abertos para detectar abuso doméstico, porque eles acontecem e os professores muitas vezes são os primeiros a perceberem.

— É preciso muita dedicação — ele diz agora com a voz mais abatida e acho que chega desse assunto. — Sempre quis ser professora?

— Sempre — respondo perdendo um pouco o entusiasmo. — Sonho de infância, minha irmã estava todo dia mudando, mas eu sempre quis só isso.

— Tem uma irmã?

Balanço a cabeça afirmando e meu coração tem um aperto que me lembra da mentira e me calo com medo de não resistir à vontade de contar a ele toda a verdade. O que Javier faria? Não consigo nem pensar, dói só de imaginar sua decepção comigo, sofro por saber que não existe possibilidade de fugir disso, agora, no futuro, não importa muito. Em algum momento vou ter de contar a ele que não sou quem ele pensa e, que deliberadamente eu me meti em uma mentira para enganá-lo, mordo o lábio querendo evitar minhas lágrimas.

Nós não temos a menor chance, eu o amo, mas a verdade é bem simples, não temos chance. Começou com peso demais, começou com uma mentira e não acho que algum dia ele vá confiar em mim. Eu nem consigo imaginá-lo me perdoando.

Javier vem de uma vida de mentiras e traições, abandono, egoísmo, a irmã, a ex-noiva, talvez até sua mãe que o fez criar barreiras com a irmã e agora nossa história começa com uma mentira.

— Dora falou com seus advogados, na próxima segunda-feira ela vai para Barcelona.

Mudo radicalmente de assunto, ele parece ter perdido o apetite, talvez porque eu trouxe lembranças.

— Sim, Dora precisa resolver isso, talvez pudesse falar com ela sobre Esther, ela não se sente em casa e isso pode ser mudado se as duas conversarem.

— Foi bem triste — digo a ele que balança a cabeça concordando, depois olha no celular.

— Anne, eu acho que vou me recolher.

Balanço a cabeça concordando.

— Precisa de alguma coisa? — ele nega. — Marcou uma nova consulta com o terapeuta? Nunca terminamos esse assunto.

Tento sorrir, ele me olha com o coração partido, dá para sentir sua tristeza, dói muito vê-lo assim, quero abraçar Javier, dizer que tudo vai ficar bem. Estivemos aos beijos uns momentos atrás e ainda assim, não me sinto íntima o bastante para impedi-lo de se recolher em sua dor.

— Marquei, vamos nos ver mais uma vez essa semana. Quero que saiba que eu... — Ele se cala. — Depois falamos, Anne, preciso ficar um pouco no meu canto e tentar dormir. Boa noite!

Ele se afasta, deixa-me na cozinha, sentada na cadeira, triste e preocupada. Um passo para frente, dois para trás e eu sempre às cegas, queria saber como lidar com ele, tentaria aprender uma maneira, mas porque se no fim eu vou pegar minha mala e partir?

Penso em Julianne, seu egoísmo bateu todos os recordes, Javier nem imagina como é nossa relação, queria poder falar disso, contar por que vim e o que recebi em troca.

Ela não se deu ao trabalho de procurar um advogado, não me telefona nem ao menos para saber se está tudo bem. Eu aqui, fingindo ser ela, sozinha com um estranho em um país diferente e não recebo dela nenhum sinal de preocupação.

Quando isso acabar e eu retornar com meu coração partido, Julianne vai descobrir que não sou seu brinquedo.

Lavo a louça pensando em como foram momentos bons com ele, lendo para mim, gentil, carinhoso, atencioso me ensinando a cozinhar e então eu tinha que abrir minha boca e trazer lembranças a ele.

— Burra!

Levo meu livro para o quarto quando termino, deito-me para ler um pouco e quem sabe esquecer as angústias que me afligem. Não é só com meu coração partido que me preocupo, eu aguento o tranco de sobreviver com minha dor e a minha saudade, vou mergulhar no trabalho e nos meus livros e viver com a ausência de Javier. Mas, e ele sozinho aqui, com raiva de mim, isolado? Dora e Esther? Eu nunca devia ter vindo, vou magoar pessoas e depois partir.

Quando sinto vontade de chorar abro meu livro, se é para chorar que seja por essa linda história de amor e família.

Mergulho na minha história e esqueço por um tempo tudo que me cerca, até me obrigar a ir dormir para sobrar um pouco que seja do livro para outro momento. Sempre posso ler tudo de novo, mas nada se compara a primeira vez em que vamos conhecendo os personagens e nos apaixonando, surpreendendo com o enredo e o caminho que eles tomam. Quem dera que a vida fosse sempre essa certeza de um final feliz.

Javier não desce para o café da manhã, fico em alerta, mas decido não bater à sua porta, tem um limite até mesmo para minha intromissão. A manhã toda sinto falta dele, é estranho como me acostumei com sua presença, seu sorriso raro, os olhos, o perfume que chega sempre um instante antes dele e que eu desconfio que ele não percebe, ou pararia de se esgueirar pela casa como faz quando quer ver sem ser visto.

Vou buscar Esther, a garotinha começa a se animar com as notas, vem me contando toda feliz que acha ter ido muito bem na prova e sinto orgulho do meu trabalho e do seu esforço. Preciso procurar sua professora, conversar com Dora sobre ela, tantas coisas e ao mesmo tempo sei que a única coisa certa a fazer é dizer a verdade a Javier e aceitar sua decisão seja ela qual for.

Um prato sobre a pia me avisa que Javier deixou o quarto e sinto alívio, ao menos não está em jejum.

— Javier não vem? — Balanço a cabeça negando. — Queria contar a ele que fui bem.

— Hoje ele precisa descansar um pouco.

— Que pena! Se quiser eu chamo Javier para vir comer com a gente.

— Ele comeu mais cedo. O que acha de uma sobremesa?

Tento animá-la, Esther realmente se recente quando não o encontra, ela desenvolveu uma admiração pouco correspondida por ele. Depois do almoço e a deliciosa sobremesa, Esther se concentra em fazer a lição e tirar as dúvidas, luto para me concentrar em ajudá-la, mas só consigo pensar nele isolado no quarto. Quando voltar do vilarejo, vou até sua porta. Queria não ser assim, mas eu me importo com ele e não vou fingir que não.

— Diz para ele que eu fui hoje e que a prova estava fácil? — Esther me pede à porta de sua casa, inconformada por não tê-lo encontrado.

— Claro que sim, ele vai ficar muito feliz. Até amanhã, meu anjo. Durma bem.

Ela pega a mala e a sacola com o jantar, beija meu rosto, carinhosa. Não era assim nos primeiros dias, mas agora Esther dá demonstrações de afeto mais constantes e isso também começa a me causar culpa. Eram só umas aulas para ajudá-la a melhorar as notas e agora ela toma um pedaço do meu coração e eu um pedaço do dela.

Fico no carro olhando para o vazio um longo tempo, não vou contar. Não posso, ele não pode, ele precisa de mim e eu não vou deixá-lo, quando ele vencer essa dor, quando arrumar as coisas dentro de si e for forte para mais uma decepção. Ligo o motor e acelero para a colina, pronta para bater à sua porta e descobrir por que Javier está tão triste.

Estaciono e dou a volta olhando o dourado do céu na rendição tranquila do dia. A noite vai chegar estrelada. Foi um dia bonito e claro, mas ele não viu, preso ao quarto escuro e a sua tristeza.

Abro a porta e Javier está na sala, anda de um lado para outro tão tenso que demora a me perceber.

— Javier.

— Eu não posso fazer isso — ele diz mergulhado em sua angústia. — Eu não pensei que alguém fosse aceitar isso — fala balançando um maço de papéis na mão —, mas agora eu só penso que foi errado e que não posso continuar a prender você aqui.

— Javier, não é assim.

— Não posso ouvir você contar sobre seu amor pelo trabalho e permitir que você continue aqui, presa a essa vida vazia e sem produtividade, sem razão de ser. Você... Você não tem ideia do brilho dos seus olhos quando fala do trabalho, das suas crianças.

— Javier...

— Tem família! — Ele segue falando, sem querer me dar ouvidos. — O que eu pensei? Que todo mundo era como eu? Sozinho e sem ter para onde ir? Claro que você tem família e está presa a esse contrato absurdo, a essa multa. Quis liberdade desde o começo e fingi não me importar, mas me importo e não quero mais fazer parte disso.

— Quer que eu vá embora? — Meu coração parece se partir, ele nem precisou ouvir a verdade para se livrar de mim e engulo a dor.

— Quero que seja feliz, quero que tenha uma vida além da que ofereço aqui, presa a essa colina triste e com um animal ferido e perigoso.

— Javier, você não é perigoso.

— Não? Acredita que não posso magoar você em algum momento? Acredita que não vou fazer? Claro que sim, é o que faço! Eu estrago tudo, eu oprimo, como é que não notei que estava apenas repetindo um padrão?

Ele anda pela sala, cego demais para me ouvir.

— Prendendo você aqui, colocando-a em algo que não queria e o que vai acontecer? Outra tragédia? Não, chega! Essa é a minha prisão, não a sua. Está livre, Anne! — ele diz rasgando o contrato e atirando os papéis picados pelo chão. — Vá, pegue o carro e vá, tem a passagem. Se sair agora consegue um voo ainda hoje e amanhã vai estar na sua casa, com sua família. Está tudo esquecido, contrato, multa, é livre de novo, Anne. Vá ver sua família e seus alunos. Eu sinto muito por tê-la prendido aqui!

Ele passa por mim feito o vento. Fico imóvel no meio da sala, escuto seus passos na escada, a porta bater e só consigo olhar para o papel picado no chão. O contrato e a multa que tem dias que não me importa mais. Não quero ir a lugar nenhum, não quero voltar à escola. Não quero meus alunos ou a família, quero Javier e essa colina.

— Liberdade! — digo sentindo agora o gosto amargo de seu significado. — Se tenho liberdade para ir, também tenho liberdade para ficar.

Eu não vou a lugar nenhum, ele não pode me obrigar a partir. Olho para a escada pensando na dor que ele sente agora trancado no quarto. Será que se parece com a minha? Vou descobrir.

Passo por cima do papel picado de um contrato que nunca foi cumprido e subo as escadas atrás de Javier.

Capítulo 21

Javier

Não importa que meu peito doa como se exposto ao fogo que um dia me dilacerou, não importa que o ar me falte a ponta de uma asfixia, era o que precisava ser feito. De que serve Anne aqui com o coração tomado por saudade e tristeza?

Eu conheço a dor para ignorar seu sofrimento, não é certo, não é justo com Anne. Esse é o único modo de agir, não posso mais fingir que somos algo que não somos, não posso mais brincar de família feliz com ela, não é o que somos. Eu a contratei para um trabalho e a aprisionei em uma multa impossível para alguém igual a ela e já no primeiro dia ela disse que eu poderia romper o contrato se quisesse e todas as vezes que falamos sobre isso, eu deixei muito claro sua prisão, que ela estava presa a ele e que eu não abriria mão.

Agora está livre, não se pode aprisionar um anjo. Anne agora pode bater suas asas para casa, para seus garotinhos. Já eu, fico sem ar, sem força, sem vida. Emergi uns instantes e quase pensei que podia deixar o mar tortuoso, mas foi tolice, foi apenas o último respiro antes de ser puxado para as profundezas.

Não tem mais Anne, seus livros, seu riso, sua bondade, não tem mais a pequena Esther e a vida ameaçando voltar a pulsar na colina. Tem eu, e isso é quase nada.

Escuto seus passos pelas escadas, deve estar agora mesmo indo juntar suas coisas. Vai dirigir feliz rumo à liberdade. Dói tanto, como imaginei que doeria, dói a ponto de me demolir finalmente. Agora entendo por que sobrevivi, ainda faltava essa dor. Agora, sim, fui castigado como mereci. Agora, sim, acabou.

Anne invade o quarto sem bater. Não consigo nem mesmo olhar para ela, não consigo dar o adeus que ela veio buscar. Nem quero vê-la de novo, tenho seu rosto gravado em mim, tenho seu perfume e seu riso, não vão me deixar. Eu não preciso de seus olhos sobre mim uma última vez, recuso-me a olhar para ela. Mantenho meus olhos na pequena lacuna da cortina, a observar a placidez da colina.

— Não quero me despedir — aviso sem me mover. — Vá embora! Se o problema é dinheiro, vai receber pelo ano todo, não se preocupe.

— Eu não quero seu dinheiro e não vou a canto nenhum — ela me avisa, obrigando-me a olhar para ela na tentativa de que os olhos revelem o que suas palavras escondem.

É tão linda e está tão angustiada e exigente, firme e ao mesmo tempo insegura; a inconstância de uma mulher.

— Não vou cobrar a multa, pode ir. Por favor, acabe logo com isso, vá! — imploro sem mais forças para lutar.

— Disse que sou livre, então... É isso! Disse que sou livre, então eu... Eu não preciso ir a lugar nenhum. Eu não quero ir, quero ficar aqui, quero ficar com você, aqui na colina.

— Já rasguei o contrato, Anne. Não precisa temer nada.

— Dane-se esse contrato! E me escuta, Javier. — Ela se aproxima de mim. — Tem tantos dias que eu nem penso mais nisso. Eu me esqueci porque vim, eu me esqueci de tudo e passei a viver essa casa, viver. Consegue entender isso?

— Não, eu não consigo entender. Olhe para mim? Como pode querer estar aqui? — Meu grito é de puro desespero, quero acreditar, mas a ideia de me prender a essa esperança e depois descobrir que não passou de um aceno incerto me apavora.

— É um homem lindo! Não estou falando da sua beleza física. Ela está aí para quem quiser ver, é fácil de enxergar, você é o único cego para isso. Eu estou falando de outra beleza.

Anne dá mais alguns passos, está uns centímetros de mim, tem tanto desespero em seus olhos.

— Falo do seu coração, que tipo de pessoa se entrega assim a uma culpa que não tem? Só um coração pulsante e muito bom. Que tipo de pessoa ajuda duas estranhas sem questionar? Seus olhos... mesmo quando em fúria guardam tanta dor e também tanto amor e eu... Eu não consigo mais ficar longe de você. Eu me apaixonei por você, Javier!

É um sobressalto, um tipo de feixe de luz a quebrar barreiras, tomar meu peito, iluminar o que antes era noite profunda. Anne está apaixonada por mim, diz com todas as letras e não precisa. Nada a prende a mim, e mesmo assim, ela confessa.

— Não vim para isso, Javier. Não era o plano. O plano era voltar, voltar o quanto antes, vim porque eu...

— Não importa — digo sem conseguir mais conter minhas emoções, decidido a lutar por esse sentimento que está nela e explode em mim. Nada mais importa. — Anne não importa porque veio, não importa o que disse antes, só importa... você.

Ela está em meus braços, talvez eu a tenha puxado para mim, eu não sei. É uma onda de desespero, pressa, paixão, uma urgência que jamais senti, quero sua boca, sua pele, quero começar o que achei estar terminado e eu não quero mais esperar.

— Anne, você virou minha vida de ponta cabeça, tirou tudo do lugar, ressignificou minha dor, meus medos, eu não quero que vá, quero que fique. Eu me apaixonei por você, eu não sei direito, mas acho que foi quando a vi subindo a colina com sua mala.

Minha boca procura a dela, tudo pode ser depois. O beijo é cheio de nossa urgência e confissões, a cada segundo de Anne em meus braços eu me sinto mais livre, mais vivo. Meu sangue jorra, passeia por meu corpo matando a dor, despertando as células, fazendo-me mais forte, mais homem, deixando-me inteiro.

— Javier, quero contar tantas coisas — diz quando meus lábios deixam os seus para percorrer a pele macia de seu pescoço.

— Temos todo tempo do mundo para as palavras, Anne. Preciso de você, preciso da sua pele, do seu gosto.

— Encontro seu olhar, posso ver o desejo pulsando enquanto minhas mãos percorrem seu corpo sentindo as curvas e os caminhos que sonhei percorrer escondido até mesmo de mim.

— Anne...

Busco sua boca, o que quer que restasse de medo agora é rendição, posso sentir pelo beijo. Não quero voltar atrás, ela não quer, sei disso pela respiração entrecortada, os suspiros, enquanto seus dedos buscam os botões da minha camisa. Ela conhece minha pele, conhece minhas marcas, não é a primeira vez que suas mãos macias e quentes me tocam, mas agora posso, pela primeira vez, me entregar a essa sensação.

— Você é bonito! — ela afirma quando a camisa fica pelo chão e suas mãos me tocam com cuidado, os dedos deslizam pela pele e desenhando meu corpo; só tem paixão em seus olhos, desejo, prazer.

Não existe outra mulher para mim, estranhamente eu descubro que nunca existiu, sempre foi Anne. Fecho os olhos sentindo seu toque. A pele ainda está insensível ao toque, marcada demais pelo fogo. Passei a não sentir nada além de dor, mas ela consegue fazer meu corpo reagir, talvez seja apenas a minha mente, sem as terminações nervosas desfeitas pelo fogo, é minha mente a produzir a sensação de prazer que seus dedos provocam.

Seus lábios me tocam, abro os olhos para assistir os lábios suaves de Anne a beijar meu peito, enquanto as mãos percorrem os braços, tem tantas coisas envolvidas nesse momento. Sua aceitação de quem eu sou e como sou é de algum modo aditivo para o amor, o desejo e também as certezas.

Quero ter Anne em minha vida e vou fazer o que for preciso para fazê-la feliz. Ultrapassar minhas barreiras, vencer minha dor, se isso vai trazer riso a ela, eu posso conseguir, busco seus lábios mais uma vez. Seu toque, seus beijos, seus lindos olhos de paixão, emocionam-me e jamais consegui sentir desejo e paz em um único instante de perfeição.

Ela se afasta um momento para despir a própria blusa, desabotoa o sutiã e o retira sem desviar os olhos dos meus, a boca úmida a se curvar em um meio-sorriso cheio de timidez e ansiedade, fazendo meu coração errar as batidas.

— Quero sentir suas mãos em mim, Javier. — A voz impregnada de desejo faz de novo meu corpo reagir.

As mãos que tanto escondi temendo a repulsa em seus olhos, agora são objeto do seu desejo, e toco com cuidado o sagrado. Meus dedos correm sua pele com a devoção que se deve a um anjo. É macia e quente, deslizo por sua pele sentindo o perfume suave, dessa vez é ela a fechar os olhos enquanto eu a toco, não poderia imitá-la, não diante de tanta beleza, consigo agradecer aos meus olhos, por me permitirem enxergar sua delicadeza.

— Linda, perfeição! — sussurro ao seu ouvido, ela morde o lábio inferior, solta um gemido de prazer que me torna faminto. — Quero você, Anne. — digo antes dos meus lábios perseguirem as mãos percorrendo a pele que me fascina.

— Javier. — A voz soa cheia de sua urgência, seu corpo se cola ao meu e sinto a força de sua paixão explodir junto a minha, quando a levo pela mão em direção a cama.

Anne se despe diante de mim, com a lentidão sensual da sedução, percorro seu corpo com olhos de prazer, assisto sua nudez sem pudores enquanto ela espera pela minha e atendo seus desejos, nada mais existe se não a paixão que nos consome e nada mais está escondido.

Eu a encontro na cama, seu corpo a se misturar ao meu. Suas mãos a deslizarem por mim, as minhas a percorrê-la, até que meus dedos se entrelaçam aos seus, enquanto nossos corpos se unem em um só e fecho meus olhos buscando que outros sentidos se agucem e eu possa viver o momento mais perfeito de toda uma existência.

Sinto coisas novas a me tomarem, misturadas a necessidade física vem a onda de certezas, Anne é meu Norte, ela me completa de todos os modos, trouxe-me vida, escolheu ficar. Despertou-me, quero viver esse sentimento que ameaça dominar tudo, ilumina a escuridão, leva-me para novos mundos e possibilidades. Sinto vontade de viver, de amanhecer com ela todos os dias, de ouvir sua voz a ler seus romances, de acompanhar seus sorrisos, ser dono do seu amor.

Sua boca procura a minha enquanto suas mãos apertam as minhas em nossa urgência por prazer dividido, sufoquei meu corpo, meus desejos, sublimei minhas necessidades, quis destruir quem eu sou, estava quase conseguindo, mas então ela surgiu linda, inteira para mim e nada mais fez sentido sem ela e agora aqui, apaixonada, entregue. E tudo que sabia, eu não sei mais, e deixo para descobrir depois.

Quando o mundo ganha todas as cores e a escuridão me abandona eu me deixo levar. Não tento combater o que não quer ser contido, deixo vir em ondas o prazer que só a paixão de Anne pode proporcionar.

Ficamos imóveis nos braços um do outro, enquanto seus dedos me percorrem, seus olhos me desvendam. Eu sei o que sinto por ela, sei que nome dar a esse sentimento, sei que só pode ser ela. Sei disso como nunca soube de mais nada, sei com o mais profundo de mim.

— Nunca pensei que pudesse ser assim — ela diz emocionada, mexe comigo assistir sua emoção tão real. — Nunca foi assim.

— Eu também não tinha ideia — digo a ela, surpreso com minha voz, que soa limpa e suave. — Anne, você está mesmo aqui? Não é um delírio?

— Foi um pouco de delírio, Javier, não temos como negar. Foi especial. — Adoro sua voz, sua leveza em todos os momentos. — Mas deliramos juntos e eu estou aqui.

Eu me deito ao seu lado, não consigo acreditar nesse momento, ainda parece um pedacinho de sonho. Olho para o teto, por vezes meu companheiro de insônia e dor e agora é testemunha do pulsar do meu coração.

Ela vem se acomodar em meus braços, deita a cabeça em meu peito. Como é arrebatador esse simples gesto, ela beija levemente meu peito, descansa a mão sobre ele. Não sabe o que provoca em mim, não sabe que mais ninguém chegaria tão perto, que mais ninguém me veria por inteiro, despido de todas as reservas.

— Quis tanto estar aqui — ela me conta me deixando surpreso. — Com seus braços a me envolverem. — Sorrio cheio de surpresa. — É agora que seus braços me envolvem, Javier. Não pegou a deixa?

Rindo eu a envolvo com cuidado, ela suspira fechando os olhos.

— Assim? — Anne balança a cabeça afirmando. — Não machucou as asas de anjo?

— São internas, Javier, já me conquistou com seu jeito gentil e delicado de ser, não precisa de tanto. Talvez eu chore se seguir por esse caminho.

— Eu sou mais esse do que aquele. Ou fui mais tempo assim do que como...

— Então foi pura encenação, achei que era uma fera e me enganei?

— Já eu sou perspicaz, sempre soube que era bela. — Outro beijo em meu peito.

— Trocadilhos, gosto disso. — Ela enrosca sua perna na minha. — E de me enrolar assim em você e te sufocar de cuidados e carinho — brinca deslizando a mão por meu peito.

— Não tem chance de me sentir sufocado — aviso a ela que sorri sem abrir os olhos. — Vai estar aqui quando eu acordar?

— Quer que eu esteja aqui quando acordar?

Beijo seus cabelos em resposta, beijaria seus lábios, mas ela não dá sinais de que vai se mover.

— Quero que esteja aqui todo tempo.

— Então é onde vou estar, no seu abraço, talvez não tenha pesadelos essa noite. — Ela ergue os olhos para me olhar. — Sabia que Annie não tem mais? Ela dorme com Nick e ele a protege.

— Poxa, que coisa mais romântica, não é mesmo?

Ela enruga o nariz um tantinho brava, eu adoro provocá-la sobre isso.

— Javier, eu estou sem sono, e quando eu estou sem sono, eu leio. Você quer que eu passe a nossa primeira noite juntos lendo para você?

A pergunta é claramente uma ameaça e dou um meio-sorriso.

— Acabamos de ter uma prova de que existem meios muito melhores de se passar a noite. Quer mesmo ler para mim?

Ela morde o lábio. Leva um momento pensando e sei que só quer mesmo me provocar de volta.

— Quero! — responde me deixando surpreso, então ri para meu alívio. Anne se move e está sobre mim, com suas mãos leves espalmadas em meu peito. — Vamos ver o que podemos fazer com o resto da noite.

Minhas mãos percorrem as coxas macias, ela ergue uma sobrancelha. Tem desejo em seus olhos, eles se acendem e me provocam, tem meu coração a descompassar.

— Acho que podemos repetir os últimos momentos, parece ser uma boa diversão.

— Diversão? — indaga, admirada, joga os cabelos para trás, deixa seu corpo mais à mostra. — O que acha de jaquetas de couro e motel vagabundo?

— Acho péssimo! — aviso meio atrapalhado com sua pergunta.

Ela dá um longo suspiro de desaprovação.

— Ninguém é perfeito! — resmunga enquanto se curva sobre mim e sua boca busca a minha.

Não perco tempo a perguntar do que se trata, não quero correr o risco de perder esse momento especial e de novo estamos perdidos de paixão, vivendo as certezas do que sentimos.

Dormimos enrolados, ela sobre mim, com a perna enlaçando a minha, a cabeça a descansar em meu peito e meus braços a envolvê-la. Fecho meus olhos com a certeza de que nenhum pesadelo vai me tomar essa noite, não tem nada dentro de mim senão paz. Eu não sei se para sempre, eu não sei se quando o sol raiar, mas é assim agora e posso simplesmente me deixar envolver por essa simples emoção.

O dia tenta invadir o quarto com sua luz, Anne se move em meu abraço, ergue os olhos e está tão linda. Como pode amanhecer tão bela?

— Bom dia! — Ela me olha com carinho, mas depois um leve medo passa por seus olhos. — Está aqui comigo.

— Estou. Teve pesadelos? — ela pergunta, interessada.

Nego com um movimento de cabeça e vejo um lampejo de orgulho passar por seus olhos.

— Como ter pesadelos dormindo com um anjo? — gracejo, ela abre um leve sorriso.

— Temos de conversar.

Anne parece de novo preocupada e está certa, temos de falar sobre isso. Não quero fingir que foi uma única noite e também não sei que tipo de relação ela está disposta a viver. Talvez ir com mais calma, talvez mergulhar de cabeça, eu mesmo não sei quanto tempo essa sensação de paz vai perdurar, mas já são horas em que não estou em uma guerra interna e que assim seja.

— Eu sei que sim.

— Javier...

— Não! — digo beijando seus lábios. — Nenhuma conversa até que eu sirva o melhor café da manhã, para a mulher mais linda do mundo.

— É importante, Javier.

— Vamos ter uma manhã romântica. Eu vou tomar um banho e a encontro lá embaixo.

Beijo seus lábios e deixo a cama. Não é fácil deixar Anne, mas quero dar a ela um pouco do que me ofereceu esse tempo em que cuidou de mim e eu não merecia. É um banho rápido. Quando entro no quarto de volta, ela já deixou a cama e o quarto fica vazio, grande e triste.

Visto uma calça jeans e escolho uma camiseta, tem tempo que não uso mangas curtas, mas essa manhã em especial. Sinto-me bem para isso. Deixo o quarto, atravesso o corredor, chego à cozinha e nada da dor me atingir, ainda é pura felicidade estar com Anne.

Preparo a mesa com capricho na sala de jantar, colocaria os candelabros não fosse o ridículo da situação com um dia tão bonito lá fora. Confiro a mesa, certo de que temos quase tudo para um café perfeito. Só falta o café, volto para cozinha, encho o bule e o levo para sala.

Anne está de pé olhando para os móveis como se buscasse algo, a porta da sala aberta.

— Café da manhã pronto. Vem! Quero que veja que sou...

Ela me olha, usa um vestido e saltos baixos, o rosto maquiado com cuidado. Primeiro penso que é para algum tipo de comemoração, ou porque está feliz, mas não reconheço seu olhar, não reconheço essa mulher igual a minha Anne, mas assustadoramente diferente e sinto uma coisa estranha a me atingir.

— Você não é a Anne que eu... O que aconteceu?

— Bom dia! Entendo a confusão, estou acostumada a isso.

Ela sorri enquanto dá uns passos em minha direção, estende a mão de um modo formal, é algum tipo de brincadeira? Se for eu estou assustado com sua capacidade de me iludir.

— Eu sou a irmã gêmea, Marianne. É um prazer conhecê-lo.

— Não, não é?

Anne surge vinda de não sei de onde enquanto ainda tento processar a irmã gêmea. Ela disse que tinha uma irmã, mas nunca pensei que seriam gêmeas e agora ela a desmente?

— Anne... — A mulher diz em um tipo de alerta.

— Chega Julianne! — Anne diz no meio de um tipo de transe que me confunde e assusta, os olhos estão na irmã, é completamente louco estar diante delas. Serem iguais e ao mesmo tempo, eu simplesmente sei quem é a Anne que amo. — Eu sou Marianne e acaba aqui. Entende isso?

Sinto meu coração falhar, sinto meu corpo voltar a queimar. É isso que entendi?

— O que é isso? Um tipo de jogo? Uma brincadeira? Anne isso... Isso é um desses romances adocicados que lê?

— Javier, eu disse que queria conversar... Era... Era sobre isso.

— Sobre ter uma irmã gêmea? Sobre ter mentido o tempo todo? Julianne, Marianne, quem é você afinal?

— Marianne March, irmã gêmea de Julianne.

— Isso... — Minha mente atordoa de tal modo que eu não quero acreditar, não consigo imaginar que elas simplesmente me usaram em um tipo de jogo entre gêmeas.

— Precisa me ouvir, eu não queria... As coisas foram acontecendo, devia ter contado antes, mas tinha medo da sua reação, dessa mentira machucar você.

— Então é isso. — Não sei o que dói mais, o sonho desfeito ou a ideia de um futuro sem esse sonho. — Resolveram brincar com minha vida, estavam entediadas?

— Claro que não! — Anne, ou seja, lá quem ela for diz apressada, sinto seu sofrimento, sua angústia, mas não entendo, não acredito.

— Uma farsa, tudo isso uma farsa, você tomou o lugar da sua irmã.

Um mundo de pequenas peças vai formando um quebra-cabeça de desenhos sórdidos em minha cabeça. O currículo todo cheio de mentiras que ela nunca teve medo de reconhecer, o modo como sempre me forçou a chamá-la apenas de Anne, depois a revelação de que tinha uma irmã, de quem ela nunca falou antes, uma gêmea idêntica que ela não achou ser importante me contar.

— Não foi uma farsa, tem de acreditar em mim, nem tudo foi uma farsa.

— Sempre foi você aqui ou trocavam? Fiz parte de alguma experiência ou era apenas um joguinho?

Suas lágrimas rolam pelo rosto sem qualquer controle, enquanto a irmã está muda, assistindo a tudo sem saber o que fazer. Com uma mala ao lado, é impressão minha ou ela acaba de chegar e pensa ficar?

A fera que esteve adormecida, e não aniquilada como cheguei a pensar, desperta. Ela ousou me iludir, fazer-me acreditar que tínhamos uma chance, Anne me fez pensar que podia ser feliz, para destruir tudo em uma só tacada. Não achou que eu estava quebrado o bastante e queria esmagar o pouco que sobrou.

— Por favor, Javier, deixe-me explicar. Escute-me. Essa noite não foi uma mentira.

— A noite acabou, Anne. Como é mesmo seu nome? Marianne!

É um lindo nome, curiosamente mais doce e parecido com a garota que ela me fez acreditar ser.

— O dia raiou e trouxe luz à ilusão, trouxe verdade. — Olho para a gêmea e depois para sua mala. — Qual era o plano? Iriam fingir mais um tempo ser uma pessoa só ou você fingiria ser a irmã em visita? São tantas perguntas e não me importo com nenhuma resposta. Não vai ficar, quero que deixe minha casa, deixe minha colina — aviso à silenciosa irmã que talvez esteja perplexa ou apenas desesperada demais para se pronunciar.

— Javier! — Anne toca meu braço e eu ainda gosto de suas mãos sobre mim, mas me afasto, a dor me toma de tal modo que temo minhas reações.

— Já tem companhia para viagem de volta à sua terra — digo a ela cheio de uma mágoa que não posso conter. — São trezentos mil dólares de multa por não terem cumprido o contrato e vou cobrar cada centavo.

— Disse que o contrato tinha acabado, disse que eu podia ficar, que era livre, disse que estava apaixonado.

Ela soluça diante de mim, quero acreditar em sua dor, quero abraçar a garota por quem me apaixonei e não consigo. Só consigo olhar para a vida miserável que vou ter quando a porta bater.

— Disse que era Julianne March — lembro antes de dar as costas a elas e subir para a velha prisão que agora tem lençóis remexidos da nossa noite de amor.

O cheiro dela em cada pequeno espaço, são os requintes de crueldade que a vida está sempre me mostrando.

Capítulo 22

Marianne

Minha vida parece se despedaçar na frente deles, enquanto sou acusada sem nenhuma chance de defesa, com Julianne a olhar calada. Não dói apenas perder a chance de ser feliz. Dói tirar dele essa chance, porque Javier também está destruído, ele também se apaixonou e agora sofre igual a mim e ser culpada por sua dor me mata.

Eu não consigo sair do lugar, só consigo chorar copiosamente enquanto ele volta a se trancar em seu refúgio e ao menos fica perto de nossas lembranças enquanto a mim não resta nada.

— Anne, eu não imaginei, não sabia que vocês...

— Deixe-me em paz, Julianne! — digo aos soluços, incapaz de ouvir o som da sua voz sem ter vontade de dar a surra que ela merecia desde a infância.

— Desculpe! — pede se aproximando. Toca meus ombros e me leva até o sofá. — Senta. Vou andar por aí e achar a cozinha, precisa de um copo de água para se acalmar.

— Não! Eu não preciso de água, eu preciso que ele me perdoe.

A dor atravessa meu peito, espalha-se por meu corpo, vem misturada à culpa e à raiva, vergonha por ter cedido aos meus desejos antes de me abrir com ele.

Julianne afunda no sofá ao meu lado, fica muda enquanto me derreto em lágrimas. Quero correr para ele, implorar por uma chance de me explicar, mas acabou, o encanto foi quebrado e o que ele sentia se transformou em revolta e mágoa.

— O que diabos faz aqui? Por que não me avisou que viria? — pergunto sem forçar para olhar em seus olhos.

— Achei que era uma boa chance de destrocarmos, foi um plano idiota. Nunca me passou pela cabeça que vocês estavam juntos. Nunca!

— Por que não achou? Não achou que um homem como ele se interessaria por mim?

Tem um ponto final em tudo e esse é o nosso, eu passei toda a vida sendo o que minha mãe esperava que eu fosse, as pernas e os braços de Julianne, seu guia, sua razão, mas isso não trouxe nada de bom para nenhuma de nós.

— Eu... Eu não sei, eu só não pensei nisso — ela diz um pouco chocada, não com meu tom de voz, sou apenas lágrimas, mas com meus olhos, porque eles revelam a verdade.

— Pensou no quê? Diz para mim o que diabos tinha na cabeça quando veio para a Espanha? Cadê Jacob?

— Se soubesse... — ela fala com sua velha carinha de choro. É mais um fim de relacionamento, outro para coleção em que ela jura que a vida acabou e depois fica de pé em quinze dias. — Eu estava empenhada em sermos o casal, ajudando Jacob para ser famoso, mas... Ele... Viver o dia a dia com uma pessoa muda tudo. Jacob terminou comigo.

— Ele terminou?

— Sim, ele disse que eu era uma pessoa... fútil, rasa, disse coisas horríveis. Falou que eu era egoísta demais, que até o sucesso dele que eu torcia tanto era por mim e não por ele.

— E eu não estava lá para aplaudi-lo! — digo, ressentida, enquanto ela arregala os olhos cheia de surpresa e indignação.

— Jacob me deu a passagem para vir encontrá-la, ida e volta, eu pedi a ele. Como um presente, para que eu pudesse recomeçar.

— Entendo. — Seco meu rosto, a raiva tomando espaço. — Vamos ver se adivinho seu plano. Corrija-me se estiver errada. O que acha?

— Anne...

— Você não tinha mais motivos para ficar em Nova York, estava triste, solitária. — Começo sem dar chance de ela continuar. — Então pensou, minha irmã está lá na Espanha, em um trabalho bem simples, com um mundo de possibilidades, ela quer voltar a ser professora, dá tempo de trocarmos de lugar, eu fico no lugar dela e ela pega a passagem e retorna para sua vidinha. Não foi o plano?

— Foi — ela admite sem ao menos tentar mentir para não me magoar. — Achei que seria o melhor, não seria difícil substituir você, chegaria como a irmã Marianne, ficaria uns dias e nesse tempo me adaptaria ao trabalho. Na hora de partir, você iria em meu lugar.

— Por que nem mesmo se preocupou em me telefonar? Por que não pensou em falar comigo sobre esse seu plano estúpido?

Julianne fita os próprios pés em uma linda sandália com as unhas feitas e pintadas de vermelho.

— Eu...

— Você não se importou, eu não sou nada para você, Julianne. Eu não tenho vida ou opinião, você dispõe de tudo o tempo todo. Por que diabos se preocuparia com o que eu poderia pensar disso? Só a sua opinião importa, só você e o seu bem-estar importam. Você é egoísta!

Ela não reage, fica me olhando como se finalmente tivesse que admitir que eu tenho razão, que Jacob tem razão, que ela brinca com tudo que a cerca e pensa só em si.

— Uma ligação e eu teria contado tudo, esperei por isso, não ligou para saber como estavam as coisas aqui. Não tentou contatar um advogado, não fez nada, apenas viveu até levar um chute, então... feito um parasita, mudou de hospedeiro.

— Anne, isso machuca! — ela diz muito mais brava do que triste.

— Machuca que nem ao menos queira saber o que eu perdi hoje.

Meu coração parece tomar um novo choque, como se de novo a verdade me atingisse. Acabou, ele me mandou embora e antes do dia acabar eu vou estar em um avião para casa e eu nem consigo mais pensar naquele lugar como minha casa e nem mesmo a ideia de voltar a dar aulas pode me trazer algum alento.

— Sinto muito! Sinto que ele pense mal de você e que esteja bravo, não sabia que estavam juntos. Não sabia que ficaria com ele sem contar a verdade. — Foi uma bela cutucada.

— Tem razão, eu devia ter contado, eu devia ter feito isso e dane-se o que aconteceria com você, mas primeiro pensei em você, depois nele, eu só não pensei em mim. Como de costume.

— Sinto tanto! — ela diz voltando a olhar para os pés. — Cheguei aqui ao vilarejo e vi a casa, tão bonita e vim subindo. Você sempre acordou tão cedo, bati, ninguém ouviu, girei o trinco e estava aberta. Primeiro eu tinha planos de dar uma espiadinha, achei que era você que atendia a porta e podíamos conversar um instante e eu explicaria, mas a sala era tão bonita. A porta estava aberta e entrei, não estava pensando muito, fiquei olhando a beleza do lugar, então ele apareceu.

— E foi se apresentando como se fosse eu, e nos afundando em mais mentiras.

— Não sabia que estava apaixonada por ele — ela diz em sua defesa. — Se soubesse... Eu o achei... Esquece.

— O que achou?

— Ele... Ele tem marcas... Vi os braços e as mãos... Eu não achei, como eu podia imaginar que vocês são um casal?

— Não somos! — Ergo o tom de voz, e gritaria com ela não fosse o medo e a vergonha de ser ouvida por ele. — Javier e eu não somos mais nada. Você viu, assistiu tudo acabar, mas ele é um homem maravilhoso e se pudesse olhar para qualquer coisa além de si mesma saberia.

— Você o ama? — Nem consigo conter o choro, entrego-me outra vez aos soluços. Não sei se o que sinto é vergonha ou medo, talvez os dois, mas o coração se partiu e nunca mais vai se colar. — Anne...

— Amo. Eu amo o Javier.

— Sempre me criticou por me apaixonar muito rápido e agora...

— Não foi rápido, passamos muito tempo juntos. Além disso, não é uma paixonite, estou falando de um encontro... Você não entenderia esse tipo de sentimento, mas eu encontrei uma parte minha em Javier e agora sem ele... Eu não estou mais inteira.

— Sinto muito!

— Não sente. O mais triste de tudo isso é que você não sente droga nenhuma.

— Não sabe como me sinto. Não vê que eu também estou sofrendo? Por mim, por você, não queria estragar sua vida, não é meu plano. Como pode pensar algo assim, Anne?

— O mais triste é que eu sei disso, sei que você não é uma pessoa ardilosa que planeja destruir pessoas ou coisas. Sei que você nem mesmo consegue enxergar as coisas que faz e talvez eu tenha mais culpa nisso do que quero admitir.

— Não tem culpa de nada, Anne, só está muito triste e fica criando coisas. Vai esquecer esse homem e eu vou esquecer Jacob e tudo vai ser como sempre foi.

— Errado, tudo totalmente errado — digo a ela secando meu rosto. — Mamãe dizia que você era fraca, uma pessoa fraca. No fim, eu acho que você até devia se sentir magoada com ela, por não acreditar muito no seu potencial.

— O que está dizendo, Anne? Por que está se voltando contra mim?

— "Cuide da sua irmã, Marianne", "Não a deixe nunca sozinha.", "Juli tem uma cabeça de vento, faz as coisas sem saber e se mete em encrencas", "É impulsiva, proteja sua irmã!".

— Ela só queria meu bem e sabia como éramos próximas.

— Queria tanto seu bem que esquecia do meu bem, não acreditava que você podia aprender e crescer com os erros, que devia assumir suas responsabilidades. Ela a fez assim e eu ajudei, porque eu repeti todos os padrões da mamãe e você é isso que é hoje. Pensa que existo apenas para limpar sua sujeira, que sempre vou estar com você, organizando sua bagunça.

— Somos irmãs, nós nos amamos e eu sei que você... cuida de mim se posso chamar assim, mas Anne, eu preciso tanto de você. Se não existisse, você é a melhor coisa da minha vida.

— E alguma pessoa desavisada chamaria isso de uma declaração de amor — digo com amargor na voz, o mesmo amargor que machuca minha alma. — Mas não é isso, é a sua dependência, é a sua preguiça de viver e a sua completa falta de responsabilidade sobre mim, sobre como me sinto. Não se importa em espremer até a última gota de minhas forças.

— Nunca pensei que se sentisse assim — ela diz finalmente magoada e triste. — Nunca disse que se sentia.

— Eu não sabia que me sentia, não até me acomodar no avião para vir à Europa em seu lugar deixando tudo que amava em casa. Foi quando comecei a entender e agora, hoje, no instante em que a vi estendendo a mão para Javier usando meu nome sem nem ao menos me consultar sobre como poderíamos resolver isso, eu tive a mais absoluta certeza de que eu fiz tudo errado com você.

— Desculpe, eu não sei ser de outro jeito. Não tinha ideia de que era essa pessoa horrível que você e Jacob me acusam.

— Você é — reitero sem qualquer piedade, eu tive tanto medo de magoá-la enquanto ela jamais pensou nos meus sentimentos que agora sinto até um leve gosto de vingança. — Você é essa pessoa horrível e eu sinto que seja assim, sinto porque você vai sofrer se não tentar mudar.

— Eu não sei o que dizer.

— Que sente muito, que vai fazer mudanças, repensar, mas sabemos que lá no fundinho do seu coração, onde nem mesmo você quer olhar, está me considerando louca e chata.

— Não! Eu não estou pensando nisso, estou... pensando em como você vai se entender com ele.

— Não tem entendimento, ele foi bem claro e nos mandou embora.

— Sim, ele vai me processar e eu nem sei como...

— Ele não vai fazer isso, Javier é um homem muito bom e ele não liga a mínima para todo dinheiro que tem. Ele está bravo e magoado, mas não vai exigir essa dívida, não pense nisso.

— Certo, e você vai falar com ele? Para se explicar?

— Não. Eu vou fazer o que ele me pediu, vou embora dessa casa, tem um limite até para mim.

— Anne, você é especial, não pense em si mesma assim.

— Juli, eu me acostumei o tempo todo a muito pouco, sempre me rendendo e sempre cedendo, sempre perdi todas as brigas e acho que estou triste demais agora, esgotada demais. Eu só quero ir para casa.

— Ceder, desistir? Anne, você nunca faz isso, eu nunca soube o que queria para minha vida e você não descansou até se tornar uma professora. Você tem a casa, porque ela é sua e você paga tudo e eu estou sempre... dependente.

— Vou arrumar minhas coisas, depois partimos, ele está no quarto ao lado do meu e nem mesmo vou me despedir. — Minhas lágrimas voltam a correr.

— Vai partir sem lutar?

— Vou, tudo que fiz esse tempo todo foi lutar e perdi, acontece.

Rendo-me à dor que me domina, eu não tenho forças para uma batalha, não tenho.

— Sinto muito, mas eu sei que me culpa. Não estou querendo dizer que não sou culpada, mas um dia contaria a verdade e ele faria o mesmo.

— Talvez não, talvez ele estivesse mais inteiro, talvez tivéssemos tido mais tempo juntos e ele poderia ver que eu o amo e que menti... por proteção, para proteger uma irmã e depois... ele mesmo. O que adianta ficar pensando sobre isso, acabou.

— Vamos recomeçar, juntas.

— Não, não vamos. Eu vou subir e arrumar minhas coisas, vamos partir juntas e nos separar em solo americano. Assim que o avião descer, eu sigo meu caminho e você encontra o seu.

— Está me expulsando de casa? Não vamos...

— Estou. Fique em um hotel ou na casa de uma amiga. Arrume um trabalho e desista de sua carreira ou mergulhe fundo nela, mas encontre seu caminho.

— Anne... Eu nunca precisei tanto de você como agora. Não faz isso comigo.

— Eu sinto por isso, mas acredite, nunca amei tanto você como amo agora, quando dou a chance de construir alguma coisa sozinha. É tão inteligente, vai conseguir.

— E nós duas? Somos gêmeas, dividimos tudo toda a vida, eu não sei viver sem ter você. Anne, não faz isso.

— Nunca vou deixar você, é minha irmã e vamos ser irmãs, hoje nós começamos a ser irmãs.

Ela aperta forte minha mão enquanto minhas lágrimas correm e pela primeira vez, vejo algo dentro dela, talvez seja medo, ou quem sabe um lampejo de coragem. Queria tanto que ela fosse feliz sem que para isso outros precisassem sofrer.

— Vai mesmo voltar?

— Vou. É o que ele quer.

— E se a raiva dele passar e você não estiver mais aqui?

— Não vai acontecer. Eu o feri demais, não sabe do que estou falando, não sabe como ele estava frágil e o quanto está... Não quero falar sobre isso, fique aqui, vou arrumar minhas coisas e partimos. Não bastasse tudo isso ainda tenho de me despedir de Esther e ela precisa tanto de mim.

A dor parece triplicar quando penso que ela vai perder tanto e que vou sentir saudade do seu riso, dos olhinhos curiosos e atentos. Errei com ela também, deixei que pensasse que era para sempre.

Olho para a escada, como fazer a mala e partir? Como deixar essa casa e nossa história?

— Não pode ir embora sem tentar uma última vez.

— Juli... Não sabe a noite linda que tivemos, eu pensei que era para sempre, eu pensei que ele me amava. Não é verdade, ele me mandou embora sem nem mesmo me ouvir. Fica aqui, o quarto dele é ao lado do meu, prefiro fazer isso sem chamar muita atenção, vou só pegar minhas coisas e partimos.

Subo degrau por degrau com a angústia a me partir o coração, a tristeza é tão grande que me tira as forças. Eu tinha tantos sonhos, acreditei que ele podia ser meu senhor Stefanos, mas que tolice sonhar com uma vida como aquela, cheia de amor e cumplicidade.

A porta dele está fechada e por mais que eu queira entrar e obrigá-lo a me ouvir eu não posso, eu dei todos os passos. Entro em meu quarto, abro a mala sobre a cama e começo a colocar todas as coisas, meus livros, meus sonhos, o amor da minha vida; nem tudo cabe na mala, vai ter de ficar na casa da colina.

Troco de roupa para uma mais confortável para viagem, confiro meus documentos, a passagem, corro os olhos pelo lugar com atenção, guardando na memória um pouco da beleza que foi viver aqui.

Ele não teve pesadelos essa noite. Deixo o quarto empurrando minha mala, Juli está no corredor, reviro os olhos pensando que ela não é capaz de atender um pedido simples.

— Pedi que me esperasse lá em baixo. — Ela olha para porta do quarto e depois para mim.

— Só vim... ver se estava pronta. Quer ajuda com a mala? — Balanço a cabeça, negando. — Não vai mesmo tentar?

— Não. Vou apresentá-la a Esther e a avó. Antes de partirmos.

Ergo a mala e carrego pelas escadas, na bolsa em meu ombro, documentos, passagem e meu livro. Jamais imaginei que eu o terminaria em um avião, voltando para casa.

— Vai pegar o carro? — ela me pergunta e a fuzilo com os olhos. Ela não muda. — Ok, é que ele ofereceu, achei... Subi a pé.

— E vai descer rolando se não calar a boca.

Juli parece surpresa, mas pega sua mala e me acompanha até a porta. Queria ir até a biblioteca, mas se entrar lá de novo eu não consigo sair, acho que me quebro inteira. Falta-me ar quando fecho a porta, meu coração fica preso dentro da casa da colina, junto com o coração partido de Javier.

Puxo minha mala pensando na dor que sinto e em como minhas pernas teimam em me desobedecer, vamos descendo a alameda enquanto minhas lágrimas correm, nenhuma das duas diz uma palavra, ao menos nesse momento, ela respeita minha dor.

Quando chegamos ao vilarejo, algumas pessoas nas portas e comércios nos olham, surpresas. Nunca foi muito importante esse olhar de surpresa por nos ver juntas, mas hoje é. Porque é nossa semelhança que acabou com meu sonho, e curiosamente, foi essa semelhança que me deu a chance de sonhar.

— Esther está na escola, não posso sair sem me despedir. Quero que fique aqui, à porta, vou pedir que ela saia mais cedo para me despedir.

Minha irmã não dá uma palavra, olha para colina e depois para mim, não imagina que tudo que eu queria era voltar até lá e implorar uma chance.

A professora permite que leve Esther para casa e a garotinha sai da aula com olhos preocupados.

— Anne, vovó está bem?

— Sim, ela está bem, é que eu senti saudade, tinha que... falar com você e não podia esperar a aula acabar.

Quando chegamos a porta da escola ela leva um susto.

— Tem duas Annes!

Seco minhas lágrimas tentando não a deixar perceber.

— Uma só, essa é minha irmã. — Juli acena para ela, quando Esther me vê segurar a mala arregala os olhos preocupada. — Vamos?

Ela me dá a mão, ajeita a mochila e andamos uns metros até sua casa, Dora sai assim que chegamos à porta. Ela nos olha confusa, admirada, nervosa.

— Essa é a minha irmã... Julianne. — As duas abrem a boca e depois fecham. Não quero mais mentir. — Eu vim trabalhar aqui no lugar dela, Juli não podia vir e eu aceitei fingir ser ela, menti.

— Anne! — Dora leva as mãos à boca. — Tinha uma multa muito alta se ela não viesse, pensei que podia fazer isso e não pude. Eu não devia ter me aproximado de vocês, não devia ter me apaixonado por ele.

Dora me abraça quando minhas lágrimas tomam meu rosto. Soluço, abraçada a ela. Sinto a mão de Esther, delicada e carinhosa procurar a minha.

— Não chora, não faz isso. Vai embora? — Dora me pergunta e faço que sim com a cabeça.

— Javier não me perdoou — digo em seu abraço. — Desculpem partir assim, mas o que posso fazer?

Afasto-me de Dora e me abaixo para olhar Esther nos olhos, que está chorando como eu.

— Anne, não pode ir embora — ela diz segurando uma mecha do meu cabelo.

— Desculpe, meu anjo! Eu sinto muito!

— Anne, Javier é bom, ele é como um santo. Vovó falou e é verdade.

Em meio às lágrimas eu sorrio para ela.

— Ele é sim. — Javier tem um coração imenso, só por isso as coisas o atingem em cheio.

— Então não pode ir embora, você tem de ficar aqui e pedir desculpas, ele vai desculpar. — Tanta inocência e tanta verdade.

— Esther...

— Ele não pode ficar lá sozinho, porque Javier vai ficar muito, muito triste. Vovó, fala para ela.

— Anjo, é a casa dele, eu não posso...

— Fica aqui, Anne — Dora me diz, atenciosa. — Fica conosco uns dias, espere até que ele repense.

— Fica, Anne — Esther pede. — Javier vai ficar sozinho e triste e eu vou chorar muito mais se for embora. Fica e pede desculpa para ele.

Esther me abraça chorando. Olho para minha irmã, ela não está entendendo nada, minha alma parece doer com a ideia de deixar todas essas pessoas, eu não quero ir. Quero ficar e lutar por ele, aqui ou na varanda da colina. Eu só quero que Javier me dê mais uma chance, é por mim e também por ele, a mentira não pode ter sido maior do que a noite que tivemos, eu vi nos olhos dele. Javier sente e não se apaga assim.

— Elas querem que eu fique aqui e que tente outra vez falar com ele — explico a Julianne.

— Disse que estraguei tudo, disse que sempre fez tudo por mim e se esqueceu de você e agora quando pode lutar pelo que a faz feliz vai partir sem tentar e um dia... vai se lembrar desse instante e se arrepender.

Ela tem razão. Olho para Esther e para Dora, depois para Juli. É sobre isso, sobre lutar por mim. Se o acuso de não me amar o bastante por me deixar isso, meu amor não pode ser assim tão pequeno a ponto de se render.

— Julianne, eu vou ficar — digo para no mesmo instante receber um aperto no abraço em que Esther já está me dando. Beijo seu rostinho e fico de pé, Dora está aliviada e faz um sinal da cruz. — Você fica na minha casa e paga as contas, se não der certo e eu voltar...

— Eu saio — ela promete. — Amo você, Marianne!

— É tão bom voltar a ser eu. Tenta, Juli, tenta pensar em como as pessoas se sentem, tenta ser melhor e faz ao menos uma coisa boa para alguém. Uma simples gentileza que não vá ganhar nada em troca. Tenta e vai ver que é bom.

— Eu estive com ele enquanto estava arrumando a mala, achei que devia isso a você — revela minha irmã, olhando para a colina.

— Não acredito que você...

— Ele não pareceu me dar ouvidos, mas... — Julianne diz sem me olhar. — Tem um carro descendo a colina.

Capítulo 23

Javier

Um lampejo de esperança, um momento fortuito e nada mais, eu é que fui tolo, pensei estar vivendo uma história verdadeira e fui peça em um jogo mesquinho.

Minha cabeça parece enfrentar um turbilhão de questionamentos, uma luta entre o que vi e senti e o que a verdade dos fatos me trouxe, devia confiar em meus sentimentos, mas prefiro ouvir a razão. Esta, sim, me deixa seguro e eu não quero mais cair em armadilhas emocionais, ficar preso às lutas que eu não vou ganhar.

Tem sido assim a vida toda, foi assim com Ivana e também com Rosália, preso à emoções e tentando guiá-las por esse sentimento. Ivana me deu as costas quando mais precisei, e minha irmã destruiu tudo, acabou com nossas vidas, emoções não são boas conselheiras.

A porta se abre e antes que pense em dizer a ela que não quero ouvi-la e que nada vai apagar suas mentiras, a irmã invade o meu quarto. É muita audácia dessa pessoa. Ela fecha a porta atrás de si, deixo a janela para encará-la preparado para mandá-la ao inferno.

— Desculpe invadir sem bater, não queria que minha irmã soubesse que estou aqui — ela avisa falando muito baixo, acho que Anne não permitiria tal invasão se soubesse.

Não respondo, fico a olhar para ela em busca da semelhança, se conseguir ser realmente honesto eu percebo que nunca cairia em um jogo de troca de gêmeas, elas têm pouco em comum além dos traços físicos, está na postura, nos gestos, no olhar; é impossível confundi-las.

— Eu... Nem sei por onde começo.

Como se eu quisesse ouvir, ainda que elas tenham até a mesma voz.

— Pela porta de saída — digo sem vontade de ouvi-la e parecendo não ter muita escolha.

— Arrogante, egoísta, mesquinha... Estou falando de mim. Parece que sou assim e confesso que não pensava que era até que meu ex-namorado e a minha irmã concordarem sobre isso, devo ser mesmo. Eu sei, não quer saber sobre mim, parece que eu sempre estou falando de mim, que tudo é sobre mim. Outra coisa que acabo de descobrir. Tenho muito que aprender.

Ela suspira, olha para mim, para meu corpo e minhas marcas, depois para o quarto.

— Não posso demorar. Anne está arrumando as malas.

Meu corpo gela, eu a mandei embora. Devia estar feliz sobre isso, mas a certeza de que ela está indo me machuca como eu sabia que machucaria.

— Você a mandou ir e ela... vai. Anne é um pouco assim. Ela usa o coração para tudo, acho que ela... Ela sonha com esses romances bobos que lê. Não tenho paciência para eles. Eu sei! Não é sobre mim. É que precisa entender, somos irmãs, somos gêmeas e a minha mãe e mesmo a Anne e talvez, como Anne mesma me disse, por causa da minha mãe, o fato é que me protegem de tudo e eu... Eu gosto e aceito. Nem reparo que estou... usando as pessoas. Dizer torna tudo pior.

Ela mira o chão, não sei o que quer fazer, se veio apenas enumerar seus defeitos tão evidentes ou se tem planos de ir adiante.

— Acho que pode sair, não quero saber de seus problemas.

Ela não parece disposta a me obedecer.

— Anne gosta do amor e quando eu disse que estava amando... Eu não sei se ela acreditou, mas quis me dar uma chance. Ela faz isso, dá chances a todos e quando pedi que viesse no meu lugar porque não tinha como pagar a multa e queria viver esse amor, ela... Ela aceitou. Não foi fácil, ela achou meio absurdo, mas fui persuasiva, apelei para o amor que ela tem por mim, não vi o que estava fazendo. Tirei dela as coisas que amava e a convenci e ela veio. Acho que depois... quando se apaixonou por você... Eu não sei. E você também não sabe, porque não deu a chance de ela falar, não deu a Anne o que ela oferece a todos, a vida é bem injusta.

— Pode apostar nisso — digo com medo do que ela diz fazer tanto sentido.

— Aposto em muitas coisas. Aposto que ela já cuidou de você, foi maternal e carinhosa. Ela é assim, comigo, com seus alunos, com todos que a cercam, maternal e protetora.

Sim, ela foi e eu não merecia pelo modo como a tratava.

— Aposto que ela lhe deu chances, ela merece a chance dela. Não digo para perdoar Anne, embora o erro dela tenha sido se preocupar demais com quem não merecia. No caso, eu. Escute-a, deixe que Anne explique as razões dela. Como é que pode deixá-la ir assim?

Ela fica esperando por uma resposta enquanto eu continuo a buscar Anne no rosto da gêmea e não percebo nada além de cada traço igual, como uma cópia malfeita da original.

— Parece que não tem muito a dizer. — Decepciona-se. — Uma pena, está perdendo a mulher mais especial do mundo. Caso ache que estou aqui pela grana, eu não estou. Anne diz que você é um homem bom e que nunca vai cobrar essa dívida. Parece que ela sabe disso faz tempo, mas ficou.

Sim, ela ficou mesmo quando eu a libertei, e agora eu não sei mais por que ficou.

— Anne vai se despedir de alguém especial e depois vamos partir. Minha irmã não vai continuar a vida nem esquecer você. Ela vai sofrer para sempre, precisar de cuidados e não tem, ninguém cuida muito dela. Vai ser infeliz e talvez você também, então, se puder dar a ela uma única chance... — Ainda espera um instante. — Não? Que pena! Ela disse que foi uma noite inesquecível, talvez ela tenha amado a pessoa errada.

Assim como entrou sem aviso, ela sai do quarto, me deixa imóvel a digerir suas palavras.

Não é nada fácil lidar com as coisas que ela disse e se misturam às coisas que vivi com Anne. Marianne, o modo como chamá-la de Julianne a machucava, se eu pudesse imaginar. Desconfiei de muitas coisas, as mentiras no currículo que diziam tão pouco sobre o modo como sempre pareceu honesta, não eram mesmo mentiras, eram as verdades da irmã. Irmã que ela só falou uma única vez e tive minhas conclusões sobre ela que só se confirmam. Anne foi um joguete nas mãos da irmã, mas nunca deu as costas a ela, se eu tivesse feito o mesmo com Rosália, se tivesse segurado sua mão mesmo quando ela não merecia, talvez minha pequena Esther estivesse aqui.

Anne pode até carregar a culpa de ter mentido, mas ao menos não carrega a perda das pessoas que amou. Ela fez tudo pela irmã, até as últimas consequências e mesmo sendo esse tipo de pessoa me aceitou e me fez sentir que não era tão culpado, nenhum julgamento quando precisei ser ouvido. Só carinho e respeito pela minha dor.

O relato que a garota fez de Anne se parece muito com a pessoa que ela foi comigo, talvez Anne não tenha mentido o tempo todo. Honestamente eu não acho que mentiu.

Ando pelo quarto pensando em tudo que vivi do instante em que ela chegou até o momento em que subi as escadas depois de mandá-la embora. Esperei pelo olhar de repulsa que a irmã me lançou, mas não veio de Anne, ela nunca me olhou assim, foi paciente e generosa, lutou por minha melhora.

Penso na valsa com um sorriso se formando em meu rosto, tem um pouco de sonho de princesa na mulher linda e autêntica que ela é. Um pouco de força e coragem, como quando trouxe Esther mesmo sabendo que eu não queria, mas era o certo a se fazer por uma criança precisando de ajuda.

Tivemos ótimos momentos, cozinhando, conversando, lendo. Aquela garota que encontrei aos soluços por conta de uma história de amor inventada não me usou por pura brincadeira, não consigo vê-la assim.

Ao mesmo tempo, ela teve tantas chances, por que não me contou? Anne sabia que eu nunca exigiria trezentos mil de uma multa estúpida, mesmo assim, ela calou sobre a verdade e ainda dói.

Marianne, não é Julianne como pensei todo esse tempo, veio com documentos falsos, enganou a mim e a todos os outros que ela gostou. Dora e Esther, Amâncio e Carina.

É uma mistura louca de sentimentos e volto à janela a tempo de vê-la descendo a pé com a irmã. Sim, essa é a Anne que eu conheço; a garota que não levaria meu carro. Ela tem brio, tem honestidade e tem doçura, talvez tenha sido bem difícil mentir por tudo esse tempo.

Fico me lembrando de todas as vezes que disse Julianne e sentia que era quase uma ofensa para ela. Despertava qualquer tom de dúvida em mim, principalmente quando eu associava as mentiras no currículo, mas nunca poderia ter ido tão longe. Ela deliberadamente me escondeu uma irmã gêmea, nada deve ser mais forte do que essa relação e ela não pensou que devesse me contar.

Se me magoa tanto tudo que ela fez, por que meu corpo parece prestes a perder as forças enquanto a assisto partir? Por que me falta ar nos pulmões como quando mergulhei no fogo em busca de minha pequena princesa?

Eu sabia que sua partida seria minha morte. É como me sinto, morrendo sem ar, sem forças, sem energia. Meu coração descompassando, as pernas falhando, o peito sendo esmagado pela mesma dor que me esmagou quando perdi Esther.

Anne vai sumir para sempre da minha vida, como todos que já amei e talvez eu esteja repetindo tudo que fiz no passado e me mata todos os dias, sendo teimoso, sendo intransigente. Ela quis explicar e não deixei, ela tentou contar ontem e eu não deixei, ela disse que era importante e preferi mergulhar na história de amor.

É uma história de amor? Essa pergunta é a única que precisa ser respondida. Ela é que define o que fazer. Anne desaparece no fim da colina, leva junto meu coração, minha alma e o sangue parece parar de correr em minhas veias enquanto o fogo volta a lamber meu corpo e estou de novo naquele inferno. Preso à dor e sem conseguir sair dela, porque não tem mais Anne. Não tem mais a garotinha pela casa e os livros românticos, não tem mais as lágrimas e o riso, os cafés da manhã e a omelete, só tem escuridão.

É uma história de amor, outro tipo de história não destrói quem nem mesmo devia existir mais. Não posso deixar que vá embora sem dar a ela uma chance de me dizer o que aconteceu, sem ouvir sua verdade, talvez ela prefira voltar para sua velha vida, mas é ela que precisa me dizer isso.

Essa certeza me enche o peito de um tipo de nova energia e me faz respirar como se meus pulmões se expandissem. Corro os olhos pelo quarto, leva um longo momento para encontrar meu telefone e só quando ele está em minhas mãos é que percebo que eu não tenho o número dela.

Por que eu teria seu telefone se moramos juntos? Deixo o celular cair sobre a cama, ando de um lado para outro do quarto sem saber o que fazer. Ela vai ver Esther, despedir-se. Não foi embora realmente, ainda posso parar Anne.

Dora deve ter um telefone que eu possa ligar, desço as escadas correndo, entro no escritório em que ela ficava lendo correspondências e fingindo muito mal que estava concentrada naquela baboseira toda.

Abro gavetas, derrubo coisas, nada disso importa, só quero a agenda com os telefones importantes, temos uma. Encontro a agenda, vasculho na letra D, depois no E de Esther, nada. Ando pelo escritório tentando ter alguma boa ideia, não aparece nenhuma e me sinto começar a perder as forças de novo.

Talvez na biblioteca ou em seu quarto, não posso deixar que vá sem falar com ela. Não tem nem vestígios dela na biblioteca. Em seu quarto só ficou o perfume que ela deixa como marca de sua passagem. Eu me sento em sua cama, derrotado, abatido e fraco.

Ela vai partir para sempre, nunca vou ouvir os seus motivos, nunca vou entender se fez o que queria ou se apenas... Eu disse que Anne tinha que ir e não foi a primeira vez, quantas vezes uma pessoa se recusa a ir embora quando é expulsa? Primeiro a libertei da multa, disse que tinha de ir e ela não foi. Ficou, e de novo eu a expulso, uma hora a pessoa acaba indo.

Não preciso ficar aqui pensando em tudo que estou perdendo, nas coisas que eu não deixei que ela me dissesse, eu sei onde Esther mora e nem precisaria saber, é um vilarejo com três ou quatro ruazinhas.

Só preciso andar até o carro, só preciso descer a colina, há dois anos que não me sento atrás de um volante, tem mais de um ano que estou fechado nesta velha casa, sem nem mesmo respirar o ar puro da colina. É um lindo dia de sol e eu posso ir até Anne, dar a ela a chance de se explicar e só depois tomar a decisão que precisa ser tomada. É, sim, uma história de amor, uma dessas bobas que ela tanto gosta e talvez esteja na hora de fazer algo grande. Algo maior do que eu.

Deixo seu quarto correndo, não quero me lembrar de quando foi a última vez que corri, mas é inevitável e quando chego à porta do carro e meu peito sobe e desce pela energia gasta, um tipo de paralisia me invade; eu não cheguei a tempo de salvar Esther.

Lá está a dor a me atingir em cheio. Devorando minhas forças e vontades, fazendo-me paralisar e perder a coragem de reagir, de ir lá fora e lutar. Eu não cheguei a tempo, a fumaça nos engoliu o fogo nos devorou, não consegui...

— Não, não, não. Agora não, eu não posso deixar isso me tomar, eu preciso fazer algo.

Penso em Anne, posso senti-la deitada em meu peito e parece apagar tudo, é um pequeno duelo, mas ela vence. Buscar Anne parece mais urgente e necessário, a boa memória do que vivemos vence a batalha, é a luz versos a escuridão e o anjo vence e consigo abrir a porta do carro e me acomodar atrás do volante.

Tanto tempo que não dirijo, mas ainda sei fazer isso, dou partida, coloco o carro em movimento, desço a colina sem acelerar demais. Olho para os braços sobre o volante, não devia ter saído assim, sem me cobrir, mas não importa muito agora, nada importa muito agora. Eu estou fora da mansão, sozinho dentro de um carro e eu jamais imaginei que isso voltasse a acontecer.

Assim que viro a rua eu a vejo ao lado da irmã, Dora e Esther, as malas na calçada, ela me olhando boquiaberta, a pequena Esther sorrindo. Anne, eu pensei que jamais voltaria a ver seus olhos ou suas lágrimas, mas ela está aqui e não se preocupa em impedir as lágrimas de rolarem por seu rosto.

Por um instante nem mesmo sua versão importa, ela está aqui e eu podia implorar por ela, mas não é preciso. Anne nunca aceitaria isso, a garota por quem me apaixonei, a mulher que amo a ponto de deixar a mansão não precisa disso e não importa muito qual o nome que consta em seu registro.

Paro o carro e não tenho a menor ideia do que fazer ou dizer. A janela aberta, as quatro caladas, Anne a chorar. Aperto o volante um breve instante, eu vim até aqui, preciso fazer alguma coisa, é a minha vez de agir, é a minha casa da colina. Eu a expulsei, se a quero de volta, preciso dizer.

Odeio estar assim exposto, sem uma roupa que me cubra, com metade das pessoas do vilarejo à espreita em frestas de janelas e portões. Deixo o carro e encaro Anne sem saber ainda como fazer isso.

— Qual é a sua mala? — pergunto deixando Anne muda de surpresa; a irmã trata de empurrar a mala certa em minha direção.

— Essa aqui — ela responde por Anne.

Pego a mala, sinto como se assim estivesse a prender Anne a mim, uma loucura sem sentido e desvio meus olhos dos seus por um breve instante para me deparar com Esther chorando como Anne e isso me toca de um modo tão diferente. Volto meus olhos para Anne.

— Disse... Disse que queria conversar, eu... Eu acho que podemos voltar à colina e conversar.

Ela balança a cabeça afirmando, não me explico muito, apenas coloco sua mala no banco detrás da caminhonete e volto para o volante enquanto ela olha para a irmã sem saber como agir.

— Não saia da cidade, Dora pode hospedá-la — digo para irmã e Anne parece gostar da ideia, balança a cabeça em uma afirmação para Julianne, que coisa estranha essa dos nomes, não sei se me acostumo a isso.

Anne se acomoda ao meu lado, fecha a porta do carro e sinto um alívio me percorrer dos pés à cabeça. Ela está aqui, vamos voltar para segurança da colina e de alguma maneira vamos resolver isso.

Dou partida no carro, ainda não pude olhar em seus olhos, temo que me entregue a esse sentimento sem nem mesmo uma explicação. Não é assim que deve ser, não quero passar por cima disso, vai acabar sendo um fantasma em nossas vidas e eu já tenho muitos fantasmas.

— Saiu sem protetor solar — observa, fazendo-me olhar para ela, surpreso e mudo.

Ela percebe, volta seus olhos para a estrada enquanto faço a volta e tomo o caminho de volta à colina.

— Posso cuidar de mim mesmo — digo um tanto bravo, o que é mentira, já que a principal recomendação dos médicos era nunca, jamais em nenhuma circunstância sair sem protetor solar.

Mais nenhuma palavra até a colina, meu peito vai ficando mais e mais aliviado a cada centímetro vencido e quando estaciono me sinto seguro de novo. Não retiro sua mala do carro e nem ela faz isso, segue em direção à porta da frente. Ela sempre faz isso, vejo seus olhos passearem pela colina, Anne adora essa paisagem.

Quando chega a porta antes de mim, Anne para de andar e me espera, como se não pudesse mais entrar sem um convite, como se não fosse essa a sua casa.

— Entre — convido um tanto magoado e ofendido.

Ela entra e fica de pé na sala, ainda derrama lágrimas, mas parece mais firme. Eu podia abraçá-la, é tudo que quero fazer, ela que sempre me protegeu e acolheu nos momentos de fraqueza, ela que me aninhou quando meu mundo se rompeu e tive uma crise diante da lembrança mais obscura da minha vida. E, agora, quando precisa, quando é sua vez, eu não me movo para acolher sua dor.

"Ninguém cuida muito dela", a irmã disse e devo concordar.

— Quer se sentar? — ela nega.

— Sinto muito! — Começa e estou de pé igual a ela, olhando para seu rosto, culpando-me por permitir sua dor e tentando controlar a minha. — Queria muito dizer que foi um mal-entendido, mas não foi. O que aconteceu foi uma grande mentira. Eu também queria culpar Julianne, seria bem mais fácil e ela nem se importaria. Ela não se importa muito com nada, mas também não seria verdade, uma mulher adulta como eu, que faz o que fiz é responsável pelos próprios erros. Eu podia ter dito não, mas eu não disse e vim em seu lugar.

— Por quê? — pergunto e ela dá de ombros.

— Longa história. — Anne suspira buscando controle. — Somos gêmeas, minha mãe e eu superprotegemos Juli, ela sempre foi assim meio indecisa, aventureira, irresponsável. Minha mãe acreditava que eu era a gêmea dominante, como costumava dizer, porque era mais decidida e firme. Não era verdade, eu sempre me rendia a Juli e suas vontades e assim fomos crescendo. Ela tirou proveito disso e quando... Quando se viu entre a obrigação de vir cumprir um contrato e a vontade de viver sua história de amor, ela... Ela me pediu.

— Então, veio em seu lugar. Deixou tudo e veio. — Uma verdade simples meio dolorida.

— Eu me convenci de que seria tudo resolvido antes de ter de voltar para as aulas, eram férias quando parti.

— Nunca quis ficar um ano? — pergunto a ela, que dá de ombros.

— Ficaria o quanto fosse preciso para Juli não acabar em uma dívida de trezentos mil. Sinto muito, essa é a verdade.

— Disse a ela que eu não cobraria — eu lembro Anne.

— Não, você não cobraria e soube disso... quando deu a casa para Dora. Vi quem era de verdade por debaixo da máscara que vestiu para lidar com sua dor.

Eu concordo, foi o que fiz mesmo, não sabia que estava fazendo, mas me escondi em uma rudeza que não era minha e foi Anne a tirar a máscara.

— Então, por que não partiu? Por que não me disse a verdade?

— Tantas coisas — ela admite quando as lágrimas param de correr, estamos frente a frente, uns metros de distância e só quero envolvê-la e dizer que nada disso importa. — Medo por você, não queria deixá-lo aqui sozinho. Acreditei que não aguentaria, pensei que se contasse me mandaria embora. Estava certa.

Ela tem razão, eu fiz isso, não posso dizer que não teria feito se ela tivesse me contado, eu não sei o que teria feito e nunca vou saber.

— Queria contar quando percebi que meus sentimentos por você tinham mudado, mas então tive medo por mim. Fui protelando e não achava uma oportunidade, você teve aquela crise e eu me convenci de que precisava deixar você mais forte antes e continuei a protelar, até a noite de ontem, quando tudo aconteceu e eu tentei.

— Era isso que queria me contar?

— Sim. Não queria que começasse sobre uma mentira, seria o mesmo que começar uma construção sobre um lamaçal, mas... — Anne se cala, dá um longo suspiro.

— Eu não lhe dei ouvidos.

— Sim, mas, sejamos honestos, eu não estava muito determinada.

Ela busca meus olhos, lembro-me do sabor do seu beijo. De como seu corpo faz sentido com o meu.

— No fim, começou sobre um lamaçal e não foi além de uma noite. — Sua voz embarga mais uma vez. — É isso, Javier, a verdade é bem simples e ficou clara, eu menti. Não me orgulho, mas não me arrependo. A mentira me trouxe até aqui e de outro modo você nunca teria entrado em minha vida. Nunca vou me esquecer de tudo isso que vivemos e só desejo que você... fique bem. Talvez... — Ela volta a chorar. — Talvez permita que Esther venha às vezes. Tem uma biblioteca tão linda, ela podia aproveitar. Desculpe por tudo, queria ter outra versão, uma que não mudasse tudo, mas não tenho. Só tenho a verdade e ela não é muito bonita.

Ela olha para a porta, como se eu fosse permitir que deixasse minha vida. Como se não fosse capaz de correr o mundo atrás dela.

— Marianne é um nome lindo, combina mais com você. — Ela fica muda me olhando à espera dos meus sinais, não sabe o que penso sobre tudo, o que sinto. Não importava muito quando peguei o carro para ir buscá-la, importa menos ainda agora. — Tem tantas coisas que quero dizer.

— Eu sei, vou ouvir tudo.

Ela realmente acha que vou dar algum tipo de lição nela? Anne tem muito que entender. Ando até ela, não quero mais ficar longe, seguro seu rosto com as duas mãos, uso oo polegares para secar as lágrimas. Só de tocar sua pele, mirar os olhos lindos, sentir seu hálito em lábios entreabertos de surpresa, já me sinto livre.

— Então vamos começar pela que mais importa. Eu amo você! — declaro, curvando-me para tomar seus lábios e em um beijo confessar meu amor e mostrar a ela o que nesse instante é tudo que importa.

Capítulo 24

Marianne

Pensei que tudo tinha se acabando, que ele não me queria mais aqui, que era apenas um ponto final. Mas agora, enquanto sua boca se curva a minha depois de ouvir que ele me ama, uma onda de esperança e paz me invade a alma. Não sinto mais o peso nos ombros, não é mais noite em meu coração, uma explosão de luz e certezas toma minha vida e dá outro rumo, um novo norte para o que estava perdido.

Javier Ruiz me ama, sua declaração ainda ecoa por minha mente enquanto nos beijamos, suas mãos ainda seguram meu rosto com cuidado, e as lágrimas que correram toda a manhã por dor e angústia, agora se espalham por meu rosto como se fosse o meu final feliz. Ele me ama e todo o resto pode ser vencido.

Sinto seu hálito quente se afastando um pouco de mim, abro meus olhos para encontrar os dele, cheios do amor que ele diz sentir, e não tem como negar. Quando olho em seus olhos, eu posso ver, escondeu a nuvem escura e triste, talvez ela volte, mas se foi e nada me deixa mais feliz.

— Eu te amo, Javier! Sinto muito não ter contado...

— Shhhh, nada disso importa mais. — Ele me beija mais uma vez. — Não chora, por favor! Não por isso, está tudo bem, eu entendo.

Toco seu rosto enquanto ele ainda segura o meu, seus olhos lindos a me devorar a alma e meu coração bate tão rápido que consigo entender como as mocinhas das minhas histórias se sentem quando escutam um "eu te amo" sincero.

— Pensei que nunca mais veria você. — Só de pensar um arrepio percorre meu corpo. Ele balança a cabeça em negação, é minha certeza de que não vamos nos separar. Digo outra vez: — Amo você!

Ainda vou dizer muito mais, quero que ele se lembre todos os dias que eu o amo e não me importo de gastar todos os "eu te amo" de uma só vez.

— Tão linda, tanto a dizer a ouvir, mas agora só penso em beijar você.

— Temos todo tempo do mundo para conversa — digo gostando da ideia dos beijos.

Javier me leva pela mão em direção às escadas, eu sabia que andar de mãos dadas dentro de casa daria em algo assim. A mesa de café da manhã intocada ainda está lá a espera de nós dois, como se nada tivesse acontecido entre a linda noite e esse instante, como se Julianne não tivesse estado aqui.

Javier me envolve em seus braços quando chegamos ao quarto, sinto o calor vindo dos braços descobertos, ele foi me buscar, desceu a colina sozinho e sem proteção, ele fez isso por nós.

— Soube que não era você no instante em que a vi. Meu amor é inconfundível — ele diz ao meu ouvido, não tem como sobreviver a isso, meu coração vai sair pela boca, vou me desmanchar de paixão, esse é o meu fim, morrer de amor. — Nem por um instante, bastou olhar para os olhos dela e sabia que não era a minha... — Ele se afasta, olha em meus olhos. — Marianne.

— Sonhei tanto com você dizendo meu nome — conto a Javier e ele sorri.

Fica tão bonito em seus lábios. Essa, sim, sou eu, Marianne, sem mentiras e segredos, só a mulher que se apaixonou por ele.

— Marianne — ele diz mais uma vez antes de me tomar em um beijo que acende meu corpo e me faz esquecer tudo.

Suas mãos me percorrem, é como da primeira vez, cada pequeno toque dos seus dedos me faz viva, completa, dele.

— Javier. Pensei que nunca mais me sentiria assim, inteira, pulsando, viva. Só você pode me provocar isso.

— Linda, Marianne! — ele sussurra ao meu ouvido enquanto vamos nos despindo e trocando beijos. — Meu amor, Marianne.

Procuro a sua boca, desesperada por aplacar o desejo que queima meu corpo, corro meus dedos por sua pele, ele me puxa para cama, caímos juntos, misturados, apressados, cheios de uma paixão avassaladora, que cega, cala, exige.

O quarto está claro, posso ver cada pequeno traço do seu corpo, ele pode me ver como nunca antes e não sinto nada se não prazer de me mostrar a ele, de vê-lo sob a luz que escapa pelas cortinas fechadas iluminando nosso amor.

Sua mão desliza suavemente por mim, percorrendo minha pele lenta e doce, assisto seus olhos acompanharem o percurso da mão, encantarem-se, emocionando-me enquanto sinto a paixão superaquecer minha pele, acelerar meu coração, jorrar meu sangue pelas veias, preencher-me de vida.

— Quero conhecer cada pedacinho de você — ele diz com uma voz profunda e grave, causando-me uma onda de arrepios. — Decorar minha Marianne.

Faço o mesmo com ele, só consigo ver beleza em Javier, meu toque e meu olhar não o intimidam mais, ele sente o amor em meus olhos e não teme uma recusa. Como poderia recusar se tudo que eu quero é amar esse homem, esse corpo, quero ser dele, dividir minha alma para curar a dele.

Nós nos beijamos, eu o puxo para mim, quero mais do que suas mãos, quero me entregar e cegar para tudo que não seja esse instante de amor, apenas e tão somente o amor puro e honesto, que não guarda segredos; não mente e não precisa de perdão.

São longos beijos, olhos profundos, uma dança suave, prolongando o prazer, com medo de acabar o que demoramos tanto a entender e conquistar, são tantas as certezas. Sou dele, sempre vou ser, ninguém pode me tocar, nenhum outro coração pode me atrair, só existe Javier.

Depois da onda de prazer que me leva para um novo mundo, melhor e mais intenso do que esse, onde o amor é rei, sinto a paz vencer o desejo e descanso em seu abraço.

Seus dedos me percorrem, não quero me mover, não quero ouvir ou falar, quero sentir seu amor e apaziguar a luta, estamos aqui, juntos, completos, não tem mais dor ou lágrimas.

Ainda sinto raiva de Julianne por ter vindo sem aviso, mas agora que tudo está bem, acredito que foi bom esse encontro. Javier conhece minha irmã, não é apenas minha versão dos fatos, ele pode vê-la, nos ver juntas e tirar conclusões e agora ela está com Dora e Esther e não fala uma frase em espanhol, já considero uma boa vingança.

— Como soube que não era eu?

— Tudo, do modo que ela me olhou ao andar, falar, os movimentos, o rosto, os olhos. Eu sabia que não tinha nada de você naquela mulher de pé na sala e claro que pensei que você tinha sido possuída. — Não consigo evitar uma crise de riso em seus braços, ele acaba rindo também. — O que mais pensaria? Não sabia de uma gêmea.

— Bobo! Contar sobre uma irmã gêmea e não admitir as mentiras seria... Já doía demais não dizer a verdade.

— Estive a pensar sobre isso, deu sinais, eu que não entendi. Quando disse que estava livre e que podia ir embora, foi por conta da conversa na cozinha, quando falou da sua irmã e pareceu triste, pensei ser saudade.

— Não. Foi porque me lembrei da mentira. Pensei em contar ali, naquele instante, mas tinha medo de você aqui sozinho, medo de que... essa coisa toda o consumisse.

Não quero estragar tudo trazendo seu passado de volta.

— Eu não aguentaria essa casa sem você, Anne. Ainda vou te chamar de Anne.

— É como todos me chamam, por sorte nossos nomes tem a mesma terminação e não causaria confusão pedir que me chamasse de Anne.

— Mas amo Marianne. É doce e delicado como você. — Olho para ele, tão tranquilo e relaxado. Ele alisa meu rosto, beija meus lábios, envolve-me mais em seus braços, enlaço sua perna com a minha, como se não estivéssemos perto o bastante. — Sua irmã disse coisas que eu precisava ouvir, abriu meus olhos, em algum momento eu iria atrás de você, mas sem aquela conversa... Acho que levaria mais tempo, eu definharia de dor e tristeza um pouco mais.

— Posso apostar que ela fez isso. Convenceu-o a ir atrás de mim, falou com o mais fundo dos seus sentimentos. — Ele me olha meio surpreso. — Como acha que eu vim parar aqui? Juli tem esse talento. Argumenta como uma advogada diante do grande júri.

— Ela me enrolou? — Ele junta as sobrancelhas e pensa um instante. — Fui manipulado?

— Talvez um pouco, vou agradecer a ela. — Eu o faço sorrir e beijo seus lábios. — Foi bom pedir a ela para ficar, estava tão atordoada, que não pensei muito, mas ela está com meus documentos e quero destrocar e organizar tudo antes de Juli partir.

Javier se move, espalho-me no travesseiro enquanto ele apoia a mão na cabeça para me olhar. Não me canso de olhar para os olhos cheios de paz de Javier.

— Você não vai me deixar, não é?

Balanço a cabeça negando apressadamente.

— Não quero ir a lugar nenhum, Javier, meu lugar é onde meu coração está e ele está aqui. — Toco seu peito com o indicador, ele dá um meio-sorriso, beija meus lábios.

— Nesse caso... Eu tenho casas no vilarejo, em Barcelona, tem um apartamento em Barcelona que seria perfeito para uma mulher sozinha. Ela pode ficar lá.

— Tantas coisas que precisa compreender.

Meus dedos brincam com os traços do seu rosto, ele me sorri.

— Conte-me.

— Vivi muito tempo como um pedaço de coisa, Julianne dispunha de mim, do meu tempo, do meu dinheiro, das minhas vontades, sempre quis... protegê-la. Acabei mimando minha irmã com minha mãe.

— Entendo, mas ao menos, ela está aqui.

— Minha irmã não é feliz — conto a ele. — Jacob, esse namorado por quem ela achou estar apaixonada era uma pessoa bem legal, sério, focado no trabalho, comprometido com seus sonhos. Ela o perdeu, ela vai perder um monte de outras coisas, vai perder pessoas.

— E qual o seu plano?

— Fazer a coisa mais difícil que já fiz por ela. Vou soltar sua mão e deixar que viva a própria vida, parar de corrigir seus erros.

— Anne, esse é um caminho perigoso, eu... — Posso ver o medo perpassar por seus olhos.

— Somos gêmeas, somos muito ligadas, amo Juli, muito e ela me ama muito. Eu sei que ela vai correr para mim e vou saber quando é realmente sério e quando é apenas Julianne e sua certeza de que não precisa resolver os próprios problemas.

— Não vou me intrometer em suas decisões, principalmente com sua irmã, mas quero que saiba que ela é bem-vinda aqui e... se mudar de ideia, ela pode ficar por perto. Não faça nada que um dia possa machucar você.

— Obrigada! Juli precisa experimentar viver por si mesma, talvez não dê certo, mas tenho uma intuição que diz que ela vai, sim, se encontrar. Ela é boa, não é uma pessoa má, mas ficou cega para tudo que não é ela mesma e eu fui deixando, acho que tive preguiça de enfrentar isso. Preferi não encarar a verdade sobre ela, ficava dando desculpas, afastar-me dela me deu uma ótima visão sobre tudo. Foi muito bom.

— Se falavam? Esse tempo que esteve aqui, manteve contato com ela?

— Não muito. Eu sempre corri atrás dela, para saber como estava e o que estava fazendo, sempre preocupada. Quando, ainda no avião vindo para cá, comecei a me dar conta do que estava fazendo eu decidi não procurá-la. Deixei que ela cuidasse da aproximação, o que significa que falamos duas ou três vezes no máximo.

— Sei como é — ele diz e beijo seus lábios para impedi-lo de pensar no passado.

— Ela deve estar desesperada com Dora e Esther. — Meu sorriso se amplia. — Juli não fala espanhol.

— Ah, e aqui está uma versão malvada da doce Anne. Não esperava por essa.

— Só uma pequena vingança.

— Não fica preocupada?

— Ensinei umas palavras em inglês para Esther, minha irmã não vai morrer de fome e de sede, então está tudo bem.

Javier se acomoda melhor e vou para seus braços, ainda quero entender em que pé estamos, eu não quero ficar isolada na colina com ele, como dois eremitas, quero uma vida e se vou ficar, então quero uma vida aqui. Ainda não preciso pressioná-lo sobre isso, mas em algum momento essa conversa vai acontecer. Sou professora, gosto de ser e vou continuar sendo.

— Está faminta? — ele pergunta depois de um momento de silêncio.

Balanço a cabeça concordando, não comemos nada hoje e é quase meio-dia.

— Vamos descer e comer alguma coisa — digo em um suspiro preguiçoso.

— Acho bom antes que esgotemos as forças.

Eu me obrigo a sentar na cama, preciso das minhas roupas, a mala ainda está no carro.

— Deixamos minha mala no carro. — Ele ri. — Do que está rindo.

— Eu estava sendo um pouco malvado, não tinha a menor intenção de deixá-la ir, mas achei que manter a mala no carro faria algum suspense.

— Eu estava em transe, Javier. Não estava pensando em nada, só tinha certeza de que era o fim.

— Amo você, Anne!

— Você saiu da colina. — Ele não parece gostar da lembrança. — Sei que foi algo grande, principalmente sem protetor.

— Como sabe que saí sem protetor? — ele pergunta enquanto caça suas roupas e as minhas espalhadas pelo quarto.

— Porque ninguém que está indo correr atrás do amor de sua vida passa protetor, não é romântico. — Olho para ele sorrindo enquanto me atira minha calcinha. — Não passou protetor, não é? — pergunto começando a me preocupar, eu criei uma imagem em que um homem desesperado de amor corre para o carro e parte sem pensar em nada. — Parou para passar protetor antes de correr atrás de mim, Javier?

É uma pergunta em tom de crítica. Ele vem até mim, derruba-me de volta na cama, seu corpo cobre o meu.

— Não, Anne, eu não pensei nem em trocar de blusa para me proteger e sabe o que penso sobre tudo isso.

— Que alívio! — Ele ri enquanto beija meus lábios e me puxa para fora da cama.

— Banho de dois minutos e vamos comer — ele diz deixando a cama antes de ser tarde demais.

— Juntos? — pergunto a ele, que nega.

— Não é boa ideia, eu não fiz todo o percurso, queria ter feito, mas ainda não fiz, tem coisas... Não gosto de ficar muito tempo. Eu...

— Está tudo bem — digo ficando de pé e beijando seus lábios. — Eu o vejo no café.

— Ok! Tem certeza de que são apenas duas? Não pode acontecer de chegar lá em baixo e ter uma terceira?

— Não! Se tiver uma terceira seria uma dessas grandes viradas, estilo fim do capítulo, mas estragaria o enredo, está ótimo assim. Não mexe no meu final feliz.

Deixo seu quarto para tomar banho e me vestir, encontro Javier na cozinha, tinha uma ótima mesa de café da manhã. O que ele já está mexendo?

— Fazendo o quê? — digo envolvendo sua cintura e me encostando às suas costas.

— Omelete.

— Quê? — pergunto rindo.

— Omelete mesmo, com queijo e essas coisas, não pense que...

— Só penso que nunca mais cozinho nesta casa. — Ele se volta e me olha um tanto surpreso. — Ok, talvez eu cozinhe às vezes.

— Vamos comer alguma coisa, depois pode buscar sua irmã. Acho que vocês deviam ter uma boa conversa antes dela partir, ela pode ficar para jantar, passar essa noite aqui.

— Sempre generoso — digo, orgulhosa por ter me apaixonado por um homem como ele. — Esther ainda pode vir?

— Anne, ela já podia quando as coisas não estavam nada boas, agora que estão melhores, acho uma ótima ideia tê-la aqui por uns dias.

Sinto uma onda de orgulho e esperança, não espero que tudo passe feito mágica, não é assim que funciona e aposto que ele vai precisar de muita terapia, mas caminha para um caminho de melhora e um dia, será um homem livre.

— Como vão seus gregos?

— A minha espera. Abandonados, eu diria, com muito desgosto. — Ele ri enquanto nos acomodamos à mesa. — Essa noite vou colocar em dia.

— Não vai, não. Essa noite tem de receber sua irmã e quando ela for dormir... — Ele não termina, deixa no ar me causando um leve arrepio.

— Sim, se é o que quer, eu vou atender seus desejos. Posso passar seu creme e você me agradece como achar melhor. — Pisco arrancando uma gargalhada de Javier e não deve existir nada melhor na vida.

Eu o ajudo a recolher a louça e limpar a mesa do café da manhã que podemos chamar de almoço.

— Vou buscar Julianne, está mesmo bem com isso? Ela pode ficar na Dora e partir amanhã.

— Acho que vou ter de me acostumar não é mesmo? Ela é sua irmã e eu não quero de jeito nenhum que se afastem. Anne, isso é muito importante para mim. Entende?

— Entendo, e não teria como me afastar dela, amo minha irmã e somos gêmeas.

Dou de ombros. Isso sempre nos explica um pouco, dividimos o ventre da minha mãe, dividimos tudo toda a vida. Perdi muitas vezes nossas pequenas batalhas, mas isso não deixa de nos manter unidas.

Ele me acompanha até o carro, tira a mala assim que destravo as portas, me sorri um tanto constrangido e ao mesmo tempo leve e feliz.

— Ela fica, acho melhor garantir.

— Não tem que se preocupar com isso, não quero ir a lugar nenhum. — Beijo Javier. — Ao menos por enquanto.

Ele se encosta na porta do carro, impedindo-me de entrar.

— Como assim?

— Quem sabe um dia vamos visitar minha cidade? Ou pode querer me levar para passear em Barcelona, ou me mostrar seu país. — Sinto a preocupação chegar. — Tudo no seu tempo, Javier. Não hoje, nem nas próximas semanas ou meses, mas algum dia. Entende isso? Que precisa buscar sair desse casulo?

Ele dá um longo suspiro, toca meu rosto com cuidado, curva-se para um beijo.

— Por você, Marianne! — É música para meus ouvidos e entro no carro animada para voltar para seus braços o mais rápido possível.

Assim que estaciono e buzino, vejo a porta se abrir e antes de deixar o carro, Juli está arrastando a mala com Dora falando com ela sem parar.

— Adeus, obrigada! — ela diz as duas, mas só Esther entende, acena para ela; abraço Esther que não para de sorrir.

— Obrigada por cuidar da minha irmã, vejo você amanhã. Não vou mais a lugar nenhum. — Ela me abraça apertado, quando fico de pé. Dora também me abraça. — Obrigada, Dora! Até amanhã. Vou contar tudo e explicar as coisas.

— Seu coração já explicou tudo que importa, Anne — Dora diz envolvendo Esther enquanto aceno antes de partir com Juli no carro.

— Está me levando para onde? Não importa, só quero que seja um lugar que falem minha língua, o que são essas pessoas?

— Como assim, Juli? — pergunto rindo.

— Elas falam o tempo todo comigo, eu expliquei setenta vezes que não falo a língua delas, mas isso não as fez parar. Não tive um segundo de sossego, só tentando conversar, estou com dor nos braços de tanto gesticular.

— Que bom que foi bem ruim.

— Já você, está com uma pele ótima. — Ela faz uma careta.

— Javier Ruiz me ama. — Sorrio ainda mais.

— Eu vi. Vi quando conversei com ele no quarto, vi quando ele veio buscar você — ela diz sorrindo, quando percebe que estou tomando o rumo da colina.

— Vai ficar conosco essa noite, jantar, conhecê-lo melhor e amanhã chamamos um carro para levar você até Barcelona e de lá, voa para casa.

— Obrigada, Anne! Eu sinto muito, não queria... Quase acabei com a sua vida.

— É, mas também deu uma boa mãozinha para o destino. Eu não teria encontrado Javier sem sua irresponsabilidade e a minha, agora nem consigo me imaginar vivendo o resto da vida sem ele.

— Vão se casar?

— Não. Quer dizer, eu me casaria com ele agora mesmo, mas ele não fez um pedido. Ainda temos muito a que resolver.

— Amar já basta — ela suspira e morde o lábio. — Acha que algum dia alguém vai gostar de mim de verdade?

— Acha que algum dia vai gostar de alguém tanto quanto gosta de si mesma?

Ela faz uma careta.

— Vou melhorar. Sabe o que eu fiz? Comprei coisas para elas comerem, não tinha muito lá, então eu tinha algum dinheiro que troquei no aeroporto e gastei tudo com elas, comprei apenas coisas que eu odeio!

— E por que comprou coisas que não gosta? — pergunto rindo quando estou estacionando na garagem.

— Disse para fazer o bem sem pensar em mim, aproveitei que estava com fome e comprei coisas que eu não comeria, o Universo entendeu o recado.

— Provavelmente. — Desligo o motor e olho para ela. — Juli...

— Vou me comportar, prometo! Só quero tomar um banho. Já se deu conta que saí dos Estados Unidos ontem e até agora não consegui uns minutos de descanso?

— Vai ter tempo para descansar, só quero pedir que não fique olhando muito para as marcas do Javier. Ele é sensível sobre isso e já percebeu seu olhar.

— Desculpe por isso também, foi um choque, eu não esperava — ela me diz olhando para as próprias mãos. — Entendo por que ele não sai daqui, eu também me sentiria como ele.

— Não sabe o porquê das marcas, são cicatrizes na alma dele, ele perdeu pessoas importantes em um incêndio. Não toque no assunto. Não fique olhando, não gosto de vê-lo desconfortável.

— Pode deixar que não tenho nenhum plano de estragar mais nada para você. Vou ficar essa noite, partir cedo amanhã, vou cuidar do apartamento, pagar as contas. Pensei em estudar, o que acha?

— Seria maravilhoso.

— Acho que sim, mas Anne... Você ama ser professora, vai deixar sua vida por ele? Fiz isso pelo Jacob e recebi um pé na bunda! — ela diz meio cheia de raiva.

— Tem uma escola no vilarejo. Não vou deixar o que amo, se não conseguir uma classe, posso dar aulas particulares, ensinar inglês, aposto que consigo crianças, adolescentes e até adultos.

— Acho que sim. Podemos descer, eu realmente quero um banho e alguma coisa que eu goste para comer.

— Vamos! — E terminamos sempre nela; não é um caminho simples, mas ela consegue.

Javier está na sala, usa uma camisa de manga longa, não esperava por menos, ele toma à frente para pegar a mala de Juli e levar até a ponta da escada, depois retorna e me envolve a cintura.

— Agora uma apresentação formal. Javier, essa é a minha irmã gêmea Julianne.

— Finalmente eu conheço o namorado da Anne.

Julianne tem de ser inconveniente ou não é ela. Meu rosto queima de vergonha, mas acho que ela sabe disso e fez de propósito.

— Ele...

— É um prazer conhecer a irmã gêmea da minha namorada — Javier me corta, pede-me em namoro, recebe seu sim e anuncia, tudo em uma frase e nenhum romantismo. Eu contava com um pedido, umas flores, mas assim está ótimo. — Bem-vinda, Juli! É assim que devo chamá-la?

— Está ótimo! — Ela sorri muito feliz com o que conseguiu.

— Anne, acho que sua irmã quer descansar. Leve-a até o seu antigo quarto.

E com mais uma frase, eu viro sua esposa. Ou ele se cala ou na próxima apresenta os filhos gêmeos.

— Vamos, Juli.

Javier se apressa a pegar a mala e subir na frente e me lembro de arrastar minha mala escada acima quando cheguei aqui e pensar muitas tolices, levou um tempo para entender que ele apenas não estava pronto para se mostrar.

— Espero por você lá embaixo — ele diz me beijando nos lábios.

Juli puxa a mala rindo até o quarto, quando entro não encontro minha mala. Tenho uma leve ideia de onde ele a guardou.

— Ele é muito gentil — ela comenta me fazendo rir.

— Muito! Não faz ideia. Descanse, tome um banho, se quiser comer é só descer.

— Anne, obrigada! — Ela me abraça antes que eu deixe o quarto.

Só por curiosidade, abro a porta do quarto ao lado. Lá está minha mala, diante do *closet* dele.

— Javier tem muito que aprender com os Stefanos, se ele pensa que vou ficar aqui muito tempo sem que ele enfrente a saga de me comprar um anel está muito enganado.

Capítulo 25

Javier

Temo que ela acabe arrependida como eu, carregando uma culpa que não precisa. A irmã é, sim, egoísta, é sua natureza. Não tem nada a ver com criação, sangue, são gêmeas e ainda assim, absolutamente diferentes.

Acredito que Anne sabe o que está fazendo, tem meu exemplo e se insiste em ajudar a irmã desse modo, então deve ter suas certezas.

Eu me acomodo na poltrona confortável da biblioteca, desde o dia em que a encontrei chorando por conta de um livro e ela se encolheu em meus braços me obrigando a ler para ela, esse é um dos meus lugares preferidos da casa.

— Javier! — Escuto-a me chamar enquanto caminha pela casa, durante o um ano em que a casa ficou cheia de médicos, enfermeiros, terapeutas e outros tantos funcionários, ninguém jamais se atreveu a ficar gritando por mim pela casa. Eu era insuportável, talvez deva escrever uma carta de desculpas àquelas pessoas. — Javier!

— Biblioteca! — digo em voz alta para ser ouvido e logo eu a vejo entrar com um sorriso no rosto; ela não pensa duas vezes, acomoda-se em meu colo passando seus braços por meu pescoço.

— Viu minha mala? — Anne pergunta embora saiba a resposta.

— No quarto.

Ela dá um sorriso de lado, cheio de segredos.

— Acabei de deixar minha irmã lá e não achei. — Agora sou eu a sorrir meio de lado, devolvendo a provocação.

— Não nesse quarto.

— Ah! Entendi, foi para deixar minha irmã mais à vontade?

— Não. Eu não espero que ela fique à vontade demais — aviso fazendo Anne rir. — Foi para você ficar mais à vontade.

— Entendo. Está cada dia mais lindo — ela diz me deixando um tanto surpreso e levemente constrangido. — Mas precisa falar comigo, eu acho que posso entender os sinais. Só quero ouvir.

— Quer ouvir? Eu te amo, quero amanhecer com você todos os dias e não quero que tenha de correr para o outro quarto para se vestir.

— Viu como é bom dizer. Faltou "querida namorada". — Ela me força um ataque de riso. Envolvo mais Anne em meus braços, ela se encosta ao meu peito e suspira. — Somos namorados, Javier, só isso. Eu estou sendo um pouco generosa sobre isso, passando por cima do fato de que faltou um pedido.

— Uma vez eu disse que não era um de seus romances, Anne, eu não sei se consigo fazer essas coisas.

— Por isso que estamos namorando sem pedido mesmo. — Ela sempre consegue me dar uma volta e terminar com a razão. Anne se move para me beijar os lábios. — Temos um tempo livre até a minha irmã acordar e vir jantar, pensei em ler um pouco aqui no seu colo. O que acha?

— Acho que vou gostar de ter você em meus braços.

— Ótimo! — Ela aponta para o livro e me movo para pegá-lo no móvel ao lado. — Assim que tudo se resolveu tratei de devolvê-lo ao seu lugar, ele estava na minha bolsa, achei que terminaria no avião, rumando para casa, no meio da minha dor. — Um arrepio percorre meu corpo só em imaginar. Eu estaria morrendo agora, sem ar, sem força. — Vou ler para você.

— Quanta generosidade — digo em meio a uma careta que ela ignora.

— Vou por você a par de onde estamos na história.

— Não precisa.

— Javier, assim você entende a situação.

— Meu amor, está tudo entendido. Olha o nome do livro. Sempre te amei, pronto, já contou a história toda.

— Não contou nada, é muito vago, pode ser qualquer coisa. Para de desdenhar do meu livro.

— Tudo bem, vá em frente, faça um resumo dos últimos acontecimentos desde o abraço entre irmãos.

— Bem, depois daquela cena eles viveram alguns momentos na Grécia e voltaram para casa, só que Annie está...

Anne me olha, surpresa, abre e fecha a boca um tanto assustada, eu não sei entender o que se passa, mas é uma memória que a assusta.

— O que foi?

— Annie está grávida, eles... Eles não pensaram muito em proteção, ela... Ela não está pronta e nem ele, para uma coisa como essa, tão... gigante.

— E está preocupada com eles?

Ela balança a cabeça negando.

— Javier... Nós dois, somos adultos, somos... inteligentes e esclarecidos e eu ou você, nós também não pensamos em nada disso.

Finalmente compreendo, cheio de muita surpresa. Nunca, em toda minha vida estive com uma mulher sem proteção, mesmo com Ivana que ficamos noivos. Ela reclamava disso, dizia que eu estava com medo de ter um filho com ela, que era muito obcecado por proteção e dessa vez, em nenhum instante pensei sobre isso.

— Desculpe, eu não pensei mesmo sobre isso.

— Nenhum dos dois pensou. — Ela balança a cabeça afirmando.

Posso ver como esse fato a deixa desnorteada e não sei se gosto disso, claro que não pensamos, mas se aconteceu pode não ser o fim do mundo. Não posso dizer com certeza que gosto da ideia, mas também não posso dizer que abomino, seria algo a se lidar.

— Isso é tão horrível assim para você? — pergunto um pouco magoado com sua reação.

— Sim, não... Não, eu quero ser mãe, eu amo crianças. Mas eu não quero que seja sem um planejamento, no susto e, sobretudo, com alguém que eu não sei se quer o mesmo.

— Entendo, o problema pelo visto sou eu.

— Estamos tento nossa primeira briga depois de oficializar o namoro? — ela pergunta e balanço a cabeça negando, eu fico mesmo na defensiva, magoado, tem muitas coisas em mim que precisam ser organizadas.

— Não! Estamos conversando sobre a ideia de um filho, o que é inclusive bem estranho, se está grávida, essa discussão não faz sentido algum, o bebê existe e vamos amar a criança. Se não está, podemos começar a nos cuidar e a conversa também não é necessária.

— Tão prático — ela suspira, decepcionada. — Acho que tem razão, mas talvez eu queira conversar um pouco mais. Você quer ser pai?

— Eu não queria nem viver até você subir a colina arrastando sua mala, Anne. Eu não sei, amo você, estamos começando algo e, sim, talvez possa se tornar um objetivo.

— Parece bom para mim. Vamos ler a noite toda, abraçadinhos, amanhã quando for levar a minha irmã até o vilarejo eu compro proteção na farmácia e o vilarejo vai se divertir por pelo menos um mês, depois vou marcar uma consulta.

— Ler a noite toda, é?

— Sim, a noite toda. — Ela ri do meu desânimo. — Quer começar?

— Não. Você começa, mas, lembre-se, é o último livro. Vai gastá-lo todinho em uma noite?

— Jogo baixo — Anne diz rindo e se acomodando em meus braços.

Ela abre o livro, hoje mesmo vou terminar a compra, em uns três ou quatro dias deve chegar e quero ver seu rosto feliz. Sua voz suave começa a leitura, meus dedos correm por seus cabelos enquanto a escuto ler, penso em tudo que aconteceu desde sua chegada, das mudanças, das coisas que ainda precisam ser mudadas.

Eu não pensava em nada se não morrer, agora quero viver, quero limpar meu coração dessa culpa, quero até pensar em filhos e essa casa cheia de novo, como quando eu era criança. Um bebê seria algo estranhamente reconfortante, uma criança me obrigaria a desejar a felicidade, eu sei que abandonaria a culpa para fazer esse pequeno ser feliz. Minha pequena Esther gostaria disso, ela estava sempre me dizendo que eu devia ter filhos.

Essa ideia implica em muitas coisas, entre elas, deixar a colina, de que outro modo eu poderia trazer um bebê ao mundo? Anne precisaria de cuidados em Barcelona, não sei se consigo pensar em deixar essa casa e enfrentar o mundo.

Olho para o rosto de Anne. É tão linda, ela ama crianças, é professora, escolheu os pequenos por conta desse amor, seria uma mãe maravilhosa, talvez um bebê esteja nesse instante se formando em seu ventre. É talvez improvável, mas não impossível.

Se estiver acontecendo vou me fazer forte, se não estiver... Talvez eu me decepcione, mas não é certo usar uma vida inocente em busca de uma cura que precisa vir de mim.

A terapia vai ajudar. Se antes estava relutante, acho que agora é a melhor hora para lidar com isso. Por mim, por Anne que eu sei não vai se contentar com a prisão da colina.

Os pensamentos vão me deixando conforme a história vai sendo lida, envolvo-me com a busca do casal por melhora, em algum momento. Anne se ajeita em meus braços e passa o livro para mim, os olhos meigos que deixam claro não haver espaço para recusa e lá estou eu lendo até com alguma avidez a história.

— Acho que chega por enquanto — ela diz quando termino um capítulo. — Quero preparar algo para o jantar com a minha irmã. Lembra que ela está aqui?

— Sim. Tem razão. Estava pensando sobre eles, de certo modo, eles meio que estão resgatando as dores do passado com essas crianças, não acha?

— Acho, fico tão emocionada. Está gostando?

— Eu só estou... comentando.

— Nunca vai admitir que está adorando meu livro — ela diz deixando meu colo enquanto eu ainda penso em um possível bebê. Anne me puxa para deixar a poltrona. — Vem!

— Vamos, o que quer cozinhar?

— Surpreenda-me. — Ela me faz rir e caminho ao seu lado para cozinha, não leva mais que uma hora para um jantar simples, mas muito saboroso para a irmã.

Julianne surge quando terminamos de colocar a mesa, muito bem vestida e com uma maquiagem impecável e penso em como dei sorte de ela ter mudado de lugar com Anne, sua estadia aqui teria sido relâmpago e eu estaria morrendo no quarto agora.

— Dormi feito um bebê. Nem sei como agradecer, o perfume do jantar está divino — ela diz quando indico um lugar à mesa.

— Quero que me telefone quando chegar, pode fazer isso? — Anne pede.

— Vou tentar não ficar tantos dias sem dar notícias, prometo.

— Ótimo! — As duas começam uma conversa cheia de recordações do passado e é muito bom poder conhecer melhor Anne.

Descubro que ela sempre quis ser professora, que sempre amou livros, que sempre os tratou como sua pequena verdade. Ela teve só dois namorados em toda a vida, namoros curtos, sua mãe era muito carinhosa e elas se vestiam iguais quando muito pequenas, até que começaram a se rebelar, usaram o artifício de serem iguais algumas vezes no colégio, sempre para ajudar Julianne e quando a mãe morreu. Julianne viajou e Anne se estabeleceu, deixando bem claro suas personalidades.

— Eu pensei sobre isso, acho que fazer aquela viagem e deixar você, quando a mamãe morreu, foi a coisa mais estúpida que já fiz.

— Não se arrependa de tudo. Conheceu lindos lugares, isso foi bom, ganhou alguma experiência e vai poder usar na sua vida.

Anne a defende e ela rapidamente aceita, dá para ver o jeito protetor de Anne surgindo mais uma vez.

— Javier, acredita que Jacob nunca me amou? — ela me pergunta do nada e fico sem saber como responder a isso.

— Não sei, eu não o conheci e nem conheço a história de vocês, mas... acredito que ficar com alguém egoísta que não pensa em nada além de si deve matar um pouco o amor.

Eu me lembro de Ivana, de como o que achei ser amor morreu no instante em que a enfermeira me devolveu a aliança.

— Vocês estão certos, se existiu amor eu matei. Vou seguir em frente e pensar mais em mim, quer dizer, menos em mim.

Anne e eu trocamos um sorriso. Depois do jantar as duas irmãs conversam um pouco no quarto, acho que acertam coisas do futuro, vou para o quarto que agora não é só meu; amanhecer com Anne sem nada se não amor entre nós.

Isso me deixa feliz mesmo sabendo que essa noite tudo que teremos é a companhia um do outro. Ela tem razão sobre nos protegermos, sei que eu a amo e acredito em seu amor, mas acho que temos coisas para fazer antes de um bebê.

Eu me casaria com ela, parece rápido, mas não é, estou vindo de um abismo. Penso naquela crise que tive, em como sua mão segurou a minha e foi a corda que começou a me puxar de volta. Além de amor, sinto gratidão por Anne e um pouco de arrependimento por tê-la tratado tão mal quando soube a verdade.

Ela vem para o quarto com um sorriso no rosto, a mala ainda está diante do *closet*, foi meu jeito delicado e discreto de dizer que eu a quero em minha vida todos os dias.

— Juli foi dormir. Amanhã ela vai cedo embora, pensei em ir com ela até Barcelona, mas lembrei que a Esther vai ficar aqui uns dias, acho que posso fazer isso quando Dora voltar.

— Sim. Não posso nem pensar em ficar aqui sozinho com Esther e de qualquer forma, acho que dá para ir e voltar de Barcelona no mesmo dia, ou tem planos de ficar lá?

— Se fosse comigo...

— Anne. — Toco seu rosto, afasto os cabelos; tão linda. — Não é um *não* definitivo, estou adiando, entende. Acho que seria mais fácil entrar em um avião com você e ir para um país distante do que estar em Barcelona com tantos conhecidos, tantas lembranças.

— Javier, eu te amo! E o que mais gosto é que nada sumiu feito mágica só porque nos amamos, não finge e não se violenta para me agradar e acho que essa é a melhor maneira de escrevermos essa história.

— Eu queria sumir com tudo que ainda me machuca, com as dúvidas sobre se mereço ou não viver isso com você. — Ela parece entristecer, vem para meus braços e eu a envolvo.

— Não suporto quando vejo essa nuvem em seus olhos, não suporto quando pensa que não merece. Como pode não enxergar o quão especial você é? Lutou tanto por elas, você... — Anne se cala. — Hoje não, outro dia falamos disso, vamos deixar todo tipo de dor para além da porta deste quarto? O que acha?

— É um bom acordo. — Beijo seus lábios, lembro-me da falta de proteção e me afasto com esforço.

— Vou tomar banho e me trocar.

Ela entra no banheiro e fico ajeitando a cama, acho melhor me concentrar na ideia de que ela vai amanhecer em meus braços e vou assistir seu despertar, não quero pensar no que vamos perder essa noite. Temos mil e uma noites pela frente.

Ela sai do banho em uma camisola de renda que me faz perder o ar, é íntimo vê-la assim, sensual, fico de pé, vestindo apenas uma bermuda e olhando para ela completamente tonto.

— Acho que vou ajudar você a passar a pomada.

— Anne, eu adoraria, mas... É uma péssima ideia. Você está... Dorme sempre assim?

— Não, quer dizer, não dormia, agora sim, não quero que me veja com meus velhos pijamas.

— Gosto dos velhos pijamas, não que eu ache que não vai estar linda neles, mas é que essa camisola e essa noite...

— Quer que eu tire? — Ela está mesmo me provocando, isso é algum tipo de maldade que eu não esperava da mulher que amo.

— Não. Eu quero que ponha, devo ter um terno ou dois, quer emprestado?

Seu riso me enche de muito mais amor por ela, o rosto se ilumina.

— Sabe, Javier, eu tenho uma irmã gêmea e ela tem uma vida, é moderna, inteligente e muito prestativa, quem diria. Ganhamos um presentinho dela — Anne me conta mostrando um preservativo que traz escondido na mão.

— Você tem sido tão injusta com a sua irmã, ela é tão generosa.

Seu riso termina em meus lábios, no instante em que envolvo seu corpo e sinto o tecido suave da camisola deslizar pela pele macia.

— Deixamos a pomada para antes de dormir que não é agora, com toda certeza — ela diz correndo os dedos por meu peito e minha boca volta a buscar a sua.

Nosso amor é lento, cheio de descobertas, quando tudo volta a ser calmaria, ela passa por cima de mim para pegar a pomada.

— Vamos à parte divertida — ela diz e começo a achar que realmente se diverte fazendo isso. — Na primeira vez que o toquei assim, quando me beijou, eu acho que foi um instante tão perfeito, não sei se já o amava, mas estava começando a sentir.

— Foi a coisa mais inusitada que me aconteceu. Nem sei o que pensei, foi... intenso.

Ela me beija nos lábios depois de espalhar a pomada se acomoda ao meu lado, adormeço olhando seu rosto suave e acordo com o mesmo rosto de anjo a descansar ao meu lado. Anne está aqui, iluminando minha vida, despertando suavemente, espalhando-se na cama, sorrindo com os olhos e depois com os lábios.

Por tanto tempo eu simplesmente me culpava por despertar e agora, Anne está aqui e torna o amanhecer cheio de amor.

— Bom dia, meu amor!

— Pode dizer isso todas as manhãs? Até quando estiver furiosa? Começar o dia sabendo que me ama deve tornar o dia perto da perfeição.

— Todos os dias — ela promete, vindo para meus braços.

Demoramos na cama, não fosse Julianne ter de partir, acho que eu não deixaria Anne sair dos meus braços. Ela leva a irmã ao vilarejo e aproveito para terminar a compra de seu presente, posso imaginar a alegria dela com um milhão de livros a seu dispor.

Começo a pensar em falar com Amâncio e voltar a trabalhar um pouco, quem sabe ocupar minha mente ajude na minha recuperação?

Anne se demora e quando retorna não está sozinha. Esther entra carregando a mochila e com um sorriso no rosto. É sábado, achei que ela não viria hoje, muito menos cedo assim.

— Bom dia, Javier! Eu pedi para a Anne que me deixasse vir para ir me acostumando, porque a vovó vai viajar e eu vou ficar aqui, então hoje vou ficar o dia todo.

— Bem-vinda! — digo a ela olhando para Anne que está lutando contra o riso.

— O que vamos fazer?

— Anne? — peço ajuda.

Ela me balança uma sacolinha de farmácia me lembrando de que ao menos um dos nossos problemas está resolvido.

— Resolvi uma parte das coisas, quem sabe me dá uma ajudinha? — ela diz olhando para Esther, a garotinha de olhos curiosos olha de um para o outro.

— Anne adora ler em voz alta, quem sabe vocês podem... ler um conto de fadas?

— Isso é bom, mas agora eu vou ajudar você a cozinhar, Javier. Anne disse que você adora.

— Anne disse... — Olho para ela que ainda está querendo rir. — Pode refrescar minha memória, Anne, por que foi mesmo que me apaixonei por você?

— É uma longa lista — ela avisa ajudando Anne a retirar a mochila das costas. — É cedo para o almoço, acho que podemos passar um tempo juntos, quem sabe assistir a televisão.

— Já vimos A Bela e a Fera, lembra-se, Anne?

— Se me lembro — ela diz me dando muitas ideias, Anne merece um pouco do romance que ela tanto ama.

Capítulo 26

Marianne

— Como foi? — pergunto fechando meu livro no momento em que ele entra na biblioteca.

— Muito bom — ele diz se sentando comigo na poltrona, ajeitando-me em seu abraço. — Eu me abri um pouco, falei sobre a pouca vontade que tenho de sair e me mostrar. Ele acha que está ligado à minha culpa e não exatamente a minha aparência, ele me pediu para pensar sobre isso, se eu não quero que vejam minhas marcas ou se temo que vejam meu fracasso através delas.

— Entendo. Foi fácil falar com ele? — É só a segunda consulta e ele já se abriu tanto.

— Depois daquela crise em que falei tudo com você ficou mais fácil.

— Ele disse que você não tem culpa de nada?

Quero tanto que ele entenda isso e possa finalmente apenas sentir saudade das pessoas que ama e perdeu, duvido que elas o quisessem assim, tomado por essa dor.

— Não. Ele não disse, o que falamos é que não está nas mãos dele ou nas suas, essa resposta, só eu posso decidir sobre isso. Que em algum momento, vou resolver isso dentro de mim, com nossas conversas, com a vida, essas coisas.

— Falou de mim para ele? — pergunto só por pura curiosidade, ele balança a cabeça afirmando.

— Falei que estava envolvido com alguém. Ele achou bom.

— Eu é que não estou achando muito bom. Envolvido com alguém é muito vago — brinco só para trazer leveza a essa conversa.

— Queria que eu me declarasse para ele?

Javier está literalmente zombando de mim e eu amo quando ele fica assim, é como se depois de todas as camadas de dor o verdadeiro Javier fosse surgindo e ele é um homem alegre, cheio de talentos, engraçado. Gosto desse homem que estou vendo renascer. Posso entender o amor que

Esther sentia pelo tio, a minha Esther também sente. Ontem passou o dia conosco e embora ele tenha relutado muito em estar perto dela, nos momentos que passaram juntos, ele foi tão gentil que nem parecia a fera que era quando cheguei a essa casa.

— Acho que não, gosto mais quando se declara para mim. — Seus lábios correm por meu pescoço e terminam por encontrar os meus em um leve beijo, sim, isso é o que chamo de se declarar.

— Quer voltar a ler? — ele me pergunta e balanço a cabeça afirmando.

— Importa-se?

— Não. Quer me contar em que pé está a história? Eles conseguiram formalizar a adoção?

Balanço a cabeça negando.

— Felizmente os gregos estão chegando todos a Nova York e quando os irmãos se unem nada fica para ser resolvido. Leon vai fazer alguma coisa. — Javier jamais vai admitir, mas ele está, sim, interessado em saber como tudo acaba.

Abro o livro para voltar à leitura, ele fica atento a cada frase, ouvindo-me enquanto seus dedos brincam com meus cabelos, a história vai me emocionando, meu coração vai ficando aquecido, é tão delicado e empolgante. Sinto-me inserida à história, quase posso tocá-los, é como se eles pudessem me ouvir, temo que em algum momento da leitura, Ulisses vá fazer alguma piada sobre mim.

Os irmãos chegam ao abrigo aonde vão finalmente buscar as crianças, não consigo deixar de associar a Esther, é estranho como me lembra tanto essas crianças esquecidas pelo mundo.

Seco uma lágrima, passo o livro para as mãos de Javier balançando a cabeça para avisar que eu não consigo mais.

Ele sorri quando aceita o livro e continua de onde parei, vou aos soluços quando escuto Leon finalmente sentir que estava tirando o irmão do abrigo onde ele cresceu cheio de dor. Javier me abraça um pouco mais, levamos a leitura até o momento em que finalmente a família está reunida e completa.

Javier fecha o livro ao fim do capítulo, está com um sorriso no rosto enquanto seco lágrimas.

— Você chora nas partes felizes tanto quanto chora nas tristes, talvez mais.

— Foi tão bonito, estou com o meu coração tranquilo. Infelizmente, vou terminar o livro no máximo amanhã.

— Posso te distrair se quiser, consigo pensar em muitas maneiras.

— Javier! — digo em uma tentativa de ralhar com ele. — Lembre-se, Esther vem passar uns dias com a gente, amanhã depois da escola ela vem direto para cá.

— Estava pensando em hoje. — Ele me beija. — Se acaso chegar alguma encomenda, pode deixar comigo, eu estou esperando uns papeis que Amâncio vai enviar.

— Por que ele não manda pelo advogado que vem amanhã cedo buscar Dora?

Ele se enrola um pouco sem saber como me responder, talvez esteja querendo assumir suas responsabilidades de novo e não sabe como.

— Amâncio não pensou nisso, que pena, já despachou.

Aceito sua explicação, sei que não deve ser nada demais. Apenas ele lutando para retomar sua vida. Minha mente viaja de volta ao livro, foi bonito esse encontro entre o casal e as crianças e mais uma vez, penso em Esther e Dora. Preocupo-me com o futuro, com a idade já avançada de Dora para criar uma garotinha.

— Preocupada. — Javier parece conhecer meus olhos.

— Sim. Toda vez que leio o livro meus pensamentos seguem para Dora. Na verdade, para a Esther.

— Esther não foi abandonada, os pais morreram e ela está com a avó, tem todo amor do mundo.

Não é que eu não leve isso em conta, ele tem razão, mas penso em outras coisas.

— Eu entendo isso, mas Dora é uma senhora, logo os papéis invertem e vai ser Esther a cuidar dela antes que tenha idade de cuidar de si mesma, fico pensando se não será um peso para uma garotinha.

— Esther não está sozinha, sei que você está por perto, ela tem você para ajudar, não consigo vê-la deixando Dora nas mãos de uma adolescente Esther, por exemplo.

— Eu não faria — conto a ele. — Ao mesmo tempo, não sou apenas eu, somos nós, como vê essa situação?

— Está se inspirando em sua heroína? — ele me questiona e eu amaria ter um lugar como o que Annie tem para cuidar de pessoas que precisam com o mesmo amor que ela cuida.

— O que acharia disso?

— Vamos deixar que as situações se apresentem, pode ser? Aí resolvemos?

— Acho que é uma maneira, eu quero antecipar situações e Dora no momento está bem, é forte, cuida muito bem da Esther do jeito que pode, mas a parte financeira...

— Vou resolver isso. Não quero que fique enviando comida como tem feito, é constrangedor para Dora e ensina coisas... Não quero que Esther se veja nessa posição, isso me dá medo do que ela aprende com essa situação. Vou esperar o que os advogados vão dizer dessa herança da Esther, depois se não der certo ou não for o bastante, então vou dar uma pensão a Dora, uma vez por mês e ela se organiza, acho que isso é muito melhor.

— Nunca pensei sobre como Esther se vê todos os dias levando as refeições em potinhos. Meu coração se apertou agora.

— Ei, você fez o melhor que pôde. — Ele tenta me tranquilizar. — Começou com isso sem me conhecer direito, quando eu estava mergulhado tão profundamente em minha dor que era insuportável. Você enfrentou isso e resolveu um problema do modo que conseguiu, agora é diferente, estamos bem, eu me sinto mais forte, você pode conversar comigo sobre tudo isso, duas cabeças resolvem problemas melhor que uma só.

— Você está muito certo. Não vou me culpar por isso. Esther está feliz que vem ficar aqui, vou tentar distrai-la o máximo que puder.

— Para não me incomodar? — Balanço a cabeça afirmando. — Eu não entendo muito por que ela parece tão encantada comigo, eu não fiz por merecer.

— Dora fez isso, ela o admira e passou isso para Esther.

— Não precisa ficar me livrando dela o tempo todo. — Ele me tranquiliza. — Eu... me viro, se sentir que a coisa está me fazendo mal, dou um jeito de ir para nosso quarto.

— Nosso quarto! — brinco me colocando a ele. — Eu gosto de ter um quarto com você.

— Eu não sei se gosta, sua mala ainda está na porta do *closet*, não vi você desfazê-la.

— Preguiça. E você andou me mantendo muito ocupada, Javier. Se me lembro, eu mal consigo entrar naquele quarto e logo um par de mãos muito sensuais, diga-se de passagem, está me apertando.

— Apertando? — Ele faz uma careta de surpresa. — É como chama minhas carícias?

— Não é isso que faz? — Ele balança a cabeça negando. Finjo pensar a respeito. — Não sei dizer, Javier, acho que devia refrescar minha memória.

— Acha? — ele pergunta sem esperar resposta, antes que encontre o que dizer, sua boca está sobre a minha e nada mais importa, nem mesmo uma resposta.

Não tem nada mais entre nós, não tem mentiras, segredos, tem nossa luta por sua recuperação, o amor que sentimos, as horas que passamos juntos, é um fim de semana romântico, lendo, namorando. Ainda tem um longo caminho, ele se esforça para sair disso, não sei se por ele ou por mim, quero que seja por ele, quero que ele seja feliz mesmo se estiver sozinho, talvez leve tempo, mas Javier tem uma alma linda e boa, sei que ele vai superar tudo.

Leio a última página do livro com o coração apertado, sentindo saudade dessa família que me fez companhia em momentos de extrema tristeza. Como minha chegada aqui e a verdade sobre tudo que Javier viveu, como também os mais doces e perfeitos momentos da minha vida, com o amor que sinto por ele e sou correspondida, surgindo para me preencher o coração.

A encomenda de Javier chega na segunda-feira logo cedo, ele sorri ao receber o pacote de minhas mãos que não tem cara de documentos, mas procuro não parecer tão curiosa.

Ele vai para o escritório dizendo que precisa de um pouco de isolamento para ler seus documentos. Não me magoo, até gosto disso, meu sonho no momento é ele enfiado no escritório trabalhando todos os dias, Amâncio me disse que está pronto para esse dia, mas eu não sei se ele está pronto.

Aproveito para arrumar coisas na casa, lavar roupas, dobrar as já secas em uma lavanderia digna de um hotel cinco estrelas e eu amo que essa casa é uma deliciosa mistura do antigo e o novo. Não mudaria nada aqui ainda que tivesse a chance.

Encosto-me na máquina pensando sobre isso. Eu não sei direito que caminho estamos seguindo, namorados que moram juntos é um tipo de relação que eu nunca vivi. Não sou mais a moça que trabalha para ele lendo suas correspondências e cuidando das refeições e limpeza, talvez eu precise encontrar um trabalho, não gosto da ideia de depender financeiramente dele.

Vou procurar a escola, falar com a direção, quem sabe consigo uma classe? A ideia me encanta, descer todas as manhãs até o vilarejo, ter uma sala com os pequenos alunos. Ensiná-los e assisti-los crescer tão de perto seria algo especial, quem sabe acompanhar uma classe sem ter que me separar deles no fim do ano.

Também posso me oferecer para aulas de inglês como já havia pensado. O que importa é ter um trabalho e não preciso nem ganhar muito dinheiro.

— Anne! — Javier grita meu nome e até o tom da sua voz, mesmo gritando por mim assim pela casa agora tem certa doçura.

— Já vou! — grito de volta deixando a lavanderia e voltando para casa, passo pela cozinha, são quase 11h, ainda tem almoço pela frente, depois buscar Esther na escola, ficar com ela aqui por três dias, estou ansiosa por isso, ela tomou meu coração e eu nem sei o que fazer com esse amor que sinto por ela. — Aqui! — digo chegando à sala onde encontro um Javier risonho que tem as duas mãos para trás.

— Tenho um presente para você. — Parece um menininho no Natal de tão feliz, seja o que for já amei só para agradá-lo.

— Um presente? Onde conseguiu um?

— O correio, não eram documentos. Menti — anuncia me fazendo sorrir já ansiosa. — Aqui está?

Recebo um tipo de tablete, não sei direito o que é, mas é bem bonitinho. Sorrio enquanto tento investigar o aparelho.

— Eu... obrigada, mas...

— Não sabe o que é?

— Não! — aviso sem outra alternativa senão ser honesta.

— Chama-se leitor de livros digitais, tem um mundo de livros aí, serve para ler, você compra o livro que quiser e lê, ele é seu, cabe uma infinidade de histórias aí.

— Ler aqui? — pergunto surpresa e levemente desapontada. — É que... Parece meio... Eu penso... Javier, não tem cheiro de livro, não é papel, nem tinta, ele... É sério mesmo? São livros?

— Sim.

— Poxa! — Eu acho que estou traindo meus autores e a própria Literatura, não sei se saberia ler assim, mordo o lábio. — Obrigada! — Eu não sou uma grande mentirosa e ele percebe, sorri para minha total surpresa.

— Está relutante. Entendo. — Ele pega de volta da minha mão. — Que pena! Parece que aqueles seus gregos pequenininhos cresceram todos e estão aqui, com suas histórias, mas você não gostou então...

— Meus gregos? — Tomo de volta de sua mão no mesmo instante. — Tem todos os livros?

— Gastei um tempão encontrando todos e baixando. Sim, tem todos aí, mas não precisa...

— Eu te amo, Javier! — Eu o abraço, agradecida e ansiosa. — Amo esse objeto! Os livros de papel... Bem, pense comigo, é uma questão ambiental, não acha? Destruir florestas quando podemos... ter um único objeto que guarda todos os livros do mundo, é maravilhoso. Amo a ideia. Você foi perfeito. Quando começamos a ler?

— Não entendi o plural — ele diz me envolvendo a cintura e me encosto ao seu peito. — Você lê e me conta.

— Duvido que não queira saber o que acontece com aqueles garotinhos. Vou colocar meus gregos na estante, não para sempre, vou deixá-los na biblioteca e de vez em quando... Já disse que te amo, nem acredito que eu vou continuar a ler essa série.

— Talvez até encontre mais livros.

— Vou pesquisar sobre essa autora e achar tudo.

— Ótimo, mas lembre-se que tem um namorado, não me troque por livros.

Beijo Javier, fico na ponta do pé só para alcançá-lo.

— Quando a vida real é assim incrível, os livros são apenas boa companhia. Já foram meu mundo, mas agora eu tenho um mundo e eles são só um pedacinho dele.

— Amo você, Anne. Fazer você feliz é meu plano.

— Nós dois, felizes, não só eu.

Ele me envolve mais uma vez o corpo, trocamos um longo beijo. Quando nos afastamos, sento-me com ele para aprender a usar o aparelho, parece bem simples, até consigo ver a capa do próximo livro e a sinopse, sabia que aqueles dois iriam se apaixonar. Estava tão na cara. Heitor vai morrer de ciúme.

— O que acha de prepararmos o almoço para receber Esther. Qual o prato preferido dela?

— O prato cheio — brinco o fazendo rir. — Minha menina passou tanto tempo se entupindo de frutas que agora está totalmente apegada a comida.

— Vou preparar uma massa, crianças adoram massa.

Seguimos de mãos dadas para cozinha, posso ver o reflexo da piscina na parede de azulejos.

— Por que nunca vamos à piscina? — pergunto e ele pensa um instante.

— Quase não me lembro que tem piscina, antes... Bem as marcas seria um problema, agora é... Podemos ir quando quiser.

— Adoro a ideia. Gosta de chocolate?

Javier sorri, ergue os olhos das panelas e ingredientes que está separando, olhos cheios de desejo de quem entendeu perfeitamente e me lembro que ele leu muito do livro comigo.

— Muito, gosto muito de chocolate, Marianne March.

Amo quando ele diz meu nome, meu coração sempre descompassa, mas isso vai ter que esperar. Por três dias não vamos estar sozinhos na colina.

Ele fica terminando o almoço enquanto vou buscar Esther na escola, um dia ele vai fazer isso, vai pegar o carro e sair sozinho para resolver coisas e talvez eu me emocione até às lágrimas com algo simples como isso.

— A vovó já foi?

— Sim, já deve estar em Barcelona, falei com a minha amiga, ela vai cuidar bem da Dora, não precisa se preocupar.

— E você vai cuidar bem de mim, vovó disse.

— Claro que sim, Javier também.

— Ele não gosta muito de mim, acho que ele só gosta da minha avó, ele ajuda a gente, mas acho que ele prefere a vovó.

— Esther, ele gosta muito de você. — Meu coração se aperta um pouco, ela se sente rejeitada.

— Ele sempre vai embora depois que eu chego, trouxe minhas notas para ele ver que eu estou indo bem na escola, acha que ele vai ficar feliz com isso?

— Muito, vai ficar muito feliz, mas ele não precisa ver suas notas para ficar feliz com você.

— Você vai se casar com ele? — É uma virada que até me assusta.

— Não sei, eu o amo e ele me ama.

— Então vai se casar. Falei para vovó que já era casada com ele, porque mora junto, vovó falou que nada disso, casar só com padre e anel.

O que eu não acho que vá acontecer, Javier não está em condições de algo assim, tão público e não parece ser muito ligado a essas convenções, ficaria muito feliz e espero que um dia ele faça o pedido, porque de outro modo, não vou me sentir realmente em casa. Sempre será a casa dele, eu sempre vou estar vivendo com meu namorado e não consigo me livrar desse sentimento.

Javier parece animado quando chegamos, queria dizer a ele como Esther se sente, mas não posso colocar esse peso sobre seus ombros, ele já lida com coisas demais, só posso desejar que isso dê certo.

— Boa tarde, meninas! — ele cumprimenta assim que entramos.

Antes mesmo de responder, Esther coloca a mochila no chão, abre apressada e um tanto atrapalhada como toda criança com suas pequenas dificuldades motoras. Javier e eu trocamos um olhar, acho que é o boletim escolar, ele não faz a menor ideia.

— Olha, Javier! — ela diz correndo para ele com uma folha. — Vê isso, são minhas notas, melhorei muito.

Ele pega o papel e eu não tenho a menor ideia do que ele vai fazer, mas espero que elogie o máximo que puder.

— São as suas notas? — Ela balança a cabeça afirmando, ele finge estar compenetrado a olhar nota por nota ou talvez esteja, até eu começo a ficar ansiosa por sua reação. — Tem certeza? — ele insiste e ela balança a cabeça novamente. — Esther, eu acho que tenho de me desculpar, infelizmente não temos nada pronto para uma festa, mas podemos preparar, já fez bolo?

Ela nega, está sempre com olhos encantados para ele, algo me diz que era muito ligada ao pai.

— Talvez precisemos de um para comemorar esse sucesso. Parabéns!

— Estudei muito — ela diz, orgulhosa. — Vou lavar a mão antes de fazer o bolo.

Dá para vê-lo com cara de quem se meteu em uma enrascada, ele me olha com um falso sorriso congelado no rosto. Gosto de vê-lo nas pequenas batalhas com ela, ao mesmo tempo, sempre temo que seja algum tipo de gatilho, porque todo instante eu acho que será. Como quando ele desabafou tudo que aconteceu e foi uma cena chocante que não sei se Esther está pronta para viver.

— Amanhã — digo, decidida a salvá-lo ao menos por hoje. — Amanhã vamos preparar muitas coisas legais para comemorar.

— Vamos almoçar? — ele convida e ela aceita, animada.

É um almoço simples, leve e até divertido. Depois Javier se oferece para lavar a louça enquanto estudo com Esther e quando ela vai assistir um pouco de desenho na sala, eu aproveito para me sentar com meu novo livro, ou mais do que isso, mil livros em um só, leve, simples, vou me acostumar.

Javier vem ficar comigo, fico emocionada quando abro e leio a primeira frase, pensei que teria que esperar meses, talvez anos ou nunca saber como essa família continua, mas ele fez isso por mim e estou feito uma boba emocionada.

— Foi o melhor presente que já ganhei na vida. — Ele me beija. — Divido com você se quiser, ou pode ler os físicos?

— Gosto de ficar aqui ouvindo sua voz — ele diz quando me acomodo em seus braços, é o melhor lugar do mundo, com ele, lendo enquanto conversamos, namoramos, lemos juntos.

Esther vem ficar conosco pouco depois, pega um livro infantil e se acomoda por perto, abre e lê em voz alta. Javier parece ficar a observá-la um longo momento.

— Vamos preparar o jantar e depois podemos jogar um desses jogos de tabuleiro, o que vocês dois acham?

— Eu quero, Anne! — Ela fecha o livro e se põe de pé em um segundo.

— Parece muito bom. — Javier também se levanta me puxando.

Esse meu medo não sei se os aproxima ou afasta, mas eu fico sempre preocupada.

Esther pergunta da avó, conta algo sobre a escola, ajuda a colocar os pratos sobre a mesa e escolhe a sobremesa, ficamos na sala, sentados no chão jogando, é só rolar dados e andar casinhas com peões, não exige muito, mas acaba por distrair. O tempo vai correndo, Esther vai ficando cansada e decide deitar um pouco no chão sobre uma almofada, continuamos a jogar só para acabar a partida e então ela está dormindo profundamente no chão da sala, sobre o tapete.

— Que linda! Adormeceu, acho que é mesmo meio tarde para ela que acorda tão cedo para a escola. — Nossa vida, assim sozinhos na colina, sem obrigações me deixou meio confusa com o tempo, são lindas noites de amor e manhãs preguiçosas. — Será que ela vai dormir bem? Medo de acordá-la e Esther não dormir mais.

— Eu levo!

Ele nem mesmo espera que eu pense a respeito, apenas se ergue e no instante seguinte está com Esther nos braços. Dois passos, apenas dois passos com ela nos braços e vejo a cor fugir de seu rosto enquanto ele paralisa em um tipo de choque. Se em mim, vê-lo de pé com ela nos braços, desperta memórias que eu nem tenho, posso imaginar o que causa em Javier.

Capítulo 27

Javier

É praticamente o mesmo peso, a mesma posição, basta erguer a criança no colo e me vejo mergulhado naquela angústia, é como se meu peito voltasse a se encher de fumaça, como se o calor voltasse a derreter minha pele e seu corpo inerte pesasse uma tonelada sobre mim. Minha visão parece nublar e uma voz no fundo da minha alma tenta me alertar, mas não escuto, não consigo ouvir nada, só a dor e o desespero de assisti-la partir em meus braços sem esboçar qualquer luta.

— Shhhh! Estou aqui, Javier, aqui. — O rosto de Anne parece entre as sombras do passado. — Está na colina, Javier, não faz isso. Dê-me Esther.

Não consigo, não consigo me mover, soltar a pequena nos braços dela, não consigo despertar por completo, não consigo agir, é uma luta sem fim entre a memória e o presente.

— Ela só está dormindo nos seus braços, vai acordar assustada. — As mãos de Anne tocam meu rosto, quase posso sentir como se seus dedos apagassem o fogo que parece voltar a me queimar a pele. — Por favor, é só a nossa Esther, está tudo bem, está seguro, não teve culpa.

Sua voz está embargada pela dor que a consome e talvez seja apenas o reflexo da minha. Ainda quero desesperadamente sair desse lugar quente, vazio e sombrio, eu estive no inferno e nem mesmo Dante o descreveu com precisão, o calor nunca será descrito com precisão e riqueza, a dor e a angústia, nunca serão entendidas. Esther não resistiu a ele, minha menininha sucumbiu. Por que não fui eu? Por que ela e não eu?

— A vida escolheu, Javier, não você. Ofereceu sua vida, mas... — Eu disse em voz alta? Achei serem ecos da minha mente. — Deixe-me pegá-la do seu colo? — Finalmente consigo ver Anne com clareza diante de mim, as duas mãos em meu rosto, mãos geladas por sua própria dor. — Não quer assustar Esther.

É como aquele instante em que estive com minha Esther nos braços, caminhando pelo fogo, buscando ajuda, é o mesmo corpo inerte, olho para o rostinho em meu colo, encostada em meu peito, um lindo rosto sem marcas, suave e adormecido. Só está dormindo, ela só está dormindo.

Tento repetir isso, tento encontrar forças para voltar, sinto a presença de Anne, seus apelos chegam aos meus ouvidos, mas eu luto com a criança nos braços, não a mesma luta do passado, aquela em que perdi, eu perdi e não pude fazer nada.

Esther se mexe, abre os olhinhos suavemente, só está dormindo, um lindo e inocente anjo, ela está bem, está segura e só preciso colocá-la na cama, não está me deixando, posso protegê-la, nenhum mal vai atingir a Esther que está em meus braços agora. Ela dá um meio-sorriso cheio de sono, não entende a dor que vivo, não reconhece o pavor em meus olhos, enquanto vai fechando os olhos na certeza de sua segurança, toca meu rosto com mãozinhas delicadas. Brinca com minha barba, deixo o bracinho cair e volta a dormir com a suavidade de antes.

— Está só dormindo — digo em voz alta, a própria Esther balança a cabeça afirmando, Anne está chorando, posso ouvir seus soluços e começo a sentir suas mãos a me apertarem os braços com tanta força que eu nem sei se ela tem consciência. — Está tudo bem, Anne.

Tento tranquilizá-la, meu corpo começa a reagir, minha mente parece contornar a situação, foi assustador, um choque que eu não esperava, a primeira vez que carrego uma garotinha nos braços, com o mesmo nome, na mesma posição.

Esther está segura, dormindo, um bebê em meus braços, não tem fogo, não tem perigos, eu não estou em risco, são apenas ecos do passado e não posso deixar que me domine desse modo. Podia ter colocado a pequena em risco, podia tê-la deixado cair, isso não pode mais me controlar.

— Pode me entregar Esther? — Anne pede com a voz mais controlada que consegue.

Sua luta por mim é emocionante e merece um retorno, é sempre ela a lutar e eu a relutar. Esforço-me para dominar minhas emoções, meus instintos, posso levar essa garotinha até a cama, deixá-la descansar com a certeza de que tudo está bem.

— Estou bem, vou levá-la para cama. Pode me ajudar? Faz a cama para ela enquanto eu a carrego.

— Não precisa fazer isso se for...

— Não tem perigo, estou bem, sei onde estou e quem está em meus braços.

Ela me sorri, finalmente parece ter controle total sobre suas emoções.

— Que bom — ela diz se afastando.

Esther apenas se arruma em meus braços, delicada feito um anjo. Eu começo a caminhar, Anne na frente, sei que leva seu coração nas mãos com medo que algo me aconteça nas escadas carregando a pequena, mas não vai se repetir, não vou deixar que nada assim volte a acontecer, se Esther estivesse acordada teria sido um grande susto. Sei que fiquei lívido, sei que travei e talvez tenha dito coisas, mas não vou mais deixar que algo assim me domine sem aviso. Tenho que lidar com essa emoção.

Anne afasta as cobertas do quarto em que dormia antes de ficarmos juntos, é a porta ao lado, assim Esther está mais segura perto, caso sinta medo. Coloco a criança na cama com o máximo de cuidado, Anne a cobre logo em seguida. Anne parece tão aliviada que vem para meus braços, eu a envolvo em um abraço sem desviar meus olhos de Esther em seu sono tranquilo.

— Ela parece tão tranquila dormindo. — Anne apenas move a cabeça em concordância, talvez, abalada demais para uma conversa. — Minha Esther adorava dormir na minha casa, depois que se mudou com a mãe vinha para ficar sempre comigo e eu largava tudo, sempre amei crianças e só descobri isso quando Esther nasceu.

— Precisa deixar esse amor voltar a te guiar.

— Sim, é isso que quero. Jogávamos, cozinhávamos, eu assistia a televisão com ela, depois da morte da minha mãe me apeguei ainda mais a ela, tenho de me concentrar nessas lembranças, não quero esquecê-la.

— Não pode, não conseguiria se quisesse, apagar sua sobrinha não vai resolver suas angústias.

— Sim. Olho para essa pequena agora dormindo e penso que ela não tem culpa, não devia receber minha indiferença assim como recebe, dá para ver como Esther fica feliz quando estou por perto.

— Os olhinhos brilham — Anne me diz, emocionada.

— Tantas coisas que queria ter feito por Esther e não fiz, não deu tempo. Achava que correria o mundo com ela, que um dia ela cuidaria dos meus filhos, que eu a levaria para conhecer seu apartamento e que daria seu primeiro carro. Fiz um mundo de planos para ela. — Dói me lembrar, mas é uma dor diferente, não importa se ela tivesse me deixado de outro modo, eu ainda sentiria assim.

— Sinto muito!

Acredito em seus sentimentos, quem não sentiria, uma vida ceifada de modo brutal.

— Tenho tanto medo de odiar minha irmã. Se olhar com cuidado, ela estava fora de si, mas era uma mãe, ela devia saber o que estava fazendo com a filha, devia protegê-la acima de todas as coisas.

— Talvez ela não tenha sido responsável. Ele foi preso, falou com ele?

— Não, eu não poderia, só de pensar em ficar frente a frente com aquele monstro já me embrulha o estômago, mas li sua confissão e os laudos.

Falamos baixinho enquanto assistimos abraçados Esther dormir, talvez isso me faça mais forte, seu rosto de anjo me traz calma.

— Deve ter sido doloroso.

— Por sorte ainda estava no hospital, deram-me um tranquilizante para dormir, quase fiquei viciado naqueles remédios, era a única maneira de um pouco de descanso, foi difícil suspendê-los quando melhorei.

— Nunca tinha pensado nisso.

— Muita gente se vicia na medicação para dor, mas consegui me livrar antes de deixar o hospital. Eles tiveram a ideia juntos, ela gostou do plano, aceitou, combinaram tudo, pensaram em espalhar combustível, mas se lembraram de que a perícia faria uma busca antes de pagar o seguro, então decidiram que o melhor seria usar o gás, ele ficou com medo da explosão matar todos, resolveu provocar um curto-circuito próximo as cortinas da sala, faria parecer que começou sozinho e eles teriam tempo de correr, mas estavam nervosos demais. O fogo não pegava como eles planejaram e ele começou a espalhar sozinho pelas cortinas e móveis, ela ficou brava porque não receberiam...

Minha voz trava, Anne me envolve a cintura com mais força, beijo seus cabelos, aspiro seu perfume, é bom sentir seu cheiro, olhar para Esther, me sinto seguro para continuar.

— O fogo finalmente começou a se alastrar e só então ela percebeu que Esther não estava no quarto. Começou a correr pela casa, ele quis sair e arrastá-la, no fim o fogo os separou, ele a viu entrar no banheiro e fechar a porta, ele disse que gritou para ela tentar a janela, mas não viu Esther. Acreditou que ela tivesse corrido para fora, pensou em dar a volta e ajudar minha irmã pela janela, mas quando correu para fora me viu chegando, fugiu ainda ouvindo as sirenes, pensou que escapariam todos.

— Não consigo entender, não consigo ouvir esse relato e ainda saber que se sente culpado, não tinha nada que pudesse fazer, nada, foi um herói ao tentar salvá-las, mas talvez seu terapeuta esteja certo, só você pode se conciliar com isso. O culpado está na cadeira.

— Vinte e três anos de prisão, já se foi pouco mais de dois, ainda sai de lá com chance de uma vida, elas não... para elas acabou.

— Tem de fazer valer a pena ter sobrevivido, precisa viver com o máximo de sua energia, precisa fazer por você, por elas, e para que cada segundo que ele passa atrás das grades seja ainda maior e mais penoso, porque você está vivendo e ele não. Quando fica assim, preso, sofrendo, mergulhado na dor e distante do mundo ele vence.

Ela tem razão, ainda é muito teórico para mim, mas é o que preciso trabalhar. Essa verdade precisa ser exposta dentro de mim, ele vence se eu me destruir, isso mata minha Esther mais uma vez e de novo e de novo, todos os dias a cada passo que dou para dentro do inferno.

— Eu não acreditava no tempo, pensei nele como meu inimigo, que ele me obrigaria a viver nessa dor por longos anos, mas agora consigo olhar para o tempo como um aliado. Não dói como dou no dia em que acordei e realmente entendi o que tinha acontecido, dói muito mais do que vai doer daqui cinco anos, dez anos.

— Sei disso, foi assim com a morte do meu pai e depois da minha mãe, é assim quando perdemos alguém.

— Acha que ela vai acordar durante a noite? — pergunto a ela, que sorri erguendo a cabeça para me olhar nos olhos.

— Acho que Esther está tão feliz aqui, sentindo-se segura e protegida, acho que ela vai dormir como um anjinho a noite toda. Venho acordá-la para o colégio logo cedo.

— Vou me levantar também, preparo um café da manhã enquanto ela se arruma, assim ela vai bem alimentada e terá uma ótima manhã na escola.

— Vem, vamos nos deitar abraçadinhos e dormir.

— Bem abraçadinhos — brinco admitindo que sou como a mocinha de seu livro, com ela em meus braços, eu também não tenho pesadelos.

Saímos em silêncio, a porta fica aberta para o caso de Esther despertar. O quarto da minha Esther fica no fundo do corredor, não tem mais nada dela lá, doei tudo. Enviei uma equipe para esvaziar os quartos de mãe e filha, não podia suportar ter contato com nada dela. Diferente das pessoas que costumam cultuar objetos de pessoas que se vão, eu prefiro ficar com o que há dentro de mim.

Temos uma pequena rotina. Tomo banho e depois ela, essa é outra coisa que preciso resolver dentro de mim, esses pequenos traumas precisam ir embora se quero ser realmente feliz com Anne, ela está aqui, está presente, atenta e corajosa quando fraquejo, e por gratidão que seja, preciso devolver com algum esforço.

Desfaço a cama enquanto ela toma banho, meu banho é sempre mais rápido e quando saio, ela espalhou seus cremes pelo corpo e está em uma camisola sensual, sorri para o vazio enquanto percorro seu corpo com os olhos.

— Do que está rindo?

— Julianne deixou também suas camisolas eu disse que era bobagem, mas tenho usado todas.

— Estou gostando dos modelos, mas não importa muito, sabe do que realmente gosto.

— Do recheio — ela brinca fazendo uma pose sensual que me faz rir.

Deito-me ao seu lado, ela pega meu pote de pomadas, não devo usar isso por muito mais tempo, acho ótimo, embora goste dos seus cuidados, eu não quero dormir com essa meleca no corpo toda noite, ainda que tenha total certeza de que Anne não se importa.

— Essa intimidade — digo enquanto ela está sentada sobre mim passando a pomada.

— Passo dos limites? — ela pergunta embora não parece nem um pouco preocupada com isso, desconfio inclusive que sua hora preferida do dia é a pomada, ela não deixa um só milímetro das marcas sem tal proteção.

— Não, nem um pouco, é o oposto. Não falo do seu corpo nu, falo disso, nada em mim é mais incômodo do que isso e você... Eu não me importo, gosto das suas mãos a fazerem isso, não fico constrangido de dormir ao seu lado assim cheio de pomada, porque eu realmente acredito que não liga.

— É bem íntimo de muitos modos, nunca vivi nada parecido — ela diz escorregando para o lado, fica de bruços com os cotovelos apoiados no colchão e o rosto apoiado nas mãos, linda a me olhar, pensativa. — Não tenho experiência em uma relação assim.

Movo-me para me deitar de lado e poder olhar melhor seu rosto, quero entender seus sentimentos.

— Como é uma relação assim?

— Morar com alguém, Javier. É a sua casa, eu me sinto feliz, sinto que estou com a pessoa certa, no lugar certo, mas eu fico com medo de ter algum limite que eu não sei.

— Não tem — digo com toda certeza. — Está na sua casa, é assim que tem de se sentir.

Ela balança a cabeça e as mãos apoiando as bochechas a deixa com um ar de menina inocente que me diverte.

— Quero trabalhar — Anne me avisa. — Se vou ficar na Espanha tenho de cuidar de coisas legais, cidadania, trabalho, vim para trabalhar por um ano, depois disso...

— Nunca tinha pensado nesses detalhes técnicos — admito.

— Tenho pensado muito nisso — ela me avisa e um alerta dispara em minha mente.

— Não está feliz aqui?

— Claro que estou. — Anne deixa a posição para se agarrar a mim. — Estou onde quero estar, Javier, você me mandou embora duas vezes e eu não fui. Onde acha que quero estar?

— Nem sempre é bom ter boa memória — aviso a fazendo sorrir e me beijar.

— Não penso nisso de modo ruim — ela me conta brincando com minha barba. — Da primeira vez foi tão bonito. — Junto as sobrancelhas mostrando minha incompreensão. — Libertou-me por amor, achava que me sentia infeliz e me deu liberdade mesmo sabendo que sofreria, então foi bonito.

— Da segunda vez não foi. Disse coisas que não acreditava e a machuquei.

— Estava abalado, repensou e quando desceu a colina, eu pensei que não poderia sentir algo tão forte como aquilo, nem conseguia conter o choro, enfrentou seus bloqueios para me buscar.

— E eu gosto de como você vê esses momentos, está ótimo assim — digo feliz por não ter deixado mágoas em Anne. — Mas vamos voltar a esse momento. Está feliz comigo? Sente-se em casa?

— Sim, estou feliz de um modo que não existe explicação, eu amo você. — Agora sou eu a roubar um beijo seu. — Mas, eu não estou acostumada a não cuidar de mim mesma, entende? Não sei viver do seu dinheiro.

— Entendi. — Eu devia dizer que é nosso dinheiro, devia explicar que o que ela já sabe, não preciso dele, não me apego mais a ele, esse dinheiro destruiu minha família, mas entendo que ela não vai ver desse modo, então respeito suas emoções. — Não tem com o que gastar, mas entendo o que quer dizer. Sabe que ainda vai receber salário já que faz o que sempre fez? Só que agora na sua conta, Amâncio vai resolver isso.

— Acontece que agora eu não quero. Se nós dividimos a casa, organizar umas coisase abrir correspondência é parte de dividirmos um lar, então não quero salário para isso.

— Respeito isso, não vai mais receber — aviso a ela. Não quero impor nada a Anne e entendo e respeito, além de fazer todo sentido. — Mas pode só... gastar o que precisar, posso dar um cartão adicional e você...

— Não é apenas o dinheiro, é produzir.

— Tem um lindo talento como professora e tem total razão de não querer desperdiçá-lo. — Não é fácil dizer, mas é a pura verdade.

— Obrigada por entender, Javier! — Afasto seus cabelos do rosto, ela se enrosca em mim, suspira em meus braços. — Vou falar com Amâncio, pedir para ele falar com alguém que entenda de imigração, documentos.

Tem um jeito bem simples de resolvermos, mas não vou sugerir a ela, dizer que podemos nos casar para conseguir tudo que ela precisa seria quase uma ofensa. Anne merece muito mais.

— Vamos pensar sobre isso — digo de modo vago até organizar as coisas em minha cabeça.

Meu coração tem tudo pronto. Amo Anne e sei que ela me ama, não consigo me ver vivendo sem ela, quero Anne em minha vida e quero ser forte para construir uma vida com ela, essas são minhas certezas, as dúvidas são como pedir a ela para ser minha para sempre e, se ela vai dizer sim.

— Que acha de dormirmos um pouco? Tenho de acordar cedo, uma garotinha linda está no quarto ao lado e vai acordar muito cedo.

— Está certo. Você venceu, vamos dormir.

Ela se ajeita em meus braços, apago o abajur e a abraço.

— Estou pensando no Josh — ela me avisa sem qualquer constrangimento.

— Vai dormir em meus braços pensando no Josh? Preciso pensar se isso não é algum nível de traição.

— Javier! Que coisa horrível de se dizer. Vimos Josh crescer. — Meu riso a faz dançar sobre mim. — Para de rir. — Anne vem até mim e me beija, meu riso morre em seus lábios. — Não para não, eu gosto quando ri, principalmente hoje.

— Gosto de rir com você, acho que já não sinto culpa por rir em sua companhia. Vou melhorar com Esther. Amanhã... será melhor.

Nós nos movemos, ela se vira e eu a envolvo. Nossos corpos se encaixam perfeitamente e isso só pode ser um sinal de que nascemos para ficarmos juntos. Dormir sentindo a respiração dela, seu corpo colado ao meu, isso me enche de paz e certeza de bons sonhos. É como acontece, pela manhã, quando ela se move e me desperta, a vida faz mais sentido do que já fez antes.

É sempre assim, cada dia em sua companhia me faz mais forte, levei muito mais tempo para me recuperar do dia em que desabei diante dela, mas dessa vez, conversar com ela, assistir Esther dormir, tudo isso trouxe mais esperança ao meu coração.

— Bom dia, meu amor!

Sorrio sem abrir os olhos, só de ouvir sua voz.

— Bom dia! — respondo beijando seu pescoço e nos separamos ao mesmo tempo.

Esther está no quarto ao lado e precisa ir à escola. Desço para preparar um bom desjejum, acho que Esther merece e me sinto muito bem-disposto. As duas descem rindo, gosto de ouvir o riso delas, de seus passos e de como elas combinam.

— Bom dia, Javier! Eu dormi ali no chão e você me colocou para dormir na cama, a minha avó tem de me acordar, porque ela é muito fraquinha e eu já estou grande.

— E eu sou muito forte! — digo brincando com ela. — Carrego garotinhas dormindo para cama sem nem ficar cansado.

— Foi mesmo. Acordei um pouquinho.

— Agora, sente-se para tomar café. — Eu convido puxando Anne para um beijo de bom-dia.

A garotinha obedece animada. Tantos planos que fiz... Minha Esther não está aqui para realizá-los, mas essa pequena garotinha está e merece conhecer o mundo, ganhar seu primeiro carro, ter a chance de uma boa educação. Sirvo as duas enquanto escuto Esther contar sobre como adorou a cama e acordou com Anne apertando seu nariz.

— Não ficou nem um pouquinho com medo?

— Nadinha — ela me conta.

— Anne, Esther é muito corajosa.

— Sim. Muito, ela é realmente corajosa e especial — Anne diz à garotinha que agradece com um sorriso, beijo Anne mais uma vez.

— Gosto quando fala em espanhol, adoro seu sotaque — digo a ela que fica subitamente feliz e orgulhosa.

— Gosta? Só fala em inglês comigo, achei que o meu espanhol fosse péssimo.

— Não é, acho que apenas me acostumei. — Quando Esther está conosco, falamos em espanhol, mas todo o resto do tempo eu falo em sua língua e acho bom começar a usar a minha, porque Anne nunca mais vai deixar a Espanha ou a minha vida.

— Vou de carro para a escola? — Esther pergunta.

— Sim, eu levo você e pego no fim da aula — Anne avisa a ela

A garotinha me olha feliz, ela sempre tem esse olhar carinhoso e acho que hoje, quando sente que é recíproco, os olhos ficam ainda mais encantados.

— Depois da aula eu vou voltar e dormir aqui de novo, se dormir na sala você me carrega?

— Pode ter certeza disso.

Um largo sorriso se abre, consigo sorrir de volta com o máximo do meu carinho. Olho em torno. É um ambiente harmonioso e feliz. E não me machuca nem me traz recordações doloridas, isso só me faz leve e tranquilo, como nem sei se algum dia me senti.

Capítulo 28

Marianne

— Gostei do café da manhã, foi legal dormir na colina — Esther conta enquanto dirijo. — Posso contar na escola que eu dormi lá?

— Sim, não é um segredo.

— Todo mundo quer saber dele — ela diz olhando pela janela. — Como que ele é, se é bravo, se é feio ou bonito.

— É porque o Javier não sai muito, então ficam todos curiosos.

Ela balança a cabeça concordando.

— Sempre digo que ele é muito bonito e bom e você também, digo que é namorada dele.

— Sim, é o que eu sou — respondo achando graça.

— Acha que a minha avó está bem? Estou com saudade dela.

— Vai poder falar com ela hoje à noite, está bem? Ligo para Carina e vocês conversam.

— Acho que ela vai ficar um pouco triste, ver as coisas do papai sempre deixa a vovó triste, eu não gosto quando ela chora.

— Saudade é assim, Esther, você também fica com saudade deles, não é? — Ela balança a cabeça afirmando. — Está tudo bem sentir saudade e chorar.

— Javier sente muita saudade de todo mundo que ele perdeu? Ele tinha uma sobrinha com meu nome e uma irmã, tinha a mãe e o pai e a avó. Muita gente para chorar.

Quanta verdade em uma frase tão inocente, muita gente mesmo. Igual a ela, tão novinha já perdeu demais.

— O tempo ajuda a superar.

Ela balança a cabeça afirmando.

— Ele gostou muito das minhas notas, fez café da manhã e ontem me colocou na cama.

— Não foi por causa das notas, Esther, é porque ele gosta de você, é uma menina linda.

Ela me olha sem muita confiança.

— Obrigada! — responde, educada, fazendo-me sorrir.

— Tenha uma boa aula, pego você aqui, está bem?

Esther assente com a cabeça. Tiro seu cinto de segurança e ela deixa o carro, acena para mim depois de colocar a mochila nas costas e espero que entre na escola para voltar para casa.

Javier está ao telefone quando entro, tem olhar preocupado enquanto conversa com Amâncio, fico a esperar sentada no sofá enquanto ele anda pela sala.

— Não vou comprar a casa de volta, Amâncio, apenas acerte todas as dívidas e traga Dora de volta.

Dívidas? Então não tem herança?

— Venha com Carina — Javier diz me olhando diretamente. — Vocês jantam conosco e... Bem, acho que ela vai gostar de um encontro com Anne.

Sorrio, percebendo o quanto isso não o machuca. Ele parece muito bem em receber o casal e sorrio em gratidão, ele sorri de volta, mas ainda mantém os olhos preocupados.

— Bem, então os vejo amanhã, no fim da tarde, diga a Dora que Esther está bem.

Quando desliga ele vem se sentar ao meu lado, faz um instante de silêncio pensativo, deixa-me em alerta.

— O que foi?

— Não tinha nada senão dívidas — ele me conta. — Parece que o filho da Dora estava enfrentando alguns problemas financeiros, eles estavam indo vender o carro e organizar as coisas para virem morar com Dora por um tempo. Ficariam com um carro só e devolveriam o apartamento, no fim... Não puderam fazer isso e as dívidas ficaram, Amâncio sugeriu que eu comprasse a casa de volta e com esse dinheiro ela quitaria as dívidas do filho, esse tempo todo que a casa deles ficou fechada juntou aluguéis. Um dos carros foi destruído no acidente, o outro não estava em boas condições, mas deu para vender e ela vai pegar as coisas da Esther, parece que estava pesado para o casal sustentar as duas casas. Eles bancavam Dora e a esposa acho que tinha perdido o emprego, fizeram umas dívidas.

— Que triste, mas isso se torna responsabilidade da Dora? As dívidas do filho?

— Não vamos contestar isso, até poderia, ela é idosa, ficou com a neta, ninguém a obrigaria a pagar, mas ela já sofreu demais com tudo isso, Amâncio disse que Dora está muito abatida.

— Eu imagino a decepção.

Até eu estou triste com tudo isso. Não por conta do dinheiro, já entendi que não é nada para Javier ajudá-las, ele gosta, tem condições e faz com o coração cheio de carinho, mas descobrir que o filho não estava em um bom momento, como pensou, é muito triste.

Javier me puxa para seus braços, encosto-me em seu peito sem saber bem o que dizer.

— Vou fazer como disse, dar uma pensão à Dora mensal, ficamos mais tempo com Esther, para ela ter um pouco mais de referências, ajudamos as duas e tudo vai ficar bem.

— Fico feliz que está pensando assim, naquele dia em que pedi que resolvesse isso... No primeiro instante...

— Considerou-me um cara bem mal. — Ele ri. — Acho que eu estava mesmo sendo um tanto egoísta, como se só eu sofresse. Dizer o nome Esther mudou as coisas.

— Eu sei, não sabia bem o porquê, mas depois entendi.

— Conviver um pouco que seja com Esther tem mudado minha opinião. Pensei que elas eram... a mesma pessoa, foi como ter Esther de volta um pouco, mas não é assim. Só o nome, mais nada em comum.

— Isso é bom, Esther não tem de carregar esse peso e nem você, quanto mais se distanciar disso melhor.

— Eu sinto o mesmo. Gosto muito da homenagem, é carinhoso demais, uma amizade linda da Dora com minha avó, respeitoso, mas não são a mesma pessoa e isso é ótimo. Sinto que com o tempo não vou mais associar uma a outra.

— Tenho certeza que não. Esther tem um tipo de criação diferente, ela é uma garotinha muito delicada, emocionalmente abatida.

— Não posso negar que o nome fez toda a diferença e se quer saber, ajudou-me muito. Acho que Esther nem imagina, você e essa pequena me obrigaram a sair do casulo, mas ontem, brincando com ela e hoje pela manhã, assistindo-a tomar café, tudo diferente, os gostos, as preferências. Considerei isso engraçado, me deu ainda mais paz e certeza que quero ajudar Esther e Dora.

— Por isso que eu te amo, você é generoso e bem bonito. Amo mais essa parte em que é bem bonito. — Ele balança a cabeça em negação, me beija os lábios de modo carinhoso e aperta levemente meu nariz. — Ligou para saber da Dora?

— Não. Liguei para convidá-los para vir aqui. Acho que você gosta da Carina e quer recebê-la, não quer?

— Muito!

É bom ter uma amiga, vai ser ótimo poder conversar e tomar um chá, quem sabe uns drinques depois do jantar.

— Também quero conversar com o Amâncio sobre meus negócios, acho que vou voltar a assumir alguns dos trabalhos de antes, aqui mesmo, no meu escritório. Ele faz as reuniões no meu lugar, talvez com o tempo, se me sentir confiante, posso ir a Barcelona uma ou duas vezes na semana, de carro não é tão longe, dá para ir de manhã e voltar no fim da tarde, vou mandar reformar o apartamento, quem sabe se tudo der certo, se me recuperar realmente, podemos ter um lugar como base, ir aos fins de semana, essas coisas.

Não consigo parar de sorrir, ouvir os planos dele me enche de tanta esperança e tanto amor, Javier está cada dia mais forte, vencendo o passado, temo que talvez ele esteja apenas empurrando toda a dor para algum lugar secreto para simplesmente não sentir, não pensar.

Se for isso, acho que as conversas com o terapeuta vão resolver, ninguém sai do abismo assim fácil, sei que não, mas também sei que tudo tem grandes chances de ficar muito bem.

— Vamos reformar seu escritório? — Eu o convido, afasto-me para olhar para ele e tentar animá-lo. — Vai ser bom, vamos decorar com um toque de modernidade, mais cor, trocar a madeira escura por algo mais claro, mais vivo. O que acha? Comprar um computador de última geração, instalar uma tela grande, pode fazer reuniões sem sair de casa. Um bom ar condicionado e uma porta de vidro para o jardim. O que acha?

— Que minha namorada vai ficar ocupada por uns dias. — ele diz me beijando. — Aproveite a visita da Carina e combine tudo com ela, pode ir um dia a Barcelona, organizar as coisas, encomendar tudo que deseja e falar com um arquiteto. Depois encha a casa de trabalhadores, quebre as paredes, destrua minha paz e faça muito barulho, mas sorria, porque é só isso que preciso, do seu sorriso.

Onde esse homem treinou essas coisas lindas? Meu coração descompassa de um jeito que quase posso senti-lo se agitando em busca de mais do que o par de olhos que me sorriem.

— Eu amo você, Javier Ruiz, amo de um jeito que nem imagina.

— Também te amo! Até pensei que se quiser, pode ler um pouco para mim agora.

Um dia ele ainda vai admitir que ama meus livros. Até lá, faço um joguinho com ele.

— Depois eu leio, meu amor, quando estiver ocupado com algo.

— Tudo bem, mas depois vai querer ficar me contando.

— Já que tem certeza de que não será um incomodo, eu leio.

Pego meu livro digital e me acomodo de novo em seu abraço, sim, esses são momentos especiais e eu sei que logo a vida ganha suas rotinas de trabalho e não passaremos mais tanto tempo assim, nos braços um do outro.

Por uma hora fico lendo em seu abraço, depois vou organizar coisas, pensar nas refeições, dar um jeitinho na casa e quando é hora de buscar Esther, ele está na cozinha começando a preparar uma refeição diferente para recebê-la.

Esther entra no carro, animada e risonha, parece mais feliz do que já esteve em toda sua vida.

— Acho que alguém teve um ótimo dia — digo feliz por ela. — O que aconteceu.

— Tenho duas amigas. Elas vieram falar comigo e depois disso, fiquei o tempo todo com elas, achei tão legal a escola hoje.

— Ter amigos é realmente muito bom.

— Sim, muito, muito legal — ela explica toda animada. — Javier vai ficar orgulhoso quando eu contar.

— Muito.

— Acha que ele vai sentir saudade quando a vovó voltar?

— Muita, mas vamos te ver todo dia depois da aula, como tem sido sempre.

— Sim, eu nunca vou deixar a vovó, ela me ama e deve estar com saudade.

— Louca de saudade — brinco pensando em como Dora vai voltar para casa abalada.

Javier está na cozinha, com o pano de prato no ombro e aposto que é só para me provocar, eu não sei se tem outro lugar que ele fique tão bem como fica na cozinha, agora usa mangas curtas, parece que para Esther não é um problema também e ele fica bem à vontade.

— Javier, adivinha? Eu tenho amigas! — Não dá tempo de ele adivinhar tamanha sua ansiedade.

— É sério? — pergunta fazendo um ar de surpresa. — Duas amigas? Tudo isso? — Ela balança a cabeça afirmando. — E amigos, não tem amigos meninos?

Ela nega em uma careta, é aquela fase em que garotos são insuportáveis.

— Entendo. Fico muito feliz e orgulhoso. O que acha de colocar a mesa enquanto me conta?

— Depois de lavar as mãos — eu os lembro e eles piscam um para o outro em um tipo de cumplicidade nova.

— Claro! — Ela obedece e os dois ficam falantes a mexer em pratos, copos e panelas, eu os deixo sozinhos para ligar para Juli.

Minha irmã tem cumprido a promessa, telefona-me todos os dias e hoje finalmente teria uma entrevista de emprego, corretora de imóveis de alta classe. Sinto que é a cara dela, vai poder se vestir bem e se cercar dos ricos e importantes homens e mulheres da alta sociedade, ainda vai ganhar um bom dinheiro para isso.

— Consegui! — ela diz antes mesmo de responder meu cumprimento. — Anne eu estou tão feliz, consegui o trabalho e mais do que isso, acho que vou amar, não é apenas o trabalho, mas... Eu não sei se vai entender, mas acho que vou gostar disso. Acha bobo?

— Claro que não, eu acho especial, fico muito feliz por você.

— Mas vou ter que fazer um curso para me credenciar, por enquanto vou ser uma assistente e receber treinamento, vou me dedicar bastante e antes do fim do ano vou ter minha credencial.

— Com toda certeza e quero que venha passar as festas na Espanha, comigo e o Javier.

— Será muito bom. Agora, minha vez de perguntar. Como vocês estão?

Acho graça em como está empenhada em não ser tão egoísta.

— Aqui tudo bem, Javier está melhorando, nós dois estamos bem e temos a pequena Esther conosco.

— Adotou a menina? — ela pergunta em choque.

— Não. Claro que não! Esther não é uma criança abandonada. Ela tem a avó. É que a avó viajou e ela está uns dias conosco, além de claro, eu ajudá-la com a escola.

— Sim, isso é bom para você, não acha? Porque assim você exerce seu trabalho.

— Sim, eu acho que vou procurar um trabalho por aqui. Não quero passar o dia todo sem nada produtivo, acho que pode atrapalhar minha história com o Javier, passarmos os dois o resto da vida fechados neste castelo, sem nada além da companhia um do outro não é romântico, pelo contrário, é assustador.

Minha irmã tem uma crise de riso, aposto que ela não se incomodaria, passaria seus dias na piscina, fazendo compras pela internet, inventando viagens.

— Só você mesma para pensar em algo assim, eu amaria com toda certeza. — Ela confirma minha opinião. — Anne, Jacob me ligou. Você se importa de falarmos um pouco sobre mim? Eu sei que sempre quero falar de mim...

— Juli, você é importante também, não quero que se anule e nem acho que você vá mudar tanto assim. Conte sobre Jacob.

— Obrigada por entender. Ele disse que soube da minha mudança, contei para um amigo em comum que fiz uma autoanálise sobre meu comportamento e estava disposta a mudar.

— E ele quer tentar de novo?

— Sim.

— E você, o que quer?

— Não quero, não estou pronta, eu ainda penso demais em minha vida, vou acabar cometendo os mesmos erros e ele... Ele não me deu nenhuma chance, acusou-me e me mandou embora, então, eu não estou pronta. Quem sabe algum dia? Mas não agora. Estou bem feliz em não amar ninguém no momento.

— Fico feliz com isso. Está agindo muito bem, mergulhando em sua vida com a tentativa de mudar e isso é bom. Parabéns minha irmã!

— Obrigada, você também, somos gêmeas e pela primeira vez, eu sinto que estamos realmente nos parecendo, buscando a mesma coisa.

— Eu também, Juli. Como estão as coisas em casa?

— Bem, paguei todas as contas, não tenho mais um centavo, mas estou feliz. Amanhã vou fazer umas fotos e estou me cuidando.

— Amo você, Juli!

— Também te amo! Torço para o Javier não esquecer de jeito nenhum a sorte que ele tem de ter você na vida dele. — Sorrio achando graça de seus esforços em me agradar. — Tenho de ir, vou estudar um pouco. Ganhei uma apostila assim que passei na entrevista — ela conta e posso ver a careta que deve estar fazendo por ter de estudar.

— Ligo amanhã! Bons estudos. — Eu me despeço dela com um sorriso no rosto.

Quando volto para cozinha, Esther está em uma pequena crise de riso enquanto Javier serve a mesa para o almoço achando o riso dela lindo, só pelo modo como ele encara a pequena.

— Rindo sem mim? — pergunto envolvendo a cintura de Javier que me beija os lábios e me abraça.

— Esther esteve me dando conselhos amorosos.

— E eu perdi isso? O que disse, Esther?

— Falei para ele cortar a barba e o cabelo, para você achar ele mais bonito ainda.

— Eu disse que sou tão bonito quando a Fera e ela achou graça — ele me explica. — O que acha, Anne?

— Acho você perfeito e lindo, e gosto da Fera, não importa o cabelo e a barba, porque o que realmente amo não muda conforme sua aparência.

— Aprendeu Esther? — ele provoca a garotinha que dá de ombros e depois concorda de modo veemente.

— Você está certa, Anne — ela diz, animada com a comida.

Eu ganhei pratos bem interessantes da culinária espanhola, mas nada se compara aos esforços dele em agradar o paladar de Esther. O almoço é cheio de riso, logo depois enquanto estudo com Esther, ele lê sem se afastar muito de nós, ela toma banho e passamos algum tempo assistindo televisão, depois jantamos e quando eu a levo para cama sinto que ela está levemente ansiosa.

Na despedida dela com Javier já foi um tantinho penosa, posso ver a voz um pouco angustiada, ela gosta dele e sente confiança. Espero que escove os dentes, separo a roupa para a manhã seguinte, faço sua cama e quando ela se deita vestindo um pijama rosa e olhos preocupados.

— Quer deitar um pouco comigo? — ela me convida.

— Claro. Vou ficar aqui um pouco com você.

Ela fica pertinho de mim, olhos arregalados, rostinho delicado. Afasto seus cabelos, aperto seu nariz um instante. Ela me sorri.

— Você é muito bonita, sua irmã não é tão bonita assim não.

— Não? — pergunto rindo enquanto me lembro de que somos exatamente iguais.

— Você é a pessoa mais linda do mundo. Quando eu crescer, vou ficar igual você, quero ser assim bonita e muito inteligente.

— Vai ser ainda mais bonita e muito mais inteligente.

— Sinto um pouco de saudade da minha avó.

— Amanhã ela está de volta. — Lembro Esther, que balança a cabeça concordando. Ela se aproxima, encosta a cabeça debaixo do meu pescoço, fico afagando seus cabelos. — Se não conseguir dormir, pode ir me acordar está bem?

— Sim, eu vou, mas se ficar aqui comigo eu durmo.

— Vou ficar.

— Você parece uma mãe — ela diz me emocionando.

Sinto um aperto em meu peito, uma vontade louca de amar uma criança minha, que não me deixe depois de duas noites, que faça Javier passar suas horas livres cheias de riso e amor, mas não ainda. Sei que meu corpo não me engana e minha menstruação deve chegar em breve. Acho que não queria mesmo estar grávida assim, sem preparo, mas quero isso, quero encher essa casa de muito amor, tornar essa pequena família que está surgindo em uma longa mesa de jantar de véspera de Natal.

— E você parece uma filha — brinco para receber um sorrisinho enquanto ela fica encolhidinha em meu peito até adormecer com meu carinho nos cabelos.

Espero um instante, deixo a cama com cuidado e lá está ele, feito a velha Fera a espreita, próximo ao batente da porta, mas agora com lindos olhos de amor, suavidade e riso. Tem sempre um pequeno sorriso em seus olhos, ele abre os braços em um convite e me apresso para ser envolvida por ele, emocionada como não me lembro de ter estado. É tudo misturado, meus sonhos, as certezas, ele aqui, Esther, minha irmã, uma nova vida que começo e todas as coisas que quero construir.

— Amo você — ele sussurra ao meu ouvido e tudo em mim reage com uma explosão de amor.

Capítulo 29

Javier

Esther ajuda a preparar a casa para receber os convidados e também sua avó. Imagino que não seja um momento muito bom para Dora, se tem uma coisa que essa casa atrai é culpa, Dora está se sentindo culpada pela morte do filho, achando que ele se esforçou demais para cuidar dela e acabou por perder tudo.

Esse é um problema que como eu, ela terá de resolver dentro de si e talvez a culpa ainda fique lá, escondida em um cantinho qualquer do seu coração, mas é possível encontrar uma maneira de seguir em frente e viver com amor e alegria. Tenho descoberto isso todos os dias, com terapia e meus momentos com Anne.

Algumas pessoas têm uma luz extraordinária, Anne é assim, não precisou de muito para mudar a minha realidade. A realidade de Esther e Dora, ela entrou em nossas vidas iluminando a escuridão, trazendo amor, riso e esperança.

Como posso não amar essa mulher? Como posso não me curvar a esse sentimento tão bonito e completo? Esse sentimento merece toda minha reverência e por isso, mesmo a culpa fica menor, é preciso colocar em perspectiva e admitir que fazer Anne feliz é maior do que me corroer em culpa e arrependimentos. Eu não posso mudar o passado, mas posso criar um futuro.

Quero uma família como nunca quis antes. Quero essa família com ela e quero incluir um mundo de pessoas nessa felicidade, filhos que eu quero ter, Esther e Dora, Julianne. O modo como amo Anne me abriu portas e me fez enxergar quanto espaço ainda há em mim para ser ocupado com amor e sonhos.

— A vovó pode sentar aqui do meu lado? — Esther me tira dos meus devaneios e olho para ela ao lado de pratos e copos dispostos com cuidado na mesa de jantar.

— Claro que sim, será ótimo! — Ela me sorri, feliz com o resultado. — Onde aprendeu a colocar a mesa assim tão bem?

— Minha vó me ensinou, ela aprendeu com sua avó!

É uma grata surpresa ouvir isso, sei que vovó estava sempre a mostrar suas delicadas maneiras para as senhoras do vilarejo, dava aulas de bordados e tricô, ensinava maneiras à mesa, falava sobre vinhos. Vovó tinha tanto carinho com o povo do vilarejo que uma ponta de vergonha nasce em mim por me manter tão distante de todos eles.

Temo que me vejam diferente do que realmente sou. Talvez me imaginem como um esnobe e arrogante homem que não quer se misturar. Espero que saibam que existiu em mim muita dor e apenas ela me fez tão distante e triste.

— Está pensando toda hora na Anne? — Esther me pergunta me fazendo rir.

— Por que acha isso? — Devolvo com outra pergunta.

— Está com carinha de pensar no amor.

O rostinho fica corado de vergonha, Esther é uma garotinha carente e muito tímida, mas por alguma razão, fica à vontade conosco e cada dia mais encontra espaço para falar e brincar.

— Eu vivo pensando no amor.

— Anne vai ficar bem feliz — ela me conta sem esconder o quanto isso a deixa feliz. — Chorei quando pensei que ela ia embora para sempre.

— Eu também chorei um pouquinho — digo depois pisco a fazendo balança a cabeça em solidariedade. — Não vamos mais deixá-la ir embora. O que acha?

— Vai ter de se casar com ela. — É o que eu quero, ainda me debato se é cedo ou tarde, mas o plano é esse, algum dia pedir e de preferência logo. — Quer se casar com Anne?

— Acho que seria mesmo muito bom, tem algum bom conselho?

— Compra um anel, fala que quer se casar com ela e compra um vestido de noiva. Eu não sei se ela tem dinheiro para comprar um.

Um anel é ótimo conselho e toda aquela coisa que Anne me disse sobre ser romântico e me ajoelhar, parece que disso não escapo, talvez outra valsa, uma rosa vermelha com um anel preso a ela, ficar de joelhos e aproveitar para fazer uma oração enquanto torço por um sim.

— Obrigado pela dica.

Ela me sorri orgulhosa pela ajuda e bem interessada em um desfecho de seu agrado, eu sei bem que ela quer Anne presa à colina tanto quanto eu.

— Que dica? — Anne surge trazendo flores para enfeitar a mesa do jantar que acaba de colher no jardim. — Essa mesa está linda, nem precisava de flores. Quem fez isso? — pergunta sabendo da resposta e esquecendo a pergunta anterior.

O que é ótimo, não saberia mentir.

— Fui eu, está muito bonita minha mesa?

— Linda! Vamos arrumar esse vaso?

— Sim, quero ajudar. — Esther nos segue para a cozinha, eu preciso olhar o forno enquanto elas vão organizar o vaso.

Não é um grande jantar muito elaborado, esse eu estou guardando para um momento especial, é apenas algo aconchegante para receber amigos.

Quero que Amâncio e Carina se sintam à vontade, não fiz muito para merecer essa intimidade, mas Anne fez e sei que é por ela que eles vêm hoje.

— Anne, olha essa flor está mais bonita — Esther diz entregando a ela uma das flores para ficar no centro do vaso.

— Ótimo, vai ficar lindo. Eles já estão a caminho, então agora você tem uns minutinhos para brincar, quer ir? — Anne libera Esther e ela balança a cabeça afirmando.

— Já volto — ela avisa correndo para sala onde deixou uma boneca e dois livros.

— Ela está feliz por rever a avó — Anne diz se aproximando de mim. — Você está lindo! — Deixo tudo para puxá-la para meus braços. — Estou meio com vergonha deles.

— Por quê? Que ideia!

— A troca com a minha irmã — ela me explica e suspiro.

— Eu já expliquei tudo ao Amâncio, pedi que ele contasse a Carina, garanti que estamos muito bem e muito felizes. — Beijo seus lábios, ela está linda e perfumada, dispara meu coração toda vez que vejo os olhos lindos a me observarem.

— Eu sei, mas é tão chato, Carina foi muito generosa e amiga, liguei muitas vezes para ela no começo, quando me sentia sozinha, ela sempre foi solícita, mas não sentia confiança de contar a ela. Quem podia me garantir que ela não contaria a você?

— Quero muito acreditar que ela contaria, seria o certo a fazer. — Afinal eu tinha tecnicamente uma farsante em casa, esperaria que Amâncio e a esposa tomassem a decisão de me informar.

— Amâncio é muito fiel a você, ele contaria com toda certeza.

— Então você se protegeu e está tudo bem, ele achou uma história bastante inusitada e ouso dizer que se divertiu muito, meu amor. Apenas não pense mais nisso.

— Gosto tanto quando diz meu amor!

Ela me olha tão profundamente, podia me ajoelhar nesse instante e fazer o pedido, mas sem anel e quase nenhum romance, existiria uma grande chance de Anne recusar. Romântica como só ela, amante de livros como só ela pode ser, vai até se ofender.

— Meu amor — digo mais uma vez apenas para que grave em seu coração.

Beijo seus lábios, o plano é um leve beijo, mas ele se transforma e quando me dou conta, estamos colados um no outro, sem pensar em nada até que os passos de Esther correndo pela casa nos afastam.

— Tem um carro vindo! — ela diz entrando na cozinha sem aviso.

Anne e eu sorrimos um para o outro.

— Então, vamos receber nossas visitas — decido enquanto ela me olha à espera da minha decisão.

— E a minha avó — ela me lembra.

Acho que é um bom sinal Esther não colocar a avó no mesmo lugar que as visitas, é bom que ela sinta que está em casa aqui, é como quero que ela sinta.

Dora está domando sua tristeza e coloca um sorriso triste no rosto quando a neta corre cheia de saudade para seu abraço. Amâncio está tão surpreso que não consegue esconder e sua esposa sorri para Anne que a recebe com um longo abraço.

Depois de um rápido momento de cumprimento, entramos todos. Dora de mãos dadas com a neta que está ansiosa por contar seus momentos na casa da colina. Nós nos acomodamos na sala, Dora um tanto quieta, mas acho que podemos tratar disso em outro momento.

— Carina, sobre eu não ser Julianne...

— Anne, você é apenas a Anne, isso é o que importa — Carina a corta. — Estou muito feliz que ficou e que tudo está bem com vocês. Eu bem me lembro que jurava que aquele jantar não era um encontro romântico.

As duas riem enquanto começam uma conversa paralela sobre aquela noite. Amâncio e eu falamos sobre tolices, nem sobre trabalho e nem a vida pessoal, ele conta da estrada, da viagem tranquila, do dia bonito e a noite estrelada.

— Vamos nos juntar em uma só conversa — Anne diz procurando minha mão e gosto de sentir seus dedos presos aos meus; ainda não é confortável estar nessa sala, diante de Carina que é a pessoa que não tive qualquer contato desde o acidente e mesmo as pessoas mais próximas todas juntas.

— Dora, Esther morreu de saudade — conto muito mais para não ser o centro da conversa, a garotinha ganha todos os olhares e fica imediatamente encabulada.

— Esther, você é uma menininha muito linda — Carina diz, deixando-a ainda mais acanhada.

— Esther é muito tímida — Anne avisa —, mas se comportou muito bem esses dias.

— Ela atrapalhou muito? — Dora pergunta com os olhos um tanto perdidos.

Queria poder dizer a ela que tudo está bem, que pode contar conosco para cuidar de Esther, que ela não tem culpa de ter tido um filho amoroso que se dedicou para manter sua vida tranquila. Tentar tirar dela um pouco da culpa que ela não esconde sentir.

— Não atrapalhou em nada, vamos ficar com saudade de tê-la aqui, não é, Javier?

— Com certeza. — Esther abre um lindo sorriso de orgulho e satisfação, Dora se tranquiliza. — Vou abrir um vinho.

Conversamos amenidades enquanto tomamos uma taça de vinho, passamos para mesa de jantar em seguida, sinto que Dora quer muito ir para casa, talvez já tivesse ido se Esther não estivesse tão encantada com o jantar.

— Esther decorou a mesa — Anne revela quando todos se acomodam.

— Que menina talentosa! — Carina a elogia. — Você é realmente muito dedicada. Está linda, obrigada!

O jantar demora mais do que o comum, vamos conversando e nos distraindo. Dora é a primeira a acabar e quando caminhamos para sala ela está mesmo desesperada por partir.

— Quero agradecer todos vocês pela ajuda esses dias, Carina e Amâncio pela recepção, Javier e Anne por cuidarem da minha menina, mas Esther tem aula amanhã, acho que vamos para casa. Não se incomodem, vamos caminhando.

— De jeito nenhum — Anne se coloca de pé. — Carina e eu vamos levá-las, os rapazes querem mesmo falar de trabalho e aproveito para conversar com Carina sobre decoração, tenho muitos conselhos a pedir a ela.

Carina compreende e logo se ergue também, Esther pega sua malinha dividida entre a saudade da avó e a vontade de passar mais tempo conosco.

— Esther, agradeça ao Javier — Dora pede e a pequena me olha tímida já que está diante de todos.

Vem um tanto indecisa até mim e me surpreende abrindo os braços em busca de um abraço. Envolvo Esther em um abraço carinhoso, não existe dor nesse gesto, não tem peso, é carinhoso, faz-me bem e sei que faz bem a ela. Leva um longo tempo até ela se afastar com vergonha de falar na frente de todos.

— Vejo você amanhã, depois da escola.

Ela balança a cabeça, afirmando.

— Obrigada por me deixar ficar aqui! — diz quase expulsando as palavras de tanta vergonha.

Aperto sua mãozinha e trocamos um sorriso, então ela corre para segurar a mão da avó. Dora se despede de modo rápido, meio atordoado, confio que Anne vai deixá-la mais tranquila, não acredito que ela simplesmente vá deixá-las em casa e voltar. Aposto como vai encontrar uma maneira de terem um instante de conversa.

Assim que a porta se fecha e sobramos Amâncio e eu sinto que é a hora perfeita para falar com ele sobre Anne.

— O que acha de mais uma taça de vinho lá no escritório? — convido enquanto ele fica de pé comigo.

— Você toma o vinho. Eu tenho planos de voltar hoje para casa, então chega de vinho.

— Você que sabe — digo indicando o caminho e ele me acompanha. — Anne quer mudar meu escritório, reformar um pouco, ela o acha meio triste e escuro.

— Anne é sábia. — É sua resposta.

— Senta. Dora parece bem triste, como foi esses dias com ela?

— Triste — ele conta se acomodando. — Ela sentiu o baque, uma pena.

— Uma pena, mas resolveu tudo como pedi?

Ele concorda, suspira um tanto triste.

— Fiz uns acordos, negociei uns descontos, pagamos tudo, entregamos as chaves. Essas providências simples, as coisas da Esther embalamos, passei na casa delas agora e deixei tudo, três caixas de brinquedos e umas roupas que a Carina acha que não servem mais na menina.

— Criança cresce rápido. — Fico em silêncio enquanto ele me olha, atento.

— Javier, eu não sei, mas parece que não foi só a Anne que trocou de lugar, você... Estou aqui há umas duas horas, talvez mais, nenhuma patada.

— Podemos resolver isso — provoco Amâncio. Ele balança a cabeça, apressado. — Anne mudou minha vida, além da terapia, um pouco de Esther, não sei. Uma reunião de coisas.

— Bom, sabe o quanto torço para isso, estou pronto para devolver seu lugar de chefe.

— Vai com calma que não vai se livrar assim tão fácil, não estou tão pronto assim. Honestamente, eu não sei se algum dia vou estar.

— Tenho certeza de que sim. É jovem, está começando uma nova vida, ainda vai ser jovem daqui a cinco ou dez anos. e então, sim, você tem todas as chances de voltar ao velho Javier.

— O ponto é que não quero ser o velho Javier, quero ser um novo Javier.

— Que profundo! — ele me provoca. — Gosto desse novo Javier também, pode ser ele. Como vai ser com a empresa?

— Vamos nos adaptando, falando mais, mande-me coisas para resolver. Não sei, vou dedicar umas horas do meu dia à empresa, todas as manhãs, por enquanto. No futuro...

— Reuniões? — Ele testa meus limites, não é proposital, mas apenas para saber quanto posso seguir em frente.

— Ainda não, logo. Prometo, mas por enquanto, você toma a frente de tudo isso, ficar aceitando os pêsames das pessoas, respondendo as perguntas, ganhando olhares de pena e surpresa, isso tudo é muito para mim.

— Claro, você fica livre para quando se sentir pronto, sabe que em algum momento vai ter de enfrentar isso?

— Mais cedo do que imagina — conto a ele que imediatamente se interessa.

— E posso saber por quê?

— Não só pode, como preciso da sua ajuda.

— Minha ajuda? — Ele fica logo animado.

— Vamos falar sobre isso antes que elas voltem — conto a ele. — Amo Anne.

— Notei que a coisa está bem adiantada, eu sabia que estava rolando um clima e talvez começando algo, mas pelo que vi no jantar, vocês estão oficialmente unidos.

— Totalmente. — Mais do que tudo. — Amo Anne e estou decidido a me casar com ela.

— Como assim? Você está falando... casamento do tipo que um padre abençoa e fazem um contrato pré-nupcial?

— Do tipo que o padre abençoa e só, vamos ser uma família, nada de contratos.

— Isso ainda é melhor. Anne é ótima pessoa, achei que teria um pé atrás, por conta da mentira, mas vejo que não. Vê-lo assim confiante é bom, importante para sua recuperação.

— Se conhecer a irmã e a relação das duas vai ver que Anne fez o melhor pela irmã, depois de tudo que vivi, qualquer um que esteja lutando pela família tem meu perdão e respeito — explico a ele.

— Pena que não tem a mesma consideração por você. Merece o mesmo, Javier.

— Leva tempo para aceitar, fui muito longe e muito rápido, Anne e eu decidimos que vou ter meu tempo, sem pressão — conto a Amâncio que parece feliz demais para esconder.

— Garota muito determinada, focada, séria — elogia.

— Tudo isso e muito mais.

— Nesse caso acho um ótimo momento para contar que Ivana se casou há quinze dias — ele diz sem aviso.

Vasculho minhas emoções, ainda tem uma leve mágoa pelo modo como me tratou, mas quando analiso todo contexto de nossa história, suas implicâncias com Esther, a leve irritação de todos os dias, eu não a amava, nunca fui amado por ela. Enviar-me a aliança por uma enfermeira foi apenas a expressão de quem ela sempre foi e eu nunca fui capaz de enxergar.

— Que bom para ela! — É honesto, realmente não me afeta e torço para que seja feliz, não quero o mal de ninguém. — Que Ivana seja feliz, eu li em algum lugar do noivado uns meses atrás, depois me esqueci dela e não pensei mais nisso.

— Ela nos convidou, mas recusamos, não me sinto muito à vontade — ele me conta e devia ter ido, não seria um problema, mas Amâncio que escolha suas amizades.

— Amâncio, logo elas vão estar de volta, tem um favor que preciso pedir. — Ele mostra sua total atenção. — Quero comprar um anel de noivado para Anne, pode fazer isso?

— Não! — É a primeira vez que Amâncio me nega algo e o faz com veemência assustadora, fico um instante sem fala. — Qual seu problema? Eu não posso comprar o anel de noivado, é você que precisa fazer isso. É a mulher que ama, ele perde a graça se for comprado por mim.

— Tem muita coisa envolvida, sairia, juro que por ela eu sairia. Já fui ao vilarejo atrás dela, mas sair sozinho do nada, sem explicação, ela desconfiaria e eu... Eu não gosto da ideia de ir a Barcelona.

— Certo, bons argumentos. Vamos pensar melhor sobre isso.

— Pode ir a uma joalheria e filmar os anéis e escolho.

— Claro! É isso, vamos comprar pela internet. — Amâncio corre para se sentar à frente do computador. — Você é Javier Ruiz, a joalheria viria aqui com os melhores anéis, escolha a joalheria e resolvemos em uns minutos.

— Acha? — Puxo uma cadeira para seu lado.

Uns minutos e estamos no site da melhor joalheria da cidade.

— Acha que os caras vão pessoalmente comprar joias para as amantes? — ele diz de modo cínico, olho um tanto preocupado. — O quê, eu? Está maluco? Carina me esmaga sob o salto, ela é um cão de guarda.

— Ciumenta?

— Eu sei o que está pensando, por que ela teria ciúme de um cara como eu, gordo, meio careca e...

— Não estava pensando nada disso, valorize-se.

— Anne faz milagres mesmo. Está me mandando ter mais autoestima?

— Sim — digo rindo. — Vamos nos concentrar no anel da Anne. Eles vão mesmo me entregar uma joia cara em casa e de modo discreto?

— Pode apostar — Amâncio avisa. — Que tal esse?

— Muito chamativo, grande demais.

— Caro é bom. Esse é bem caro.

— Não é o que eu quero, Anne não liga para isso.

— Nem você, então não pode ser grande e não precisa ser caro, é bem mais fácil. Escolhe o mais bonito, ela vai amar qualquer coisa que dê para ela. Anne te ama.

— Você não tem muita paciência para isso.

— Nem dinheiro — ele diz passando por mais meia dúzia de anéis.

— Vai mais devagar, nem me deixa ver as peças — reclamo e ele faz uma careta, paralisa no anel seguinte e não encontro alma na joia.

— Como escolheu o anel da Ivana?

— Ela escolheu, quis um desses grandes e caros, só paguei.

— Que péssimo!

— Para ela, que teve de devolver. — Amâncio acha engraçado, passa uns instantes rindo, então reclamo: — Quer se concentrar?

— O que quer? Explica melhor.

— Delicado, uma joia que vá... Eu não sei como explicar. — Passo um momento pensativo, pensando em Anne e no que quero para marcar esse momento. Amâncio fica passando por belos anéis que não dizem nada. — Eu sei o que eu quero. — Sorrio quando entendo. — Quero uma joia de família, clássica e que traga história, que permaneça, que seja da nossa filha e da filha dela, eu sei onde encontrar esse anel.

— E onde vai encontrar essa joia?

— No andar de cima, no porta-joias da vovó! — aviso ficando de pé. — Se Anne chegar distraia as duas, vou caçar o anel e volto em um instante.

— Vai pedir agora?

— Não sem um jantar, uma valsa e mais do que isso, candelabros.

Amâncio parece desconfiado.

— Esse é o velho Javier, o cara que você era antes... de tudo. É bom ter você de volta, amigo.

Sorrio em gratidão, é bom estar de volta.

Corro para o velho quarto da vovó, vive fechado, é um bom lugar para se estar, cheio de boas memórias, abro a cômoda e tiro o pequeno baú, é quase como um sinal. O anel perfeito é a primeira joia que bato os olhos, está sobre todos os outros, arrumado em destaque, quase como um aviso, passo os olhos pela joia, delicada, muito trabalhada, com pequenos diamantes e uma pequena pedra vermelha no centro, talvez um rubi. Não entendo disso, mas sei que vai estar para sempre a contar histórias de amor dos Ruiz.

Capítulo 30

Marianne

— Marianne é um nome muito mais bonito — Carina diz quando estaciono o carro de volta na garagem.

Olho a parede vazia iluminada pelos faróis do carro. Minhas mãos descansam sobre o volante enquanto penso a respeito.

— Por muito tempo eu não sabia que gostava do meu nome, achava que gostava mais do nome da minha irmã, mas era só porque eu sentia um pouco de ciúme de toda atenção que ela recebia. Depois eu entendi que ela recebia toda aquela atenção porque precisava dela enquanto eu não. Sempre fui mais autossuficiente e por isso fiquei tão triste em mentir ser ela, eu nunca teria me submetido àquele contrato, mas ela tem picos de desespero e loucura, faz as coisas sem pensar porque precisa desesperadamente de atenção. Vir para colina também me curoue me fez olhar mais para mim, entender muita coisa. Javier acha que eu mudei sua vida, mas ele mudou a minha também.

— Amâncio e eu não tínhamos nenhuma esperança para Javier, mas agora que você chegou, eu nem sei como pensar nele sem você. São perfeitos juntos.

— Somos! — digo com um sorriso no rosto.

— Bem, acho que demoramos demais, aqueles dois já devem ter acabado de resolver tudo e ainda temos duas horas de estrada.

— Vai esperar um café, será bom para pegarem a estrada — aviso soltando o cinto, ela faz o mesmo. — Acha que Dora vai ficar bem?

— Ela tem uma criança, isso não dá a ela muita escolha, ela tem de ficar bem.

— É, ela tem — concordo pensativa, quando entramos, Javier e Amâncio estão na cozinha passando o café, só pelo perfume que invade a casa Carina e eu já trocamos um sorriso. — Pode dizer que tenho sorte, porque eu tenho muita sorte, namoro um cara que cozinha e ainda passa um cafezinho.

— Sim, você tem sorte — Carina brinca.

Sentamos todos em torno da mesa da cozinha, uma xícara de café quente e uma conversa simples, marcamos um jantar em algum outro dia, eles partem enquanto ficamos acenando na varanda, abraçados. Exatamente como em todos os mil filmes de amor que assisti.

Javier me leva pela mão de volta à casa, do lado de dentro, a mesa de jantar ainda servida, uma pequena pilha de louça suja e apenas nós dois, olhamos um para o outro.

— Vamos, encontre romance nisso? — ele diz começando a recolher a louça.

— Vai reclamar como os senhores Stefanos?

— Que diferença faz, como eles eu também não tenho escolha se não lavar.

— Tem escolha, sim, pode escolher secar.

Ele me beija depois de um sorriso e levamos a louça para a cozinha, coloco de volta o vaso sobre a mesa de jantar, apago as luzes, e vou encontrá-lo na cozinha.

— Demorou, conversou um pouco com Dora? — Javier me pergunta enquanto pego um pano de prato limpo para secar a louça.

— Sim, Carina ficou com a Esther e pude conversar por uma meia hora com ela em particular.

— Como foi? — ele me pergunta me estendendo um prato lavado para secar.

— Ela está se culpando um pouco, acha que se eles não tivessem que cuidar da casa dela também teria se saído melhor, aí é aquele jogo de "se" que nunca tem uma resposta. Se eles tivessem contado. Se ela tivesse ido morar com eles. Se eles não tivessem vindo deixar Esther com ela. O fato é que não importa. Não temos uma máquina do tempo para voltar a percorrer novos caminhos e ainda assim, não sabemos o quanto isso faria diferença.

— Conheço esse jogo que ela está jogando — ele diz chateado por Dora.

— Tentei fazê-la entender isso.

Vou empilhando os pratos enquanto ele lava e me entrega, começamos com as bandejas.

— Não vai conseguir, ela precisa cuidar disso sozinha.

— Talvez ouvir ajude, ao menos ela sente que as pessoas não a culpam. Isso deve servir para algo.

— Pode ser, acho que você repete tanto isso para mim que talvez... eu já não penso o mesmo que pensava, não racionalmente, mas há coisas que não são parte da nossa razão.

— É eu sei, acha que Esther vai se abater também? Ela é sensível, vai perceber as emoções da avó ainda que Dora disfarce e sabemos que Dora não fará isso. Ela é muito...

— Inconveniente, intrometida — fala com um sorriso no rosto, entregando mais uma travessa lavada para mim.

— Dora não consegue conter a língua, eu sei, mas não acho que seja propositaI, ela apenas...

— Gosto dela, do jeito que é, sem as camadas sociais todas que acabamos construindo. Dora é uma mulher honesta com o que pensa e sente, machuca às vezes, mas ao menos sabemos o que esperar dela. Sua verdade.

— Nem sempre é bom, acho que ela pode conter um pouco tudo isso, talvez seja a idade.

— Pode ser, mas disse a ela que vamos ajudá-la?

— Disse. Eu expliquei tudinho, acho que ela ainda vai continuar triste, mas pelo menos não fica preocupada com o futuro da Esther. — Ele concorda me entregando meia dúzia de talheres. — Essa colher ainda está suja. — Devolvo a ele que não resiste a uma pequena crise de riso. — Que foi?

— Controle de qualidade — ele brinca lavando a colher de novo. — Acho que por mais que eu fique com saudade, devia estudar amanhã na casa da Dora. — ele diz começando a lavar os copos, aprendi com a minha mãe que os copos são sempre os primeiros, mas não vou corrigi-lo.

— Passar a tarde lá?

Ele para o que está fazendo, desliga a torneira, volta-se para me olhar, pega meu pano de prato, seca as mãos. Parece estar pensando em algo.

— Dora já vai ter passado toda manhã sozinha e se vier para cá com Esther, ela fica o dia todo sozinha pensando tolices, pode ir um pouco mais cedo, fazer umas compras para casa dela, pedir que ela cozinhe enquanto estudam, vai ocupá-la e ficar de olho nela.

— Acha que tudo bem? Quer dizer, fica aqui o dia todo sozinho?

— Sim, tudo bem, eu vou ler uns contratos que Amâncio vai me mandar pela manhã e arrumar uns papéis no escritório, você quer começar com a reforma logo, preciso tirar umas coisas de lá.

— É, vai se manter ocupado a tarde toda.

— E tenho a terapia às 6h da tarde, acaba às 7h. Se voltar nesse horário será perfeito, o que acha?

— Vou ficar com saudade — admito e ele me puxa para seus braços, beija meus lábios, trocamos um longo olhar.

— Sentir esse tipo de saudade é bom.

Concordo com ele com um movimento de cabeça. Javier fica cada dia mais bonito, os olhos cada dia mais límpidos, o rosto mais leve. Perdeu a expressão pesada e triste, é cada minuto mais raro encontrar sua dor e isso me acalma.

— Vamos terminar logo com isso? — convido pensando que quero tê-lo só para mim, encolher-me em sua proteção e ser um pouco apenas uma mulher apaixonada sem nada a temer.

— Sim, madame — ele diz mais animado do que compreendo.

Deixamos a cozinha arrumada e depois de averiguar tudo subimos juntos, levo meu livro digital, não tenho planos de ler agora, mas gosto de andar com ele

Quando nos entendemos e entendi que essa era minha casa por um tempo ao menos, coloquei meus livros lado a lado na estante da biblioteca, agora ando com todos os outros em uma maquinazinha milagrosa.

— Quer ler um pouco?

— Agora não, pela manhã. O que acha? Café na cama e terminamos o livro — digo a ele que faz careta.

— Não coloque no plural como se me interessasse por essa história. Leio apenas para fazer você feliz. — Ele mente sem qualquer pudor, fazendo-me revirar os olhos. — Acha que será sobre quem o próximo livro?

— Você não se importa, Javier — digo, abrindo o vestido. — O próximo vou ler sozinha.

— Gosto que leia comigo, assim ficamos pertinho um do outro — ele diz deslizando o dedo pela alça do meu sutiã e deixo a briga pelos Stefanos para outro momento, puxo Javier pela gola da camisa e termino roubando seu sorriso com meus lábios.

Nosso amor não tem pressa, nunca pensei que essa casa um dia receberia um jantar alegre em uma mesa cheia, mas os dias têm mostrado que ele pode e quer mudar, que está mais perto de se recuperar por completo e sei que posso sonhar com o dia em que vamos sair juntos por aí, sem que ele tema suas marcas e suas memórias.

Ler na cama com café da manhã e a luz do sol chegando é muito bom. Uma manhã preguiçosa que eu sei que vai acabar. Tenho que resolver meus documentos para poder trabalhar aqui e ele precisa assumir seu lugar nas empresas, um dia serão manhãs corridas e também vou gostar, mas vou sentir saudade de dias como este.

Quando deixo Javier para passar o dia todo fora fico com uma estranha sensação de que ele está muito feliz com isso, não sei se gosto. Claro que não quero que ele dependa de mim, mas não posso negar que sinto um pouco de medo de estar sufocando Javier, medo que ele queira mais vezes esse tempo longe.

Faço compras para casa de Dora, chega de Esther levando e trazendo potinhos. Pego Esther no colégio, ela me sorri amando as sacolas no banco de trás e fica ainda mais animada quando digo que vamos passar o dia todo em sua casa.

Dora fica um pouco surpresa, mas acaba por gostar da ideia e quando peço que cozinhe ela até arrisca um meio-sorriso.

As horas correm tranquilas, penso em Javier volta e meia. O imagino solitário pela casa e me convenço de que é uma boa coisa para que ele aprenda a se sentir bem mesmo sozinho, mas tem um pedacinho de mim que teme que na solidão, sua cabeça crie sentimentos tristes e dor.

Em um momento de paz em que Esther está descansando um pouco saio no pequeno jardim de Dora para olhar para a colina, é uma belíssima construção e penso em quanta história não carrega, gerações de Ruiz viveram naquele lugar, deixaram suas marcas e agora eu deixo a minha, ainda que um dia essa história acabe, um pouco de mim fica gravado na história da mansão e isso me emociona.

Depois das 7h, quando Dora está na cozinha começando a preparar o jantar, despeço-me da dupla. Acho que amanhã tudo volta ao normal, mas não sei se para Dora também, ela está muito triste e abatida e Esther não fala, mas sei que sente a tristeza da avó.

Dirijo para a colina cheia de saudade, é incrível como umas horas longe dele e já sinto sua falta. Estaciono e caminho pela frente até entrar pela sala que está vazia e silenciosa, a casa está bem silenciosa e escura, como quando eu cheguei e Javier vivia trancado em sua dor.

Sinto meu coração tão apertado, olho para a escada pensando que vou encontrá-lo de novo trancado no quarto, triste e sofrendo de uma culpa que não carrega.

Não perco nem um segundo, minha certeza é tão grande que apenas corro pelas escadas em direção ao quarto abro a porta. O quarto está vazio, sobre a cama, o lindo vestido que usei em nossa valsa, é uma emoção diferente, um acelerar do coração, ansiedade e amor, tudo a me preencher a alma.

Sobre o vestido, um bilhete que por incrível que pareça tem seu perfume.

"Vista-se, tem tempo, espero você para o jantar.
Com amor, Fera"

Meu coração acelera ou para, é tudo tão intenso que eu nem sei explicar como me sinto, não pensei que ele pudesse estar me preparando uma surpresa romântica.

Tomo banho pensando onde Javier está, talvez na cozinha, ele me enganou tão direitinho, por isso me pediu para passar o dia com Dora, marcou o horário da minha volta para que eu chegasse no momento ideal, ligo o chuveiro sem acreditar que vamos ter outra noite tão ou mais linda que aquela.

Faço tudo o mais rápido que posso, coloco o vestido, prendo os cabelos, uso perfume e faço uma maquiagem leve, giro diante do espelho gostando do que vejo e caminho para encontrá-lo com vontade de chorar de emoção.

Ainda na escada posso ver a iluminação diferente, ele acendeu as velas e está tudo iluminado por candelabros, quando estou terminando a escada, a música que dançamos se espalha pelo ambiente, eu não vou conseguir viver esse doce momento sem chorar.

"Sentimentos são..."

Cantarolo em minha mente e no pé da escada, Javier vestido em um elegante terno, lindo a me estender a mão. Sua mão estendida para me receber é o que mais me emociona, a mão que vivia escondida em seu bolso, com medo de ser visto, envergonhado do que o torna único, corajoso, guardando o que mais me faz sentir orgulho dele, mas agora estendida e livre a minha espera.

Prendo meus dedos aos seus, embora sorria, minhas lágrimas se espalham. Ele me leva até o meio da grande sala, envolve minha cintura, nenhuma palavra enquanto me gira pelo ambiente enfeitado com velas perfumadas e flores.

Para que palavras quando os olhos tratam de contar nossa história e revelar o amor que dividimos? Ele valsa com elegância e classe, conduz-me com cuidado. Sua mão a descansar em minhas costas, fazendo-me sentir o calor dos dedos e os olhos pregados aos meus sem se afastarem um só instante e a música a crescer e se espalhar pela sala e nos conduzir por entre nossos sentimentos.

Quando a música vai diminuindo é o mesmo com nossa dança, não gasto tempo lutando contra lágrimas, deixo que elas expressem quanto esse momento é mágico, seus lábios procuram os meus e terminamos a valsa como devia ter sido, entregues a um longo beijo de amor.

— Amo você, Marianne — ele sussurra com seus lábios ainda sobre os meus.

— Eu te amo! — respondo sem conter a emoção deste momento.

Voltamos a nos beijar longamente, sinto sua mão percorrer a pele nua das minhas costas, seus lábios deixam os meus para descerem suaves e doces por meu pescoço enquanto meus dedos mergulham em seus cabelos em uma magia que apaga tudo que não é a beleza que existe em amar Javier.

Sua boca volta a procurar pela minha em mais um longo beijo enquanto em minha mente, os acordes da música ainda ressoam me trazendo emoções que não tem limites ou explicação, mas fazem a vida ganhar sentido. É para amar Javier que existo, tudo em mim foi criado para este instante mágico de perfeição e amor.

Seus olhos se juntam aos meus, olhos intensos e amor, mistério, ele corre os dedos por meu rosto.

— Fez a magia acontecer, salvou a Fera que existia em mim.

— Javier...

Eu me perco em amor, sem encontrar o que dizer, emocionada demais para responder a ele.

— Espera — ele pede me deixando de pé no meio da sala, desaparece por entre o amarelo bruxuleante das luzes das velas que iluminam a sala com romance e doçura.

É uma solidão profunda não estar em seus braços, ele logo retorna à luz, caminha com uma das mãos para trás, surpreende-me quando se ajoelha me estendendo uma rosa vermelha.

— Proteja as pétalas — ele diz.

Instintivamente eu olho para a rosa vermelha que recebo de suas mãos, algo brilha e retiro das pétalas um anel delicado, uma joia deslumbrante que me espanta não pela beleza, mas pelo que meus instintos alertam sobre seu significado. Olho para Javier ainda de joelho a olhar para mim, apaixonado.

— Quer casar comigo, Anne?

Nem mesmo no mais romântico dos meus sonhos pensei ser possível viver esse instante.

— Sim — digo não apenas com meu coração, mas com a força do meu espírito, com a certeza de toda minha existência. — Sim! — Repito apenas para gritar ao mundo que eu o amo, que sempre vou amar e encontro em seus olhos nada além de amor.

A escuridão se foi, a dor se foi, é apenas amor, esperança e fé em um futuro. Ele fica de pé, tem um sorriso no rosto, envolve-me em seus braços, sua boca toma a minha enquanto envolvo seu pescoço segurando nas mãos o anel e a rosa que um dia vai morar dentro de um livro. Não um livro qualquer, mas dentro daquele que lia quando cheguei a essa casa e encontrei uma fera muito ferida que só precisava de amor para se curar.

Quando nos separamos, seus olhos ainda estão presos aos meus e o amor que sentimos se espalha pelo ambiente quase podendo ser tocado.

— Pertenceu a minha avó — ele diz pegando o anel da minha mão. — Agora fica eternizado como a joia de nossa família, que vai entregar a nossa filha e ela entregara a dela e assim será, atravessando décadas e tornando esse momento eterno.

Javier coloca o anel com cuidado em meu dedo, lentamente o anel desliza suave e perfeito, feito brincadeira do destino, feito livro de romance em que a joia serve mesmo sem que o noivo saiba o tamanho certo.

Ele leva minha mão aos lábios, beija sem desviar os olhos dos meus. A rosa ainda está em minha mão, beijo suas pétalas, coloco a flor sobre o móvel com todo cuidado.

— Vou guardá-la para sempre, ficará dentro do meu livro, algum dia vou abri-lo para reler e ela vai estar lá, para me lembrar que vivemos esse instante perfeito.

— E todos os outros que virão depois dele — Javier diz secando meu rosto. — Tenho uma noiva linda, mas que chora por tudo e eu acho realmente lindo.

— O que só é explicado pelo amor — brinco envolvendo seu pescoço. — Sou sua noiva.

É tão estranho pensar assim, parece que mergulhei em um conto de fadas e temo despertar em meu velho apartamento no Illinois sem ele, sem amor e sem a casa da colina.

— Não por muito tempo — Javier diz antes de um suave beijo. — Vamos casar logo.

— Muito logo?

— Muito! — ele diz passando seu nariz em meu pescoço. — Acho que você devia ir amanhã mesmo atrás do vestido. Quero me casar rápido, duas semanas?

— Eu nem sei se os documentos ficam prontos tão rápido. O vestido fica. — Aproveito para esclarecer. — Compro um já pronto.

— E como vai organizar a festa?

— Festa? — pergunto, surpresa.

— Temos o vilarejo todo para convidar, um Ruiz não se casa sem convidar toda sua gente. — Não queria, mas lá estão as lágrimas. — Sim,

Anne, uma grande festa, para todos saberem que a casa da colina voltou a ser aberta, não vai ser fácil, mas vai ser bom.

Não me importo, bastava ter nós dois, podia ser exatamente nesse instante em que já me sinto sua.

— Vou pedir ajuda a Carina, ela entende de tudo isso e conhece bem todos por aqui.

— Tem mais — ele diz me puxando pela mão em direção a uma linda mesa de jantar com candelabros a iluminar, champanhe, vinho, e o perfume suave da comida que ele mesmo preparou.

— Essa mesa está linda, passou seu dia muito ocupado. — Ele me ajuda a me acomodar na cadeira,

— Você disse que tinha de ser romântico, esforcei-me ao máximo. Fui ao jardim colher a mais bela rosa, mas como competir com você? — Javier volta a beijar minha mão e depois meu pescoço, então se senta diante de mim. — Mas não era sobre isso que estava falando, vamos viajar em lua de mel.

— É sério? Javier, não precisamos. Eu realmente acho que...

— Vamos para Grécia, não é nada demais, difícil seria ir para Barcelona, mas vamos viajar para uma ilha, escolher uma casa, ficar apenas nós dois por uma semana, não prometo jantares e longos passeios...

— Não precisa, acho que só preciso de uma janela para ver o azul da Grécia e a noite estrelada. Eu não acredito que vamos ter esse momento perfeito. Eu amo você!

— Sei disso, esse amor penetrou minha alma, está me curando.

— Casamento, lua de mel, eu não sei se estou sonhando, tenho até medo de acordar.

— Não vai acordar desse sonho, Anne, ele é nosso, vamos protegê-lo para que atravesse o tempo.

Ele pega a garrafa de champanhe, eu o ajudo segurando as taças que ele enche com cuidado.

— Ao nosso casamento, a esse amor que nunca vai nos deixar. — Tocamos as taças, dou um gole na bebida.

— Lembro-me do nosso primeiro jantar, do monstro em mim, lutando enquanto sabia estar prestes a perder a batalha. Olhar para você me enchia de uma paz que me assustava.

— Assustava-me também o que sentia por você, o medo que eu tinha de ir e o medo que tinha de ficar, não faz tanto tempo.

— O tempo não importa mais, Anne, o amor o venceu com facilidade. Venceu a dor, o tempo, a culpa.

Seco uma lágrima enquanto entrelaço minha mão a dele sobre a mesa, o anel em meu dedo brilha. Uma joia especial, dada por um homem especial, no dia mais lindo da minha vida, quando a vida real superou a fantasia.

Capítulo 31

Javier

Acho que a felicidade não tem planos de me deixar tão cedo, uma onda de bons momentos me faz sentir cada dia mais certeza sobre as minhas escolhas. Anne me envolve a cintura com olhos cheios de saudade. Têm sido dias de tanto amor e riso, ainda sinto um pouco de culpa por ser tão feliz.

— Vai ficar com muita saudade? — ela me pergunta e minha resposta é me curvar para beijar seus lábios.

— Muita.

— Quer ir junto?

— Não — digo sem pensar muito, ela ri da minha honestidade. — Seu vestido tem de ser segredo, eu vou aproveitar para trabalhar muito, enquanto passa o dia todo escolhendo vestidos e decoração.

— Convites também — ela me lembra.

— Sim, convites com certeza.

— O que acha de uma pizza para o jantar? Posso trazer de Barcelona.

Faço uma careta só de imaginar a pizza viajando por longas duas horas, balanço a cabeça em negação.

— Vai chegar aqui intragável — digo a ela que faz bico. — Está com vontade de comer pizza?

— Sim, mas não essa vontade, estilo desejo, é só... Eu comia sempre em casa, era sozinha e nos fins de semana me virava com pizza.

— Faço pizza para você — digo pensando que tenho ótimas receitas e pode me distrair um pouco enquanto espero por Anne.

— Que noivo é esse que eu fui arrumar? Você é perfeito! Amo você, faz pizza, leva-me para Grécia.

— Outra coisa que vou organizar enquanto está fora, nosso roteiro de viagem.

— Vamos procurar os Stefanos! — ela diz me fazendo revirar os olhos enquanto penso nessa sua paixão.

— Anne, eles não são reais, não vai encontrá-los na Grécia.

— Pode provar que não são reais? — Franzo a testa um instante, é meio que evidente, eles são uma história de ficção. — Viu, não pode provar. Então vamos ter de procurar por eles. — Ela se estica toda para me beijar os lábios, depois se solta de mim. — Amo você, não se preocupe com a Esther, avisei que passaria o dia fora, ela vai ficar com a Dora, ligo quando chegar lá.

— Dirige com cuidado, Anne — peço quando ela caminha para o carro, ela se volta sem parar de andar.

— Sempre. Tudo que quero é voltar logo para casa.

— Não corre, liga quando chegar lá.

— Ligo, ligo quando sair de lá também. Vou comprar meu vestido, o da Esther e um presente de casamento para você. Barato! Não se anime.

— Não quero presente, já tenho você — digo em voz alta quando ela está entrando no carro, ela abre os vidros assim que se acomoda.

— Meu Deus, homem, você me ama muito! — Anne me provoca.

— Mais do que pode imaginar — digo em voz baixa enquanto assisto o carro pegar a pequena estradinha e descer a colina.

Somos noivos há três dias e já estamos totalmente atrasados para o casamento, é inacreditável, mas temos pressa, temos pressa sobre tudo, casar, formar a nossa família. No dia em que me disse sim, decidimos não continuar com a proteção, quero minha família, sei do caminho que tenho que percorrer, mas nós queremos um bebê e ela quer dar aulas. São só planos por enquanto, mas sei que ela vai conseguir a vaga na escola do vilarejo e é tão perto e tranquilo que não precisa parar de trabalhar se ficar grávida, vou trabalhar em casa, ajudá-la com isso, sou bom com crianças.

Só quando o carro desaparece é que volto para dentro, o escritório será reformado enquanto estivermos em lua de mel, é um bom plano, não precisamos ficar aqui respirando poeira e com o barulho infernal de uma reforma.

São só alguns dias fora, vou conversar com o terapeuta sobre isso, levar seu telefone para caso me sinta muito pressionado.

Criar nosso roteiro é simples, alugar uma casa em Creta e de lá podemos passear de barco e assistir ao pôr do sol, ela vai ter o mais belo azul do mundo ao seus pés.

Tenho que admitir que seus gregos me deram uma boa ideia, alugar um helicóptero para depois da festa, ele nos leva direto para o aeroporto e chegando à Grécia, outro helicóptero até a casa. Vai custar uma pequena fortuna e acho que ainda será pouco, Anne merece muito mais.

Casamos às 5h da tarde, deixamos que a festa se estenda até às 10h, partimos de helicóptero e pegamos um voo perto da meia-noite, chegamos à Grécia pela manhã, um helicóptero nos leva até a casa e lá pelas 10h da manhã, vamos estar em nossa lua de mel ou podemos passar a noite de núpcias aqui e viajar pela manhã, vamos chegar a Creta ao anoitecer.

Penso em ligar para saber sua opinião, mas ela está dirigindo e não parece seguro interromper sua concentração. Aproveito o resto da manhã para trabalhar um pouco, só consigo me concentrar realmente no trabalho quando ela telefona, ouvir a voz de Anne me acalma, ao mesmo tempo ela está tão longe, não sei como pude achar que viveria sem ela, se Anne tivesse realmente ido embora não sei o que teria sido.

Engato no trabalho me sentindo quase o cara que já fui, quando me sentia jovem e capaz de tudo, quando trabalhar me tomava o tempo, a mente e os sonhos. Por um longo momento, é instigante remexer documentos e tomar decisões.

Pulo o almoço, envolvido demais no trabalho para pensar em comer, só paro vez por outra em busca de alguma mensagem de Anne, mas ela deve estar cheia de trabalho também.

Carina é uma ótima pessoa, tenho de admitir que tem sido uma grande amiga e muito dedicada, vai deixar seus compromissos para passar o dia com Anne escolhendo vestido, decoração, cardápio e convites, quem organiza um casamento em um dia? Anne, só a minha Anne e sua amiga Carina.

Eu me lembro da irmã, preciso enviar uma passagem para Julianne, a irmã tem de estar aqui. Acho que ela pode inclusive ficar uns dias se quiser, mas isso é Anne que decide. Não quero me intrometer nisso e tenho que admitir que do jeito dela, está dando certo, ao menos é o que ela acredita pelas conversas com a irmã.

— Javier!

Ergo os olhos em um susto quando Esther surge à porta do escritório com a voz chorosa.

— Esther! — Passado o instante de susto vem a preocupação, deixo meu lugar atrás da mesa para ir me ajoelhar diante dela e descobrir o que aconteceu. — Anne não está. Você veio sozinha?

— Sim — ela diz com lágrimas correndo por seu rosto.

— Onde está Dora? Ela sabe que veio aqui? — Esther balança a cabeça negando.

— O que aconteceu? Ela está bem? — A garotinha dá de ombros e me envolve o pescoço, será que é saudade da Anne? Ela se acostumou a vir todos os dias, não sei o que fazer, então eu a envolvo e afago seus cabelos enquanto chora. — Não chora, precisa me contar o que está acontecendo, desse modo podemos resolver juntos.

— Vovó só fica chorando. — Ela soluça chorando ainda mais só por me contar. — Ela está muito triste.

— Eu sei, Esther, talvez não tenha sido uma boa ideia ela ter ido a Barcelona. — Esther balança a cabeça concordando enquanto aos soluços, abraça-me encostada em meu ombro. — Não chora, isso vai passar. Almoçou?

— Não, ela esqueceu até de me acordar para a escola, eu que fui sozinha.

Agora é preocupante, talvez Dora não esteja em condições emocionais no momento.

— Acho que podemos ir conversar com ela, o que você acha?

Afasto um pouco Esther do meu ombro, ela ainda chora e agora balança a cabeça negando.

— Ela vai brigar comigo que eu saí escondido e vim correndo.

— Não pode vir aqui sozinha, Esther, subir a colina é perigoso. Sabe que tem cobras pela estrada?

— E outros bichos, cachorro, muita coisa — ela completa me obrigando a guardar o riso para não a magoar em seu momento de dor.

— Sua avó vai ficar muito preocupada com você.

— Mas agora eu já cheguei aqui e a Anne não está para me levar, melhor eu ficar aqui até ela chegar.

Por sorte eu sou um *playboy* idiota que tem na garagem um monte de carros que não usa e posso pegar um deles e mais uma vez enfrentar o vilarejo. Se quero mesmo convidar todos para meu casamento, não pode ser assim tão difícil ir até a casa de Dora. Ela vai se preocupar, Esther precisa de cuidados.

Seco seus olhos enquanto ela mira os pés com um pouco de drama para me chamar atenção, nada que qualquer outra garotinha não faça.

— Vamos até lá de carro, vou com você.

— Você e eu de carro? — Ela ergue os olhos. Afirmo para vê-la pensar um instante e depois concordar. — Fala para a vovó que eu vim sem querer? Ela vai brigar comigo.

— Vou falar que tropeçou e caiu aqui na colina.

Esther dá um meio-sorriso.

— Mas quando você chegar lá, ela vai fingir que não está chorando, ela faz isso com Anne.

— Mas eu sou muito esperto, não deixo ela me enganar não — aviso a Esther, que sorri.

— Acha que ela para de chorar se você pedir?

É tão mais complexo que isso, mas essa pequena é tão importante para mim. Seco outra vez seu rostinho, não fosse por Dora sozinha chorando e talvez preocupada, eu prepararia algo gostoso para ela comer e a deixaria a brincar pela casa, trazendo mais luz a esse lugar como é quando ela está aqui, ouvindo seu riso e sua correria, sentindo-me feliz.

— Não sei, vamos descobrir? — Esther afirma mais uma vez apenas com a cabeça, que lindos olhos de preocupação, mas crianças se recuperam muito mais rápido que adultos e sei que antes do dia acabar ela vai estar risonha de novo. — Vamos?

Estendo a mão e ela prende seus dedinhos delicados aos meus, quando uma linda garotinha faz isso sem qualquer comentário, sem medo, repulsa, para ela não existe nada ali além das mãos protetoras que ela sente segurança.

Prendo seu cinto de segurança, Anne faz sempre isso embora Esther já tenha oito anos e total capacidade de prender seu cinto.

— Você dirige muito bem, Javier. — Ela está sempre dando um jeito de me elogiar. — Parabéns!

— Obrigado!

Leva apenas uns minutos e antes que ela consiga pensar em outro elogio já estou estacionando na frente da pequena casa.

Dora e Esther são parte da nossa família agora, não é algo que escolhi ou Anne escolheu, foi como aconteceu, e isso me trás tranquilidade, gosto de pensar que não estamos sozinhos no mundo, que Dora com sua sabedoria está conosco, que temos Esther. Quando meus filhos com Anne nascerem vão ter mais do que um pai e uma mãe e isso é importante e faz bem ao coração. Julianne vive longe, quero que ame meus filhos, mas não será como ter Dora e Esther por perto.

Deixamos o carro e não me importo com os olhares, não ligo se estão notando as marcas ou pensando sobre como me sinto, é um tipo de curiosidade natural, talvez me sentisse assim sobre os outros.

Pode ser que depois de um contato pessoal com essas pessoas eu deixe de ser um mistério para elas, talvez nem estejam me olhando como acho que estão.

— Vai falar que tropecei? — Esther pergunta procurando minha mão quando chegamos ao portão.

Volto à realidade aos poucos, a mente esteve passeando por meus traumas e medos. Ser o centro das atenções é um dos maiores.

— O quê?

— Para a vovó — ela sussurra. — Vai falar que eu tropecei?

— Ah! Eu... Acho que parece ótimo. Pode me levar? — pergunto apontando a porta e ela balança a cabeça afirmando.

Quando passamos pelo corredor e seu pequeno jardim um tanto descuidado, tenho alguma lembrança de infância, talvez eu tenha vindo brincar com o pai de Esther, ou quem sabe acompanhado a vovó em alguma visita? O fato é que essas plantas, o jardim e mesmo a porta me trazem lembranças e quase posso sentir o perfume da vovó.

Esther abre a porta, Dora está sentada em uma poltrona e parece chorar. É um momento de constrangimento, ela se assusta com minha presença, tenta esconder que estava chorando Depois em um único instante, dá-se conta de que a neta está chegando comigo e talvez perceba que nem ao menos a viu sair.

— Tropecei vovó, foi isso.

Esther aperta minha mão, olho para baixo e ela faz mil sinais para que eu confirme sua versão. Pensei que ela tivesse entendido que era uma brincadeira, não que Dora esteja em condições de compreender algo, talvez ela acreditasse nisso tão confusa está.

— Javier... Eu... Eu não o esperava. Anne está bem? Esther o que... Você o ouviu chegando?

Ela usa um lencinho bordado para secar o rosto e olha para todos os lados, menos para mim. Como eu conheço sua dor, como eu sei o peso que tem sobre seus ombros.

— Esther, o que acha de ir fazer o dever no quarto? Quero conversar com a vovó.

— Eu já venho — ela diz soltando minha mão e correndo para se fechar no quarto.

Dora ainda me olha sem saber o que fazer.

— Vim conversar um pouco com você, Dora. — Ela fica surpresa. — Podemos nos sentar?

— Que cabeça, claro! Por favor, senta. Quer alguma coisa, um café ou...

— Nada, Dora, obrigado! — Aponto para a poltrona e ela se senta um tanto desconfortável. — Esther foi sozinha até a colina. — Ela abre e fecha a boca surpresa, parece só agora entender o que aconteceu. — Sei que está sofrendo Dora, não acho que seja culpada, mas a minha opinião não serve para consolar você.

— Se ele tivesse dito que estava com problemas, eu teria ido morar com ele e...

— Foi um acidente na estrada, Dora, de algum modo isso teria acontecido. — Ela volta a chorar. — Como eu disse, não adianta tentar convencê-la, estou fazendo terapia para contornar as minhas próprias culpas.

— Está indo bem.

— É eu estou, foi por conta da Anne. Não faço para ela, mas quando eu a conheci e me envolvi com eu entendi que ela merecia alguém inteiro e estou tentando, não é fácil ainda falar sobre isso.

— Anne merece o melhor.

Sorrio concordando com ela, é quem eu estou tentando ser, o melhor que posso com quem eu sou e com tudo que vivi.

— Esther também.

— Sim, ela merece o melhor e eu não sou boa para minha neta. Vou ter de viver com essa minha tristeza, mas ela não tem culpa, ela ficou feliz que trouxe as coisas dela, mas agora olho para tudo e penso que foi só o que restou do meu filho.

— As coisas da Esther? É isso que acha que restou dele?

— Você tem razão, restou dele a melhor parte, Esther. — Ela compreende rápido aonde quero chegar.

— Ele quer que a garotinha dele seja feliz e veio até você para deixá-la em segurança, confiou Esther a você.

— Hoje nem consegui cuidar dela, acho que é porque eu sabia que Anne não viria e me deixei levar pela dor. Quando ela vem, eu fico controlando tudo, Anne é muito boa e gentil, está tão feliz, não quero entristecê-la.

— Ela faz isso, também me esforço para deixá-la feliz.

Dora me sorri em meio a tristeza, um sorriso dolorido e envelhecido, mas dá para enxergar amor nele.

— Esther é muito mais feliz quando está com vocês, ela foi buscá-lo sozinha?

— Foi. Ela confia em mim, se puder não brigar com ela. Sei que foi errado, mas...

— Eu provoquei seu desespero.

— Quer saber de outra coisa que estou entendendo? — Ela me olha, atenta. — Você não precisa ser feliz o tempo todo, não precisa ficar fingindo, há dias que simplesmente não dá. — Ela balança a cabeça concordando. — Eu tenho feito quase duas sessões de terapia por dia, tem sido uma hora sagrada para mim, nem vejo o tempo passar, falo tudo que sinto e me faz muito bem. Quer tentar falar com ele?

— Eu? Imagina, é coisa para rico, não, uma velha como eu gastando com isso, Javier, eu sei o quanto nos ajuda. Deu-me a casa e a Anne falou que vão me dar uma quantia mensal para cuidar da Esther, não vou...

— Isso está errado, Dora — digo, deixando-a calada. — Tudo errado.

Eu me levanto. É uma senhora já idosa e deprimida e uma garotinha. Como posso seguir e ser feliz pensando em como elas estão? Se algo der errado e Esther estiver sozinha com a avó, se Esther tiver uma febre? Já errei assim uma vez, não vou repetir. Volto a me sentar, mas dessa vez, mais perto dela.

— Dora, quero que venha com Esther morar na colina.

— Morar lá? Imagina se posso aceitar isso. Está começando a vida com Anne, uma velha e uma criança no meio disso. Não é certo.

— É certo, é como tem de ser. Quero filhos, não tenho mais ninguém, Dora. Quem vai contar a eles as histórias do vilarejo, dos tempos dourados da colina? — Ela me sorri. — Esther precisa de mim e da Anne, ela só tem oito anos. Precisa dessa referência para crescer saudável, eu não consigo ignorar isso, fingir que não está acontecendo e Anne... Ela adora vocês duas e ter vocês conosco, como uma família, só a faria mais feliz.

— Posso trabalhar para vocês, ainda dou conta.

— Não, Dora, eu nunca permitiria, Anne me esmagaria como uma barata. — Dora ri em meio as lágrimas. — Não vamos fechar essa casa, o que acha? Fica lá, conosco, onde podemos ser uma família, cuidar uns dos outros, vai nos ajudar com as crianças. Tenho planos de muitas crianças.

— Esse parece o pequeno Javier que era um menino amoroso e feliz, sua avó dizia que você teria muitos filhos e moraria na colina quando adulto.

— Vovó era sábia, vamos precisar de sua experiência com as crianças. Vou amar Esther como minha, prometo. Não vai haver diferença entre ela e as crianças que nascerem do meu casamento com Anne.

— Do jeito que gostam dela, eu sei que seria assim mesmo.

— Quando quiser encontrar as amigas, ir a alguma festa aqui no vilarejo, pode ficar aqui, vir de vez em quando e dormir, podemos ter essa casa como um espaço da família. Se algum dia não der certo, pode simplesmente voltar.

— É bonito isso, Javier, mas e quando eu ficar muito velha e começar a dar trabalho?

— Será bom que esteja lá, onde Anne e eu vamos poder cuidar de você. Nessa época, acho que Esther será uma mocinha vivendo a própria vida, estudando, viajando, talvez se casando, então será bom que você esteja conosco.

— Tem resposta para tudo — ela diz secando uma lágrima.

— Dora, eu prometi a Anne uma pizza. É melhor que diga sim e, além da pizza, ela vai encontrar uma surpresa muito maior.

— Quer que vá hoje?

— Sim, Anne vai precisar de muita ajuda para organizar o casamento, depois vamos viajar em lua de mel, na volta eu espero trazer notícias boas.

— Está querendo um bebê grego? — ela brinca secando as lágrimas, sinto que aceitou o convite.

— Dora, eu tenho até medo de que sobrenome ela colocaria em um bebê grego.

Dora ri e chora ao mesmo tempo e isso só mostra o quanto ela precisa de apoio, não posso confiar em deixar Esther sozinha aqui com ela, eu as quero onde possa cuidar delas, onde Anne possa ser plenamente feliz, sem qualquer medo em seu coração.

— Faça uma mala pequena, só para uns dias, depois organizamos tudo.

— Não quer falar com Anne primeiro?

— Vou me casar com ela, Dora, sei como Anne pensa, sei o quanto ela vai ficar feliz com isso. Já viu o tamanho daquela casa? Corremos o risco de nem nos vermos por dias.

— É verdade — ela diz procurando minha mão e prendendo a sua. — Você é um Ruiz com toda certeza, porque tem o coração bom como dos seus ancestrais. Vai ser muito feliz, eu poderia recusar o convite se fosse sozinha, mas tenho Esther e para honrar meu filho, tenho que fazer o que for melhor para ela e eu sei que ficar perto de vocês é o melhor.

Beijo a mão que se prende a minha em sinal de gratidão, vou fazer da casa da colina um lugar feliz e cheio de vida de novo, apagar toda lembrança de dor e Dora e Esther são parte disso.

— Vamos contar a Esther e arrumar as coisas?

— Está certo, mas essa casa fica para eu vir quando achar que é melhor ficar uns dias aqui.

— Sempre que quiser, é livre.

— Esther! — Ela chama a neta que surge no mesmo instante com olhos brilhantes de quem estava ouvindo atrás da porta. — Conte a ela, Javier.

— O que acha de se mudar para a casa da colina?

A resposta é um abraço.

— Eu não vou casar não, vou morar lá para sempre — ela diz provando minha teoria.

— Então vá arrumar a mala, temos de preparar uma pizza para o jantar.

Esther se afasta com as mãos na cintura.

— E os legumes, Javier?

— Ah, você tem razão, vou fazer muitos legumes para você e comemos a pizza. — Então esse é o olhar da decepção, é bem divertido de assistir. — Vá arrumar a mala, pequena, vai ganhar pizza também.

Partimos no mesmo momento em que Anne liga avisando que está deixando Barcelona com seu vestido e muitos planos.

— Meu amor, eu tenho uma surpresa meio inusitada para você. É boa, vai amar.

— De comer?
— Não — digo olhando as duas se ajeitarem no carro enquanto fico na calçada falando com ela.
— Para... o nosso quarto... Você sabe...
— Não! — enfatizo. — É que... Não somos mais apenas nós dois.
— Temos um cachorrinho? Adotou um animalzinho de estimação? — Ela parece se animar.
— Talvez seja melhor esperar você chegar.
— Certo, só me fez ficar mais curiosa. Chego em uma hora e meia.
— É o tempo de preparar a pizza.
— Amor.
— Sim?
— Tenho uma caixa enorme no porta-malas com o vestido de noiva mais lindo de todos os tempos.
— Amo você, Anne!
— Eu sei, por isso é o mais lindo dos vestidos. Amo você!
— Sem pressa de chegar, dirige com cuidado. — Desligo e me apresso a entrar no carro, ela foi bem rápida, vai chegar lá pelas 6h.
Dora está bem constrangida quando tiro sua mala e a de Esther, mas acho que elas vão superar, eu nem acredito que essa princesa vai estar aqui todos os dias.
Sinto um novo tipo de esperança brotar, Dora e eu podemos vencer, ela vai ter de fazer terapia também, acho que todo mundo devia fazer, sinto-me muito melhor quando faço.
Esther me ajuda nos preparativos enquanto Dora fica no quarto desfazendo malas, ofereço dois quartos ligados para avó e neta, eles nunca foram usados, vovó deixava para os hóspedes.
— Eu vou à frente da Anne, ela vai comprar um vestido para mim — Esther me conta enquanto estamos os dois sentados na frente do forno olhando a pizza assar.
— Nunca fiz pizza, espero que esteja boa.
— Aí eu vou andando bem devagarinho e a Anne vem atrás de mim.
— Devia ter perguntado se ela gosta de queijo, podia ter inventado uma diferente. Criado minha própria pizza.
— Só ela que usa buquê, mas eu vou jogar umas pétalas no chão, o que acha?
— Que o mais importante é o amor, ela vai gostar de qualquer jeito.
— Sim, eu acho também, mas eu vou jogar mesmo assim.
— A pizza?
— As pétalas! — ela diz, ofendida. O som do motor do carro se aproxima. — Anne! — Ela quase grita, ansiosa. — Onde que eu me escondo?
— Esconder? Ah! Sim, é... No quarto. Pode se esconder no seu novo quarto, vou lá receber Anne e... Eu dou um jeito.

Esther sobe as escadas correndo enquanto eu vou até a garagem e Anne salta do carro, linda, com o cabelo cortado e as unhas pintadas. Ainda deu tempo de ir a um salão?

— Cadê meu gatinho?

— Que gatinho? — pergunto quando ela me beija os lábios, meio ansiosa.

— Disse que não era um cachorrinho. Que bicho adotou?

— Anne... É que eu não adotei um bichinho de estimação, eu... Eu adotei uma família.

— Uma família?

— Adotei uma avó para nossos futuros filhos e uma irmã mais velha.

Anne abre e fecha a boca e um raio de esperança atravessa seus olhos quando ela parece compreender, mas ainda não consegue formular uma frase.

— Você me deixou muito tempo sozinho, eu... Adotei Dora e Esther. Elas estão lá em cima e a Esther quer te fazer uma surpresa. Pode fingir surpresa?

— Fingir? Javier, eu não pareço surpresa? — ela pergunta me deixando levemente tenso.

— Surpresa ruim?

— Está maluco? Ter Esther e Dora aqui? Como pode ser ruim? — É um alívio. — Amor, tem algo... Eu não consigo amar Esther se não for... como mãe. Eu não quero ser uma tia legal.

— Uma mãe incrível, o que acha? — Os olhos dela se enchem de lágrimas.

— Que eu não consigo ir até lá abraçar Esther sem cair no choro. Ela vai ser nossa?

— Elas. Dora precisa do seu amor, vou contar como tudo aconteceu. — Anne me envolve o pescoço, sua boca se cola a minha. — Mas não agora, agora eu preciso beijar você.

Capítulo 32

Marianne

Da varanda do quarto posso ver as mesas sendo forradas por toalhas brancas e decoradas com arranjos coloridos, Dora cuida pessoalmente de organizar tudo.

Uma delicada tenda está sendo montada, Javier ajuda a prender o tecido branco entre as flores, é para onde vou caminhar ao encontro dele. O tapete já está estendido sobre o gramado verde, a fileira de ciprestes marca o espaço onde será realizado o casamento e a festa, tudo ao mesmo tempo, com os convidados em suas mesas enquanto fazemos nossa promessa de amor.

Foi ideia de Carina, quando expliquei que não seria nada fácil para ele enfrentar todos de uma vez, então ela pensou que um casamento já com cara de festa seria perfeito. Os convidados se acomodam às mesas redondas para seis pessoas espalhadas pelo espaço e divididas em dois blocos com o tapete vermelho marcando meu caminho e a tenda onde será realizada a cerimônia. Apenas um espaço coberto por cetim branco com flores em uma armação de madeira, um púlpito para o padre e nós dois; é tudo que precisamos. Tudo muito simples, a tenda, um tapete longo e vermelho dividindo os convidados em dois grupos, ao fundo, uma pista de dança que não é mais que um tablado e uma fileira de músicos vindos de Madri.

Os trabalhadores deixam o espaço para buscarem as cadeiras, Julianne sorri assistindo a cena comigo.

— Javier, vamos ensaiar — Esther pede e ele parado na frente da tenda de braços cruzados, mangas longas mesmo ao sol, passei tanto protetor solar nele que o homem quase desistiu de casar.

Esther corre para a ponta do tapete vermelho, toda animada porque será a dama de honra. Ela começa a caminhar muito animada, fingindo atirar pétalas de rosas pelo tapete, até que os homens retornam carregando cadeiras e ela paralisa no meio do caminho com vergonha.

Julianne acha engraçado, eu fico emocionada como a menina olha para Javier pedindo socorro, justo ele que teme pessoas quase tanto quanto ela.

— Vem — ele convida e ela nega com o rostinho vermelho. — Está com vergonha?

Esther balança a cabeça concordando.

— Acho que sua daminha vai dar vexame — Julianne brinca.

— Seis cadeiras em cada mesa — Dora ordena aos rapazes da empresa que montam a festa.

— Vem Esther, falta só um pedacinho. — Javier insiste e ela balança a cabeça negando. — Então corre!

A pequena não pensa duas vezes, corre para ele de braços abertos, ele se abaixa para recebê-la em seu abraço protetor e meus olhos se enchem de lágrimas.

— Vamos entrar que não quero irmã se casando de olho inchado. — Julianne me puxa de volta para o quarto.

Nós nos sentamos na cama, o vestido pendurado no *closet* brilha refletindo a luz do sol que entra pela janela.

— Já viu vestido mais lindo?

— Não, para um vestido comprado pronto e em umas horas ele é magnífico, como se tivesse sido desenhado para você, acabamento incrível. Estou impressionada.

— Carina é ótima, conhece todo mundo. Ela me ajudou a resolver mil coisas enquanto estávamos no salão fazendo a unha e o cabelo, foi um dia perfeito e quando cheguei, tinha uma família.

— Seu noivo precisa rever os conceitos dele sobre presente de casamento, Anne — Julianne provoca. — Uma família de presente de casamento... O que ele pretende te dar nas bodas de ouro?

— Netos, eu espero — replico, Julianne faz careta.

— Adotaram mesmo Esther?

— Sim, estamos cuidando disso legalmente, Dora concordou. Não dá para adotar a Dora legalmente, mas ela disse que tudo bem.

A risada de Julianne explode me assustando, dessa vez sou eu a fazer uma careta.

— Querem me adotar também?

— Nem pensar! — respondo a fazendo me dar um leve empurrão. — Dora é idosa, tenho medo de que algo aconteça a ela, estamos pensando no futuro da Esther e eu parei com a proteção no dia que decidimos nos casar.

— Anne, parar é modo de dizer. Você mal usou, mas eu adoro jogar na sua cara que foi tudo rápido.

— Para de falar que foi rápido, não foi não, foi... intenso. — Ela volta a rir. — Essas três semanas de preparativos foram ainda mais rápidas. Documentação, convites, Esther e Dora se adaptando, Javier retomando o trabalho e um monte de livros para terminar de ler.

— Fala como se fosse obrigada a ler.

— Claro! Vou para a Grécia amanhã, Juli. Queria que eu chegasse lá sem saber a história da família toda?

— Meu Deus, jamais! — Ela usa toda sua ironia.

— Deixe-me falar. Como eu ia dizendo, se tivermos um bebê logo, Esther pode ficar com ciúme, então estamos querendo resolver tudo isso.

— Ganhei uma sobrinha, agora tenho de amá-la acima de tudo, mal me acostumei a não gostar só de mim e você já me arruma um monte de gente para amar, eu nem estou indo muito bem nas aulas de espanhol.

— Já fico orgulhosa de estar aprendendo espanhol para se comunicar com sua família.

— Que jeito, como é que vou dar conselhos ruins a minha sobrinha se não falamos a mesma língua?

— Ela está indo muito bem no inglês, até a Dora está aprendendo um pouco. Javier e eu nos acostumamos a falar em inglês, às vezes esquecemos e agora com elas aqui temos de tomar cuidado.

— Está dando tudo certo? — pergunta enquanto vai separando a maquiagem que vamos usar.

— Muito certo. Dora é generosa, nos damos bem, ela diz o que pensa, mas não existem mais assuntos que não podem ser ditos nessa casa, então não é mais um problema sua sinceridade.

— Só a minha que ainda é problema.

— Para de reclamar. Não quero maquiagem forte, meu vestido já é um escândalo, quero o foco nele.

— E Esther, vai chamá-los de papai e mamãe?

— Desejo que sim, mas deve levar um tempo, ela perdeu sua família há pouco tempo. Não queremos substituir ninguém, se ela não quiser chamar assim, ainda vamos amá-la como uma filha.

— Talvez ela aprenda com os irmãos, tenho impressão de que todo ano teremos uma criança nova por aqui.

— Pode ser, mas quero tentar um emprego na escola, Javier acha que consigo sem problemas. Espero que sim, porque ele disse que se negarem monta uma escola para competir. — Dessa vez rimos as duas juntas. — Ele faria isso, nem que precisasse buscar crianças em Barcelona.

— Casando com o cara certo. — Ela suspira. — Já eu... Acho que nunca vou encontrar alguém.

— Claro que vai, basta não procurar.

— Vendi aquela mansão e me animei toda com o comprador, mas ele se muda essa semana, descobri que tem esposa e um filho. Acho que as cantadas eram só para conseguir um desconto. Ainda bem que esse negócio de ser generosa é novo para mim e não dei desconto nenhum.

— Amo você, Juli!

— Eu sei. Eu também... — Ela ergue os olhos da caixa de maquiagem. — Amo você! Para o caso de achar que eu estava me referindo a mim mesma.

— Conte-me mais sobre você — peço enquanto ela puxa minhas mãos para olhar as unhas.

— Secas e perfeitas, ainda bem que tem uma irmã vaidosa que entende tudo de moda e beleza. Não tem muito que contar, com a venda da casa ajeitei minha vida financeira, paguei tudo, comprei coisas que precisava e guardei dez mil dólares, eu me odeio por isso.

— Poxa, você se odeia por ter dez mil dólares?

— Não. Porque agora eu sou uma pessoa que pensa no futuro e os meus dólares estão guardados e não... Sei lá! Sendo gastos em Ibiza! Nunca se sabe o dia de amanhã e vender casas de luxo é bom, mas difícil, como eu não sei quando vou vender a próxima, tive de guardar o dinheiro.

— Sinto muito, Juli.

— Eu também sinto, mas estou feliz que você vai casar e vai para Grécia, uma parte de nós vai aproveitar sol quente e mar azul.

— Nada de muito sol, não é bom para Javier. Meu plano é aproveitar os dias em casa e as noites... saímos. É que ele quer me agradar porque sonho com a Grécia, mas no futuro, quando viajarmos, vou escolher lugares mais frios.

— Achei as marcas bem melhores.

— Eu cuido bem dele.

— E ele a mima, vocês são um nojo! — ela reclama e depois sorri. — Sinto sua falta em casa, todos os dias, mas me lembro de que está feliz e sendo muito amada, que tem uma família e isso... Isso me faz bem. — Olho para minha irmã, emocionada. Todos os dias ela me surpreende de modo bom, só assim para que eu possa ser completamente feliz. — E tem um marido rico que paga minha passagem sempre.

— Anne! — Esther entra correndo cheia de ansiedade. — Está tudo pronto lá fora, a coisa mais linda e agora eu vou me arrumar com aquele meu vestido igual o seu, mas diferente e depois vamos ficar lá no jardim te esperando. A vovó e o Javier e eu. E a sua irmã, quando ela acabar de arrumar você. Javier disse que precisa da casa toda para você, que precisa fazer surpresa e ele tem que ficar no jardim, fala para sua irmã não demorar demais, depois veste seu vestido lindo, lindo de rainha.

— Ela está falando mal de mim? — Juli pergunta.

— Claro que não.

— Apontou para mim duas vezes, vou ter de me dedicar com afinco nessa aula de espanhol — Juli reclama.

— Já vou começar a me arrumar, Esther. — Deixo a cama para ir até ela e me ajoelhar diante da minha princesa. — Amo você! Estou muito feliz que vai estar comigo, acha que vai ficar com medo?

— Um pouco, você acha que vem todo mundo? — Balanço a cabeça afirmando. — Javier disse que posso andar bem apressada para perto dele, você não vai ficar triste se eu correr?

Sorrio afastando os cabelos do rostinho úmido e rosado pela correria.

— Amo você, minha pequena, não ligo se caminhar devagar ou correr muito. Quero que esteja linda e muito feliz.

Ela balança a cabeça afirmando.

— Vou ficar com saudade de vocês, uma semana tem muitos e muitos dias.

— Um dia, muito em breve, vamos fazer uma viagem todos nós. O que acha? — Ela assente com a cabeça. — Agora vai se arrumar, também vou morrer de saudade esses dias fora.

Ganho um abraço apertado e cheio de seu amor, então ela se separa de mim e corre para seu quarto, na volta cuidarei de uma decoração para ela, Esther merece nosso melhor.

— Que momento lindo! — Juli diz, emocionada.

— Não entendeu nada.

— Mas senti a carga dramática. Vem, vamos começar, vou me maquiar primeiro, depois arrumo você, precisa ser a última para estar impecável na hora. Estou com fome, quase não comi no almoço só para caber no vestido.

Juli avisa se acomodando em frente ao espelho, aproveito para me esticar na cama um instante me lembrando de todas as lindas noites que tivemos e das muitas que ainda vamos ter.

— Para de sonhar, Anne! Começa a se arrumar.

Deixo a cama para mais tarde e sigo para o banheiro, primeiro um banho, quando termino, Juli já está maquiada e penteada, seu vestido sobre a cama e os sapatos no chão ao lado dos meus.

— Mamãe adoraria estar conosco nesse momento — digo a ela que balança a cabeça muda, seus olhos marejam e ela vem me abraçar.

— Queria saber dizer uma coisa bonita para você, mas só sei dizer que te amo e espero muito que seja feliz.

— Está ótimo, irmã.

— Não muito, no meu casamento espero que saiba dizer algo mais profundo — ela diz chorando em meus braços.

— Prometo, mas eu não sei retocar maquiagem, então não chora.

— Nossa, que burra, esqueci da maquiagem.

Ela se afasta correndo para o espelho e essa é a Julianne que eu amo.

Minha irmã me ajuda a fazer o cabelo que decido deixar solto e a maquiagem, ela se veste e depois me olha um momento. Aprova tudo e então me ajuda a entrar no vestido.

Ele não é branco, tem um tecido em um tom de terra claro por baixo e camadas de tule trabalhadas com muitas pedras. É o mesmo material que sobe pelo corpo em mangas longas e transparentes com muitas pedras nos punhos e o grande detalhe, um decote profundo e a cintura bem marcada. Assim que estou dentro dele, Juli fica sem fala, giro me achando linda e transbordando emoção. Ela me ajuda com os sapatos de saltos finos e seus olhos dizem tudo que as palavras não poderiam expressar.

— Vai matar seu pobre noivo e enlouquecer esse vilarejo.

— Boa definição — digo emocionada. — Não vou chorar. Você também está linda.

Ela balança a cabeça afirmando, paramos lado a lado diante do espelho, somos iguais e ao mesmo tempo tão diferentes. Nesta casa nunca aconteceu de sermos confundidas, Javier sabe até de olhos fechados e, Dora e Esther parecem seguir pelo mesmo caminho.

Damos as mãos por um instante e nos olhamos nos olhos, um longo e carinhoso abraço.

— Encontro você no altar — ela diz, emocionada. — Seja feliz e demore um pouco. Vai valer a pena.

Fico sozinha, encarando-me no espelho, lembrando-me da dor em que sentia sozinha naquele avião vindo para perto do meu amor, de como me senti Lissa ao subir a colina e depois Liv e então Sophia e também Annie. Fui um pouco de cada uma das minhas heroínas e agora só quero de todo coração ser tão feliz igual a elas que criaram filhos sem nunca deixarem o amor e a própria felicidade esquecida.

Deixo o quarto desejando um instante de solidão no meu cantinho preferido, quero que elas me vejam pronta.

A casa está silenciosa quando atravesso tudo até a biblioteca, fecho a porta depois de entrar, fito as estantes cheias de livros e uso a cadeira com todo cuidado para subir até a prateleira alta onde os deixei em um lugar especial. Toco meus livros pensando na louca aventura que foi dividir meus dias com eles, misturar nossas histórias, passei tanto tempo sonhando em viver um tipo de amor completo e intenso como o deles e aqui estou, em um vestido de noiva a sonhar com o meu final feliz.

Desço da cadeira com o primeiro livro na mão, toco a capa azul e penso que em breve vou estar diante dessa exata paisagem, nos braços do meu amor como Lissa nos braços do dela.

Ando até a poltrona de tecido verde em que passei horas perdida em histórias, acomodo-me nela pela última vez solteira. Da próxima vez que me encolher nessa poltrona, talvez eu não seja mais a mesma, não pelo anel em meu dedo ou pela lua de mel na Grécia, mas pela família que começo a construir.

Eu me lembro de quando Javier me encontrou neste mesmo lugar, em uma crise de choro porque os irmãos finalmente iriam saber da verdade e de sua voz a ler para mim o que meus olhos embaçados impediam de enxergar e, todas as vezes em que depois disso, dividimos esse espaço restrito abraçados e lendo.

Nossa valsa, a vida que dividimos, as dores dele, a mentira, que mundo de histórias temos para contar, nosso casamento será tão lindo quanto um casamento Stefanos, não temos a velha igrejinha branca, preferimos nosso jardim, mas será essa nossa tradição. Aqui vão se casar nossos filhos e depois nossos netos e sempre vou dar um pulinho aqui e olhar para os meus livros, para o mundo de sonhos que eu sempre achei que jamais deixariam as páginas dos livros e hoje são a minha vida.

Fico de pé e corro meus olhos vagarosamente pela imensidão de histórias de amor e guerra, cheias de finais felizes e infelizes, lidas e relidas por incontáveis personagens da vida real.

— Tenho que ir. Tenho uma imensidão de páginas em branco para preencher, mas eu volto, breve estou aqui, com a minha família.

Deixo a biblioteca levando o buquê de flores colhidas aqui mesmo na colina, quando o dia mal havia amanhecido. Javier e eu, perdidos de amor, montando nosso buquê para guardá-lo junto à rosa vermelha que agora descansa dentro do livro de Leon e Lissa.

Respiro fundo, não penso muito em nada, só quero caminhar para ele, segurar sua mão e dizer *sim* para nossa vida juntos. Só quero tocar ainda mais fundo seu coração e arrancar de uma vez por todas, qualquer lembrança triste.

Esther vem me encontrar na porta, está linda em um vestidinho do mesmo tom e detalhes parecidos com o meu. Não quis que ela vestisse nada exatamente igual, a garotinha que amo não é uma cópia minha, já tenho minha cópia e ela me trouxe amor e problemas.

— Anne! — Esther leva as mãozinhas à boca em uma surpresa cheia de admiração. — Você está muito linda!

— Você também, meu amor.

— Olha minha cestinha, vovó perfumou as pétalas.

Dora tem sido como uma mãe, Amâncio e Carina serão nossos padrinhos, Juli e Dora vão representar as famílias e toda a gente do vilarejo foi convidada. Os dias de escuridão da colina acabaram, agora só existe luz e, como no conto de fadas, a cidade toda despertou.

— Chegaram todos?

— Todas as cadeiras ocupadas, eu não sei onde você e Javier vão se sentar. Falei para vovó guardar lugar, mas ela não guardou.

— Não tem importância. Está pronta?

— Sim, tem até meus amigos da escola e minha professora. Você está tão linda! Posso falar para todo mundo que eu moro aqui e que vou ser Ruiz e, você e Javier vão ser meus pais?

— Pode. Vou ficar muito feliz se espalhar a notícia.

Ela me abraça cheia de amor.

— Javier está muito nervoso, melhor irmos rápido e não devagar.

— Combinado! Respira e vamos.

Ela balança a cabeça e me dá as costas, ajeita a cestinha no braço e sai na frente espalhando flores. Levo ainda um instante controlando minhas emoções, eu vou me casar com o homem que amo e escrever a minha história.

Capítulo 33

Javier

Dora estar comigo para receber as pessoas é a única coisa que me mantém firme. Depois de deixar o quarto de hóspedes e seguir para o jardim, sua companhia ao meu lado a cada morador que chega com presentes e olhos curiosos me tranquiliza. Ela não deixa ninguém ir muito além de um cumprimento e os votos de felicidade, vai logo tocando as pessoas e indicando lugares às mesas. Depois das dez primeiras pessoas já estou tentando conter o riso e a angústia se torna diversão, Dora é um cão de guarda feroz.

Esther tem uma timidez que explica suas dificuldades em fazer amigos, basta as pessoas começarem a chegar e ela se retrai, não demora está ao meu lado procurando minha mão e erguendo o rostinho a todo instante para investigar minhas atitudes.

Amâncio se diverte assistindo Dora em ação, Carina também ajuda a organizar a festa, sempre achei que festa era sinônimo de desorganização, mas parece que não, as duas mulheres ficam bem ocupadas enquanto só consigo pensar no vestido de Anne.

— Viu Anne? — pergunto a Esther e ela balança a cabeça afirmando. — Como é o vestido?

— De noiva — ela diz baixinho como se contasse segredos. — Não pode falar que eu contei.

— Prometo — digo com uma careta interna.

As mesas ficam repletas de pessoas felizes, muitos com olhos perdidos para a casa e os mais idosos a se recordarem dos anos de glória da casa da colina. Ouvi pequenos e emocionantes relatos de casais que se conheceram e se apaixonaram em festas dadas pela vovó, velhos amigos e reencontros, dias de riso e amor, crianças que hoje são adultos como eu se recordando das delícias que vinham da cozinha e de brincadeiras pelo gramado.

Eu tenho muita dificuldade em me recordar das pessoas, lembro-me de brincar com crianças, mas não saberia diferenciá-las, não poderia nomeá-las e não sei se isso sempre foi assim ou o trauma confundiu minha cabeça e apagou memórias. Só quero ter a chance de reparar esse erro e devolver a essas pessoas o mesmo carinho que parecem ter por mim e minha família.

Garçons servem vinho gelado em todas as mesas, está um fim de tarde quente e ainda temos uns minutos antes da cerimônia.

— Nunca pensei que veria isso — Amâncio diz, parando ao meu lado.

Ele é o único do trabalho que foi convidado, é uma festa de família e também uma maneira de me abrir um pouco para o vilarejo onde quero reconstruir minha vida, mas ainda não me sinto pronto para as formalidades de uma diretoria.

— Nem eu. Desculpe! — digo a ele que me olha meio surpreso. — Fui meio intragável por um tempo.

— Meio? Não seja tão generoso, foi completamente intragável por um tempo.

— Mereço isso.

— Merece. — Ele ri, aperta meu ombro. — Estou feliz que está de volta. Mais ainda que segunda-feira vou contar no escritório como foi o casamento e me vangloriar de ser amigo do noivo.

— Você não é desse tipo — eu o lembro e ele balança a cabeça, afirmando.

— É, eu sei, estou feliz que vai acabar. Carina me esqueceu completamente por essas três semanas, estava até achando que nosso fim seria juntos, pensei que elas ficariam uma com a outra.

— Elas fazem muitas coisas ao mesmo tempo — digo olhando Carina se encontrar com Julianne e trocarem algumas palavras. Meu coração parece simplesmente ficar maluco, eu tenho a sensação de que vou ter um pequeno ataque cardíaco e me arrependo de não ter feito um "check-up" antes do casamento. — Acho que Anne está pronta.

Eu me assusto como a minha voz soa estrangulada, estou nervoso e eu não tinha total consciência disso até esse instante. Engulo em seco quando as duas mulheres caminham em minha direção.

— Acho que estão vindo para avisar que Anne está pronta. Vai começar!

— Amâncio, se eu desmaiar você sabe fazer massagem cardíaca?

— Não, mas aposto que Carina sabe, ela é boa em tudo que faz.

— Vamos confiar nisso — digo ajeitando a gravata e engolindo em seco.

— Anne está pronta — Juli avisa com um bonito sorriso que não tem nada a ver com o sorriso da minha Marianne e eu acho incrível ficar reparando nas mil diferenças das gêmeas idênticas. — Dei uns minutinhos a ela. Não se preocupe, não é para ela repensar nada, é só para... Sei lá, pensar um pouco na vida.

— Pensar?

— Ela não vai desistir de você, Javier — Juli diz rindo, ela gosta de brincar com o perigo.

— Vamos nos organizar — Carina avisa. — Juli, Javier, Amâncio, vão para seus lugares e eu vou só avisar os músicos e também vou.

— E eu? — Esther pergunta, preocupada. Carina sorri para garotinha.

— Você vai ficar à porta, seu cestinho está lá. Quando Anne chegar você será o aviso que vai começar, basta surgir no tapete com as pétalas que os músicos começam.

— Eu já vou.

Olho para Esther, ela me sorri e sorrio de volta, queria dizer alguma coisa à garotinha, mas no momento eu preciso me concentrar em respirar e não ficar maluco. Devia estar lá com Anne, entrar segurando sua mão, mas quis dar a ela o casamento dos sonhos e no casamento dos sonhos o noivo está sempre no altar passando mal de nervoso.

— Onde está a Dora? — Carina olha em torno, ela está falando com o chefe dos garçons, Carina acha graça e nos faz sinal para nos posicionarmos, obedeço.

Um mundo de lembranças me invade a mente, minha infância a correr pela colina, o nascimento de Esther, as brigas, o medo, a perda, mas também o riso, os sonhos. Tenho certeza que todos os Ruiz, não importa onde estejam, torcem por minha felicidade. Sinto que de algum modo, trazer de volta luz a essa família salva todos nós, mesmo Rosália e Esther, desejam que eu seja feliz, por mim e também por elas.

Devo honra a minha família, não é justo deixar nosso nome se perder no tempo quando podemos levá-lo para o futuro, é isso que esperam do último Ruiz.

Demora uma eternidade, as pessoas parecem ansiosas, mas nada se parece com o que sinto, meu coração está agitado, meu sangue corre por minhas veias cheio de energia, sinto a vida explodir.

Esther é a primeira a aparecer, vem com olhinhos assustados e vai se apressando a cada olhar que ganha, vez ou outra se esquece de atirar pétalas, rouba-me um sorriso mesmo em meio a ansiedade sem fim que é esperar por Anne.

Ela aparece, olhos emocionados, um sorriso trêmulo no rosto. Desgrudo meus olhos dos seus para olhar o vestido, Anne parece uma pintura, é como estar diante de uma divindade tamanha sua beleza no vestido mais bonito que já vi, com um decote generoso e a classe que sempre esteve presente na minha Marianne. Seus passos são suaves, nas mãos, o buquê de flores que colhemos juntos quando dia mal tinha amanhecido e prendemos em um laço de cetim branco sentados na grama ao amanhecer.

Uma joia preciosa, um anjo, uma rainha, senhora do seu destino e do meu, dona de todas as coisas, presente, passado e futuro, instante perfeito.

Eu não ligo a mínima se as pessoas estão aqui ou não, não ligo para o tempo, não ligo para a dor e para o medo. Eu sou apenas expectador de sua beleza e ela não esconde a força de sua existência.

— Eu te amo! — digo enquanto ela caminha.

Um sorriso agora tranquilo se espalha em seu rosto. Ela veio, disse sim para meu pedido, escolheu passar o resto da vida ao meu lado. Com o mundo todo para percorrer, com todos os possíveis encontros que teria, ela escolheu me amar e agora está aqui, caminhando para mim, pronta para ser o meu futuro.

Anne para diante de mim, meus olhos jamais vão apagar a linda lembrança do seu caminhar dentro do vestido de noiva. Prendo minha mão na dela, levo aos lábios beijando sua mão e meus olhos ficam rendidos de amor e presos em sua beleza.

— Você está magnífica!

Anne me sorri de modo calmo, pisca e passa a língua pelos lábios para umedecê-los.

— Está bem bonito também, eu diria que bonito demais. — Ela diz com a voz levemente ansiosa.

Anne leva a minha mão presa a sua aos lábios para um beijo e só eu sei a grandiosidade desse pequeno gesto, só eu sei o quanto sentir seus lábios sobre a minha pele maltratada me enche de emoções e amor.

O padre nos recebe com paciência, espera que estejamos olhando para ele já de mãos dadas para dar início a cerimônia. Começa com um cumprimento e depois sua fala percorre o amor, a vida de um casal e os sonhos misturados a realidade que muitas vezes minam o amor, mas nós somos feitos dessa realidade, nós vivemos o pior dela, sabemos o significado e a vencemos também. Sonhamos com a rotina que o religioso teme nos destruir. Ele fala sobre formar uma família e tudo que quero é que meu filho esteja agora sendo gerado em seu ventre, ou que breve venha nos receber e preencher de esperança no futuro.

Minha linda noiva e eu trocamos olhares por todo tempo em que ele fala conosco, o *sim* vem com lágrimas de emoção e amor, até que é a hora de fazemos nossos votos.

Anne se volta para me olhar, sua mão ainda presa a minha, as alianças abençoadas. Nosso momento que não foi muito planejado. Votos como esses que vamos fazer tem que vir do coração, ser baseado no desejo e no amor que sentimos e não escritos com perfeição e ensaiados.

— Pensar que não estava feliz em vir para a Espanha e agora não consigo pensar em outro lugar para viver — ela diz com um sorriso e toda calma que só os lindos olhos podem demonstrar. — Encontrei a fera que vivia na colina, encantei-me por ela sem saber que o príncipe vivia dentro dela, sinto falta dela às vezes — ela sussurra me fazendo sorrir.

— A culpa é sua, que domou a fera — devolvo em voz baixa e os olhos cintilam em seu amor por mim.

— Nunca existiu uma fera e nem um príncipe, só um homem bom e forte que esteve ferido, mas que se curou e está pronto para ser feliz e só quero me incluir nessa felicidade e construir uma história com você. Preencher páginas de um livro sem final, deixar para nossos filhos e netos preencherem os próximos volumes da nossa história de amor. Amo você!

Ela acaricia minha mão agora com a aliança, curva-se para beijar a aliança. Beijar a mão que escondia e agora nem parece assim tão ruim, Anne limpou meu coração e também meus olhos, colocou sua beleza a se refletir em tudo que vejo.

Pego sua mão delicada, não resisto a tocar o tecido dos punhos do vestido, é tão lindo, ela sorri.

— Se você fosse um livro, seria um desses romances épicos, com uma heroína cheia de coragem que muda o mundo. Seria uma história de amor e redenção, com momentos cheios de doçura misturados às lágrimas, força e paixão. Você é a minha história, o meu final feliz, a grande virada. Eu estava deixando de ser humano quando invadiu minha vida, trouxe amor, família e humanidade onde só tinha dor e escuridão. Estou pronto para escrever com você essa história sem fim. Amo você, Marianne!

Beijo sua mão onde a aliança brilha junto ao anel de família, depois os lábios suaves e meus olhos se prendem mais uma vez aos dela e sou tomado por uma onda de amor que me arrebata. Anne é o meu Norte, a minha bússola, minha razão.

O padre encerra a cerimônia, tenho certeza de que ele está nos abençoando, prometendo uma linda vida sob a proteção dos céus e autorizando um beijo. Mas, o que posso fazer se Anne me consome e só consigo olhar para ela e contar com os olhos o amor que sinto? A certeza de que me domina, o amor que me invade.

Minha boca desce suavemente ao encontro da dela, em um beijo suave e longo, esquecidos de tudo a nossa volta, somos apenas o amor que sentimos. Quando nos separamos, a orquestra toca, os convidados estão a erguer taças de champanhe e Carina nos entrega as nossas taças, não tinha ideia de que teríamos um brinde assim, mas parece bom. Não é preciso ir de mesa em mesa recebendo cumprimentos, elas organizaram tudo para que eu tivesse o mínimo de dor emocional, mas me sinto tão feliz, nenhuma palavra, nenhum olhar pode me machucar essa tarde.

O céu começa a se tingir de laranja com pinceladas de lilás, um magnífico entardecer para celebrar nosso amor.

— Aos noivos, que sejam felizes! — Amâncio faz o brinde.

Anne e eu tocamos nossas taças, um gole no champanhe e um novo beijo. Dessa vez envolvo sua cintura e a trago para meus braços, seu corpo se cola ao meu e quando me afasto sei que essa festa será uma tortura e não tem nada a ver com essas pessoas e sua proximidade, está totalmente ligada a esse decote sem fim.

— Esse decote... — digo ao seu ouvido, ela me olha levemente preocupada e totalmente ansiosa como eu.

— Não levei em conta que tínhamos uma cerimônia e uma festa entre o vestir e a noite de núpcias.

— Sejamos fortes — sussurro antes de beijar seus lábios e dar mais um gole no champanhe.

Anne tem desenvoltura por entre os convidados, brinca com as pessoas, agradece a presença, está tão feliz e é tão perfeito vê-la por entre a minha gente. Julianne também parece admirar a irmã com um sorriso congelado no rosto e me junto a ela.

— Tensa? — eu pergunto e ela nega, demora para desfazer o sorriso e me olhar com verdade.

— É o meu sorriso "quero ser legal", mas não entendo nada do que você diz — ela me explica. — O povo desse vilarejo tem absoluta certeza de que sou surda ou entendo de mímica. Eles conversam comigo gritando e fazendo mímica e eu continuo sem entender, nada então eu tenho esse sorriso básico que uso para eles.

— Toda vez que olho para você fico tão grato por ter enviado sua irmã em seu lugar.

— Eu também, dizem que você era insuportável. Eu teria atirado qualquer coisa na sua cabeça e fugido no primeiro instante.

— Eu teria merecido, mas então... — Olho para a casa e penso que estaria no quarto me corroendo em culpa. — Nem gosto de pensar nesse rumo que a história poderia tomar.

Ela balança a cabeça concordando.

— Minha irmã estaria presa naquela vida que tinha, acho que ela até era feliz. Para ela, aquilo fazia sentido, então não critico, mas agora ela não está apenas feliz, ela está exuberante, completa, radiante, então, que bom que sou egoísta e só penso em mim. Os colegas de trabalho ficaram felizes quando ela pediu demissão, tristes por perdê-la, mas felizes por ela buscar uma nova vida. Meu egoísmo até ajudou.

— Eu sei que você não é assim. Ama sua irmã e pensa nela.

— Amo. Marianne é a minha segurança, mesmo agora quando estou tentando cuidar da minha vida. Se não me apavoro é porque eu sei que aconteça o que acontecer, ela vai estar ao meu lado quando for preciso.

— Com toda certeza.

— Faz Anne feliz, Javier. Faz minha irmã rir, faz-a viver uma dessas histórias de amor intensas e cheias de grandes momentos, como disse nos votos.

— Conte com isso — prometo a ela.

— Você é louco por ela, não é mesmo? Posso ver.

— Totalmente.

Juli ri olhando para Esther, que segue Anne pelo salão enquanto ela cumprimenta outra pessoa na tentativa de chegar até nós. Foi só trocar os sapatos, mas está há uns quinze minutos tentando chegar até nós.

— Gosto da Esther, ela olha com tanto amor para Anne. Acho que ela faz minha irmã feliz, Anne ama crianças.

— Esther terminou por nos unir ainda mais.

— Por que você não faz alguma coisa e vai até lá roubar sua noiva para uma valsa? Anne nunca mais vai chegar aqui.

— Bom plano! Peça aos músicos a valsa que combinamos. Vou encontrá-la.

— Como é que se diz isso na sua língua? — ela pergunta enquanto caminho firme entre os convidados.

— Eles vão entender seu inglês — aviso sem desviar meus olhos de Anne.

Roubo uma rosa que enfeita umas das mesas, recebo olhar apaixonados dos convidados ali sentados, o amor sempre deixa as pessoas um tanto tolas e felizes.

Antes que consiga chegar até Anne, a valsa soa com seu primeiro acorde e gosto de ver seus olhos correrem em busca de me encontrar e o sorriso emocionado brilhar em seu rosto no instante em que surjo a sua frente.

— Proteja as pétalas — digo estendendo a flor que ela recebe sempre com olhos cheios de seu amor. — Dança comigo?

— Sempre — ela promete vindo para meus braços.

Seguimos para a pequena pista de dança onde valsamos, agora experientes. Ninguém se atreve a tomar a pista e dançar, é o nosso instante de amor e somos apenas assistidos, mas quando Anne está em meus braços, eu só consigo olhar para ela e no último acorde, meus lábios procuram os seus em um longo beijo que reflete nosso amor.

Quando voltamos à realidade, Esther vem correndo se juntar a nós. Está tão emocionada e feliz, parece uma bonequinha. Já sinto falta dela antes mesmo de deixá-la.

— Que bonito! Anne, seu vestido ficou girando bem lindo, igual nos filmes de princesas, lindo!

— Será que o seu vestido gira também? — Anne pergunta a ela, que faz uma carinha linda de dúvida.

— Vamos descobrir — digo a ela erguendo a pequena pela cintura e segurando sua mão, giramos pela pista e ela parece um anjo de tão feliz. — Agora, sim, estou dançando com uma fada.

Quando a coloco no chão, a garotinha não sabe o que faz de tão exultante e o resto da festa fica mais alegre e leve. Aos poucos ela se acostuma às crianças, Dora se envolve em conversas com as senhoras do vilarejo, Anne e eu passamos algum tempo com Carina e Amâncio e Juli ao nosso lado fugindo das pessoas do vilarejo e suas mimicas.

Perto das 10h da noite, as pessoas começam a partir aos poucos, Amâncio e Carina seguem levando Juli que vai passar a noite com eles em Barcelona e voltar para casa pela manhã. Dora e Esther se recolhem logo ao final da festa, Dora com dor nos pés e Esther cheia de sono acena em um boa-noite pendurada na avó.

Sobramos Anne e eu em nossa festa de casamento. Quando finalmente nos percebemos sozinhos, ela me sorri.

— Temos bolo, champanhe, pista de dança. O que quer fazer? — ela me provoca.

— É sério? Com esse decote quer saber mesmo meus planos?

Anne me envolve o pescoço, os lindos olhos encaram meus lábios em um convite.

— Só testando — ela diz fechando os olhos para receber meus lábios, é um beijo diferente. Um beijo que nos prepara para o resto da noite e quando me afasto dela minha mão se prende a sua. — Mãos dadas dentro de casa sempre terminam assim.

— Vem! — digo, puxando Anne para dentro.

Seguimos evitando barulho até o nosso quarto. Não tem lençóis de cetim branco, pétalas e champanhe, ao contrário disso, tem os vestígios de seus preparativos, maquiagens espalhadas, uma meia fina sobre a cama, grampos e o perfume dela a tomar todo ambiente e essa sensação íntima de família, amor e sonhos que me faz feliz por completo.

— Nosso cantinho — ela diz com os olhos tão bonitos, única com sempre achei que fosse.

— Foi uma festa bonita — digo andando até ela.

— Perfeita! As pessoas estavam felizes e emocionadas.

— Trouxe vida ao vilarejo e à colina.

— Trouxe apenas o meu amor, o resto foi... magia! — ela diz descansando suas mãos sobre meu peito, minha mão toca seu pescoço, desce suave por entre seus seios passeando pelo decote que quis tocar por toda a noite. — Só pensava nesse toque desde o instante em que bati meus olhos nesse vestido. — ela conta fechando os olhos e meus lábios fazem o percurso dos lábios.

Suas mãos desfazem o nó da minha gravata, cheia de destreza, ela desabotoa minha camisa e eu a ajudo a me livrar do que me separa dela e de sua pele. Os olhos dela são um universo de emoções e quando ela passa os cabelos para o lado e me dá as costas, meu coração descompassa, meus dedos tocam a nuca, os lábios fazem o mesmo. Desabotoo o vestido e a cada parte de sua pele finalmente libertada, um beijo, ela se volta lentamente. Tem calor e magia em seus olhos, o vestido escorrega suave libertando a pele, os seios livres, os cabelos soltos, os lábios úmidos à espera dos meus. Anne é minha perdição.

Eu a carrego em meus braços para a cama, perdido de amor por ela, nós nos deitamos enrolados, apaixonados, felizes por uma vida juntos. A vida que não planejamos até o instante em que estivemos frente a frente e nada mais podia nos impedir de amar.

Meu corpo reclama o dela, Anne está entregue, arqueja, sussurra palavras doces em meu ouvido, entrega-se ao amor com a força que existe nela e nos amamos agora como parte de uma só coisa; um só sonho, um único caminho. Selamos a promessa de uma vida juntos nos braços um do outro, arrebatados por essa emoção e é assim que amanhecemos. Sua mão a descansar em meu peito com o anel a brilhar e me lembrar de que não foi sonho, seu vestido ainda pelo chão, nosso amor em pequenos detalhes espalhados pelo quarto e prontos para se espalharem pela vida.

— Bom dia, senhora Ruiz!

— Tentando me matar de emoção na manhã do meu primeiro dia de casada! — ela diz sorrindo sem abrir os olhos. — Não ouvi direito, pode repetir?

— Bom dia, senhora Ruiz! — digo com meus lábios percorrendo seu pescoço.

— Agora, sim, alto e claro — ela suspira, abre os olhos e eles são meu despertar. — Queria ficar aqui com você o resto do dia.

— Mas não podemos, temos de fechar a mala e o helicóptero deve chegar em meia hora.

— Eu amo que vamos viajar de helicóptero bem no estilo Stefanos de ser, eles o inspiram.

— Nem pensei nisso — minto a fazendo sorrir.

Anne me beija, depois me empurra com gentileza, um casal apaixonado devia ter mais tempo para a manhã de núpcias. Eu que programei a viagem, devia ter levado isso em consideração.

Ela arruma seu vestido no *closet* enquanto tomo banho, visto-me e quando vou fechar minha mala tem uma dúzia de frascos de protetor solar dentro dela.

— Anne! Para que tanto protetor solar? — pergunto a ela, que ainda está no banheiro terminando seu banho.

— Não tente deixar nenhum de fora, eu calculei tudo direitinho. — Faço uma careta de horror. Dá um vidro por dia, ela só pode estar maluca. Pego um frasco para tirar. — Javier, eu vou contar.

Outra careta e devolvo o frasco. Fecho a mala e coloco na porta do quarto, a dela, que deixo sobre a cama para que ela confira tudo. Tem simplesmente seus quatro livros e o aparelho de leitura digital.

— Anne, aonde esses livros vão? — pergunto outra vez alto para ser ouvido.

— Não vou para Grécia sem eles — ela me avisa já pronta, de pé no quarto.

— Sim, senhora — digo sem discutir, ela vai até a mala, tira o primeiro livro e fecha a mala, então me sorri levemente constrangida.

— Esse vai mais pertinho de mim, sabia que a comissária não te deixa ir até sua mala pegar um livro quando o avião está voando?

— Sério? Que mesquinha! — replico com uma ironia notável.

— Também acho. Vamos descer e comer sobras da festa.

— Sobras?

— Javier, a nova senhora Ruiz tem suas tradições, respeite. — Balanço a cabeça afirmando, ela abre a porta do quarto, mas volta correndo para meus braços. — Amo você! Foi a noite mais linda da minha vida! Mudou meu destino e me faz feliz o tempo todo. Sinto vontade de chorar só de pensar em como somos felizes e temos tudo.

— Não mudei seu destino, meu amor. Esse sempre foi o nosso destino, por isso sua irmã preencheu aquela ficha, para trazer você para mim.

— Para sempre! — ela completa antes de unirmos nossos lábios.

Capítulo 34

Marianne

O helicóptero sobrevoa o mar Egeu enquanto meu coração parece prestes a parar de bater tamanha minha agitação. Um iate parece descansar sobre a água tranquila e penso se não seria o Afrodite. Na minha mente, é ele e um casal lindo e apaixonado está nesse instante vivendo sua história de amor.

— Feliz? — Javier me pergunta e apenas balanço a cabeça afirmando, eu não consigo dizer uma só palavra sem cair no choro.

Já sobrevoei esses mares tantas vezes, uma pena a ilha de Kirus não existir realmente, mas são tantas ilhas perfeitas e todas com ares de Kirus que para mim, tudo aqui é Kirus. Eu me encosto ao ombro de Javier enquanto ele aponta Creta para mim, surgindo magnífica como nos meus livros.

— Creta. Vamos ficar três dias aqui e depois vamos para Santorini. Acredito que lá, sim, vai se sentir em seus livros.

— Já me sinto — digo emocionada demais.

Beijo seus lábios em gratidão, talvez ele não faça ideia de como isso é emocionante e grandioso para mim.

— Estamos descendo. Olha a casa — ele diz olhando para baixo e vamos pousar no jardim de uma mansão incrível à beira-mar.

— É a casa do Luka! — digo a ele, que prende o riso. — É, sim, ele nos emprestou. Luka é generoso, com sorte vão ter uns bons livros espalhados pela casa, Bia também gosta de livros.

— Livros que minha linda senhora Ruiz não vai ler, porque está em ua de mel.

— E porque eles devem estar escritos em grego e eu não leio grego.

Javier solta uma longa gargalhada.

— Que sorte a minha!

Deixamos o helicóptero e sinto primeiro o vento forte provocado pelas hélices, mas assim que Javier retira as malas e o helicóptero levanta voo, aspiro o perfume suave de oliveiras e ciprestes misturados ao cheiro de mar. Fecho os olhos por um instante aproveitando para gravar o cheiro que parecia sempre sentir quando meus personagens se reuniam na Grécia.

Entramos na belíssima casa com decoração moderna e muito espaço, fico impressionada com cada pequeno detalhe e penso que a casa de veraneio do Luka deve ser exatamente assim, linda e ampla, com espaço para muita brincadeira, festa e riso.

— Que lugar lindo! — digo, encantada, enquanto ele não tira os olhos das minhas reações.

— Fica perfeita neste ambiente — ele diz só para me encher de emoção e amor.

— Fico perfeita perto de você, Javier, o lugar nunca importa muito.

Ele me enlaça a cintura, os olhos brilham tanto que me deixam sem rumo.

— Nunca mais vamos nos afastar, amor, vai estar sempre perfeita.

— Que Fera mais romântica! — Beijo seus lábios com todo meu carinho. — Quem sabe me mostra o quarto principal?

— Quarto principal? — fala, passando os lábios por meu pescoço. — Se conseguirmos chegar nele.

Sinto borboletas no estômago. Ele faz isso comigo todo o tempo, deixa-me sem direção, perdida em emoções. Seguimos esquecidos das malas na sala, andamos pela casa conhecendo lugares abrindo e fechando portas até encontrarmos a suíte principal à nossa espera com champanhe e um lindo vaso de rosas vermelhas que descansa próximo a uma janela incrível com a vista mais fantástica do mundo.

Por um instante nos perdemos os dois na beleza do entardecer em Creta. É de tirar o fôlego.

— Amo você, Marianne! — ele declara, envolvendo-me enquanto ficamos apenas abraçados e silenciosos olhando a noite chegar lentamente; é um espetáculo de cores e beleza.

— Estou tão emocionada — confesso com a voz embargada.

Quero nos congelar neste instante. Javier beija meu pescoço, as mãos percorrem meu corpo e penso que congelar neste instante não é assim uma boa ideia, tem instante melhores para isso. Procuro sua boca, ele me beija de modo quente, colando-se a mim, tirando-me do sério, do rumo, levando-me para o paraíso.

— Linda! — ele sussurra ao meu ouvido me fazendo estremecer.

— Toma um banho comigo? — Tomo coragem de pedir.

Ele já venceu tantas coisas, é tão forte agora, pode vencer essa e seria tão lindo estarmos juntos sob a água morna em nosso primeiro dia como casados.

— Anne... — Javier encontra meus olhos, os meus dizem que ele consegue, que posso fazer a mágica de substituir uma lembrança ruim por uma boa.

— Deixe-me fazer você esquecer que era dolorido, fica com nós dois na memória.

Meus dedos acariciam seu rosto, tocam a barba bem-feita, os olhos escuros de Javier não escondem mais nada de mim e agora me contam sua indecisão.

— Vem! — convido me afastando um instante dele.

O silêncio é sempre uma boa resposta e meus dedos começam o trabalho delicado e lento de despi-lo enquanto ele aceita com olhos atentos. Beijo seu peito quando o livro da camisa, meus dedos correm a pele delicada e ainda marcada, pele que amo como todo o restante. Corro minhas mãos por seus braços, ainda ficaram os sinais do que um dia foram músculos definidos e malhados de um homem vaidoso que viveu dentro dele.

Eu me afasto de Javier para despir o vestido leve que usei na viagem, ele assiste em seu amor cheio de encantamento, tiro as sandálias e as peças íntimas. Como eu, ele termina de se despir e estendo a mão em um convite.

Leva um longo instante até ele aceitar minha mão e seguirmos para o banheiro. Eu me perco mais um instante na beleza e elegância do banheiro clássico com um espelho que pega toda uma parede onde ficam as duas pias. O boxe de vidro e o chuveiro ficam de frente para o espelho e uma banheira gigante diante de uma janela tem uma vista ainda mais bonita que a do quarto.

— Meu velho apartamento no Illinois era menor que esse banheiro. — O riso dele soa ainda um tanto nervoso. — Tem uma banheira, meu amor.

— Até que esses gregos não são sempre má ideia — ele brinca quando pisco, sensual.

Deixo Javier a me observar enquanto ando até o chuveiro e giro as torneiras temperando a água para ficar morna. Ele me assiste de longe, talvez a mente se embaralhe um pouco entre a imagem que assiste *in loco* e as memórias de seu passado de dor. Não quero pensar nisso, sinto meu coração apertar só em imaginar que ele viveu tudo isso sem que eu estivesse ao seu lado, prometendo que tudo ficaria bem.

Eu me deixo ficar sob a água, o banheiro em mármore branco tem um perfume suave de flores e meus olhos procuram os dele em um convite que espero ser aceito. Javier me olha um longo momento antes de se aproximar de mim lentamente, quando ele passa pela porta de vidro meu coração se agita e o desejo acende meu corpo.

Minha boca procura a dele no instante em que a água cai também sobre ele, suas mãos deslizam por minha pele e as minhas se espalmam em seu peito. Que seja essa a sensação que vai gravar em sua memória e não a dor e o medo que tanto sentiu.

— Você transforma tudo que toca — ele diz correndo os dedos por meu rosto. Sinto uma emoção tão profunda que ultrapassa meu desejo, que se acumula na alma e transborda por meus olhos. — Eu amo você, Marianne March Ruiz!

— Amo meu nome completo vindo dos seus lábios, amo mais ainda quando morrem nos meus. — É um convite explícito e ele aceita, sua boca silencia a minha em um longo beijo.

A tensão de seu corpo vai diminuindo, os lábios percorrem minha pele, uso o xampu em seus cabelos e vejo seu sorriso se espalhar enquanto ele passa espuma em minha pele.

— Se eu nunca mais puder tomar um banho sozinho a culpa será inteiramente sua.

Ergo uma sobrancelha gostando da ideia. Entrego em suas mãos um sabonete perfumado e vejo o sorriso charmoso brotar em seu rosto deixando claro que ele gosta da ideia. O fato é que ele não pode ter gostado mais do que eu. Sua mão me percorre e esqueço tudo para me entregar a essa emoção completa, em um instante não é mais a Grécia ou qualquer lugar, somos apenas nós dois perdidos em nosso amor.

Deixamos o chuveiro e ele usa a toalha macia para secar minha pele enquanto seus lábios percorrem meu corpo. Sua boca está sempre a caçar a minha e quando nos deitamos na cama o amor continua a nos guiar até que seja somente o flutuar no vazio e a paz infinita do silêncio de seus braços.

Ficamos calados, aproveitando o momento por longo tempo, até que ele suspira se movendo para encontrar meus olhos.

— Foi... sem palavras. — Ele ri me fazendo rir com ele, acomodo-me em seu abraço. — Amo você!

— Eu também amo você!

— Quer sair para passear e jantar?

Balanço a cabeça, negando.

— Creta ainda vai estar aqui quando o dia amanhecer. Vamos ficar e aproveitar nosso amor, você faz uma omelete que não chama omelete e comemos na varanda olhando as estrelas e tomando um vinho. Amanhã procuramos os Stefanos.

— Anne, eles... — Tapo sua boca e ele ri por entre meus dedos.

Javier prepara um delicioso e rápido jantar, nós nos acomodamos à beira da piscina e o céu está lindo e estrelado, o mar é tranquilo e a noite, silenciosa e doce, parece pertencer apenas a nós dois. Nós nos deitamos em uma espreguiçadeira, uma estrela cadente atravessa o céu e desejo que sejamos felizes e cheios de nosso amor para sempre.

Nós nos perdemos de amor mais uma vez, antes de dormirmos nos braços um do outro. O sol nos desperta, é tanta luz a iluminar a mansão que eu me sinto energizar.

— O que quer fazer? — ele me pergunta.

— Nadar e ficar aqui até o final da tarde, depois passeamos pela cidade.

Javier não reclama, eu encho sua pele de protetor enquanto ele resmunga feito uma criança mimada. O dia é quente e tomo sol enquanto ele lê sentado à sombra, nadamos juntos, cozinhamos, e quando passa das 5h, saímos sem destino pelas ruelas de Creta, jantamos à beira-mar. Em cada rosto, cada riso, posso ver os gregos que estiveram comigo por semanas difíceis e depois repletas de amor.

Uma família janta em uma mesa um pouco depois da nossa, gregos barulhentos e felizes, com crianças a correrem alegres e casais enamorados, é como assisti-los. Emociona-me, está decidido, aquela gente bonita da mesa ao lado são os meus Stefanos.

Javier prende sua mão a minha, olho para ele sem saber como agradecer esse momento incrível que ele me proporciona.

— Um dia nós seremos como essa família — ele diz, risonho e romântico. — Em uma longa mesa repleta de riso, com crianças a correr em torno de nós dois, filhos, depois netos, gerações de Ruiz a perpetuar nosso amor.

— Vai me fazer chorar em público.

Ele se estica para me beijar os lábios. São dias de intenso amor e harmonia na casa que Luka nos emprestou e, quando partimos em um iate para a nossa próxima parada, eu sei que nunca mais vou me esquecer deste lugar.

A ilha de Santorini é definitivamente Kirus, casas brancas com telhado e janelas azuis, pequenas ruelas e o mar inconfundível de um azul infinito. Quando o iate se aproxima meu coração descompassa de emoção. No topo da ilha, uma construção branca que lembra com perfeição a casa de Lissa.

— Ali, aquela construção no topo, meu coração está disparado. — Ele me envolve, sorrindo e leve como nunca esteve. — Ali é a mansão Stefanos.

— Acho que podemos dar uma passadinha lá e ficar, o que acha?

— O quê?

— É o nosso hotel, pensei que para uns dias aqui, o melhor seria um magnífico quarto de hotel. Não qualquer um, mas o melhor. O hotel no topo da ilha, para encher seu coração.

— Estou te amando tanto que qualquer instante pode explodir — conto, abraçada ao meu livro; nunca se sabe... Se encontro com um deles peço um autógrafo.

Um funcionário do hotel nos espera com uma moto com bagageiro para levar nossas malas. Seguimos de mãos dadas, a pé, subindo as ruas e passando por pequenas escadarias, aspirando o perfume das oliveiras, assistindo a gente feliz e ocupada em seus trabalho e passeios. Paramos no meio do caminho para tomar uma bebida gelada e observar do alto e com uma suave brisa a soprar, as belezas do oceano azul que se mistura ao céu nos confundindo sobre onde termina um e começa o outro.

Nosso quarto é todo branco e me faz lembrar um pouco da casa de Alina nas pedras, Javier está encantado com a beleza do lugar.

Temos uma piscina particular em nosso quarto, depois de uma taça de vinho curtindo a paisagem, ele me convida para o banho, não tinha ideia de que ele amaria tanto. O fato é que em nosso terceiro dia de lua de mel, os banhos são sempre o ponto alto, vou mandar instalar uma banheira no nosso quarto assim que chegarmos; agora entendo Annie completamente.

A noite é fresca e tranquila, deixamos nosso quarto para um longo passeio, Javier acha graça de me ver levando o livro nas mãos, mas é uma promessa que fiz a mim mesma, levá-lo pelas ruelas da cidade em busca deles.

Escolhemos uma mesa em um restaurante tranquilo, felizmente não é alta temporada e até que não temos muita dificuldade em reservar mesas. Pedimos um vinho branco e comida grega, o livro descansa sobre a mesa enquanto assistimos a noite.

— Você pilota iate? — pergunto a ele, que dá de ombros.

— Já pilotei um. Foi há tempos, mas acho que não tem mistério.

— Que tal uma noite em alto-mar, só você e eu com o céu por testemunha. — Posso ver que a ideia o agrada profundamente, ele leva os olhos ao relógio.

— Se fosse um pouco mais cedo... — Meu riso se espalha e ele dá de ombros. — Minha esposa é cheia de ideias. Eu decidi que amo esses seus livros.

— Quer ler um pouco essa noite?

— Não!

Ele me faz rir de sua honestidade marcante, isso não muda nele, a rispidez de sua sinceridade que eu tanto amo. Faz-me lembrar da fera que me conquistou.

— Com licença, falam inglês? — Uma mulher se aproxima e com ela um homem um tanto contrariado.

— Sim — respondo enquanto ela divide seus olhos entre me olhar e olhar para o livro.

— Eu li meia dúzia de vezes — ela conta e pronto, somos amigas de toda uma vida, abro e fecho a boca surpresa e encantada.

— Ah! Eu não acredito, sentem-se conosco para uma taça de vinho.

O casal olha para Javier.

— Por favor! — ele insiste.

O casal se senta, ainda escuto Javier e o homem trocarem algumas palavras e engatarem um assunto qualquer, mas minha atenção vai toda para a moça.

— Meu nome é Anne, sou americana, mas me casei e moro na Espanha. É nossa lua de mel e foi um presente vir conhecer a terra dos meus gregos.

— Nossos gregos — a moça responde, apressada. — Meu marido também me deu de presente. Sou brasileira, li em português e depois em inglês — ela me conta. — Meu filho se chama Nick.

— Que ideia maravilhosa — digo já imaginando qual nome dar aos meus filhos.

— Li as outras séries, mas como essa foi a primeira que li, eu me apaixonei mais por eles.

— Outras? É sério? Tem mais?

— Sim, procura pelo nome da autora, vai achar mais. Eu faço parte de um grupo de leitoras dela, temos conversas incríveis.

— Ah, é sério? Eu amaria participar. Javier lê comigo, mas ele vive fingindo que não gosta, desdenha dos meus gregos.

— Meu marido é igual — a mulher conta tocando a capa do meu livro. — Ontem também levei o livro comigo aos passeios que fiz, ele ficou louco de ciúme. Lembrou-me do Heitor.

— Acho que Javier não é muito ciumento, ainda não senti isso, mas temos só uns dias de casados, o tempo vai dizer. Minha história com ele se mistura às páginas desses livros, é uma linda história de amor que podia virar livro de tão especial, mas todo mundo deve achar o mesmo da própria história.

— Nem todo mundo — ela brinca.

Enquanto o garçom nos serve mais vinho. Javier parece entretido na conversa, já não é mais o homem retraído de sempre, ou talvez seja apenas a distância do nosso mundo real.

— A minha seria um livro — digo, emocionada. — Mas quem escreveria?

— Conta sua história para a autora — ela diz tocando outra vez meu livro e tenho vontade de envolvê-lo, se Javier não é muito ciumento, eu sou. — Manda um e-mail com sua história, quem sabe?

— Devo?

— Eu tentaria. O que vai perder? Vou te dar meu telefone, você me envia e faço chegar a ela. Estou louca para chegar a casa e dividir com as meninas do grupo as fotos da viagem e tudo que vivi aqui, elas vão amar saber que encontrei uma de nós.

— Diga que amo todas elas, que estou aqui por eles e por elas também.

— Vou dizer. — Ela pede uma caneta para o garçom e escreve seu telefone em um pedaço de papel, estende para mim e agradeço. — Qual seu preferido?

— Não sei dizer. Todos, não quero magoar nenhum deles escolhendo. Amo todos igual e de um modo diferente.

— Sou assim também, não consigo escolher.

Falamos mais um pouco sobre tudo, até que o jantar chega e o casal se despede, fico olhando enquanto deixam o restaurante e Javier me sorri quando meus olhos encontram os dele.

— De todas as coisas que consigo amar hoje em dia, sua alegria é o que me move.

Deixo meu lugar para me sentar ao seu lado e beijar meu marido que me faz tão feliz.

Passamos a noite nos amando sob o céu estrelado à beira de nossa piscina particular, assistimos o sol nascer abraçados, sonhando com nosso futuro.

A noite no iate beira a perfeição, vez por outra penso no e-mail que vou realmente mandar contando minha história, felicidade é o meu nome, amor minha religião, queria poder dividir isso com o mundo.

Nosso último dia na Grécia começa com amor, na cama de lençóis de cetim.

— Feliz? — ele pergunta enquanto a brisa balança as cortinas de seda.

— Incalculável. Nunca fui tão feliz, nem achei que a vida podia ser assim tão mágica.

— Nem eu. Anne, amo você de um jeito que não se explica.

— Amor é uma ciência inexata. — Nós dois rimos feito bobos. — Temos de parar com isso, já começamos a passar vergonha com esse amor todo.

— Sim, mas aqui ninguém nos ouve sendo bobos de amor. — Ele me beija os lábios e suspiro.

— Vamos partir depois do café da manhã — eu o lembro. As malas estão prontas, vamos de iate até Creta e lá o helicóptero vai nos levar para Atenas e depois Espanha. — Estou com tanta saudade da Esther.

— Nem me fale, deve ter pelo menos meia mala só de presentes para ela. — Sorrio me espreguiçando nos braços dele. — Nas férias escolares vamos esquiar.

— Quero! — digo, animando-me.

Depois de me espreguiçar, tomo coragem para afastar os lençóis e me sentar.

— Vai ser ótimo não ser lambuzado de protetor solar cinco vezes ao dia — ele diz, enquanto eu tento ficar de pé e minha vista escurece por completo, obrigando-me a sentar de novo na cama. — Anne? Tudo bem?

Balanço a cabeça, afirmando, quando sinto sua mão envolver a minha.

— Mão gelada, está pálida. Anne... — Sua voz soa urgente e não quero preocupá-lo. A visão volta, uma onda de enjoo me atinge e balanço a cabeça em uma negação que tem por objetivo acalmá-lo, mas parece ter outro efeito. — Vou me vestir e vamos ao médico.

— Estou bem. Foi um enjoo e uma tontura, já está passando — aviso já muito melhor, ele volta a se sentar ao meu lado.

— Será que foi algo que comeu ontem? Essa comida sempre tão diferente...

— Não — digo já com olhos marejados e uma certeza que toma meu coração de tal modo que me faz tremer de emoção. — Javier... Eu... Eu estou grávida!

Capítulo 35

Javier

Eu me lembro do fogo, lembro-me da dor, eu me lembro dos olhos de desespero, eu não me esqueci, jamais vou esquecer, não se pode esquecer algo como aquilo. A menos que seja um recurso do subconsciente como meu terapeuta explicou, por proteção, mas não foi como aconteceu comigo, jamais tive um instante de amnésia.

O que fez toda essa dor ficar em segundo plano? O amor, Anne e o amor que ela me trouxe, foi um processo, primeiro culpa por amar, culpa por conseguir sorrir, por sonhar, como se eu não merecesse ser feliz, como se fosse errado. E então, essa culpa foi ficando cada dia menor com a compreensão de que eu também mereço, que ainda que não merecesse, Anne merecia e precisava da minha felicidade para obter a sua, porque sem querer, o amor misturou nossas vidas. Eu não sou mais apenas Javier Ruiz, eu tenho partes de mim espalhadas, Dora, Esther, Anne e agora meus bebês.

Primeiro a valsa, ainda cheio de medo, angústia, a primeira vez que minha mão cheia de marcas da minha dor se entrelaçou a dela. Os olhos limpos de asco, pena, só os curiosos e carinhosos olhos que me pediam o que eu achava não ter, depois as mãos a me tocar onde ninguém jamais havia tocado e a paixão que me tomou naquele primeiro beijo. Foi aí que tudo mudou, virou do avesso.

Nunca mais fui o mesmo, veio Esther, veio o amor e veio o segredo, a mentira, a briga, minhas certezas, nosso casamento, a Grécia. Naquele último dia, quando as malas estavam prontas e só precisávamos partir a grande notícia, como se nada mais pudesse me transformar, ela chega com a maior de todas as transformações.

Sua certeza foi tamanha que não duvidei por um instante que fosse, um filho, ela grávida, a família se consolidando, a vida se refazendo nessa onda de mudanças. Nós paramos, a vida não, ela se renova e evolui mesmo contra a nossa vontade, perdemos o voo, como eu poderia enfrentar horas em uma avião sem a certeza de que precisava.

Um sorriso se forma em meu rosto quando me lembro da correria, achar um hospital, fazer o exame em Atenas, esperar o resultado, ela tranquila em sua certeza, eu rezando para não ser apenas uma ilusão, nossa volta cheia de planos e sonhos.

Dora ficou bem feliz com a notícia, mas nada se compara a emoção de Esther, sua alegria por ganhar um irmão foi intensa e marcante. São doze semanas desde a descoberta. Três meses que voltamos da lua de mel e nesse tempo, Esther está ainda mais feliz e solta, até na escola aconteceram mudanças, ela está mais feliz e suas notas muito melhores, com uma coleção de amigos que já nos visitaram algumas vezes. Não nos chama de pai e mãe, não sei se vai chamar algum dia, talvez não e isso não tem importância, Esther tem pais e eles a amaram muito, agora que seu quarto está pronto, um porta-retratos com a foto deles está ao lado de sua cama, Anne achou importante para deixá-la tranquila sobre isso.

— Pensativo? — Anne me pergunta prendendo sua mão a minha.

— Relembrando tudo que vivemos. — Curvo-me para beijar seus lábios enquanto ela parece um tanto tensa deitada na maca à espera da médica para o ultrassom. Constato: — Está nervosa.

— Um pouco — ela conta com os olhos marejados, são muitas lágrimas, mais do que sempre, lendo sua nova família favorita é choro todo dia, esperando nosso bebê nascer para tomarmos vinho que ela descobriu que ama, mas não são apenas as lágrimas. São enjoos insuportáveis e muita tontura, não sei como seria se eu não trabalhasse em casa e não tivesse comigo Dora e Esther. — Os enjoos e as tonturas são demais, tenho medo.

— Meu amor, é nosso primeiro bebê, cada gravidez é diferente, só porque as mulheres com quem conversou tiveram menos enjoos e tonturas não quer dizer que você tenha algum problema.

— Vou passar os sete meses que falta no papel da mocinha frágil da nossa história, não tente me impedir.

— Sem problemas. Faço o macho alfa protetor.

— E um pouquinho ciumento.

— Muito ciumento! — brinco para fazê-la rir enquanto esperamos a médica para o primeiro ultrassom.

A doutora não quis fazer nenhum antes da décima segunda semana, nós aceitamos por ser uma médica muito competente.

— Saudade da colina! — ela diz, preocupada, e uma lágrima corre. — Estamos longe de casa há uma semana.

— Tinha de fazer exames, meu amor. Talvez a gente fique mais, eu acho que talvez possamos passar toda gravidez aqui em Barcelona.

Chegar a Barcelona não foi nem parecido com o que eu esperava, achei que ficaria assustado e com medo de algum encontro com conhecidos, mas só tenho em mente Anne e meu bebê. Além disso, nada importa.

— Sem Dora e Esther? Não, nem pensar.

— Elas podem vir no fim de semana. Não dá para enfrentar duas horas de carro para uma consulta no fim da gravidez e se o bebê resolver nascer antes? Não chegamos a tempo.

— Vamos conversar tudo isso com a médica.

— Aqui estou. — A médica entra na sala já pronta e acompanhada de uma enfermeira. — O que querem saber? — ela questiona se preparando para os exames.

— Moramos a duas horas daqui, não sei se é boa ideia passar esses meses todos longe de um hospital.

— Vamos descobrir. Os exames de sangue estão ótimos, acabei de verificar. Por enquanto Anne, nada de diferente.

— Mas as manhãs são insuportáveis e as tonturas vêm nas horas mais impróprias, além de não suportar quase nada de comida. Sorte ter um marido tão empenhado em me alimentar.

— Trabalho difícil doutora, ela não gosta nem do cheiro da comida.

— Anne, tem de comer mesmo assim, gostando ou não, enjoada ou não. Mas vamos ver o que podemos fazer sobre isso, tenho uns truques para ensinar.

É um alívio saber disso, Anne aperta minha mão com força quando o exame começa. Divido-me entre olhar para tela e para ela, já Anne tem os olhos firmes na tela, ainda que não seja muito para nós, é difícil entender o que a médica vê.

— Como ele está, doutora? — Anne pergunta e a médica sorri, podemos ouvir o coração, é praticamente um show de rock, tantas que são as batidas. — É o coração dele? Está tudo bem, é tão confuso.

— Claro que é confuso, papais, porque não estão ouvindo um coração bater, estão ouvindo dois corações baterem e isso explica muita coisa.

Eu levo um instante para entender. Imagino que Anne entende primeiro pelo modo como simplesmente chora apertando tanto minha mão que parece capaz de esmagar; dois corações, dois bebês, vamos ter gêmeos.

— Gêmeos, doutora? — ela indaga aos soluços.

Eu nem consigo mensurar o tamanho do meu amor, da minha emoção.

— Sim, Anne, você espera dois bebês. — Anne chora enquanto me convida para seu abraço, envolvo seu corpo em um abraço cheio de lágrimas, minhas e dela, nosso amor em frutos e futuro.

— Gêmeos, meu amor! Dois bebês, nós vamos ter dois bebês! — ela diz soluçando em meus abraços.

— Eu te amo! Eu não sei como expressar isso, não sei como explicar o tamanho do meu amor. Marianne March Ruiz, você é a mulher mais incrível que conheço e me faz feliz de todos os modos.

— Dois bebês! — Ela soluça, olhamos um para o outro, rindo e chorando feito tolos. — Dois.

— Podemos vê-los, doutora? — pergunto à médica, que nos aponta cuidadosa e explica tudo sobre eles, ainda ficamos um longo momento, silenciosos, a ouvir os corações.

— Está tudo bem, Anne, são bebês saudáveis, no tamanho certo. Tudo está bem.

— Vão ser idênticos, doutora? — eu pergunto sem entender direito o que vejo no exame.

— Não, eles serão diferentes.

Anne parece gostar ainda mais e posso entender o que ela pensa sobre ter alguém exatamente igual a você.

— Isso é ainda melhor. — Ela me olha emocionada ainda. — Javier, eu te amo!

— Eu te amo! — Beijo seus lábios com gratidão.

O exame acaba, enquanto a enfermeira ajuda Anne. Eu fico a olhar para a tela, agora apagada, e penso sobre como posso ser tão feliz.

— Quando vamos saber o sexo dos bebês?

— No próximo, provavelmente — ela me avisa. — Vamos conversar na outra sala. Espero vocês.

Flutuamos até a médica, é uma felicidade que não se pode medir. Ela explica tudo sobre a gravidez, os cuidados, os planos. Anne vai precisar descansar bastante, tudo que ela sente em dobro é absolutamente normal e comum em uma gravidez de gêmeos, devemos vir para Barcelona no sétimo mês e ficar até o parto, é mais garantido caso aconteça alguma emergência, ou antes, se algo mudar.

São cuidados redobrados, mas nada desesperados, mulheres têm gêmeos todos os dias e nas últimas décadas mais do que antes, a doutora nos explica. Presto atenção a cada palavra, mas meu desejo é correr com o tempo, montar o quarto, comprar as roupas, recebê-los em casa. Evito pensar no parto, acho que não estou pronto para tamanha emoção.

Quem está pronto para isso? Um filho já é uma emoção sem fim, dois é como um milagre.

Voltamos para a colina cheios de sonhos, não fosse a escola de Esther, eu me mudaria imediatamente para Barcelona, mas minha pequena precisa estudar e não podemos deixá-la tanto tempo.

Dora ainda tem suas crises de imensa tristeza e nos preocupa deixá-las sozinhas.

Quando estiver perto de as crianças nascerem vamos organizar melhor tudo isso.

— Acho que saber que são dois vai ajudar Dora — Anne comenta quando estaciono na colina, até que foi uma viagem tranquila.

— E se eu providenciar um helicóptero para uma emergência?

— É bem rico, mas não acho boa ideia, quase não saímos. Em seis meses ele vai perder a utilidade.

— Tem razão — aquiesço, pensando em uma maneira de assegurar que Anne vai ficar bem.

— Li um livro que se passa em uma ilha e quando a mocinha fica grávida de gêmeos o marido magnata grego equipa com todo empenho o pequeno hospital da ilha — Anne diz quando solta o cinto de segurança; no instante seguinte toca a barriga com carinho, faço o mesmo, descanso minha mão sobre seu ventre.

— Nossos filhos. — Curvo-me sobre sua barriga, mais uma vez beijo com carinho para que eles saibam que meu amor será imenso e eterno. São tantos os meus planos para eles. — Bem que Dora disse que a barriga estava despontando muito mais rápido.

— E eu já achei que ela estava me chamando de gorda! — ela brinca me fazendo sorrir, dou outro beijo em seu ventre.

— Mamãe não é a coisa mais linda desse mundo, crianças?

— Está fugindo do assunto — diz me erguendo a cabeça para olhar para ela. — Podemos dar uma melhorada no posto, quem sabe trazer um bom médico para o vilarejo. Você conhece tanta gente, pode conseguir equipar esse lugar e ajudar o povo da cidade.

— Se prometer que mesmo assim vai comigo para Barcelona quando chegar a hora.

— Não tenha dúvidas — ela garante. — O melhor para eles, sempre. — Ela sorri. — Dobro, tudo em dobro, amor em dobro. Eu cheguei a pensar sobre isso, mas achei que não poderia acontecer.

— Amo você, com tanta devoção, nosso amor é tão grande, ele tinha de se multiplicar de muitos modos.

— Essa fera romântica que eu amo demais — ela diz com as mãos no meu rosto. — Vai usar pijama de rico?

— Marianne! — ralho com ela em tom de brincadeira. — Todas as noites se isso a faz feliz.

— Vocês vão ficar aí no carro para sempre, é? Estou com saudade! — Esther aparece na janela nos fazendo sorrir.

— Muita saudade da minha princesinha! — digo, descendo antes que Anne.

Ela corre, dando a volta no carro para pular em meu colo. Beijo seu rostinho, Esther já está pesada, mas sempre vou poder carregá-la por aí. Carregar todos eles. Meus filhos, já posso sonhar com a longa mesa repleta de amor e riso.

— O bebê está bem? — ela pergunta quando a coloco no chão e damos a volta para ajudar Anne.

— Ainda consigo, amor — Anne diz me fazendo imaginar sua barriga enorme e precisando de ajuda.

— Eu sei, mas não consigo ficar longe de você.

Beijo seus lábios, ela dá a mão a Esther e entramos pela sala. Dora nos espera ansiosa por notícias.

— Como foi?

— Prontas para a novidade? — Anne pergunta sentando e envolvendo Esther que corre para se juntar a ela. — Conta, Javier.

— Com prazer! — digo olhando de Dora para Esther. — Não tem um bebê. Tem dois bebês!

— Igual você e a Juli? — Esther pergunta achando perfeito, ela aplaude e sorri enquanto olha para Anne com todo seu amor. — Vou ter um monte de irmãos?

— Dois pelo menos, por enquanto. No futuro...

— Vai com calma com esse futuro, senhor Ruiz — Anne me alerta.

Dora se senta com Anne, toca a barriga cheia de carinho, afasta os cabelos de Anne do rosto, encara minha esposa cheia de amor.

— Vão ser crianças abençoadas, tenho certeza, uma mãe como você merece todo amor.

— Dora, não me faz chorar, sabe que choro à toa.

— Tem meu apoio, vou ficar cuidando de tudo, vai ter de descansar e ficar na cama com seus livros.

— Ei, não é assim também, só com os livros — reclamo só para ver Anne feliz com meu falso ciúme dos livros.

Por fim, fico grato que ela tenha distrações como essas que a emocionam e a fazem rir.

—Anne, como é que eles vão se chamar? — Esther pergunta.

— Tenho muitos nomes em mente. Se for um casal pode ser Leon e Lissa.

— Eu não vou escolher nenhum nome? — pergunto me ajoelhando diante dela, Anne segura meu rosto, acaricia minha barba, curva-se e me beija os lábios.

— Claro, meu amor, se carregar dois bebês no ventre por nove meses enjoando, dormindo mal e vomitando toda hora pode escolher o que quiser.

Meu riso se espalha enquanto minhas mãos descansam sobre suas coxas.

— E eu que sou a Fera?

— Um gatinho manhoso! — ela brinca e Esther tem olhos risonhos e brilhantes. — Agora se uma irmãzinha mais velha quiser opinar, aí é bem diferente!

— Mãe, você escolhe e eu falo sim ou não.

É um susto, Dora leva as mãos aos lábios, emocionada. Anne simplesmente desata a chorar e eu tento seguir com nosso plano original de não fazer alarde quando e se ela dissesse mãe ou pai.

— Quer escolher sozinha? — Esther questiona preocupada com as reações.

Anne meneia cabeça e puxa Esther para um abraço apertado. A pobrezinha mal respira e os olhos procuram os meus em busca de respostas.

— Ela gosta que você diga mãe, por isso está chorando.

— Eu gosto também, posso ter duas mães e dois pais, a senhora Espinosa falou.

A terapia para Esther foi ideia minha, Dora não gostou, fez uma sessão e desistiu, mas Esther ama a terapeuta e está sempre deixando escapar uma conversa ou outra com ela.

— Pode sim, meu amor — Anne diz beijando seus cabelos.

Fico sonhando em quando será a minha vez de ouvir papai. Acho que seria uma emoção sem fim, em especial vindo dela. Meus gêmeos vão dizer, cedo ou tarde vão aprender e será emocionante, mas Esther, que é filha do meu coração, ouvir dela será intenso como posso ver nos olhos de Anne.

— Vou buscar nossas coisas no carro e preparar algo para comermos.

— Podemos tomar café da manhã? — Anne me pergunta me deixando um tanto confuso já que passa das 6h da tarde. — Como aquele primeiro café da manhã que me fez?

— Devia ser a hora que você toma um caldo leve, meu amor. — Está nos olhos dela o desejo. — Mas é claro que um café da manhã completo é uma ótima ideia. — Dora me olha, discordando. — Desejo, Dora, ninguém diz não a um desejo de grávida.

— Você está certo. Pegue as malas, eu ajudo a guardar as coisas enquanto cozinha para Anne.

— E eu ajudo meu pai — Esther diz quando a crise de choro de Anne já tinha passado e a minha nem tinha começado.

Não tem o mesmo impacto que mãe, ao menos não para elas. Os olhos de Anne marejam, mas não é uma crise de choro e Dora nem mesmo fica surpresa, até me ofendo um pouco por ser o único a querer me debulhar em lágrimas. Domo minha emoção, olho para a pequena criança que me sorri com seus olhos de devoção e amor, ela me trouxe tantas mudanças.

Encarar Esther mudou meu coração, seu nome que antes era um sinônimo de dor e hoje é só amor, o rostinho, sua existência em si, que me obrigou a mudar meu olhar sobre o passado e agora eu sou seu rumo. Sou o Norte de sua vidinha ainda tão no início e só quero honrar seu pai, ainda que não me lembre bem dele. Quero que aquele garoto que correu comigo pelas colinas sinta que sua filha está bem guardada sob a minha proteção.

— Isso mesmo — digo erguendo Esther nos braços. — Você ajuda o papai. Vamos pegar as malas e o presentinho que trouxemos para você.

— Presente! — Ela comemora, animada. — Javier, você sempre me traz presentes.

— Sempre.

— Anne também não esquece nunca de presentes. Quando a gente viajar para quem vamos comprar presentes?

— Juli, Amâncio e Carina, o que acha? — pergunto carregando a pequena nos braços até o carro.

— Isso! Um para mim também.

— Ah! Que espertinha!

— E para meus irmãos. Pai, Leon é nome de gente grande — ela diz baixinho me fazendo rir. — Javier, vamos falar não para esse nome se for menino?

— Vamos — concordo sem qualquer convicção.

No fim, será o que Anne decidir. Eu só quero saúde, amor e paz nessa família, nomes não importam.

Preparo o jantar que na verdade é um café da manhã, acho que tem por volta de três meses que não a vejo comer tão bem, é bonito de assistir. Quando chegamos ao quarto, depois que colocamos Esther na cama, ajudo Anne a se acomodar em meus braços, ela balança seu livro digital nas mãos.

— Quer ler? — pergunto a ela, que balança a cabeça negando.

— Não! — ela diz colocando sobre o móvel com cuidado e voltando para meus braços. — Quero só mostrar do que estou abrindo mão, meu amor.

— É sério, senhora Ruiz? A noite é toda minha?

— Todinha. O que pretende fazer com ela? — ela pergunta e minha boca acaricia a sua em resposta.

Se sempre fui carinhoso, agora meu amor se expressa na mais profunda suavidade. O corpo da minha Anne não pertence mais apenas a ela, somos cuidadosos e apaixonados como sempre, não muda o que sentimos.

Depois do amor o descanso, seu adormecer em meus braços, assisto seu sono tranquilo, minha mão sobre o ventre onde meus filhos crescem, e é assim a cada noite e cada amanhecer. Minha mão sobre o seu ventre e é desse modo que acompanho o crescimento deles, seus pequenos movimentos, o tecer da vida lento e complexo, o caminhar para o futuro em passos pequenos e imperceptíveis até que nos damos conta de que está na hora de deixar a colina.

Nosso casal, menino e menina, que completará nosso amor está pronto para vir ao mundo e partimos para Barcelona à espera do aviso. Esther e Dora vêm conosco, por sorte é um mês de férias e estamos prontos para domar a ansiedade e esperar que a vida se encarregue de nos avisar a hora certa.

Anne acaricia a barriga enquanto vê a paisagem pela janela. Uma brisa faz seus cabelos balançarem e me lembro da brisa da Grécia, das noites de amor quando, tolo, pensei que não poderia amá-la mais do que a amei naqueles dias. Olhando para ela agora, eu sei que meu amor é como seu ventre que se expande para abrigar nossos filhos, meu amor se expande para além da vida. Ela me percebe, volta-se lentamente e me sorri de um jeito suave, a mão alisando a barriga, o riso no olhar.

— Eu te amo!

Capítulo 36

Marianne

O dia amanheceu bonito, o sol leve e uma brisa suave, assim que abri os olhos soube que seria hoje, assim como soube que estava grávida com toda certeza do mundo. Não planejamos muito, os dias no apartamento de Barcelona foram leves, lentos e alegres.

Com Esther de férias e Dora conosco, eu simplesmente não senti medo, cercada de amor, proteção e cuidados, não poderia mesmo sentir medo.

Finalmente conheço Javier verdadeiramente, esse homem alegre, generoso e muito gentil é o homem que amo, o homem que sempre existiu por debaixo da casca de dor e culpa que o encobriram depois do incêndio. Ele me faz rir e chorar de emoção, ele me protege e me acompanha em todo instante. Trinta e oito semanas de carinho, cumplicidade e amor, muito amor.

Uma gestação gemelar exige o dobro de cuidados e algum sacrifício, tem semanas que não consigo me deitar para dormir, a barriga é grande demais, minhas costas doem mais do que se possa entender. Passei o último mês todo de repouso, evitando andar até mesmo pela casa, acomodando-me na cama e no sofá, meus pés latejam com meia hora de caminhada, meus seios doeram infinitamente por semanas e mesmo com tudo isso, cada segundo dessas semanas todas foi perfeito. Eu não mudaria nada, não abriria mão de coisa alguma e sou feliz com as coisas do jeitinho que são.

A primeira dor veio pouco antes do almoço. Quis ter certeza de que não era um engano e só quando a segunda onda de contração chegou é que eu comuniquei à família. Por cinco segundos eu vi a nuvem de escuridão invadir os olhos dele mais uma vez, achei que jamais voltaria a acontecer, mas ela veio e apertei sua mão e mostrei a ele meu amor estampado em meus olhos. Levei sua mão a minha barriga e a escuridão se foi, levou o medo embora e partimos com tranquilidade para maternidade, deixando Dora e Esther à espera dos bebês.

Quis tanto provar um parto natural que meus bebês parecem simplesmente ter entendido, tudo absolutamente como deve ser, os dois de cabeça para baixo, no peso e tamanho ideais, minha pressão boa, oxigenação ideal, a bolsa rompida. Tudo perfeito para recebê-los sem uma cesariana que não seria nada demais, mas meu sonho sempre foi esse, sentir as dores, empurrar, apertar a mão dele, participar desse instante. Lutar com todas as minhas forças e junto com meus filhos por esse momento e tudo está sendo como pedi ao universo.

Olho para as luzes do teto da sala de parto, uma gota de suor escorre por meu rosto e sinto-a descer por minha pele até se encontrar com minhas lágrimas e correm para os meus lábios em um gosto salgado. Escuto o som dos monitores, a conversa da equipe, o aparelho de pressão arterial começa a esvaziar e sinto a circulação do braço voltar ao som do barulho do ar saindo lentamente, um enfermeiro avisa à médica da minha pressão.

— Seus bebês parecem dispostos a colaborar, só falta o papai chegar e vamos começar logo com isso — a médica diz em algum lugar da sala.

Escuto a porta se abrir, sei que é ele entrando, primeiro seus olhos sobre mim, vestido com a proteção necessária e a touca, então sua mão quente aperta a minha.

— Demorei? — ele pergunta com a voz trêmula de quem está com medo e ansioso

Balanço a cabeça, negando. Tem um nó infinito em minha garganta, que me impede de dizer qualquer coisa, desejo que meus olhos transmitam a minha alegria e ansiedade. Ele se curva e beija meus lábios, cuidadoso.

— Amo você, senhora Ruiz! Hora de trazer nossos bebês ao mundo.

Afirmo ainda com a cabeça, tento sorrir e uma enxurrada de lágrimas correm por meu rosto.

— Javier... — Não consigo falar tamanha minha emoção.

— Está com medo?

Balanço a cabeça negando e ele sorri.

— Como poderia? Estou tão feliz, sinto... Sinto que vou transcender esse mundo.

— Você é uma força da natureza, é tão forte e corajosa que nem mesmo eu sinto medo agora. — Seus lábios tocam os meus, enquanto ele se debruça sobre mim, os dedos acariciam meus cabelos, minha testa, meus olhos ficam presos aos dele.

Uma dor forte toma meu corpo, uma nova contração me atinge deixando claro que esse é o momento. Javier leva minha mão presa a dele aos lábios em um beijo carinhoso.

— Hora da valsa, meu amor — ele diz me enchendo de tanta força.

— Vamos, Marianne, eles querem vir — a médica convida e lá está uma força brutal.

É como ser uma deusa, é como ser uma estrela, é o momento mais mágico da minha vida e me toma por completo. A energia vem e empurro.

Javier fica firme a me olhar nos olhos, nele está a força que sinto em mim, como se neste instante ele fosse mais parte de mim que qualquer outro momento. Repito o esforço, e depois de novo, gotas de suor correm por meu rosto enquanto sinto tudo em mim se alargar. Meu corpo parece ganhar uma elasticidade que eu não sabia existir e embora a dor seja alucinante é também uma dor cheia de amor e beleza e que desejo guardar em mim. Sim, porque vem dessa dor a força que me torna um animal capaz de proteger essas vidas com a minha própria e não me importo com nada que não seja trazer meus bebês ao mundo. E quando vem o alívio, eu escuto o choro e meus olhos encontram meu bebê ainda nos braços da médica.

— Uma menininha! — ela diz enquanto Javier e eu choramos aos soluços de emoção.

Ele está livre de medos e pode chorar em público e isso é bonito de assistir, ela vem para meu peito, minha pequena estrela.

— Oi, meu amor, Lissa! Minha menina, você é linda — Olho para Javier, que se debruça sobre mim. — Lissa, o nome dela é Lissa.

— Eu sei, meu amor! É nossa pequena Lissa.

Ele beija a cabecinha da garotinha e são tantos os cabelinhos escuros colados a ela por conta do líquido e do sangue e ela se encolhe parando de chorar enquanto nós dois ficamos a olhar para ela, repletos do nosso amor.

Quando a dor volta, e dessa vez vem poderosa, a médica assistente leva por um instante nossa Lissa. Javier segura de novo minha mão, beija meus dedos, foca seus olhos nos meus.

— Nosso caçula — ele diz, emocionado e me emocionando.

Balanço a cabeça, mordo o lábio um instante.

— Quando estiver pronta, Anne, esse garotão é maior e está doido para vir, já posso vê-lo.

Fecho meus olhos um instante, sinto um cansaço imenso me atingir e depois a dor e sei que ele precisa de mim, que meu filho precisa que seja forte e que lute por ele, então empurro. É de uma só vez, sete minutos depois da irmã, Leon está nos braços da médica com pulmões fortes gritando por atenção, mostrando ao mundo que é como o pai, um forte.

— Javier! — digo tão emocionada que as lágrimas travam as palavras.

Ele está em seguida em meus braços, sentindo meu cheiro e se acalmando.

— Sim, meu amor, esse é o nosso Leon — ele diz chorando enquanto beija nosso filho, eu tinha planos de deixar que escolhesse, mas ele escolheu e temos nossos pequenos.

— Quero mais um — digo fazendo a equipe médica rir.

— Aqui não tem mais nada, vai ter de começar tudo de novo — a médica brinca enquanto beijo meu bebê e os lábios do pai que chora como eu.

Lissa é trazida de volta, para um instante de reunião, meus bebês nos meus braços, lindos, nós dois investigando cada pequeno detalhe deles.

— Ela parece o papai — digo, emocionada.

Leon não tem cabelos, nasceu carequinha, bochechudo e com um lindo biquinho de bravo. Lissa tem muitos cabelos, um rostinho lindo e suave e os dois são tão pequenos e tão lindos que sinto a bênção de amá-los.

— Nossos bebês — ele diz beijando os dois e depois a mim. — Esther vai ficar tão apaixonada, nunca mais me movo para longe deles. Vou transferir meu escritório para o quartinho deles.

— Amo você, Javier! Amo mais do que tudo! Quero que ligue para a minha irmã e mande a passagem.

— Assim que conseguir me afastar um instante de vocês, aviso Amâncio.

— Temos de levá-los, Anne. Logo vão estar no quarto com vocês.

Meus bebês me deixam e sinto os braços vazios, parece que levaram um pedaço de mim.

Javier fica comigo até ser hora de deixar a sala de parto. É ele a me ajudar todo tempo, trocar o avental, passar para a cama já no quarto. Ele me dá uns goles de água, fica sentado na cama comigo relembrando cada instante. Assiste tão atento e apaixonado a fonoaudióloga em suas dicas de amamentação, a médica pediatra a nos dar detalhes sobre eles; a enfermeira chefe também nos ensina como serão os cuidados. Amanhã já posso ir para casa.

Dói muito a primeira amamentação, lágrimas correm por meu rosto e são de pura dor, mas mesmo essa dor é bonita. Deixa Javier um tanto assustado, mas meus olhos felizes o tranquilizam.

Os bebês dormem em meus braços, não tem glamour na primeira amamentação, tem uma equipe nos orientando, ajudando. Leva tempo até ficarmos sozinhos e só acontece quando os bebês adormecem. Ele tomou o cuidado de me levar para a mais cara e completa maternidade, com a melhor equipe de Barcelona.

Quando ficamos sozinhos, e olho meus bebês dormindo juntinhos no berço, uma onda de cansaço me atinge em cheio.

— Javier... Acho que tenho de dormir um pouco.

Sei que ele responde algo, mas acho que não escuto, apenas adormeço com a certeza de que estão seguros e protegidos sob o amor do papai.

Eles são incrivelmente lindos, e incrivelmente unidos, basta que um comece a chorar e lá está o outro a chorar também, basta que um precise trocar fraldas ou sentir fome, é tudo sempre em dobro. Quando partimos para casa no final da tarde seguinte, estamos esgotados.

Eu não sei se existe multa por falta de velocidade, mas Javier dirige tão devagar que pelas leis da física talvez estejamos parados.

Dora abre a porta chorando, Esther dando pulinhos para enxergar os irmãos. Ela ainda não está decidida se nos chama pelo nome ou de pai e mãe, depende do dia, do que vai dizer. É bonito do mesmo jeito, tem vezes que em uma frase ela usa tudo mais de uma vez.

— Deixe-me ver, pai — ela pede, puxando Javier pela manga da camisa.

— Direto para o berço. Deixei o quartinho pronto, limpo e com uma luz baixinha — Dora manda e obedecemos.

Os bebês são colocados no mesmo berço, Esther se pendura nas grades e Dora chora sobre eles.

— Esse de cabelo é o quê? — Esther questiona sem parar de sorrir.

— Essa é a Lissa.

— E o carequinha é o Leon? — Ela está exultante. — Nasceram assim para não confundir?

Meu riso e o de Javier é calado por Dora, que faz sinal balançando as mãos.

Pode acordá-los.

— Pode nos dar ao menos um beijo e dizer que sentiu nossa falta? — peço baixinho para Esther e ela abre os braços.

Dobro-me com cuidado, beijo seu rosto e ganho um beijo dela. Javier a ergue nos braços, ela envolve seu pescoço, beija seu rosto e desvia os olhos para os bebês.

Acho que nós quatro nunca mais vamos nos mover dessa posição, encarando meus anjos adormecidos dentro do bercinho em um silêncio devoto.

Javier

— Era uma vez, uma linda casa nas colinas da Cataluña. Lá vivia um garotinho muito feliz, mas com o tempo, o rapazinho já crescido, sofreu uma terrível perda, um feitiço malvado foi jogado sobre ele e o rapazinho virou uma fera solitária que não deixava ninguém chegar a triste e abandonada casa da colina.

O dia está bonito e enquanto balanço meus bebês, sentado na cadeira de balanço. Esther colhe flores no jardim com Anne. Leon parece ouvir com toda atenção, olhos grandes a me encarar, Lissa está prestes a adormecer, esforça-se para manter os olhos abertos, mas eles vão se fechando a cada balançar da cadeira. Minha voz continua a soar grave e baixa enquanto me divido entre olhar para eles e também para Anne e Esther no trabalho risonho de escolher as flores para o arranjo da mesa.

— A cada dia a fera ficava mais infeliz e furiosa. Até que um dia, uma princesa chegou à colina, trazia na mala muita coragem e era muito bonita, adorava livros e ficava perdida por horas e horas na grande biblioteca. A fera não conseguia ficar longe e passava seus dias pelos cantos, sorrateira, a olhar para bela princesa.

Lissa finalmente adormece, mas Leon continua atento, olhos abertos me olhando, cinco meses de puro amor. Ele é sempre mais calmo, ela sempre mais agitada, ele é mais faminto, ela está sempre se distraindo na hora das mamadas.

— Um dia, encantado demais pela bela princesa, a fera perigosa e malvada decidiu dançar com a bela. Os dois percorreram o grande salão bailando de olhos apaixonados e a princesa não conseguia ver o que tanto todos temiam na fera, mas a fera acabou fugindo assustado, mas a princesa, muito generosa, não desistiu e continuou a cuidar da fera. Ela limpou suas feridas, tratou de curar também seu coração e um dia, o feitiço se quebrou e a fera voltou a ser feliz e o homem que estava preso nela, finalmente pôde se libertar. A casa da colina, que era triste e vazia, ficou cheia de amor, com crianças correndo, flores e a luz do sol voltou a iluminar tudo. O povo do reino ficou muito feliz e fez uma grande festa para celebrar o casamento da fera com a princesa e eles foram felizes para sempre.

Leon ainda está acordado, olhos abertos e resmunga quando me calo.

— Não vai dormir, pequena fera?

Um meio-sorriso surge no rosto da irmã, ela em seus bons sonhos e ele de olhos arregalados.

— Precisa dormir, garotinho. Eu enganei a mamãe, disse que não podia ajudar porque faria as crianças dormirem, precisa me ajudar. Vê a colina? Ela é sua, pequeno, vai crescer correndo por ela. Sabe a fera da colina? Bem, acho que está no colo dela agora e a princesa colhe flores com a sua irmã. Precisa conhecer sua história, nossa história.

Leon boceja e se contorce um pouco em meu colo, já Lissa dorme feito um anjo.

— Quero que durma e fico aqui puxando conversa, não é mesmo? Vou ficar quietinho, tenho a vida toda para ir contando a você nossa história. O importante é que você e suas irmãs sejam felizes. — Felizes por todos que perdi e que não podem estar aqui agora, assistindo meus filhos crescerem. — Sua irmã está determinada a arranjar mais um irmãozinho, eu disse que ela decide, então aproveite esse colo, logo não caberão todos e vamos fazer um rodízio.

Fico em silêncio e ele logo vai fechando os olhinhos e adormece. Esther corre com flores nas mãos, Anne vem logo depois dela, em um vestido leve que balança com o vento, tem um sorriso lindo no rosto.

— Pai, as flores para a tia Juli e o namorado. Anne disse que ela chega já.

— Lindas flores! — Sorrio para não chorar, os bebês abrem os olhos assim que ouvem a irmã.

— Eles acordaram. Quer ajuda? — Esther diz, vindo com cuidado beijar a cabecinha dos irmãos.

— Não querida, vamos entrar e...

— Não conseguiu fazê-los dormir? — Anne pergunta, curvando-se para me beijar os lábios e olhar as crianças.

— Consegui — digo para sua expressão de desconfiança. — Juro que sim, é que a Esther...

— Eles me escutam e querem brincar, mãe.

Anne não precisa de mais para entender.

— Vou lavar as mãos e o ajudo — diz com as flores e fico de pé com as crianças,então reclama: — Vai conseguir carregá-los muito mais tempo que eu.

— E eu, porque você não me aguenta mais, mas Javier sim — Esther diz correndo na frente. — Vovó, as flores!

Anne e eu trocamos um sorriso. Ela é feliz, muito feliz, feliz como não era há muito tempo, e sua felicidade é barulhenta.

— Para de gritar, Esther, vai acordar os bebês! Vocês mimam demais essa menina — Dora briga conosco. — Vou arrumar o vaso. Javier, seu assado deve estar pronto, quer que eu desligue o forno?

— Por favor, Dora! Obrigado, vou ajudar Anne com as crianças.

— Juli deve chegar em uma hora, ela ligou avisando que Amâncio já os esperava no aeroporto tem mais de uma hora.

Subimos Anne,, os bebês e eu. Ela se lava e senta na cadeira confortável. Seu lugar preferido ainda é a biblioteca e com certeza é onde os bebês dormem melhor enquanto ela lê e eu trabalho, principalmente quando Esther está na escola ou fazendo seu dever.

Entrego Leon a ela, o garotinho mama vorazmente e pega no sono ainda mamando, eu o coloco no berço enquanto ela amamenta Lissa. Demora mais, mas a pequena adormece também e ficamos abraçados olhando para o berço.

Amâncio, Carina, Juli e o noivo estão vindo jantar, Juli quer nos apresentar o tal namorado perfeito que a pediu em casamento há uns dias. Amâncio e Carina vêm sempre e no fim, os finais de semana são sempre agitados.

— O que acha? Juli vai mesmo casar desta vez? — pergunto e Anne dá de ombros.

— Ela mudou muito, desta vez foi diferente, está vivendo a própria vida, não mergulhou de cabeça. Eles estão juntos há seis meses, cada um em sua casa, talvez seja esse o caminho para ela.

Deixamos o quarto de mãos dadas, ela me segura no corredor. Os olhos cheios de seu amor, vem para meus braços e envolvo sua cintura.

— Seja como for, esse noivo nunca vai ter a minha sorte. Eu conquistei a gêmea certa antes.

— Amo você, papai Ruiz! Não vejo a hora do dia acabar, as crianças dormirem, minha irmã se recolher e nossos amigos também.

— O que vem depois disso?

— Segredo, só conto na cama ou, quem sabe, na banheira.

— Adoro a banheira — digo correndo meus lábios por seu pescoço sentindo seu delicioso perfume. — Odeio o pijama.

— Amor... Eu escolhi todos os seus pijamas com todo meu amor.

— Temos livros novos para ler.

— Outra série?

— Espanhóis! — ela me conta e suas mãos percorrem meu peito.

— Anne... Temos uma longa noite pela frente. — Ela se cola a mim em uma clara provocação. — Tem uns minutinhos? — provoco e ela balança a cabeça negando.

— Não sou mulher de minutinhos, meu amor. — Isso é ainda mais sensual do que ela pode imaginar. Engulo em seco, Anne ri antes de me beijar os lábios. — Vamos, quero receber o noivo com o nosso melhor. Morro de medo de não gostar dele.

— Vamos gostar. — É quase um desejo e serve apenas para acalmá-la.

Enquanto finalizo o jantar, Anne e Esther organizam a mesa e Dora descansa na sala um tanto brava. Estamos sempre reclamando quando não a deixamos trabalhar demais, mas se não controlamos, Dora fica ocupada o dia todo.

Nós nos reunimos na sala com a babá eletrônica na mão e perto das 7h, os dois casais chegam. Amâncio e Carina trazem vinho e presentes para todos, Juli chega com malas e o noivo. O rapaz parece boa pessoa, é simpático e gentil, logo está conversando e contando detalhes sobre seu trabalho. É engenheiro civil e conheceu Julianne no trabalho.

— Será que podemos dar uma olhadinha nos bebês? — Juli pede toda feliz com o braço do namorado envolvendo a sua cintura.

— Claro, vamos subir — eu convido o casal, as irmãs sobem na frente conversando sobre as novidades de Juli.

— Gêmeos, não é? — Morgan questiona com olhos preocupados.

— Sim, um casal, Lissa e Leon.

— Como foi? Quer dizer, não foi nada planejado, só aconteceu. Elas... Elas são gêmeas, então isso deve ser normal, não acha?

— Eu digo que é a coisa mais linda que existe em minha vida. Não planejamos, mas estamos muito felizes.

— Quero filhos, mas eu preferia um de cada vez — ele brinca quando entramos no quarto.

Juli fica emocionada com os sobrinhos, só os viu quando nasceram e ela veio passar cinco dias conosco, já tinha conhecido Morgan e ele estar aqui é uma boa surpresa.

— Como são lindos! Anne, a Lissa parece conosco.

Morgan me olha e depois olha para elas.

— Achei as duas tão diferentes assim de perto — Ele diz e simplesmente entendo que é esse o cara, como eu, ele sabe a diferença, isso só pode ser amor.

— Elas são — digo baixinho.

Ele se junta a Juli, passa seu braço pelo ombro da noiva. Os dois emocionados olhando os bebês, Anne vem para meus braços.

— Gosto dele — ela sussurra ao meu ouvido e balanço a cabeça, concordando.

— Talvez dois de uma vez não seja assim tão ruim, amor — ele diz à noiva, ela sorri balançando a cabeça em uma confirmação.

— Não foi ruim para mim, não é para esses anjinhos e não será para nossos filhos se acontecer. É bom ter alguém para dividir a vida, para nos ensinar — Juli diz com olhos emocionados para a irmã, Anne sorri também emocionada. — É bom não ser jamais sozinha.

— Jamais — Anne responde a ela e me emociono com esse amor de irmãs.

Deixamos os bebês descansando, descemos para o jantar. Antes do fim as crianças já estão conosco, passando de colo em colo, recebendo amor. Dora, Esther, Amâncio e Carina, Morgan e Juli, os bebês, Anne e eu, uma mesa cheia, e que desejo que se encha ainda mais, riso na casa da colina, muito amor e futuro.

Quando passamos para sala, Esther fica sentada no tapete distraindo os irmãos, arrancando riso deles, Anne se senta encostada em meu peito, passo meu braço por seu ombro. Não consigo prestar atenção a conversa, ocupado em apreciar a vida perfeita e sem dor que tenho hoje, atento ao riso dos meus filhos, sentindo o calor que emana dela; a mulher que amo e que mudou minha vida.

Seus olhos encontram os meus, o sorriso de seu rosto morre e ela toca minha barba. Planos e esperança é o que nos aguarda, e amor, esse jamais vai faltar nesta *velha* casa da colina.

Epílogo

Marianne

Marianne,
é muito bom poder conversar com você, desculpe se demorei demais para responder seu e-mail. Se me lembro bem, escreveu-me há três anos, quando seus gêmeos, Leon e Lissa completavam um ano.

Preciso dizer que sua carta mexeu com minhas emoções e passei uns meses pensando a respeito até que a ideia ficou gravada de tal modo em minha cabeça que precisei contar a sua história.

Isso é o que eu faço, sou uma contadora de histórias e a sua merecia ser contada.

Obrigada por dividir comigo seu relato, por compartilhar seus momentos mais íntimos e, em especial, por me acompanhar com tanto carinho. São essas coisas que me movem e por leitoras como você, que me inspiram tanto, é que meu trabalho nunca para.

Desejo que todos estejam bem. Que os gêmeos, agora com quatro anos, estejam enchendo a colina de riso e aventuras, que Javier esteja completamente recuperado e que sua irmã Julianne esteja feliz com o marido.

Algum dia, quando tiver a chance de visitar seu país, gostaria de poder visitá-la e conhecer pessoalmente quem me inspirou a escrever tamanha história de amor e superação.

Tomei a liberdade de escrever sua história de amor, nunca será tão bela quanto a vida real, mas talvez uma imitação inspiradora para tantas histórias que a vida vai contar melhor do que eu mundo afora.

Seja feliz. Ainda mais feliz.

PS: Segue o primeiro exemplar do livro publicado. Obrigada!

Mônica Cristina

Meus dedos tremem enquanto abro o pacote que vem junto com a carta, não acredito que ela escreveu uma carta. Que fez mais do que isso, publicou minha história.

É uma emoção diferente e nova, sinto meus olhos úmidos e pisco algumas vezes para afastar as lágrimas, não é hora de ter que gritar para Javier vir ler para mim porque não enxergo mais de tanto que choro.

A capa é de uma beleza que me impressiona, em letras desenhadas, o título que me surpreende mais do que tudo.

A casa da colina

Acho que ela entendeu perfeitamente meu coração, é exatamente sobre isso, sobre minha casa na colina e o amor. Abro o livro com olhos fechados, primeiro aspiro com cuidado para sentir o cheiro do livro, as páginas parecem pérolas e fico um longo instante encarando a dedicatória.

Para Anne,
Eram páginas em branco,
Agora preenchidas com seus sonhos.

Com Carinho,
Mônica Cristina.

É tão emocionante, nem consigo acreditar, meu coração está acelerado como no primeiro beijo do Javier. Abraço o livro um instante sem saber o que fazer com ele.

— Javier!

Corro em direção ao seu escritório, ele vai ficar muito feliz, não foi nada difícil conseguir dele uma autorização para contar nossa história, mas eu não sei se ele imaginou que se tornaria mesmo um livro.

Quando entro em seu escritório sem me preocupar muito em atrapalhar encontro meu marido sentado no chão, vestindo a boneca de Lissa enquanto Leon empurra um enorme caminhão em torno dele e Esther oferece uma maçã raspada para Alfonso. Meu bebê agora com dois anos não larga a irmã. Esther adora todos eles, mas o bebê Alfonso tem uma conexão especial, agora que ela está um pouco mais velha e já pode ajudar a cuidar deles.

— Vocês estão todos atrapalhando o papai?

Ganho todos os pares de olhos, mas o mais ofendido é Javier. Seus filhos nunca atrapalham é o que ele diz, mas às vezes eles invadem a sala em meio a alguma videoconferência e eu morro de vergonha.

— Estamos na hora do intervalo — Javier inventa e eu não ligo a mínima, hoje estou feliz demais para me preocupar com qualquer coisa, me sento no chão ao lado dele.

— Amor, olha isso! — Entrego o livro a ele que deixa o queixo cair um instante. — Acabei de receber quando estava voltando da escola.

Enquanto ele folheia o livro, as crianças vêm para meu colo, Alfonso se debate preso a cadeirinha também querendo meu colo.

— Mãe, o que é isso? — Esther pergunta soltando o irmão da cadeira. — Já vai Alfonso.

— Mamãe, olha minha boneca de vestido amarelo — Lissa me mostra, animada.

— Mamãe, meu caminhão é todo grandão. Quer brincar?

— "Mama" — Alfonso diz, balançando os braços.

— Fiquei duas horas fora na reunião com os pais e toda essa saudade!

Beijo um por um dos meus quatro filhos enquanto Javier ainda está mudo, folheando o livro.

É somente meu segundo ano como professora na escola do vilarejo, mas tem sido emocionante. Comecei logo depois do nascimento de Alfonso, meio período apenas, minhas aulas são pela manhã, hoje voltei depois do almoço para a reunião com os pais das crianças, dar de cara com o carteiro foi um grande presente.

— Já vamos brincar meninos. Esther, é um livro sobre a nossa história, tem você aqui.

— Posso ler? — Ela corre para se sentar no chão e eu olho para um Javier apavorado.

— Acha que tem... Você sabe, nossos... Momentos.

— Ah! — Ele tem toda razão, olhamos os dois para Esther.

— Entendi, quando eu crescer mais — ela diz em um suspiro e sorrimos para nossa garotinha.

Alfonso está mordendo minha bochecha enquanto me aperta e eu queria muito acreditar em saudade, mas são os dentinhos.

— Alguém me salva! — brinco e lá estão os irmãos todos sobre mim em um ataque de bebês fofos.

— Eu também! — Javier diz se jogando comigo no chão e Esther está na brincadeira, cócegas, beijos, riso e contorcionismo.

— Que susto! — Dora surge à porta do escritório com a mão no peito. — Pensei que estava acontecendo alguma coisa. Por que estão todos embolados no chão?

— Amor, Dora! Se não correr vai acabar aqui embolada — Javier a provoca.

— Deus me livre! — ela diz dando uns passos para trás. — Estou voltando para o jardim, minhas flores estão cada dia mais bonitas. Mantenham esses pequenos longe delas.

— Isso foi para vocês — digo a Javier. — Você e o Leon que destruíram aquela roseira.

— Foi a bola, mamãe! — Leon se defende.

Esse pequeno tem muito mais jeito de Ulisses que de Leon, e o amo ainda mais por isso. Dora já desapareceu para o jardim, as crianças se libertam e agora estão brincando entre si e, depois de tentar fazer um coque com meus cabelos bagunçados, me arrumo ainda no chão ao lado de Javier. O livro é lindo, ele me sorri ainda incrédulo.

— Acho que podemos ler juntos — ele convida e nego só para provocá-lo.

— Não, você nem gosta da minha autora favorita.

Javier se curva para me beijar os lábios.

— É sobre nós. Vai ser bem estranho. — Afirmo olhando a capa do livro.

— Quando as crianças estiverem todas na cama. Felizmente é sexta e podemos amanhecer o dia lendo.

— Perfeito! — digo pegando o livro de suas mãos e ficando de pé; ele se ergue também, lindo como sempre.

— Tenho de enviar um relatório para o Amâncio, depois estou livre. — Javier pisca em meio a um sorriso.

— Fico com eles e depois cozinhamos juntos. O que acha?

— Acho que eu te amo.

Ele me beija indo se sentar atrás de sua mesa, ergo meu pequeno Alfonso nos braços.

— Vamos, meninos, papai tem de trabalhar um pouco. — Lissa pega sua boneca e Leon seu carrinho. — Esther, já terminou seu dever?

— Sim, estou livre. Só quero terminar meu livro antes do jantar.

Aperto o nariz da mais nova apaixonada por livros, Esther é uma devoradora de livros como eu, um ratinho de biblioteca como Javier a chama. Ótima aluna agora, mas é preciso ficar de olhos abertos ou ela esquece o dever de casa para ficar lendo.

Levo as crianças para o gramado. A colina está linda, tranquila e quente. Na próxima semana quando as férias chegarem, vamos fazer nossa maior viagem até o momento, vou voltar ao velho Illinois, mostrar minha terra aos meus filhos, encontrar minha irmã e seu marido.

Julianne é uma mulher feliz, tem três anos de casada, fui a madrinha de seu casamento e Esther a dama de honra. Uma viagem rápida com os gêmeos bebês demais para aproveitarem, mas muito especial. Foi um casamento glamoroso, em uma igreja importante às 8h da noite com uma festa de gala. Ela gosta disso e Morgan gosta dela, então tudo bem, realizou seu sonho, os filhos ainda não chegaram, mas ela me contou que está programando. Morgan quer um bebê e ela já consegue conciliar o trabalho com a tarefa de ser mãe.

A melhor parte é que Juli ainda pensa em si, mas agora da maneira que deve ser, ela não é egoísta, mas tem metas e objetivos próprios e busca todos eles, não se anulou por conta do Morgan e com isso, não precisou exigir demais dele. Os dois encontraram uma maneira de serem felizes juntos e tenho certeza de que agora finalmente ela está pronta para ser mãe.

O riso das crianças pela grama me desperta, Esther segura cuidadosa a mãozinha de Alfonso que tenta dar passinhos atrás dos irmãos. Lissa tem longos cabelos escuros como os do pai, Leon tem uma boa mistura de nós dois, mas eu não acho que fui assim tão inconsequente e aventureira quanto meu garotinho e estou sempre a acusar o pai pelos genes da bagunça.

Se felicidade tivesse um endereço seria *a casa da colina*. É aqui que a vida é leve, doce e feliz, meus quatro filhos a brincarem juntos, amando-se, quatro talvez como mais uma coincidência com meus personagens preferidos. Os quatro irmãos Ruiz.

Foi uma decisão difícil sobre o nome de Esther, mudar ou não seu sobrenome, mas foi lá nos livros que encontrei a resposta, como a pequena Bárbara que ganhou o nome dos pais, mas não perdeu o nome de família. Esther apenas ganhou mais um sobrenome para seu lindo nome, a foto dos pais ainda está ao lado de sua cama, mas do outro lado, existe outra foto, com todos nós reunidos em uma linda noite de Natal. Essa é sua família, o passado não precisa ser esquecido, apenas precisa se encaixar em sua vida e não ocupar tanto espaço a ponto de impedir o riso de entrar.

Dora também entendeu isso, não aceitou fazer terapia, mas é feliz mesmo com sua dor guardadinha. Foi apenas amor e tempo que a curou, eu aprendi a ver nela uma mãe, avó, amiga. Javier sente o mesmo, ela é nossa conexão com o passado, é isso que ensina a meus meninos. Um pouco sobre a colina, o passado, os costumes desse povo e desse lugar. Sobre a parte americana deles, fica comigo e com as visitas que vamos fazer a minha terra.

Eu já nem sei se me sinto tão estrangeira assim, ensino minha língua aos meus filhos, eles são todos fluentes, mas é muito mais por preocupação com a educação deles que qualquer outra coisa, minha terra é essa casa, a colina e o vilarejo, minha terra é Javier e meus filhos.

— Eu pego, mamãe — Esther avisa quando a bola corre pela colina e me levanto para impedir que Leon corra e se machuque.

Ela coloca Alfonso sentadinho no chão, mas enquanto caminho para eles, meu bebezinho fica de pé e vem com passinhos cheios de incerteza em minha direção. Bracinhos abertos, olhos escuros e risonhos, amor em um pequeno pacotinho que aquece meu coração.

— Vem com a mamãe, bebê! — Abro os braços e me ajoelho a espera dos passinhos lentos e do risinho feliz.

Lissa e Leon chegam antes, ajoelham-se ao meu lado. Igual a mim, abrem os braços e Alfonso fica indeciso e ao mesmo tempo risonho. Esther corre com a bola, mas quando nota a pequena disputa deixa a bola de lado para se ajoelhar e abrir os braços.

— Comigo, Alfonso! — ela diz batendo palmas para chamar sua atenção, mais indecisão para os passinhos incertos.

Falta pouco e ele está ansioso, para vez por outra se equilibrando na grama e então continua achando tudo uma festa, vaidoso, gosta de ser o centro das atenções. Estico meus braços disposta a vencer a disputa quando ele chega ainda mais perto, mas Alfonso simplesmente muda a rota em uma doce gargalhada e quando olhamos. Lá está papai de pé, sem dizer uma única palavra, apenas o dono absoluto do coraçãozinho do meu pequeno anjo. Enquanto os meninos gemem infelizes por perderem a disputa, eu sorrio mais vitoriosa do que se ele tivesse caído em meus braços. É esse o modo como amo.

— Ah, papai! — Esther é a primeira a reclamar, Leon é mais esperto, corre para chegar na frente do pai antes de Alfonso e abraça o irmão como se tivesse sido o escolhido. Lissa faz bico, porque não pensou tão rápido quanto o irmão. — Não vale, mamãe!

— Lissa está certa! — Javier brinca sem conter o riso. — O papai é o preferido de todo mundo. Até da mamãe — ele diz pegando Leon e Alfonso ao mesmo tempo no colo.

Seu corpo voltou a ganhar massa muscular, ele se exercita todas as manhãs. Desce cedinho comigo até a escola de carona, corre um pouco pelo vilarejo e depois sobe correndo de volta para a colina, levanta algum peso e começa seu dia trabalhando e ajudando Dora com as crianças enquanto Esther e eu estamos na escola.

Javier tem muitos talentos, divide-se em mil. Cuida das crianças, trabalha, cozinha, ainda é um homem feliz e bem-humorado. Em cinco anos juntos, há pelo menos quatro ele não tem uma crise, não deixa a terapia o que é muito bom, mas está sempre dizendo que guardou muita mágoa e culpa no coração, que agora que tudo está superado ele não tem mais um segundo a perder com questões menores.

Nem sempre é bom, às vezes eu bem que tento começar uma briga, mas termina em beijos, riso e provocações que me desmontam. Carina e Julianne dizem que eu tenho muita sorte e tenho mesmo, não posso negar isso.

— Mamãe, meus amigos podem vir brincar aqui domingo? — Esther pergunta se acomodando no meu colo na grama do jardim feito os pequenos; às vezes ela quer colo como eles e aqui estou, pronta para recebê-la.

— Estamos falando de quantos amigos? — Agora ela é cheia deles.

— Quatro. Só as meninas que vão fazer o trabalho de Ciências — ela avisa e afasto os cabelos do seu rostinho.

— Quatro meninas e um trabalho de Ciências. Sabe que tenho saudade disso? — Beijo o rostinho corado de Esther. — Claro que pode! Diga que vamos buscá-las pela manhã, podem fazer o trabalho, almoçar e ainda sobra tempo para umas brincadeiras.

— Sem a Lissa e o Leon? Eles ficam atrapalhando.

Aos doze anos, e com as amiguinhas, nada mais natural do que se irritar com os irmãos menores.

— Sem os pestinhas. Papai fica com eles a manhã toda.

— Você é a melhor mãe do mundo! — ela diz me abraçando, mas Alfonso surge do nada se enfiando no abraço. — Alfonso também acha — ela diz, rindo e puxando o irmãozinho para o abraço.

— Todo mundo acha! — digo abrindo os braços e roubando os pequenos do pai que correm para se misturar ao abraço. — Agora todo mundo acha que banho e jantar é legal!

Não sobra um no meu abraço, estão todos, até Alfonso que está sempre a seguir os irmãos, envolta do pai negociando mais meia hora de brincadeiras.

— É claro que eles vão vencer, eu nunca tenho a menor chance nessa democracia estranha que vivemos em uma casa com mais crianças que adultos.

Só mesmo Javier compreende e concorda comigo, deixamos as crianças no jardim, respirando o ar puro da colina enquanto se divertem com uma bola e vamos preparar o jantar. Não vejo a hora de poder me acomodar na biblioteca com Javier e ler o meu livro, literalmente o meu livro. Sorrio só de pensar na emoção que vai ser.

Dora é a primeira a ir para cama depois do jantar. Tornou-se uma avó incrível para essas crianças, mas diferente de todas as avós do mundo, é a única realmente rigorosa e por fim eles bem que gostam de um pouco de rédeas.

Esther tem seu próprio quarto. Já é uma pré-adolescente e ajuda tanto com os irmãos que merece seu espaço, ela fica à espera do nosso boa-noite lendo, não tem como não ir dar a ela um boa noite com beijo na testa e apagar de luzes, ou isso ou amanhece o dia lendo.

Lissa e Leon dividiram um quarto até o ano passado, agora Lissa tem seu quartinho de menina e Leon dorme com Alfonso. Se tem uma coisa que tomo muito cuidado é em como crio os gêmeos, nenhum deles carrega qualquer peso além de si mesmo, não os comparo, não exijo mais deles do que dos outros, não são iguais, não são parecidos, são pessoas diferentes com suas próprias necessidades e meus olhos estão sempre abertos sobre isso. Não vai acontecer como aconteceu comigo, amo Julianne e hoje posso admirá-la e dizer que somos amigas, mas já tive de carregar a minha vida e a dela e o peso era imenso. Já me anulei por ela e isso me custou muito alto, não fosse vir à colina e conhecer Javier, eu ainda viveria sob os efeitos desse peso.

Alfonso toma a mamadeira e logo está dormindo, Leon fica no seu curioso ataque de coceira. É sempre na hora de dormir, ele se remexe de um lado para o outro e se coça todo na luta contra o sono, seu negócio é correr e brincar, vestir alguma fantasia de super-herói e passar o dia salvando o mundo.

— Papai, você quer jogar? — ele pergunta abrindo os olhos e afastando as cobertas.

— Amanhã, agora é hora de dormir.

— Mamãe, você quer jogar?

— Não, Leon, é hora de dormir.

— Todo dia você quer que eu durma? — ele reclama enfiando a cara no travesseiro.

Javier quer rir, nem nos olhamos ou vai tudo por água abaixo.

— Para descansar, crescer e ficar forte. O super-homem dorme — Javier apela logo para o cara de *Krypton*.

— Ele não é um vingador — ele desdenha e Javier parece levemente ofendido.

É bem divertido de assistir.

— O Capitão América dormiu uns cem anos — Javier contra-ataca ee Leon não tem argumentos, suspira, fecha os olhos e aos poucos e com cafuné, ele pega no sono.

Lissa está sentadinha na sua cama, brincando com suas bonecas, mal nos percebe chegando. Seu mundo é o dos sonhos, ela vive no mundo da lua, falando com seus brinquedos, criando amigos imaginários e quem sabe algum dia não seja uma escritora também? Eu ficaria tão orgulhosa.

— Hora de dormir, pequena.

Ela ergue os olhos, junta as bonecas e se ajeita na cama com uma fileira de bonecas que ocupa quase todo espaço. É preciso beijar uma por uma para dar boa-noite.

— Dorme bem, filha! — Javier deseja ajeitando as cobertas, beija Lissa e suas filhas; eu o imito.

— Sonhe com os anjos! — digo a ela afastando os cabelinhos do rosto. — Amamos você!

Ela balança a cabeça afirmando, dá um sorriso e fecha os olhinhos apertados.

Javier apaga a luz e acende o abajur, ficamos uns minutinhos abraçados, olhando para ela e, quando ressona, é hora de deixar seu quarto. Claro que têm manhãs que estão todos na nossa cama quando abrimos os olhos, mas normalmente eles dormem tranquilos e esgotados. Tanto espaço, natureza e companhia os esgotam.

Esther fecha o livro assim que entramos, agora está em Nárnia, mas já esteve em muitos lugares. Ela deixa o livro ao seu lado e puxa suas cobertas.

— Na viagem, posso ler no avião o caminho todo? — ela pergunta, ansiosa que está para ir aos Estados Unidos.

— Pode. Claro! — respondo.

— Leve os livros na mão, mamãe diz que nunca a deixam pegá-los na bagagem — Javier brinca e ela faz uma careta.

— Que maldade!

— As pessoas estão sempre desrespeitando as leis dos leitores — eu comento e Javier acha graça.

— Quais são.

— Se está por aí com um livro, deixe o título à mostra. Um leitor pode até ficar doente se passar por você na rua e não conseguir enxergar o nome do livro.

— Verdade — Esther concorda. — Nunca dobre a pontinha, tem de ter marcador ou decorar a página que parou.

— Olha, filha, até me arrepia — digo mostrando o braço enquanto Javier ri. — Não custa esperar a pessoa terminar o capítulo.

— Ir dormir sem terminar o capítulo é muito triste — Esther declara para que eu me sinta culpada. — Pai, não pode ficar falando, "é só um livro", "não é de verdade".

— Boa! Essa é importante. Não importa se eu já li, são meus e pronto, ficam na minha estante. E, sim, eu sei que tenho mais livros do que posso ler, mas e daí?

— Já entendi, meninas — ele diz, cobrindo Esther melhor. — Boa noite, filha! Tenha bons sonhos!

— Que você passe a noite toda em Nárnia! — digo beijando sua testa. — Passei férias incríveis por lá.

Acendo o abajur e, quando deixamos o quarto, Javier apaga a luz. Trocamos um olhar e ele sorri me puxando pela mão em direção à biblioteca. Poderíamos ler na cama, abraçadinhos, mas é simbólico começar a ler na biblioteca, meu lugar preferido desta casa.

Nós nos acomodamos apertadinhos na velha poltrona que devia ser para uma só pessoa, meus olhos marejam só de tocar o livro.

— Parece que foi ontem que me pegou chorando na biblioteca, exatamente aqui e se sentou assim pertinho para ler para mim. Tanta coisa desde então.

— E eu ainda amo você como amei naquele dia e nem sabia que era amor. Amo tudo que veio de você depois disso, os filhos, a felicidade, a luz. Colocou a Fera para dormir.

Beijo seus lábios. Gostava da Fera, ele ainda tem um comentário ou outro ferino e me faz rir, mas a doçura tomou conta de Javier. Meus dedos correm por seu rosto e entendo como é bom ser feliz ao seu lado.

— Eu amo você, Javier!

— Sinto o amor. Eu te amo, Anne! Muito mais do que essas páginas de livro podem descrever.

— Isso nós vamos ter de descobrir. — Abro o livro, mas a visão embaça pelas lágrimas. — Pode começar? Meus olhos...

Ele sorri pegando o livro das minhas mãos. Respira fundo enquanto me acomodo em seu ombro e fito a primeira página que é só um borrão pelas lágrimas.

"As crianças fazem uma fila com um braço de distância um do outro antes mesmo que eu precise pedir. Mesmo sendo o último dia de aula, os pequenos ainda mantêm o mesmo comportamento educado e generoso de sempre..."

Agradecimentos

Este livro é todo dedicado às minhas leitoras e é para elas o meu mais sincero agradecimento. Sempre acreditei que um livro só é finalmente um livro, quando cai nas mãos de um leitor. É ele que dá vida a história, é o leitor a despertar personagens do sono tranquilo da estante e só na mente e no coração de um leitor que a história finalmente ganha vida e alma.

Por sorte, fui cercada pelas melhores leitoras e leitores do mundo, ativos, amigáveis e sonhadores como eu, ávidos por mais e mais, como eu. Se não consigo parar de escrever, eles nunca me abandonam e por isso, agradeço todos os dias.

Do momento em que a mente do autor cria uma obra até chegar às mãos de um leitor, uma cadeia de profissionais se envolve no processo, não é simples, mas é lindo e agradeço a todos eles que fizeram este livro chegar às suas mãos. Editor, diagramador, revisor, capista, distribuidor, tantas mãos e mentes, todos com um objetivo em comum, entregar a você, uma bonita história que transforme algo em você, leitor. A todos eles, muito obrigada.

Mônica Cristina

www.lereditorial.com

@lereditorial